中央高校基本科研业务费专项资金（人文社科）项目（项目编号：310833160640）结项成果

西方牧歌

发展的历史钩沉

Western Pastoral

汪翠萍 著

中国社会科学出版社

图书在版编目(CIP)数据

西方牧歌发展的历史钩沉/汪翠萍著. —北京：中国社会科学出版社，2022.7
　ISBN 978-7-5227-0309-1

　Ⅰ.①西… Ⅱ.①汪… Ⅲ.①田园诗—诗歌研究—西方国家
Ⅳ.①I106.2

中国版本图书馆 CIP 数据核字(2022)第 100206 号

出 版 人	赵剑英
责任编辑	刘志兵
责任校对	王佳玉
责任印制	李寡寡

出　　版	中国社会科学出版社
社　　址	北京鼓楼西大街甲 158 号
邮　　编	100720
网　　址	http://www.csspw.cn
发 行 部	010-84083685
门 市 部	010-84029450
经　　销	新华书店及其他书店
印　　刷	北京明恒达印务有限公司
装　　订	廊坊市广阳区广增装订厂
版　　次	2022 年 7 月第 1 版
印　　次	2022 年 7 月第 1 次印刷
开　　本	710×1000　1/16
印　　张	15.75
插　　页	2
字　　数	228 千字
定　　价	89.00 元

凡购买中国社会科学出版社图书，如有质量问题请与本社营销中心联系调换
电话：010-84083683
版权所有　侵权必究

目　　录

绪论　重返古典 …………………………………………………（1）

第一章　牧歌批评的回顾与反思 ……………………………（8）
　第一节　西方文学批评视野中的牧歌 ………………………（9）
　第二节　中国文学批评视野中的牧歌 ………………………（23）
　第三节　选题缘由与研究设想 ………………………………（30）

第二章　忒奥克里托斯与牧歌源起 …………………………（33）
　第一节　《牧歌》的流传 ……………………………………（33）
　第二节　优美的田园背景 ……………………………………（38）
　第三节　温情的世俗生活 ……………………………………（48）
　第四节　多彩的两重世界 ……………………………………（53）

第三章　维吉尔与古典牧歌的确立 …………………………（59）
　第一节　维吉尔及其诗歌创作 ………………………………（59）
　第二节　世俗生活的诗意描绘 ………………………………（64）
　第三节　乡村政治的诗歌参与 ………………………………（79）
　第四节　面向未来的理想憧憬 ………………………………（89）

第四章　牧歌的多元化与繁荣发展 …………………………（100）
　第一节　中世纪牧歌的宗教性与世俗性 ……………………（100）

第二节　文艺复兴时期牧歌的多元发展 …………………… （107）
　　第三节　英国牧歌建构的人文主义乐园 …………………… （116）
　　第四节　继承与创新的鼎盛：《牧人月历》 ………………… （128）

第五章　古典牧歌的式微与现实回响 ……………………………（144）
　　第一节　庄园赞颂与花园沉思 ……………………………… （145）
　　第二节　蒲柏创作及牧歌衰落 ……………………………… （160）
　　第三节　乡村真相的诗意抒写 ……………………………… （165）
　　第四节　底层人物的命运关怀 ……………………………… （174）

第六章　现代语境中的牧歌精神重建 ……………………………（182）
　　第一节　乡野自然中的人性美 ……………………………… （183）
　　第二节　平凡俗世里的人情美 ……………………………… （200）
　　第三节　现代文明间的和谐美 ……………………………… （208）

结语　牧歌之思 …………………………………………………… （219）

参考文献 …………………………………………………………… （239）

后记 ………………………………………………………………… （248）

绪论　重返古典

古希腊罗马文学对西方文学产生深远的影响，正如吉尔伯特·海厄特（Gilbert Highet）所认为的，希腊人及其学生罗马人创造了一种高贵而复杂的文明，"在许多方面，我们的近代世界是希腊和罗马世界的延续"[①]。提及古代希腊和罗马文学，人们往往关注神话、史诗、悲剧等主要的文学类型，使普罗米修斯、阿喀琉斯、赫克托尔、奥德修斯、埃涅阿斯、俄狄浦斯等英雄人物成为后世品评的对象。对英雄的崇拜是每个民族的文化心理，人人崇拜英雄，但并非人人能够成为英雄。因此，现代人们不仅需要汲取古希腊罗马的艺术理念，也需要将关注的焦点从高贵超群的神和英雄转移到卑微如草芥的芸芸众生，重新发现那些凡人身上存在的力量和美，这也是重新审视西方文明的一种重要途径。

在古希腊罗马文学中，有几个牧人，诸如塞尔西（Thyrsis）、提屠鲁（Tityrus）、柯瑞东（Corydon），他们在田野里或山丘上放牧牛羊，坐在树荫下吹奏歌唱，深情地表露爱情或真诚地哀悼死亡，黄昏时分再赶着牛羊回家。他们如此平凡，除了笛声歌声甜美、会放牧写诗之外，似乎没有什么功绩可言。然而这些牧羊人却能够穿越千年，在现代世界里熠熠生辉，正如保罗·阿尔佩斯（Paul Alpers）指出的，"普通的牧人及其同伴代表的是人类的真挚情感、社会关系以及生存经

[①] ［美］吉尔伯特·海厄特：《古典传统：希腊—罗马对西方文学的影响》，王晨译，北京联合出版公司2015年版，第1页。

西方牧歌发展的历史钩沉

验"①。以牧人为核心主人公的文学样式就是"牧歌"(Pastoral)。传说第一个创作这种文学作品的是古希腊诗人忒奥克里托斯(Theocritus,约公元前310—公元前245)、古罗马诗人维吉尔(Virgil,公元前70—公元前19)对这类体裁做了重大发展。从词源上来看,"pastor"在拉丁文中系指牧羊人,演变出术语"牧歌"(pastoral),常常以放牧为生的牧羊人或牧牛人为作品主角。例如在忒奥克里托斯的第一首牧歌中,绵羊倌塞尔西与一位不知姓名的山羊倌对歌。在塞尔西的歌唱中,出现牧牛倌(oxherds)、绵羊倌(shepherds)、山羊倌(goatherds)以及母羊(ewe)、小羔羊(lamb)、绵羊(sheep)、小公牛(steers)、小牛(calves)、公牛(bulls)和小母牛(heifers)这样的词汇。"Pastoral"多指田园牧歌般的,与它意思相近的词语有"idyll""eclogue"以及"bucolic"。其中,"idyll"出自忒奥克里托斯的作品标题《牧歌》(*Idylls*),原意为小图画或具有诗情画意的小插图,后来指轻松快乐的情景或事情,也指描述欢愉恬静情景的短诗或短文。而"eclogue"出自维吉尔的作品标题《牧歌》(*Eclogues*),其希腊语本意是"选择",也写作"eglog"或"eglogue"等形式,在维吉尔作品中多指牧人对歌。此外,"bucolic"源自希腊语"boukolos",原意为牧牛人,与牧羊人一起成为牧歌中最具代表性的歌者,后也指乡村田园生活。而人们常用"pastoral"一词概括维吉尔之后的牧歌,系指那些以独白或者对歌形式描述田园世俗生活的诗作。

关于牧歌,人们往往重视其表现田园生活、爱情主题和怀旧情绪等方面的特征。例如《辞海》指出:"牧歌译自拉丁文 pastoralis,一译'田园诗'。诗歌的一种。起源于古希腊的一种以表现牧人生活或农村生活为主的抒情短诗。"②《中国文学大辞典》认为这种诗体"指以歌咏田园生活为主的诗歌。立意闲适恬淡,格调清新安谧,是其主要特点"③。在突出爱情主题方面,《世界诗学百科全书》中的解释为:

---

① Paul Alpers, *What Is Pastoral?* Chicago: University of Chicago Press, 1996, p.460.
② 夏征农主编:《辞海》(1999年版缩印本),上海辞书出版社2000年版,第1748页。
③ 钱仲联等编:《中国文学大辞典》,上海辞书出版社1997年版,第1837页。

"牧歌模仿乡村生活，通常描写想象中的黄金时代的生活，其突出的内容是男女牧人的爱情故事。"① 在强调怀旧情绪方面，M. 艾布拉姆斯（Meyer Abrams）在《文学术语词典》（*A Glossary of Literary Terms*, 1957）中指出："牧歌是一种精美的传统诗歌，它表达都市诗人对理想化的自然环境里的牧羊人和其他农人生活中的纯朴恬静充满怀旧气息的描绘。"② 牧歌是一种富有诗意的描述，表达了人们对优美舒适、天真快乐、朴素简单生活的怀旧之情。

人们也认识到牧人是这类文学中的重要元素。例如忒奥克里托斯曾在其诗歌中叙述两位牧羊人对彼此的欣赏与夸赞："牧羊人，松林的低语，/清泉的流声，还有你的笛声，是甜蜜的"；"喔，牧羊人，/你的歌声比一泻千里的瀑布更动听"③。维吉尔在其作品中也提及："一个牧人应该把羊喂得胖胖的，但应该写细巧一些的诗歌。"④ 这些牧人一方面从事放牧的劳作，另一方面有文学艺术创作的才能，会吹笛、唱歌、写诗。亚历山大·蒲柏（Alexander Pope）曾在《论牧歌》（"A Discourse on Pastoral Poetry"）这篇序言中指出，世界诞生之初便有了诗歌，而"最古老的诗歌种类应该是牧歌"⑤。蒲柏简要梳理牧歌产生的过程，并认为牧羊是人类最原始的生活方式，牧人的生活与其他乡村劳动相比更为安逸舒适些，更容易表现出无忧无虑、乐观自信的状态。可以很自然地想到，古代的牧羊人只需将羊群赶往公用的田地或树林，因为有大地源源不竭地提供草地、清泉等馈赠。正如利奥·马克斯（Leo Marx）所说："在田园经济中，自然为牧人提供了大部分的需要。更令人满意的是，自然干了几乎所有的活。"⑥ 羊群自由

---

① 周式中、孙宏编：《世界诗学百科全书》，陕西人民出版社1999年版，第376页。
② ［美］M. 艾布拉姆斯：《文学术语词典》，吴松江等编译，北京大学出版社2009年版，第405页。
③ Theocritus, *Idylls*, Trans. Anthony Verity, Oxford：Oxford University Press, 2002, p. 1.
④ ［古罗马］维吉尔：《牧歌》，杨宪益译，上海人民出版社2015年版，第57页。
⑤ E. Audra and Aubrey Williams, *Pastoral Poetry and an Essay on Criticisim*, London：Methuen & Co. Ltd., 1961, p. 23.
⑥ ［美］利奥·马克斯：《花园里的机器：美国的技术与田园理想》，马海良、雷月梅译，北京大学出版社2011年版，第15页。

西方牧歌发展的历史钩沉

觅食，无须过多照料，绵羊、山羊、野山羊等带来丰厚的羊奶、奶酪、羊皮和羊毛等生活资本，因而牧羊人有条件过着清闲而欢乐的放牧生活。在悠闲的放牧过程中，牧人们聚在一起，与同伴谈论家长里短或身外之事，或表达对情人的爱恋，抱怨相思的痛苦，或吹笛歌唱，歌颂夏日的美好时光，赞美富足快乐的乡村生活，讲述古老的神话传说。他们三三两两坐在树荫下，在打趣对方的同时进行歌唱比赛，以旁观者判定输赢，胜者可获得事先约定的奖品，然后在黄昏时分赶着羊群回家。牧人过着简单而快乐的生活，这种快乐并不是因为他们在体质、精神或道德上优越于后世之人，而是因为他们面对最纯粹质朴的自然状态，没有被社会文明规训或启蒙，少有高远的抱负，也很少有烦恼和悲伤。蒲柏认为，牧羊人这种宁静、闲适、快乐的自然状态更易受到诗人们的青睐，使质朴的牧人形象成为诗人们表达返璞归真愿望的最佳选择。诗人们书写牧人，对牧人的对话、歌唱等内容和形式加以改进，于是就有了牧歌这一诗歌类型。牧歌是对牧人行动及其可爱品性的模仿，其模仿的形式兼具戏剧性和叙述性，其寓意简单，人物的行为既不文雅也不粗俗，语言表达谦逊而朴素，简单而又活泼。

人们还注意到，牧歌作者往往来自城市。例如忒奥克里托斯在大都市亚历山大里亚创作诗篇，维吉尔受到罗马统治者的庇护，成名后一直在都城里享受着尊荣的生活，而"文艺复兴的田园作品和田园传奇作者同样几乎都是廷臣"[①]。牧歌诗人们要模仿的并非牧羊人的劳作，而是他们身上呈现的一种状态，旨在将牧人形象及其生活的环境空间理想化，正如评论者所认为的"牧歌的一个显著特征就是使乡村生活理想化"[②]。牧歌呈现为一个冲突出现之前或者是冲突之外的世界状态，或者冲突只是误会，是一个以现代世界为参照的没有冲突的世

---

① [美]吉尔伯特·海厄特：《古典传统：希腊—罗马对西方文学的影响》，王晨译，北京联合出版公司2015年版，第1页。

② John Lynen, *The Pastoral Art of Robert Frost*, New Haven: Yale University Press, 1960, p. 10.

界。在这个理想化的世界里,牧人并不依赖城市生活中的复杂结构,较少接触财富、欲望、权力及一切城市文明的腐化,他们以大地为生,更接近具象真实,吃穿简朴,在简单游戏中娱乐,在纯粹生活中呈现理想化形象。对此,海厄特细致地指出:"这些作品中的主要角色都是18岁左右,情感几乎是他们唯一关心的东西,没有人规划自己的生活,或者为遥远的目标而努力,或者从事长期稳定的工作。男女主人公颠沛流离——年轻人总是觉得命运不断把自己抛到新的地方——不过他们不会遭受无可挽回的伤害,他们在结合时仍然年轻、漂亮、热情而贞洁。"[1] 当然,海厄特的看法有待商榷,至少牧人形象不都是年轻人。例如维吉尔第一首牧歌中的著名牧人提屠鲁就是一位老者,"当我修须时也落下了灰白的毛发,/虽我年已迟暮,自由终来到我左右"[2]。牧歌确实在一定程度上与理想、青春、爱情、优美、纯粹、自由、悠闲、和平等美好的词汇相连,这深受人们的喜欢。正如海厄特指出:"面对周遭的罪恶,生活在罗马帝国晚期喧嚣都市或者文艺复兴和巴洛克时代腐朽宫廷中的年轻人会暂时对爱情抱有更崇高的理想,把自己想象成忠诚的牧羊人,把心上人想象成纯洁的克洛娥。"[3] 但是牧歌主人公往往感情细腻、谈吐文雅、行为高尚、对爱忠诚,这些纯朴、恬静、自由、理想的牧人形象与复杂、腐化、堕落甚至异化的都市人群形成对比。尤其是生活于喧嚣都市和腐朽宫廷中的人们,热衷于把自己想象成为忠诚的牧羊人,借此在牧歌艺术形式中审视和评判周遭的罪恶,抒发对单纯质朴生活的盼望。

在早期的批评话语中,牧歌的确具有一种相当有限且稳定的意义,是指那些描述牧羊人和平、富足、闲适生活,展现纯洁、质朴、幸福等世俗理想的文学样式。对此,批评家们普遍看到其中呈现的美好,

---

[1] [美]吉尔伯特·海厄特:《古典传统:希腊—罗马对西方文学的影响》,王晨译,北京联合出版公司2015年版,第138页。

[2] [古罗马]维吉尔:《牧歌》,杨宪益译,上海人民出版社2015年版,第13页。

[3] [美]吉尔伯特·海厄特:《古典传统:希腊—罗马对西方文学的影响》,王晨译,北京联合出版公司2015年版,第139页。

西方牧歌发展的历史钩沉

认为牧歌是"以诗的形式描写天真而幸福的人群"①,"充斥着甜美乡间的牧民和宁芙的美妙歌喉与纯真爱情"②,"是一种优美的,一种使人兴奋的虚构"③。牧歌展现的境界是一片自然的乐土,只属于纯真的孩子和犹有童心的成年人,牧歌中虚构的理想能让那些脱离自然纯朴的人洗净铅华。这是牧歌的优点,也是牧歌的不足之处。海厄特认为牧歌不真实,不是像悲剧或史诗那样占据全部心智或灵魂的高雅文学,而是"一种避世文学,帮助人们满足心理需求"④。弗里德里希·席勒(F. Schiller)也在《论朴素的诗与感伤的诗》(1796)一文中直言指出:"牧歌只能凭否弃一切人为文明,只凭使人性简单化来达到它的目的,所以它尽管对我们的心灵有很高价值,对我们的头脑却无甚价值,它单调的领域很快就一览无遗。"⑤ 牧歌似乎是一种诗性想象,已消除现实与理想等一切矛盾的对抗,成为一种单调的没有"运动"的诗,与心智或头脑无关,这奠定了人们对牧歌的基本印象。

然而在西方历史上,牧歌不断产生新的形式,融入更为复杂的内容,成为一个"模糊与矛盾的结合体"⑥。从古希腊罗马到现代社会,牧歌一直被诗人及批评家广泛运用,正如布莱恩·洛克雷(Bryan Loughrey)在《牧歌样式》(*The Pastoral Mode*,1984)的开篇处指出:"牧歌是一个有争议的名词,现代批评家们已几乎将其运用到各种各样的作品中。"⑦ 牧歌在不断传承中成为一个独特的文学种类,其主旨

---

① 章安祺编订:《缪灵珠美学译文集》第2卷,缪灵珠译,中国人民大学出版社1987年版,第269页。
② [美]吉尔伯特·海厄特:《古典传统:希腊—罗马对西方文学的影响》,王晨译,北京联合出版公司2015年版,第138页。
③ 章安祺编订:《缪灵珠美学译文集》第2卷,缪灵珠译,中国人民大学出版社1987年版,第272页。
④ [美]吉尔伯特·海厄特:《古典传统:希腊—罗马对西方文学的影响》,王晨译,北京联合出版公司2015年版,第138页。
⑤ 章安祺编订:《缪灵珠美学译文集》第2卷,缪灵珠译,中国人民大学出版社1987年版,第272页。
⑥ Elizabeth Harrison, *Female Pastoral*, Knoxville: The University of Tennessee Press, 1991, p. 1.
⑦ Bryan Loughrey ed., *The Pastoral Mode: A Casebook*, London: Macmillan, 1984, p. 8.

逐渐超越牧人生活的环境空间或放牧劳动，也不再简单地称颂乡村，而是作为一种文学样式，在简单的形式中孕育着复杂的内涵。罗伯特·法根（Robert Faggen）在《弗罗斯特与牧歌问题》（"Frost and the Questions of Pastoral"）一文中认识到牧歌本身是一个丰富而复杂的传统，对经典重读具有重要价值："它不仅仅是一种文学种类或是习俗，而且也是一种样式，一种忒奥克里托斯、维吉尔、但丁、弥尔顿、华兹华斯和梭罗等借此探讨人类平等、人类在自然中的位置以及真理的本质等问题的样式。"① 也有研究者认识到牧歌就是一种寓言，例如沃尔夫冈·伊瑟尔（Wolfgan Iser）认为，牧歌的绿色橱柜（green cabinet）是一个比喻的柜子，其所指与能指之间的意义自由飘荡，牧歌中的世界是指代自身之外的他者，"必须以隐喻的方式去阅读"②。牧歌具有特殊的结构关系和引申意义，也因此能够起到道德教谕的作用，隐喻、暗示或影射更为宏大的主题。

　　海厄特指出："文艺复兴所做的正是在淤泥中向下挖掘以找回失去的美，并模仿和超过它们。我们延续了这项工作，并且走得更远。"③ 在发现美和探求意义的路途上，我们往往从古希腊罗马文学的庞大轮廓里追寻荷马、柏拉图、索福克勒斯、亚里士多德、西塞罗、维吉尔、贺拉斯等艺术大师的典型思想和作品。但是除此之外，伟大的光环中还有许多平凡的力量，他们在黯淡无光的工作与时日中依旧散发益人心智的能量。有缘于此，本著作专注于西方牧歌的发展历史，在回顾从古希腊到现代社会的批评历史的基础之上，重读经典牧歌作品，梳理牧歌的源起与演变历程，探寻其审美特征和深邃内涵，试图在重返古典的路途上走得更远。

---

① Robert Faggen ed., *The Cambridge Companion to Robert Frost*, Shanghai: Shanghai Foreign Language Education Press, 2004, p. 49.
② [德] 沃尔夫冈·伊瑟尔：《虚构与想像：文学人类学疆界》，陈定家、汪正龙等译，吉林人民出版社2003年版，第64页。
③ [美] 吉尔伯特·海厄特：《古典传统：希腊—罗马对西方文学的影响》，王晨译，北京联合出版公司2015年版，第3页。

第一章　牧歌批评的回顾与反思

牧歌是一个具有深厚西方背景、具有丰富内涵的诗学概念,从古典到现代,牧歌贯穿于诗歌、戏剧、传奇、小说等作品中,具有广泛的实践经历。一些目光敏锐的批评家,例如劳伦斯·布伊尔(Lawrence Buell)充分肯定了牧歌对于西方思想与文化发展的重要意义,认为"牧歌是西方思想两千多年来发展中必不可少的文化元素"[1]。人们提及牧歌,心中不禁唤起一幅关于自然的图景,但是作为一种传统的文学类型,牧歌并非只是描述泉畔、溪流、树荫等静谧的自然环境,或牧人悠闲地吹奏笛子、守护羊群等恬淡的生活图景,而是一种具有批判力、感染力和复杂性的文学样式。作为一个传统文学类型,牧歌既因时代的变迁不断演变,也因研究者视角的差异而有所不同,其中的理想主义与现实主义、乐观主义与悲观主义等相互矛盾的概念引起批评者们的持续论争。那么,什么是牧歌?牧歌为什么受到读者大众的欢迎?牧歌真是像众多评论家所说的那样是远离所处时代、超乎苦难现实的虚幻想象吗?与主流文学作品相比,牧歌的意义何在?要回答这些问题,我们有必要首先回顾历年来东西方文学界对牧歌的研究和评价,以全面而客观地对牧歌作出历时的概览和共时的分析。

---

[1] Lawrence Buell, *The Environmental Imagination: Thoreau, Nature Writing and the Formation of American Culture*, Cambridge: Harvard University Press, 1995, p.32.

第一节 西方文学批评视野中的牧歌

具有漫长历史的牧歌虽然不是一种思想派别或哲学学说，却见证了自古希腊时期以来持续不断的论争，浓缩了人们在不同时代关于乡村与城市、现实与理想、人类与自然等关系的文学表达。毋庸置疑，对西方牧歌的阐释永远不可能完全再现诗人自身及其作品的复杂性和多元性，但人们乐此不疲地探讨，在西方文学史上形成一股热潮。具体来看，牧歌研究主要体现为三个阶段。

第一个阶段是文艺复兴至 18 世纪的起步阶段。这一时期主要是一些创作者、批评家对这一文学类型作出初步的介绍和评论。

尽管牧歌创作起源于古希腊，但是古希腊罗马时期的牧歌评论并没有产生重要影响。在公元 5 世纪，希腊哲学家们开始用牧羊人比喻统治者，以思考社会秩序和统治的本质。随后，牧人出现在政治理论探讨中，例如柏拉图（Plato）在《法篇》（*Laws*）第三卷中描述山里的牧人在一次大洪水后栖居在一个岛上，柏拉图认为这些牧人"比现在的人更加单纯、更富有男子气，因此也更加自制、更加正义"[①]。在中世纪时期，牧歌常出现在神学批评中，耶稣自称牧羊人，基督教教士被称为牧师，主教们还会手持类似牧羊人所用的牧杖。事实上，在牧歌批评的早期阶段，人们对维吉尔的神学批评多于美学批评，很多牧歌讽刺作品运用黄金时代这种比喻去攻击政府和教会的腐败，例如朝臣是雇工牧羊人，却不好好照看他们的畜群。维吉尔的诗篇尤其是第四首牧歌中关于婴孩的描述被基督教神学家作为寓言加以解读，这使维吉尔成为在中世纪未受排斥的少数古典作家之一，并在中世纪和文艺复兴时期被誉为最杰出的拉丁诗人。维吉尔的成名作品《牧歌》从中世纪晚期开始占据诗歌殿堂的中心位置，并被纳入美学批评的范

---

① ［古希腊］柏拉图：《柏拉图全集》第 3 卷，王晓朝译，人民文学出版社 2003 年版，第 431 页。

西方牧歌发展的历史钩沉

畴从而产生持久的影响力。

在这一时期,牧歌创作者和评论者往往在作品的序言或评论文章中表达对这一文学类型的理解。关于这方面的论述,布莱恩·洛克雷在牧歌研究文集《牧歌样式》中收录了 1579 年至 1818 年发表的一些评论文章或文章节选。例如约翰·弗莱彻(John Fletcher)发表对牧歌的评论。弗莱彻创作了牧歌诗剧《忠实的牧羊女》(The Faithful Shepherdess, 1609),讲述一位在爱人离别后仍然十分忠贞的牧羊女,她凭借德行让一位好色古怪的牧羊人清除头脑中的邪念,也使森林中争吵的情侣们增进了感情,最终大家齐声称颂忠诚的牧羊女,唱起了一首献给潘神的颂歌。在这部诗剧"致读者"的序言部分,弗莱彻指出:"牧歌的本质是关于牧羊人和牧羊女的故事,他们的行为和情感必须与他们的自然本性相契合。"[①] 弗莱彻认为,牧羊人至少不要超越以前通俗的传统,不需要懂得任何艺术,只需掌握自然赋予的歌谣,或者经验教给他们的关于花草、泉水、太阳、月亮、星星诸如此类的知识。在弗莱彻的传奇喜剧里,牧羊女生活在森林中,在爱人离去后十分悲伤,居住在死去情人的墓旁,牧羊人则在离群索居中形成古怪的性格,这些行动和情绪都自然而然,没有任何艺术的雕琢。迈克尔·德莱顿(Michael Drayton)创作了《牧歌》(Pastorals, 1619),他在序言中同样指出牧歌是关于低贱卑微的牧人故事,其创作应该遵循一定规则,即人物的语言、行为都应该与牧人身份、际遇相符合,语言应该是"贫乏的,愚笨的"[②]。此外,托马斯·霍布斯(Thomas Hobbes)在一篇前言中将人类生活的区域分为宫廷、城市和乡村,与这三种空间相对应的艺术分别是史诗、悲剧和牧歌,这也指出了牧歌所具有的朴实、自然特征。法国作家雷内·拉潘(René Rapin)在文章中以维吉尔牧歌为标准确立牧歌的创作原则,认为牧歌是对牧人或类似人物的模仿,语言要简单、自然、平易、流畅,不应有宏大的词汇、大胆的譬喻或

---

① Bryan Loughrey ed., *The Pastoral Mode: A Casebook*, London: Macmillan, 1984, p. 35.
② Bryan Loughrey ed., *The Pastoral Mode: A Casebook*, London: Macmillan, 1984, p. 36.

极端的情绪。至于牧羊人的举止,他们必须符合居住在幸福岛或黄金时代的样子,显得"坦率、简单、纯真,追求善良、公正,对人亲切、友好,对于世上所有虚伪、狡诈、欺骗一无所知"①。乔治·普登汉姆(George Puttenham)则描绘了牧歌形成的过程:"当牧羊人和牧牛人将牛羊赶往田野或森林,他们聚在一起就有了最早的亲密交谈,他们在树丛里或树荫下喋喋不休或侃侃而谈就有了最早的论辩和诉讼,在悠闲中增长的欲念就有了最早的求爱与寻欢,他们唱给爱人或情人的歌就是最早的爱情乐章,有时他们也唱歌吹奏,在比赛中看谁表演得最好最巧妙。"② 普登汉姆揭示牧羊是最原始的生活方式,牧歌是对牧羊人的模仿和再现。菲利普·锡德尼爵士(Sir Philip Sidney)在其诗论《为诗辩护》中则强调牧歌在给人愉悦的同时应该培育人的美德。锡德尼认为诗是模仿的艺术:"它是一种再现,一种仿造,或者一种用形象的表现;用比喻来说,就是一种说着话的图画,目的在于教育和怡情悦性。"③ 锡德尼将诗分为三种,首先是模仿上帝不可思议的美德,其次是哲学的模仿,最后是真正为了教育和怡情而从事模仿的,而"模仿却不是搬借过去现在或将来实际存在的东西,而是在渊博见识的控制之下进入那神明的思考,思考那可然的和当然的事物"④。锡德尼关于诗的模仿论和怡情论观点对文艺复兴时期以来的牧歌创作产生了重要影响,在具体实践中,他的长篇牧歌式传奇《彭布鲁克伯爵夫人的阿卡迪亚》(*The Countess of Pembroke's Arcadia*,1593)成为英国牧歌创作的楷模。

关于牧歌的质朴特征及其教谕意义,蒲柏的观点具有代表性。蒲柏为自己的《牧歌》(*Pastorals*)撰写了一篇序即《论牧歌》,诗人在开篇处就提及一种文学现象,即能够被称作牧歌的诗篇实在复杂繁多,

---

① Bryan Loughrey ed., *The Pastoral Mode: A Casebook*, London: Macmillan, 1984, p.45.
② Bryan Loughrey ed., *The Pastoral Mode: A Casebook*, London: Macmillan, 1984, p.34.
③ 伍蠡甫、胡经之主编:《西方文艺理论名著选编》上卷,北京大学出版社1985年版,第173页。
④ 伍蠡甫、胡经之主编:《西方文艺理论名著选编》上卷,北京大学出版社1985年版,第174页。

西方牧歌发展的历史钩沉

因此他认为有必要对这类诗歌作一些解释。他认为牧羊人的寓意、举止、思想和语言都是最质朴的，"牧歌的全部特征在于朴素、简洁、灵巧，其首要呈现的是自然，其次是愉悦"①。法国古典主义者布瓦洛在《诗的艺术》第二章也提及牧歌的特征：

> 幽雅牧歌要漂亮而无繁文，
> 它的风度要可人而格调却要谦逊；
> 措辞要质朴自然，不能有丝毫矫饰，
> 绝不要矜才使气，显得是才子之诗。
> 它的温柔一定要得人怜、沁人心脾，
> 绝不要慷慨激昂叫人听了骇异。②

可见，幽雅、谦逊、质朴、温柔、简洁成为理论家对牧歌的共同印象。牧歌是黄金时代的图像，这类诗歌所推崇的与其说是源于农事劳动，不如说是源于乡村生活的宁静。"因此，我们必须运用一些幻想来使牧歌变得令人愉快；包括只展现牧羊人生活中的最好一面，而把痛苦隐藏起来。"③蒲柏的论点具有一定合理性，他认为牧歌应该隐藏痛苦，带给人愉悦的感觉，这也继承了古罗马贺拉斯寓教于乐的观点。贺拉斯在《诗艺》中指出："诗人的愿望应该是给人益处和乐趣，他写的东西应该给人以快感，同时对生活有帮助。""寓教于乐，既劝谕读者，又使他喜爱，才能符合众望。"④牧歌表现牧羊人的纯朴天性和幸福生活，并带给人欢乐，这是蒲柏对牧歌作出的阐释。闲适的牧羊人以唱歌表达自己的幸福，其内容简单、语言质朴、情感愉悦，呈现自然之美，并带给人愉悦感觉。但是在发展过程中，牧歌的内容、

---

① Bryan Loughrey ed., *The Pastoral Mode: A Casebook*, London: Macmillan, 1984, p.50.
② 伍蠡甫、胡经之主编：《西方文艺理论名著选编》上卷，北京大学出版社1985年版，第187页。
③ Bryan Loughrey ed., *The Pastoral Mode: A Casebook*, London: Macmillan, 1984, p.51.
④ 伍蠡甫、胡经之主编：《西方文艺理论名著选编》上卷，北京大学出版社1985年版，第108页。

形式、语言等各个方面不断变化，既继承传统，又与新的时代境遇结合，成为诗人们竞相用来表达情感的文学样式。蒲柏认为，古希腊的忒奥克里托斯创作的牧歌在自然和简洁方面胜过其他诗人，最贴近牧歌的本来特征。但他笔下的主人公并不严谨，除了牧羊人之外，还包括割稻人、渔夫等。除此之外，他的描述往往过于冗长，第一首牧歌中那只杯子的大段描述就是一个显著的例子。他笔下人物的举止也似乎有一点缺陷，有时会显得粗野无礼。但是，这位牧歌之父有其他牧歌诗人所需要学习的质朴等长处，而且他诗中的方言独具魅力。蒲柏还认为，维吉尔模仿忒奥克里托斯的创作，在语言、条理和文体等方面更胜一筹。斯宾塞将牧歌寓言化，并以牧歌的方式对待宗教事务，这又进一步扩宽了牧歌的外延。在这篇序言中，蒲柏在对牧歌发展的回顾和总结中阐释了牧歌的质朴和愉悦特征，以及忒奥克里托斯、维吉尔、斯宾塞这三位诗人在牧歌发展史上的重要地位。

到了 18 世纪，牧歌遭到评论者的质疑。例如塞缪尔·约翰逊（Samuel Johnson）在 1750 年的文章《论牧歌和乡村生活》（"On Pastoral and Country Life"）中强调："任何发生在乡间的素材，都可以成为诗人写作的对象。"① 约翰逊认为，牧歌的概念界定不必以维吉尔牧歌为标准，不必描写黄金时代或阿卡迪亚世界里的举止和情感，因为在新的历史阶段，牧羊人不可能被认为是和谐群体、文雅举止的代表。约翰逊指出，维吉尔的诗歌为罗马政权服务，斯宾塞诗中的牧羊人表现城市文人的高雅情感，弥尔顿让牧羊人说出批判宗教的话，这些都是不真实的。因而在约翰逊看来，牧歌应该描述乡村里生活的各个阶层的人，反映任何高尚或卑微的情感，专注于真实的乡村意象，呈现真正的乡村生活。在古典牧歌与当下现实融合的过程中，批评者们不可避免地展开对牧歌的批判。例如威廉·哈兹里特（William Hazlitt）在 1818 年出版的《关于英国诗人的演讲》（*Lectures on the English Poets*）中指出："我们很少有优秀的牧歌作品。我们的举止不是阿卡迪

---

① Bryan Loughrey ed., *The Pastoral Mode: A Casebook*, London: Macmillan, 1984, p. 67.

西方牧歌发展的历史钩沉

亚式的,我们的气候不是永恒的春天,我们的时代不是黄金时代。"①哈兹里特认为英国没有与忒奥克里托斯相媲美的牧歌作家,认为蒲柏的作品里充满了无意义的修饰和平庸的情感。一个时代的社会环境往往影响文学样式的选择,随着工业化、城市化等外在现实的影响,反映牧羊人悠闲生活的古典牧歌已被视为矫揉造作的代表,遭到批评家的批判与遗弃。

总体看来,早期的牧歌批评者指出忒奥克里托斯、维吉尔的古典牧歌所具有的特征。他们认为,古典牧歌在内容上主要反映牧羊人平静、快乐、无忧的放牧和爱情生活,在风格上表现为情节简单、语言质朴、情绪节制,具有将牧羊人及乡村生活理想化的倾向。同时,批评者指出,古典牧歌并不是乡村爱情和交往方式的简单再现,而是融入当下现实中的自然和社会风貌,在简单的牧歌形式中蕴含有宏大的主题和道德教谕的目的。这就在综合概括古典牧歌特征的基础上扩展了文艺复兴时期牧歌的深厚内涵。当然,批评家们也展开了牧歌论争,思考古老的文学样式如何与新的时代境遇融合,这些赞颂与批判为20世纪的牧歌批评奠定了基础,也为之开辟了道路。

牧歌研究的第二个阶段是20世纪以后尤其是第二次世界大战结束以后的深入扩展时期,牧歌日益成为一种文化文学意义上的"解剖学"。这时期涌现出大量研究著作,从宏观方面梳理牧歌的发展历史,从文化角度界定牧歌概念,专注于牧歌文本分析,或在经典重读中重塑牧歌的文学史意义。

关于牧歌的文学史梳理与评析,海伦·库柏(Henlen Cooper)的《牧歌:从中世纪到文艺复兴》(*Pastoral: Medieval into Renaissance*, 1977)具有代表性。该书追踪了从罗马帝国衰落到英国内战爆发之间尤其是文艺复兴早期意大利、法国、英国牧歌文学的发展状况,详细介绍中世纪牧歌的影响,以及伊丽莎白一世执政时期牧歌文学的中心地位。库柏认为,牧歌具有相当丰富的象征意义,但是人们谴责牧歌,认为

---

① Bryan Loughrey ed., *The Pastoral Mode: A Casebook*, London: Macmillan, 1984, p.73.

它虚情假意、矫揉造作、逃避现实,这种谴责长久以来妨碍了人们对牧歌作出恰当的评判,但无论如何,这种谴责也只是占据整个文学传统中的很小一部分。同时库柏指出,在整个牧歌发展的历史进程中,人们往往从忒奥克里托斯、维吉尔转移到桑纳扎罗或斯宾塞,其间可能会提到彼特拉克,而有一种遗忘中世纪牧歌的倾向。事实上,在维吉尔和斯宾塞对牧歌的理解之间有一条鸿沟,在这条鸿沟之上有许多其他作家搭起连接的桥梁,如果没有这些作家的贡献,维吉尔和斯宾塞之间是不可能建立起联系的。库柏肯定中世纪牧歌作为桥梁的重要意义,认为"中世纪的牧歌在很多方面比后来的牧歌更具有吸引力"。"在中世纪时期,牧歌形成了许多种后来作家们继承的观念和主题。"[①]与其他文学样式或种类相比,牧歌可能更是一种依赖传统、权威、模式和影响的事物,没有任何一部牧歌能够单独被理解。库柏还指出,伊丽莎白时期的作品广泛吸取古典、中世纪等几个世纪以来的牧歌传统,在融合传统的基础上作出总结、理解和扩充,他们不仅模仿传统诗行的特色,还从传统中获得创造的灵感,开创牧歌创作的鼎盛时期。南希·林德海姆(Nancy Lindheim)的著作《维吉尔的牧歌传统:从文艺复兴到现代》(*The Virgilian Pastoral Tradition*:*From the Renaissance to the Modern Era*,2005)则将牧歌的文学史视域扩展至现代社会,主要探寻牧歌样式与精神在西方文学中的传承。该著作分析了文艺复兴时期斯宾塞、锡德尼、莎士比亚、弥尔顿等创作的牧歌作品所体现的生命追求,探讨了华兹华斯、塞缪尔·贝克特的荒诞派戏剧《等待戈多》中体现出的极简人生,这些也是牧歌精神在不同时代里的具体呈现。库柏、林德海姆的专著将牧歌从古希腊延伸至现代社会,充分体现牧歌在广度和深度上具有的可供探索的广阔空间。

批评家们主要将牧歌视为一种静态的、理想的文学类型,重视牧歌的原始意义,称颂其内容的"天真",认识到牧歌歌颂乡村自然环境和农牧民的单纯快乐,有助于增进人们对乡土自然和田园农耕生活

[①] Helen Cooper, *Pastoral*:*Medieval into Renaissance*, Ipswich:D. S. Brewer, 1977, p.1.

的理解，流露人们回归自然的愿望。早期批评家们指出牧歌具有地点的统一性、事件的日常性以及人类与自然的和谐性三方面特征，新时代的批评者则依据不同标准对牧歌做出更为具体的细致区分。例如利奥·马克斯将牧歌理想划分为大众的情感型理想和想象的复杂型理想。面对冷酷无情的社会和技术现实，人们会产生"逃离城市"的朦胧情感，例如人们休闲娱乐时热衷于野营、狩猎、钓鱼、野餐、园艺等户外活动，电影、杂志、广告等媒体往往表现田园生活环境，以迎合人们对原始美好或乡村幸福的感伤情绪。同时，马克斯指出，正如维吉尔在其第一首牧歌中展现牧人梅利伯流离失所的痛苦，梭罗在瓦尔登湖畔听到林中火车的声音，普桑在风景画中引入骷髅的意象，这些"真实"的世界成为一种"反作用力"，而暗含反作用力的作品就是优秀的复杂型牧歌理想。马克斯的看法与席勒的看法具有契合之处。席勒指出牧歌不可能完全达到平衡和安静，应在同一中有多样化，在满足中有奋斗，而牧歌理论的任务在于解决这些问题。席勒指出牧歌需要扩展，即牧歌中要有多样化的"运动"，正如马克斯提及的"反作用力"。无论是"运动"还是"反作用力"，最重要的是达到一种理想。正如维吉尔在第一首牧歌的结尾处以暂住一晚、炊烟落下影子等一系列质朴意象缓解矛盾冲突，弥合希望与恐慌之间的鸿沟，在提屠鲁所在的中间地带实现和谐理想，因而"恢复和谐是维吉尔第一首牧歌的全部要旨所在"[①]。此外，彼得·马里内利（Peter Marinelli）在批评术语系列丛书《牧歌》（*Pastoral*, 1971）中做出古典牧歌和现代牧歌的划分。他认为古典牧歌将牧人作为理想符号，而现代牧歌从底层人物身上发现令人崇敬的情感和精神，例如华兹华斯塑造依靠自然生存的高尚人格。安娜贝尔·帕特森（Annabel Patterson）在《牧歌与意识形态：从维吉尔到瓦莱里》（*Pastoral and Ideology: Virgil to Valery*, 1987）中将牧歌分为软牧歌（soft pastoral）和硬牧歌（hard pastoral），

[①] ［美］利奥·马克斯：《花园里的机器：美国的技术与田园理想》，马海良、雷月梅译，北京大学出版社2011年版，第14页。

指出软牧歌展现为柔和、悠闲或充满怀旧色彩的理想化牧歌，硬牧歌则充斥着苦难和劳作的现实生活，包括反牧歌和农事诗。在建立牧歌体系方面，英国评论家特里·吉福德（Terry Gifford）在著作《绿色之声：解读当代自然诗歌》（*Green Voices*：*Understanding Contemporary Nature Poetry*，1995）以及《牧歌：一种批评术语》（*Pastoral*：*The Critical Idiom*，1999）中对牧歌历史做出划分。尤其在后一本著作中，吉福德区分了牧歌的原始义、引申义和贬抑义，创建了牧歌（pastoral）、反牧歌（anti-pastoral）和后牧歌（post-pastoral）这一理论体系。吉福德追溯了牧歌的发展历史，指出赫西俄德（Hesiod）的《工作与时日》（*Works and Days*）描述了农业与经商的全部图画，设定黄金时代的神话想象，这影响后来的牧歌样式。吉福德还梳理了文艺复兴时期菲利普·锡德尼爵士、斯宾塞等创作的牧歌作品，蒲柏、华兹华斯、克莱尔的诗歌，以及现当代的乡村小说、游记和当代美国的自然书写。这本书运用文化研究和生态批评方法指出牧歌的复杂内涵，"牧歌从一开始便面向城市读者，始终呈现出诸如海边城镇与山地乡村之间、宫廷生活与牧人生活之间、人类与自然之间、退隐与回归之间等各种张力"[①]。吉福德认为，牧歌总体上被运用在三个不同方面，即诗歌、戏剧和小说。例如古希腊罗马关于乡村生活的诗歌，这类诗歌始于亚历山大时期，盛于文艺复兴时期的欧洲，描写从城市向乡村的隐退，歌颂优美宁静的自然环境和其中简朴快乐的乡村生活。这是严格意义上的牧歌，以牧人作为主人公，描述阿卡迪亚环境和黄金时代的理想。此外，作为一种文学模式，牧歌不局限于诗歌这一文类，还包括延续传统、美化乡村生活，把乡村和城市作为明确对照来描写的传奇、小说、戏剧等广泛意义上的文学作品。除此之外，吉福德也意识到人们质疑传统牧歌的思维模式，从现实主义角度反对牧歌把乡村生活理想化、浪漫化，认为其掩盖了操劳和贫困的现实，这就具有反牧歌的倾向。吉福德的《牧歌：一种批评术语》最具特色的地方在于第六部分

---

① Terry Gifford, *Pastoral*：*The Critical Idiom*, London：Routledge, 1999, p. 15.

西方牧歌发展的历史钩沉

提出后牧歌概念，超越了传统的牧歌与反牧歌概念，从生态批评角度试图重建人类与自然的和谐。这一新概念的提出有助于深化古老牧歌在新时代境遇中的内涵，这也证明缓解矛盾、实现和谐是人类的共同愿望。

当然，到了 20 世纪，也有批评家再次给牧歌贴上逃避主义的标签，并从不同角度展开批判。例如，英国马克思主义批评家雷蒙德·威廉斯（Raymond Williams）在《乡村与城市》（*The Country and the City*，1975）一书中对牧歌中美化的人际关系提出质疑。威廉斯认为，维吉尔的牧歌可能带来赞赏与敌视这两种形式。一方面，《牧歌》清晰地表达出一种简单朴素的愿望，并坦率地反对城市的罪恶，甚至包含一种绝对的和平主义，这些因素可能使《牧歌》受到人们的称赞。另一方面，《牧歌》代表统治阶级和土地所有者的利益，无数真实的乡村现实说明阶级之间存在对立，而诗人反复感谢屋大维政权归还他的土地，以逢迎统治阶层兴趣的方式隐瞒乡村生活中充满压迫的现实，其牧歌在统治者、地主与土地上的劳动者之间确立一种简单关系，模糊了实际社会经济机构中的粗暴行为，具有迷惑读者的作用。理查德·哈丁（Richard F. Hardin）在《牧歌遗风》（*Survivals of Pastoral*，1797）中指出人们批判牧歌是因为它简单地反映现实。哈丁认为乡村世界需要一种媒介来呈现真相，而任何一种呈现都是文化渴求与定位的产物，风景首先是一种文化，世世代代的作家们在一些山水等景物中重现的是他们思想上的困惑与想象。哈丁明确指出维吉尔的绿色空间在某种程度上属于贵族的所有物，维吉尔将他的乡村世界融入牧歌形式中，以让他、他的朋友和赞助者们毫无愧疚地出现在牧羊人旁边。最后哈丁认为，牧歌形成一种艺术上的替罪羊，是一种稳定而纯粹的样式，通过艺术的镜子迎合政治的需求。

在 20 世纪西方批评家的探讨中，备受争议的术语牧歌日益成为一种严肃而复杂的批评范畴，从古希腊到现代社会，牧歌走过了漫长的历程，其内涵和外延不断被拓展，呈现出多种形态。尽管以快乐的牧羊人为主人公的传统样式在 18 世纪走向衰落，但是回归乡野自然、追求简朴生活、向往理想世界等牧歌精神却在后世的诗歌、散文、小说、戏剧等文学种类中经久流传。牧歌既简单又复杂，反映了文学与自然、社会、政治、道德、伦理等各个领域与层面的关系，也因此出现情感型牧歌、复杂型牧歌、古典牧歌、现代牧歌、反牧歌、后牧歌、无产阶级牧歌、城市牧歌、男性牧歌、女性牧歌等各种提法。可以看出，自第二次世界大战结束以后，人们对工业、科技、城市、欲望等的认识使古老的牧歌焕发出新的活力，这个时期的牧歌研究逐渐从文学领域扩展至文化领域，为20世纪90年代以来牧歌从文化层面转向实践认知奠定了基础。

牧歌研究的第三个阶段主要表现为自20世纪90年代以来关注环境现实的跨学科研究。当牧歌的绿色世界遭遇前所未有的污染和掠夺时，批评家们以地球而非人类为中心，重新探寻人与自然的关系，从生态环境的角度为牧歌的研究带来新的阐释空间。

在工业文明的冲击下，文明与自然之间的和谐状态被打破。从20世纪60年代开始，人们对核毁灭、物种灭绝、有毒废物、森林破坏、全球变暖、城市扩张以及空气、水、土地污染等问题日益关切。在这样一种时代境遇中，承袭自然文学传统，探讨文学与自然环境之间的生态批评（Ecocriticism）应运而生，使人与自然关系的文学研究更具有环境实践的需求。作为生态批评的奠基之作，蕾切尔·卡逊（Rachel Carson）在《寂静的春天》（*Silent Spring*，1962）中以寓言式的开头描绘一个美丽村庄的突变。一个万物和谐的村庄坐落在农场中央，周围有庄稼、果园，春夏秋冬都有美丽的景色，这里植物繁茂，物产丰富，处处充满勃勃生机。然而古老的牧歌理想遭遇到现实的无情伤害，自人们建房舍、挖井筑仓，一切都开始改变，空中飘着死神的幽灵，被生命抛弃的地方寂静一片。这是一个想象中的寓言，但很容易变为人们熟悉的现实。于是卡逊运用客观的科学知识讲述美丽的大自然所遭遇的灾难，理性记录生存环境面临的种种威胁，细致描绘滥用杀虫剂带来的灾难性后果。卡逊指出，杀虫剂的使用被人们认为是一条舒适平坦的超级公路，这条路的终点却有灾难，是时候选择一条

■ 西方牧歌发展的历史钩沉

"行人稀少的路",想出变通办法代替化学物质对昆虫的控制,如此才有机会保住我们的地球。该著作把牧歌传统引入生态批评视野,在美丽村庄突变的寓言故事里呼吁人类改变控制自然的思维,探讨与自然环境和谐相处,从此拉开现代环境运动的序幕。

1992年"文学与环境研究会"(ASLE)成立,1995年召开第一届年会,此后,随着一系列里程碑式的著作出版,生态批评发展成生机勃勃的国际文学文化绿色批评潮流。生态批评与自然文学一脉相承,但都受到西方牧歌文学的影响。生态批评家们认识到牧歌持久甚至越发重要的意义,纷纷在著作中提及古老的牧歌。例如利奥·马克斯在《花园里的机器》中分析维吉尔的第一首牧歌,认为提屠鲁所在的理想牧场是一种中间风景,一边是罗马帝国城市,另一边是偏远荒野,而提屠鲁不用遭受来自城市和荒野的焦虑和痛苦,这种中间地带构成了美国的牧歌理想。虽然马克斯在其作品中并未直接提及生态学或环保主义,但是作者鲜明地探讨了以机器为代表的科学技术对以花园为代表的自然的入侵,使这本著作成为生态批评的里程碑式作品,也被视为"研究美国田园牧歌问题的权威之作"[①]。1989年,马克斯在一篇回顾性文章《美国的牧歌主义》("Pastoralism in America")中指出,关于美国的牧歌主义消亡的论述是不成熟的。1992年,马克斯撰写论文《牧歌主义是否有未来?》("Does Pastoralism Have a Future?"),并指出牧歌模式具有持久的魅力。马克斯认为,维吉尔作品中的牧人受到城市和自然双重力量的影响,却能保持和平、富足、闲适的生活方式,这种牧歌生活不仅对19世纪的美国思想产生重要影响,也给当今缓解环境危机带来启示。许多生态批评家诸如劳伦斯·布伊尔、特里·吉福德、格雷格·杰拉德(Greg Garrard)等加入重申牧歌持久魅力的行列,将这一术语与悲剧、喜剧等并列,成为批评家们思考的重要组成部分。例如美国生态批评的引领者劳伦斯·布伊尔在《环境的

---

① [美]格伦·洛夫:《实用生态批评:文学、生物及环境》,胡志红、王敬明、徐常勇译,北京大学出版社2010年版,第76页。

想象》(*The Environmental Imagination*, 1995) 中阐述牧歌研究在文学、历史与意识形态中的地位。布伊尔认为，尽管意识形态的内容时有变化，但是牧歌的形式始终如一，乡土田园不是培植感伤情绪的场所，而是社会和文学阐释的一个复杂、重要而又中肯的样板，对生态批评从单纯关注人类的意识形态舞台转向呵护自然本身具有重要意义。布伊尔对美国牧歌文学思想观念进行全面评论，并审视梭罗《瓦尔登湖》在美国作为牧歌文学典范的地位。但是，布伊尔认为梭罗的代表作并不完美，自然文学在美国的流行往往受到学术界的轻视，而且生态批评的标准又具有不确定性。为此，布伊尔提议建立四个衡量生态批评的标准："非人类环境的出现，人类利益不是唯一的正当利益，人类对环境的责任是文本伦理取向的一部分，文本应含蓄地表示环境观念。"[1] 而牧歌强调自然环境，显然符合生态批评的标准。更具有代表性的是，美国生态批评家格瑞格·加拉德在其著作《生态批评》(*Ecocriticism*, 2004) 第三章重点介绍"牧歌文学"。加拉德指出，牧歌中的田园这一喻体必将是生态批评的关注重点。"在西方文化中，没有哪个比喻性的词语如此根深蒂固，或是对环境主义来说如此深沉难解……它拥有悠久的历史，它在文化上具有普遍性，这都意味着田园这个词语必须也将作为生态批评学者关注的核心而存在。"[2] 加拉德在这本著作中首先介绍生态批评家吉福德对牧歌作品的分类：第一类是逃避城市、退居乡村的特定文学传统，第二类是广泛意义上描述乡村与城市之间对比的作品，第三类是忽视劳作与艰辛的带有理想色彩的牧歌传统。加拉德分别对这三种表现形式展开探讨。在论述古典牧歌文学时，加拉德提及两位生态批评前辈利奥·马克斯和雷蒙德·威廉斯都论述了维吉尔对生态批评的重要性，两位批评者都发现了牧歌传统前进的潜力，都将其与环保政治的兴起联系在一起。据此，加拉德根据时间顺序，将牧歌作品划分为三类，第一类是哀歌（elegy），

---

[1] Lawrence Buell, *The Environmental Imagination: Thoreau, Nature Writing and the Formation of American Culture*, Cambridge: Harvard University Press, 1995, pp. 7–8.

[2] Greg Garrard, *Ecocriticism*, New York: Routledge, 2004, p. 34.

运用怀旧的笔调回顾逝去的往昔，第二类是牧歌（idyll），它颂扬丰饶富足的现在，而更具有重要意义的是第三种乌托邦（utopia），即寄希望于未来的救赎。在过去、现在、未来的三种时间向度中，牧歌已超越简单的田园内容和诗歌形式，因其虚构性、隐喻性和普适性而具有救赎的意义，如此确定了人们重建牧歌的现实需求。美国生态批评者格伦·洛夫（Glen A. Love）进一步在《实用生态批评》中指出："从我们身处其间的以地球为中心的语境出发，对于牧歌的研究将迎来新的阐释空间。"[①] 洛夫指出，在环境焦虑的时代，牧歌研究在参与现实中表达出对生物的敬畏和对人性的回归。可以看出，西方生态批评家们倡导依据现代生态学知识重构牧歌文学传统，这将使古老的牧歌文学在生态危机时代重放光彩。

生态批评理论下的牧歌研究成果众多，不仅为解读文学文本提供新视角，也为环境保护提供启示意义。人们基于对理想乡村世界的怀念和现实城市生活的批判，产生出创建绿色世界的行动需求，以发挥古老牧歌在现实生活中的作用。例如劳伦斯·布伊尔指出，环境包含自然和人工的因素，考虑到"无论是繁华都市和偏远内地之间，还是人类中心和生态中心的关注之间，都是互有渗透的"[②]。这就有助于指引人们超越原生态自然崇拜的简单印象，而关注自然与文明、人与人、地区与地区、种族与种族等广泛的环境公正问题，寻找新的调和矛盾的象征。斯科特·斯洛维克（Scott Slovic）在《走出去思考》（*Going Away to Think*，2008）中探讨生态批评的职责，并明确强调："对于心智的活力而言，暂时退隐并思索重大命题，与投身参与讨论这个时代最紧要的问题是同等重要的。"[③] 牧歌理想日渐成为知识分子们关注的前沿问题，被引入社会实践中，指引知识分子投身时代，参与讨论最

---

① ［美］格伦·洛夫：《实用生态批评：文学、生物及环境》，胡志红、王敬明、徐常勇译，北京大学出版社 2010 年版，第 74 页。
② ［美］劳伦斯·布伊尔：《环境批评的未来：环境危机与文学想象》，刘蓓译，北京大学出版社 2010 年版，第 25 页。
③ ［美］斯科特·斯洛维克：《走出去思考：入世、出世及生态批评的职责》，韦清琦译，北京大学出版社 2010 年版，第 8 页。

要紧的命题。有研究者指出:"我们已经走到了环境极限的时代,人类的行为正在毁灭不堪重负的地球,而我们所面临的全球危机不取决于生态系统的作用,而取决于人类伦理道德的作用。"[1] 因此,在强调环境保护的今天,人们不仅要探寻生态危机产生的历史文化和直接的现实根源,抨击人类中心主义,同时还需要探寻通向生态可持续和社会普遍公正的路径。而在突出人类伦理道德作用时,借鉴牧歌中人与自然、人与人、人与自我的和谐之路,也是实现普遍环境公正的重要方式。

回顾牧歌的发展历程和以往批评家们对牧歌所作评论的历史可以看出,在西方文学史上,自忒奥克里托斯以来牧歌是一个不容忽视的概念,它不仅是一种诗歌类型,也日益成为人们探讨社会、自然及真理等关键问题的重要方式。从以上概述可以看出,西方的牧歌研究已经持续几个世纪,其研究的内容越来越全面,考察视角和所运用的方法也越来越新颖,充分展示牧歌研究的价值和意义。

第二节 中国文学批评视野中的牧歌

在提及牧歌时,国内的教科书往往寥寥数语。例如郑克鲁主编的《外国文学史》指出忒奥克里托斯"擅长于写乡情乡景,风格自然、质朴、清新"[2],维吉尔的《牧歌》中"有情诗、哀歌、哲理诗,形式有牧人对歌、独歌等,主要抒发爱情及对时政的种种感受"[3]。项晓敏主编的《外国文学史教程》也仅用一句话介绍忒奥克里托斯:"他擅长写优美的农村风光和年轻牧人的恋爱感情,风格自然,质朴清新,对欧洲田园诗歌影响较大。"[4] 国内教材多是简要介绍,少有具体的文本分析。

---

[1] 赵一凡等主编:《西方文论关键词》,外语教学与研究出版社2006年版,第498页。
[2] 郑克鲁主编:《外国文学史》(上),高等教育出版社2006年版,第21页。
[3] 郑克鲁主编:《外国文学史》(上),高等教育出版社2006年版,第24页。
[4] 项晓敏主编:《外国文学史教程》,北京大学出版社2015年版,第8页。

西方牧歌发展的历史钩沉

尽管牧歌方面的知识在教材中还未得到充分体现,但受到部分外国语言文学研究者的青睐。近年来,中国学术界呈现出研究牧歌的强劲趋势,其研究成果主要体现在以下几个方面。

首先,中国学界普遍将"pastoral"译为"田园诗",概括梳理田园诗的发展历程。例如,姜士昌的专著《英国田园诗歌发展史》(中国社会科学出版社2016年版)着重论述英国田园诗的起源、文艺复兴时期的黄金阶段、18世纪至浪漫主义时期英国田园诗歌的乡村化及本土化现象,以及19世纪及20世纪诗人笔下的田园书写。尽管这部作品"重传承、轻特性,重文本、轻评析,重古代、轻现代"[1],但是该著作收录许多国内读者不甚了解的文艺复兴时期英国诗人及其作品,这对于"英国田园诗歌的历史具有归档性意义"[2]。此外,陈红、张珊珊、鲁顺撰写的《田园诗》(外语教学与研究出版社2019年版)是外国文学研究核心话题系列丛书、外语学科核心话题前沿研究文库中的一本,充分体现出田园诗这一核心话题的地位。该著作介绍英国田园诗歌史、批评史、经典案例、原创案例以及趋势展望等内容,兼具学术性、应用性、原创性与文学性,为国内的相关研究奠定基础。张剑在论文《西方文论关键词:田园诗》中指出:"田园诗也称牧歌,是一种文类,同时也是一种文学模式。"[3] 这篇论文提纲挈领地梳理了西方田园诗的发展历程,并提及反田园和后田园的发展阶段。作者认为,反田园旨在去理想化和去浪漫化,注重展现乡村生活的真相,将人们从幻想拉回现实,后田园则从某种意义上是对人与自然关系的再思考,"就是将异化的人类重新带回自然的怀抱,在人与自然之间建立一种新的连接"[4]。总体看来,相关研究指出具有漫长历史的田园诗形成一个环环相扣、不断发展的文学传统,这同样从"史"的方面推动国内的田园诗研究。

---

[1] 陈红、张珊珊、鲁顺:《田园诗》,外语教学与研究出版社2019年版,第116页。
[2] 陈红、张珊珊、鲁顺:《田园诗》,外语教学与研究出版社2019年版,第116页。
[3] 张剑:《西方文论关键词:田园诗》,《外国文学》2017年第2期。
[4] 张剑:《西方文论关键词:田园诗》,《外国文学》2017年第2期。

其次，以"田园"或"牧歌"为核心概念，分析西方某个历史阶段具有代表性的作家作品。例如，刘庆松的专著《守护乡村的绿骑士：帕特里克·卡瓦纳田园诗研究》（陕西师范大学出版社 2015 年版）旨在分析卡瓦纳作品中的田园与宗教、《大饥饿》中的反田园成分以及城市田园诗中的自然。汪翠萍的专著《现代牧歌：罗伯特·弗罗斯特诗歌研究》（中国社会科学出版社 2017 年版）将美国现代诗人罗伯特·弗罗斯特看似简单、平淡、直白的诗作放到西方牧歌传统中来观照。作者指出弗罗斯特的诗歌最具创造性的地方在于，他的诗歌普遍运用牧歌这一西方传统的诗歌样式，"具有贴近自然环境、关注时代问题、憧憬理想社会、采用日常语言等特征。诗人立足于新英格兰乡间，以一个地方来思考广阔的人类世界"[1]。该著作运用牧歌概念研究作家作品，十分有效地拓宽了弗罗斯特诗歌作品中的乡野景观在现代世界的深层意义。在论文方面，国内学者重视文本细读，解读重要的牧歌诗人及其代表作品，探讨其诗歌内容与艺术特点。例如，罗晓颖在《牧歌中的"鸿蒙初辟"之歌——维吉尔〈牧歌〉第六首 31—40 行的哲学意蕴分析》一文中充分运用文本细读的方式，阐述西勒努斯之歌的序篇（第 31—40 行）这段"鸿蒙初辟"之歌的重要意义，"用山野小调吟诵出远比'君王和战争'更为渺远宏阔的主题：宇宙和世界的生成、'鸿蒙初辟'的歌谣"[2]。这就拓展了维吉尔牧歌的丰富内涵，在其作品中发现"宇宙创生"的哲学教谕，从而在内容和形式上反映出诗人深邃的内在思想。张莹的《斯宾塞〈牧人月历〉诗歌特色阐释》（《语文建设》2015 年第 23 期）并没有从哲理上或隐喻上探索牧歌作品的内涵，也没有凭借丰富的资料取胜，而是具体关注《牧人月历》的语言等文学特色。姜士昌在《田园诗的本土化——18 世纪英国诗歌中的乡村书写》中指出，18 世纪的英国诗人们"努

---

[1] 汪翠萍：《现代牧歌：罗伯特·弗罗斯特诗歌研究》，中国社会科学出版社 2017 年版，第 32 页。

[2] 罗晓颖：《牧歌中的"鸿蒙初辟"之歌——维吉尔〈牧歌〉第六首 31—40 行的哲学意蕴分析》，《求是学刊》2010 年第 37 期。

西方牧歌发展的历史钩沉

力拓展田园诗的形式与题材,不但强化牧歌和农事诗的本土色彩,还创造了寓言式田园诗、贫民挽歌和反田园诗等多种新型田园诗形式"[1]。姜士昌的论文重在介绍传统牧歌进入英国的本土化进程,以及18世纪以后牧歌发展的多样性形态。国内研究者作出的文本细读有助于开拓人们对牧歌这种文类的认识。

最后,学者们从生态批评、后田园等新的视角探讨牧歌作品。例如,陈红的论文《古老牧歌中的绿色新声:约翰·克莱尔〈牧羊人月历〉的生态解读》(《外国文学研究》2018年第1期)使生态批评理论介入牧歌研究,强化牧歌与现实世界的纽带。作者指出,克莱尔从一位乡村劳动者的立场出发,利用牧歌固有的题材和形式,表达他对所属土地的热爱和对圈地运动的不满,他的诗歌中充满怀旧情绪,这是对古老牧歌中蕴含的生态和谐思想的追忆。陈红在《〈摩尔镇日记〉的后田园视野:特德·休斯的农业实践与田园理想》(《外国文学评论》2018年第4期)中则论述了休斯在《摩尔镇日记》中突破了传统田园与反田园的对立模式,表现出以消解对立、重建联系为特征的后田园视野。陈红等研究者的论文开拓了田园研究的新视域,生态批评、环境政治、后田园等新的话语表达方式表征着中国牧歌研究逐渐从主观的评论向规范的学术化方向深入发展。

同时,学者们运用牧歌这一诗学术语分析中国作品,比较中西田园作品在主题内容和艺术特色等方面的相似性和相异性。其中,沈从文的作品尤其是《边城》被冠以"牧歌"的机会特别多,如刘西渭认为"《边城》是一部 idyllic 杰作",汪伟指出"《边城》整个调子颇类牧歌",杨义点评沈从文的小说"牧歌情调不仅如废名之具有陶渊明式的闲适冲淡,而且具有屈原《九歌》式的凄艳幽渺",是真正的"返璞归真"[2]。夏志清在《中国现代小说史》中也建立沈从文小说与牧歌的联系,"既有玲珑剔透牧歌式的文体,里面的山水人物,呼之

---

[1] 姜士昌:《田园诗的本土化——18世纪英国诗歌中的乡村书写》,《河南师范大学学报》(哲学社会科学版)2014年第41期。

[2] 杨义:《中国现代小说史》第2卷,人民文学出版社1993年版,第619页。

欲出；这是沈从文最拿手的文体，而《边城》是最完美的代表作"①。刘洪涛在著作《〈边城〉：牧歌与中国形象》中也认为："无论是在乡愁的发酵，传统意象的挖掘，以及原始人性的塑造等方面，京派作家都有很好的建树，如何其芳、李广田、芦焚的作品。尤其是沈从文，他把牧歌这种乡土抒情的方式推向高峰。"②沈从文声称要建供奉人性的希腊小庙，将牧歌作为乡土抒情形式，这丰富和提升了现代诗化小说的内涵。《边城》处处洋溢着西方传统牧歌中优美自然的气息，和牧羊人面对挫折时哀怨凄楚的忧伤情绪，这种艺术独创性巩固发展和深化了中国的乡土抒情模式。据此刘洪涛认为，继鲁迅的《阿Q正传》之后，《边城》的牧歌属性重塑了中国形象，在近现代以降文化守成主义思潮中，牧歌书写成为主体民族对自我诗意想象的虚拟和策略，为后发国家的民族抒情提供了可贵的范本。刘洪涛运用西方牧歌概念有效地解读沈从文《边城》中的艺术独创性及其意义，将其牧歌风格提高到国家形象和文学中的民族想象的高度来分析，既体现了牧歌的现代价值，也为经典重读提供了可资借鉴的路径。

在平行比较方面，杨周翰在论文《维吉尔与中国诗歌的传统》[《北京大学学报》（哲学社会科学版）1988年第5期]中寻找到维吉尔牧歌与中国传统诗歌的契合之处，这为牧歌在中国的研究开启了一个全新的方向。作者首先认为维吉尔牧歌与陶渊明诗歌在朴素意象及摆脱焦虑情感方面具有一致性。维吉尔在被赶出家园后写下牧歌，其第一首牧歌中的两位牧人谈到理想的生活，即在黄昏时分、在群山的映衬下看到简陋农舍屋顶冒出的炊烟。这令读者想到中国诗人陶渊明在厌倦十年官场生涯之后写下的《归田园居五首》，其中有诗行"暖暖远人村，依依墟里烟"，使意象和情感密切对应，表达了对宁静生活的欣赏。维吉尔诗歌的另一个显著特征在于哀婉的基调，与此相似的是中国杜甫等诗人写下夫妻、情人和亲人分别的别离诗，尤其是

---

① 夏志清：《中国现代小说史》，刘绍铭等译，浙江人民出版社2016年版，第230页。
② 刘洪涛：《〈边城〉：牧歌与中国形象》，广西教育出版社2003年版，第88页。

西方牧歌发展的历史钩沉

《垂老别》《无家别》在战争和动乱的背景下衬托家庭和血缘的离别之情。杨周翰先生认为维吉尔的《牧歌》是最早在中国传播的罗马文学,其原因不仅在于其篇幅简短,更在于其蕴含的乡村理想以及哀婉基调,这分别与中国诗人陶渊明和杜甫诗歌具有相似之处,证明了向往理想生活和深切的恻隐之心跨越国界,是人类共同拥有的感情。萧驰的论文则在作品文类的相异之处找到相同的文心。在论文《两种田园情调:塞奥克莱托斯和王维的文类世界》中,萧驰将西方牧歌之父的作品与中国自然诗典范王维的田园情调作出比较。该文结合文学的戏剧性和绘画性比较中西两位作家的作品,提出"塞奥克莱托斯让他的牧人总是浸沉于当下的快乐悠闲之中,过去和未来从来非其所忧虑。诗境因之被固定在一段有限的持续里"①。在作者看来,牧歌的形式最深刻地诠释出它所代表的逃遁主义,而王维田园诗的空间化形式同样诠释出从精神上退离人群而趋禅境。纵然两种田园情调在文类上存在差异,但终究在精神上具有一定的共性,这样就从形而上的高度找到西方牧歌与中国田园诗的共性。

综上所述,自古希腊以来具有简单形式的牧歌在读者的接受过程中积累了丰富多彩的表述,逐渐成为人们借以思考各种复杂问题的方式。国内外的牧歌研究日益呈现出百花齐放、欣欣向荣的发展趋势,这见证了这一领域研究的巨大潜力。截至目前,牧歌研究已经取得丰硕成果,这突出地表现在以下几个方面:第一,研究的对象、方法日益精专,各类研究专著和论文层出不穷,尤其是国外的牧歌研究已突破一般的文学史论述和诗歌鉴赏范畴,拓展为文化阐释和对西方文明反思的跨学科研究;第二,在研究主题上突出乡野趣味研究,认为牧歌是反映乡村景物和日常生活的抒情诗,这体现了人们渴望回归纯朴人性和朴素自然的良好愿望;第三,关注牧歌特色,或认为牧歌平淡无奇、简洁朴实,或认为牧歌在简单的形式下蕴含着深刻的哲理,尤

---

① 萧驰:《两种田园情调:塞奥克莱托斯和王维的文类世界》,《文艺研究》1999年第1期。

其是关注牧人以诗人身份作出诗学反思，具有隐喻的特征；第四，牧歌理论日渐完善，或认为牧歌远离现实生活，是都市诗人对理想的建构和对现实的反思，或认为牧歌中包含反田园和后田园，是对现实的揭露，对未来人与自然和谐理念的憧憬；第五，运用牧歌概念分析现当代作家作品，并与生态批评、环境正义等结合起来，突出牧歌在当下社会的价值和意义。

但是目前牧歌研究尤其是中国学术界的研究还存在以下不足：第一，牧歌与田园诗界限模糊。国内学者将"pastoral"译为"田园诗"或者"牧歌"，这具有一定合理性，但严格来说，田园诗与牧歌之间有细微的差别。田园诗的范畴更为宽泛，在内容上不仅包括美好的阿卡迪亚世界，还包括痛苦的乡村真相。有学者将田园分为古典田园和现代田园，或者分为田园、反田园和后田园，而牧歌应该属于上述划分中的古典田园和田园部分内容。即使牧歌中有爱情的忧伤、离世的哀悼和现实的痛楚，但是最终矛盾得以调和，痛苦终将化解，只剩下欢欣的情绪与和谐的状态。因此，牧歌是以乡村自然为背景，以对话或者独白等日常语言形式，描述乡野纯美自然、牧人闲适生活以及黄金时代理想的文学样式，表达了人们对简单和谐生活的向往之情。而源自古希腊罗马时期的牧歌具有何种典型特征，这需要研究者作出梳理。第二，牧歌具有清晰的发展脉络，研究者普遍从古典时期的源起、文艺复兴时期的发展与繁盛、新古典主义时期的式微与多元化谈起。但是在这一条历史发展脉络上，研究者往往介绍忒奥克里托斯、维吉尔、锡德尼、斯宾塞等具有代表性的作家作品，其分析的篇幅相当有限，使读者难以全面了解牧歌文本的全貌。因而在西方文学史和思想史的宏观视野中，深入分析牧歌文本以呈现西方牧歌的独特所在还有待加强。第三，牧歌在文艺复兴时期发展到鼎盛时期，不断渗透到戏剧、绘画等各种文艺样式之中，国内研究者往往关注斯宾塞的《牧人月历》和锡德尼的《阿卡迪亚》，对绘画等其他文本中的牧歌精神分析还有待拓展。第四，从古希腊到现代社会，牧歌在时间的线性发展中具有何种逻辑进程，新时代牧歌在继承的基础上有何创新，牧歌作者的思想有何更深刻之处，牧歌存在及不断演进和创新发展的根本原因是什么，其功能和价值何在，这也需要深入探讨。第五，国内学者已用牧歌概念分析中国文本，那么，西方牧歌与中国文化有何契合之处，这也有待挖掘。总而言之，牧歌研究方兴未艾，还需要有志于这一领域研究的人们坚持不懈地拓展新的视野。

第三节　选题缘由与研究设想

哈罗德·布鲁姆（Harold Bloom）在《诗人与诗歌》的前言中指出，他认可的想象性文学具有三大标准，即"审美光芒、认知力量、智慧"①。布鲁姆认为，莎士比亚可以代表最高文学造诣的最良善效用，倘若人们真正理解莎士比亚，便能治愈每个社会固有的一些暴力，而阅读惠特曼，真正地理解惠特曼，也能够学会自助，学会治愈自己的意识创伤。布鲁姆肯定了想象性文学所具有的效用，认为即使诗歌无法根治社会中有组织的暴力，它也可以疗救自我。艾略特也曾指出企图以工程技术手段解决人生问题的当代社会，必然产生出一种新型的狭隘意识，其威胁在于使我们漠视历史、切断文明的脉络。在任何时代，我们都需要建立文明的脉络，强调经典的效用。而面对西方文明，深入精神实质，追溯文明的源头和逻辑脉络，发现具有普世性文学经典的审美光芒、认知力量和智慧，这也是当代读者寻求宝贵价值的路径选择。当阿卡迪亚情结成为西方文艺传统中的审美理想时，牧歌也得到人们的重视，并在不同语境中被重新发现。例如第二次世界大战之后的英语世界兴起了维吉尔《牧歌》的研究和翻译热潮，这是一种值得关注的现象。在现代工业文明社会中，随着乡土文学、生态文明和绿色政治运动广受人们的关注，西方古老的牧歌资源理应成为学术研究的亮点。

---

①　[美]哈罗德·布鲁姆：《诗人与诗歌》，张屏瑾译，译林出版社2020年版，第2页。

第一章　牧歌批评的回顾与反思

布鲁姆曾说："文学批评是个人的行动，也是与公众接触的行动。"① 在中西文学批评领域，牧歌的文本研究和史实梳理向来不乏其作，产生了许多开拓性作品。本著作将与牧歌研究领域里的"公众"接触，正如布鲁姆所认为的，"他们的思想给我启迪，使我学会如何从他人的思想中学习"②，力争在这些研究成果的基础上，推进牧歌在中国的深入研究。当然，文学批评也是个人的行动。在具体研究中，本著作首先注重文本的叙述性。这种叙述性表现为介绍原作或译作的全貌。例如忒奥克里托斯的第一首牧歌是解读西方牧歌的关键，但学者们往往简要提及，或仅展开片段分析，本著作将对此作出补充。这种叙述性也体现在历史史实的叙述。牧歌作品的创作并不是独特的现象，而是一代代作家持续努力的结果。作家们在前人创作思想的基础上融入自己的思考、想法、灵感、视角、眼光，成就了新的牧歌作品。而这种立足于前人思想上的发展和创新，总是受到作家们所处时代精神和各种思想的感召，在相互商讨和批判中自然而然诞生出来的。因此，随着时代精神的变革，每个时代的牧歌作品既呈现独特风采，又与既往的作品有千丝万缕的联系。那么，在时间的线性发展中，每位牧歌作者为什么要创作牧歌作品，他的作品与前人相比有何不同和改进，他的思想有何更深刻之处，这就需要用一条逻辑线索将西方牧歌作品清理出来。在这种线性的史实叙述中，本著作旨在将思辨与实证结合，把牧歌文学的思潮与具体文本结合，以直接、形象、立体的方式呈现牧歌文学发展的历史记忆。其次，本著作注重阐释性。勃兰兑斯在《十九世纪文学主流》中曾指出他的撰写原则："有许多作品需要评论，有许多人物需要描述，面面俱到是不可能的。只从一个方面来照明整体，使主要特征突现出来，引人注目。"③ 勃兰兑斯始终将原则体现在趣闻逸事中，在琐碎的事件里剖析人物的心灵，再从人物心灵中

---

① [美]哈罗德·布鲁姆：《诗人与诗歌》，张屏瑾译，译林出版社2020年版，第3页。
② [美]哈罗德·布鲁姆：《诗人与诗歌》，张屏瑾译，译林出版社2020年版，第4页。
③ [丹麦]勃兰兑斯：《十九世纪文学主流》第2分册，刘半农译，人民文学出版社1981年版，第1页。

折射社会、时代、种族乃至整体人类的面貌。借鉴这一方法，本著作的研究力求从宏观层面概括牧歌文学发展的主要脉络，又从作家生平、社会状况、文本细读等方面阐述牧歌发展在不同时空中的微观历史，以从个案透视整体的发展面貌。最后，本著作注重文学性。牧歌本是微言大义、精妙隽永的文体，在自然、直白和朴素的形式下蕴含着丰富的内涵，具有简单之上的复杂特点。为此，本著作将运用新批评、结构主义等批评方法，分析牧歌文本的语言、意象等文学品质，力求通过具体感性的艺术分析来阐发牧歌的演变历史和美学特质。

尼采曾在《查拉图斯特拉如是说》中发出"忠于地"的呼唤，人总是"地之子"，不能离地而生活，所以忠于地是人生恰当的选择。作家把土气息和泥滋味渗透在脉搏里，表现在文字上，这也是真实的思想与文艺。所以，当我们穿梭在城市的空间里，生活在美丽而空虚的理论里，也需要重拾西方文学历史上的土地书写。总体看来，在社会历史文化语境的变迁中，牧歌在各个阶段发生了颇为显著的变化，从外形到内质生长出新的特点、呈现新的转型。因此，梳理西方牧歌发展的历史脉络在转型过程中的变异与走向，探索牧歌在不断变化中恒定不变的内容，即挖掘其"变"与"常"，这是本著作所要探讨的方向。

第二章　忒奥克里托斯与牧歌源起

关于牧歌的起源,人们普遍认为牧歌最早以诗歌形式出现在公元前4世纪,具体体现为古希腊诗人忒奥克里托斯基于自己的家乡西西里创作的《牧歌》。例如,吉尔伯特·海厄特在论述古希腊罗马牧歌时指出:"传说第一个创作这种作品的是忒奥克里托斯,我们对这位受人推崇的诗人知之甚少,只知道他生于公元前305年左右,并在亚历山大里亚和叙拉古的宫廷生活过。"① 忒奥克里托斯及其牧歌作品在人们的印象中较为模糊,但是这位古希腊诗人却在牧歌历史上具有重要地位,正如译者安东尼·维里蒂(Anthony Verity)在《牧歌》的序言中所说:"他在牧歌历史中处于引领者的地位。"② 哈罗德·布鲁姆曾指出:"伟大产生于拒绝将目标与起源分离开来。"③ 因此,我们在梳理牧歌发展脉络时,有必要重返源头,审视忒奥克里托斯这位引领者作品的内容及意义。

第一节　《牧歌》的流传

希腊学专家吉尔伯特·默雷(Gilbert Murray)在其《古希腊文学

---

① [美]吉尔伯特·海厄特:《古典传统:希腊—罗马对西方文学的影响》,王晨译,北京联合出版公司2015年版,第136页。
② Theocritus, *Idylls*, Trans. Anthony Verity, Oxford: Oxford University Press, 2002, p. Ⅶ.
③ [美]哈罗德·布鲁姆:《误读图示》,朱立元、陈克明译,天津人民出版社2008年版,第80页。

西方牧歌发展的历史钩沉

史》中认为，在希腊所有的诗人中，忒奥克里托斯或许是最引人注目的一个，在描写崇高的浪漫主义色彩的恋爱方面，他是首屈一指、无与匹敌的。这部专著材料翔实、评议卓越，被国际学术界公认为权威之作。默雷在书中盛情赞誉忒奥克里托斯这位诗人，"在他自己心爱的质朴的王国里，他主宰着一切"①。默雷认为青年学生喜欢他，而不喜爱荷马，大多数人在初读他的作品时，不禁有欣然惊喜的感觉。约翰·梅西（John Macy）在其经典著作《西方文学史》中同样肯定忒奥克里托斯的独特贡献，认为忒奥克里托斯"可能是唯一有创新思维"②的牧歌诗人。默雷和梅西带着自己的偏爱，对这位牧歌诗人做出积极评价，这至少可以说明忒奥克里托斯在西方牧歌发展历史中具有重要地位。

但忒奥克里托斯并不是他那个时代唯一的牧歌诗人。作为中国第一部关于欧洲文学发展历史的著作，周作人在其《欧洲文学史》中指出，忒奥克里托斯以牧歌闻名于世，"尝学于 Philetas 及 Asklepiades"③。这里提及的菲勒塔斯（Philetas）是荷马史诗评论家、托勒密二世的老师，一位面色苍白、身体瘦弱的学者。而阿斯克勒庇阿得斯（Asklepiades）是希腊著名的讽刺短诗诗人，其诗作优美精炼，用韵独具一格。这两位诗人著有优美的爱情诗，被忒奥克里托斯"坦率地认为是他的先辈"④。或许作为学生，忒奥克里托斯已潜移默化地将柔弱、爱、美与悲沁润在自己的诗歌作品中。另外两位牧歌诗人是比翁（Bion）和莫斯科斯（Moskhos），是公认的忒奥克里托斯的模仿者。比翁所作的《哀悼阿多尼斯》（*The Lament for Adonis*）暗含着人与自然的交融，宁芙和阿弗洛狄特哀悼阿多尼斯之死，连自然界都对人类的苦难

---

① [英]吉尔伯特·默雷：《古希腊文学史》，孙席珍等译，上海译文出版社2007年版，第287页。
② [美]约翰·梅西：《西方文学史：文学的故事》，孙青玥译，红旗出版社2014年版，第64页。
③ 周作人：《欧洲文学史》，钟叔河编订，岳麓书社2019年版，第52页。
④ [英]吉尔伯特·默雷：《古希腊文学史》，孙席珍等译，上海译文出版社2007年版，第285页。

而伤心,所有的山谷都在哀悼,高山上的涌泉在流泪,花儿因悲哀泛红,每一座山丘、每一条峡谷都在吟诵着悲挽的歌声:美丽的阿多尼斯死了,回声交替出现,美丽的阿多尼斯死了。莫斯科斯自称为比翁的学生,具有天赋的才华,创作了《哀悼比翁》(The Lament for Bion)。为了表达对可爱而令人愉快的比翁的悲吟,诗人请求林中的空地、甜美的泉水、美好的果园、温柔的小树林、鲜活的花儿哀悼悲鸣。美丽的歌者去世了,红玫瑰、白头翁、鸢尾花都因悲伤而凋零。这些诗篇文采绚丽,在单纯的幻想中描述多情人,以其热烈的感染力令人神往。

毋庸置疑,忒奥克里托斯是古希腊最引人注目的一位牧歌诗人。默雷曾在《古希腊文学史》中概括介绍忒奥克里托斯的著作:"三十二首田园诗,留下来的只有十首,这些诗全都是有关田园生活的真实的或想象中的描写;六首史诗,两首是应时之作,两首是给恩主所写的表达感恩之情的作品,此外六首爱情诗,四首是对于日常生活所作实际研究之作。"[①] 同时,忒奥克里托斯的作品在语言文字的转换中得以展现光彩,在跨越民族、国别的传播中与更广泛的读者见面。例如恺撒大帝(Gaius Julius Caesar,公元前102—公元前44)执政时期,一位希腊语教师将30首牧歌编辑成《牧歌》,虽然其中的作品是否全部出于忒奥克里托斯之手仍无定论,但这部诗集里的绝大部分作品仍被视为忒奥克里托斯所作。在英语文学世界,忒奥克里托斯的诗歌作品收录在文学选集中,这也印证了忒奥克里托斯诗歌的魅力,若无知音,也不会在不同年代里被翻译和编辑。据研究者指出:"早在1588年就有人将其中6首翻译成英语,且翻译得相当精彩;1684年,第一个忒奥克里托斯诗集英语全译本由托马斯·克利奇(Thomas Creech)翻译出版。"[②] 此外还有安德鲁·朗(Andrew Lang)编辑和翻译的《忒奥克里托斯、比翁和莫斯科斯》(Theocritus, Bion and Moschus,1880),C. 卡尔弗利(C. S. Calverley)翻译的《忒奥克里托斯诗歌的

[①] [英]吉尔伯特·默雷:《古希腊文学史》,孙席珍等译,上海译文出版社2007年版,第288页。

[②] 姜士昌:《英国田园诗歌发展史》,中国社会科学出版社2016年版,第11页。

西方牧歌发展的历史钩沉

英译本》（*Theocritus Translated into English Verse*，1883），R. 乔姆利（R. J. Cholmeley）编辑的《忒奥克里托斯的牧歌》（*The Idylls of Theocritus*，1901），R. 科林（R. T. Kerlin）的《英国文学中的忒奥克里托斯》（*Theocritus in English Literature*，1910），约翰·埃德蒙兹（John M. Edmonds）编辑和翻译的《古希腊牧歌诗人》（*The Greek Bucolic Poets*，1912），詹姆斯·哈拉德（James H. Hallard）翻译的《忒奥克里托斯的牧歌、讽刺短诗和其他诗篇以及比翁和莫斯科斯的诗歌片段》（*The Idylls, Epigrams and Other Poems of Theocritus with the Fragments of Bion and Moschus*，1924），吉尔伯特·拉沃尔（Gilbert Lawall）的《忒奥克里托斯的牧歌集》（*Theocritus' Coan Pastorals: A Poetry Book*，1967），以及罗伯特·威尔斯（Robert Wells）翻译的《牧歌》（*The Idylls*，1988）。忒奥克里托斯的牧歌是用已经"死去的语言"写成的作品，而通过这些英语译本介绍和传播，久远的牧歌并没有湮没无闻，反而实现跨国界的影响，得以提升价值，走出世界，在英语文学世界甚至各国文学语种中被阅读和品评。当然，在编辑和翻译的过程中，译者们除了传达牧歌作品原来的审美信息之外，也受到译入语境等因素的影响，对原来的牧歌文本进行了删减和改编。例如2002年，由英国达尔威奇学院（Dulwich College）的教育家、古典文化学者安东尼·维里蒂翻译的忒奥克里托斯诗作《牧歌》出版，收录了忒奥克里托斯的22首牧歌。无论编辑者和译者怎样展开个性化的翻译或文本选择，忒奥克里托斯创作了牧歌，这是不同译本所传承的一贯主题。忒奥克里托斯的诗歌被以后的各个时代不断地丰富，或是牧歌本身散发的光环，或是译者所处的整个接受环境使然，得以让古希腊牧歌在不同文化语境和时代精神中呈现出新的价值和意义。

至于中国的忒奥克里托斯资料显得颇为单薄，正如比较文学家茅于美所感叹的："他的诗写西西里岛的农村生活，但存留后世的不多，不易读到。"[①] 国内对这位牧歌诗人的作品较为陌生，同类资料相当缺

---

① 茅于美：《中西诗歌比较研究》（第2版），中国人民大学出版社2012年版，第5页。

乏，不易读到忒奥克里托斯的牧歌作品，对其了解更多的是一些片断性甚至是片面性的传说。在一些辞典类介绍中，对忒奥克里托斯的介绍往往一笔带过，常常提及他写过各种体裁的诗歌，其作品流传下来的有"牧歌30首、铭辞25首和一些片段"[1]。即使在一些权威的外国文学史教材中，忒奥克里托斯的生平资料及其作品也基本上处于"默存"的状态。值得庆幸的是，周作人翻译了忒奥克里托斯的部分作品。在1918年2月发行的《新青年》上，刊登了周作人翻译的一首希腊古诗，题为《牧歌第十·两个割稻的人》，诗中通过两个割稻人的对话，表达青年农夫的爱情苦闷。1921年11月，周作人重译此诗，改题为《割稻的人》。在1925年9月出版译文集《陀螺》时，方改题为《农夫》。1934年1月，周作人翻译的《希腊拟曲》由上海商务印书馆出版。1936年，希腊文学学者、翻译家罗念生撰写书评文章，对周译《希腊拟曲》给予较高的评价。罗念生认为，周作人翻译的《希腊拟曲》大概是从希腊原文翻译出来的第一本书。周作人曾坦陈："就个人来说，我所喜欢的倒还是亚历山大时代的谛阿克列多思（Theokritos）和海罗达思（Herodas）。"[2]带着一份个人的喜爱之情，周作人翻译了这两位作家的作品，认为这是拟曲（Mimiamboi）。古希腊"拟曲"又译作"摹拟剧"，"拟曲者，亦诗之一种，仿传奇之体，而甚简短，多写日常琐事，妙能穿人情之微"[3]。周作人认为这两位作家的作品简单，最妙的是在日常琐事中描绘细微的人情，这就以极精练的语言概括了古希腊拟曲的创作风格，为读者奠定对两位作家作品的最初印象。周作人翻译的《希腊拟曲》共12篇作品，7篇由海罗达思创作，5篇由谛阿克列多思（Theokritos）创作。其中，由于译名的不统一，谛阿克列多思（Theokritos）应该就是忒奥克里托斯（Theocritus）。周作人还指出："《牧歌》原语云Boukolika，意曰牧羊人的，英文云Bucolics，又称Idylls，则本Eidullia Boukolika之路，具言当云

---

[1] 林焕文、徐景学主编：《世界名人辞典》，黑龙江朝鲜民族出版社1987年版，第236页。
[2] 钟叔河编：《周作人文类编·希腊之余光》，湖南文艺出版社1998年版，第200页。
[3] 钟叔河编：《周作人文类编·希腊之余光》，湖南文艺出版社1998年版，第188页。

牧羊人式，盖言其节调体式也。今所传希腊《牧歌》只有谛阿克列多思三十篇，比恩（Bōn）七篇，摩思珂思（Moskhos）九篇。谛阿克列多思所作虽名《牧歌》，而大半皆非是，其中三篇即系《拟曲》，即第二，第十四，第十五是也。"①周作人的译介为牧歌在中国的传播发挥了引领作用。在《希腊拟曲》里，忒氏作品中第二、二十、十四、十五首短歌分别被译为《法术》《农夫》《相思》《上庙》。除周作人之外，直接从古希腊语译出牧歌的还有水建馥，在其《古希腊抒情诗选》中，水建馥翻译了牧歌之父的《收麦子的人》《欢会歌》和《偷蜜者》。这些译者作为重要的媒介，将古希腊文学中的牧歌这一瑰宝栩栩如生地带到中国读者面前。

朗吉努斯（Longinus）曾指出："忒奥克里托斯，除了一些无关宏旨的缺点以外，在牧歌方面是最成功的。"② 忒奥克里托斯的牧歌作品在后世文学中得以继承发展，并产生重要的影响，而其牧歌的成功所在还有待读者的进一步确认。

第二节　优美的田园背景

艾略特认为："艺术作品作为艺术作品是无法阐释的；没有什么可阐释；我们只能在同其他艺术作品的比较中，按照某些标准对它进行批评；而'阐释'首先要向读者提供他不一定知道的有关历史事实。"③ 艾略特的观点为评论忒奥克里托斯的牧歌作品提供了启示，即需要有意识地与其他艺术作品作出比较，同时结合有关历史事实，挖掘其牧歌所具有的意义。

虽然牧羊是人类最原始的生活方式，但牧歌却不是最早的艺术形

---

① 钟叔河编：《周作人文类编·希腊之余光》，湖南文艺出版社1998年版，第203页。
② 章安祺编订：《缪灵珠美学译文集》第1卷，缪灵珠译，中国人民大学出版社1987年版，第121页。
③ [英] T. S. 艾略特：《艾略特诗学文集》，王恩衷编译，国际文化出版公司1989年版，第9—10页。

式，它出现于希腊化时期，晚于史诗和悲剧。与古希腊的史诗和悲剧等作品相比，忒奥克里托斯牧歌的独特之处在于将主人公置于优美的田园背景上。而荷马史诗中的空间化情境却远离优美的田园，更多的是人的世界。例如《伊利亚特》中的英雄驰骋沙场，数不清的勇士亡魂奔向冥府，字里行间充满雄浑之力、阳刚之美，也呈现出战争的野性及死亡的恐惧。希腊将领中最骁勇的阿喀琉斯生龙活虎、独来独往，每当他出现的时候，其背景是倾轧扰攘的海滨军营。为了永世的英名，他离开可爱的故国家园，暴力与死亡成为他的宿命。特洛伊勇士赫克托尔纵然向往和平，但每逢他出场，总是以富庶之城、庙宇宫殿、王室家庭等文明生活为背景陪衬，这也注定他无可奈何地要面对文明社会的纷争，凭一己之力难以拯救特洛伊城的浩劫。史诗中的英雄远离故国，征战疆场，被置于一个相对单一和固定的战争和社会空间，这在一定程度上奠定了人物的生命轨迹，即使大英雄阿喀琉斯、赫克托尔卓绝超群，但人世背景注定烽火浩劫成为他们生命的重要组成部分，其毕生献身于暴力，也终将毁于暴力。与这种人世背景有所不同的是，牧歌作者设置理想化的地缘背景，巧妙规避主流意识形态的影响，使牧歌显现独特的抒情品质。

希腊化时代有着对自然和文化环境的敏锐意识，最为熟悉的例证是忒奥克里托斯在牧歌开山之作《牧歌》中流露出对自然环境的着意描绘。忒奥克里托斯出生于意大利西西里岛，撰写的牧歌作品不同于史诗的恢宏，而是总体上描述了西西里人平静安详、简单朴素、与世无争、浪漫而有诗趣的田园生活，寄托牧歌作者对安定平等、自给自足生活的希望。这种西西里生活并不完全是凭空虚构的乌托邦，而是基于一定现实基础，正如研究者所指出："他之所以能够成为优秀的、真诚的诗人，是因为他的素材具有真实性，与那些朴实牧人的生活场景相一致。"[①] 周作人在其《欧洲文学史》中提及《牧歌》卷首小传

[①] ［英］吉尔伯特·默雷：《古希腊文学史》，孙席珍等译，上海译文出版社 2007 年版，第 64—65 页。

西方牧歌发展的历史钩沉

部分的内容:"言是 Syrakuse 人,父名 Simikhidas,又据诗铭云 Praxagoras 与 Philinna 之子,则 Simikhidas 者盖别名耳。"① 忒奥克里托斯出生于西西里岛的锡拉库扎(Syrakuse),西西里岛位于地中海中部,形状类似一个三角形,自然似乎将它所有的奇迹都赋予了这片土地,这里辽阔而富饶,气候温暖湿润。而锡拉库扎是今意大利西西里岛东部的一座沿海古城,曾被西塞罗描述为"希腊最伟大、最美丽的城市"。周作人也认为这里"山川纵横,物色至美,终年受朝日之光,万物欣欣向荣。牧人傍榆柳之阴,吹管吟诗,诉其哀怨,或歌吟角技,以乐佳日"②。西西里的地理、神话、历史等融合生成西西里的精神气质,为忒奥克里托斯的创作提供了泉源。这里有优美清新的风景、温暖湿润的气候、欣欣向荣的万物,与这样的环境相伴,牧民们在西西里岛的蓝天下,在碧绿的小丘上放牧牛羊、吹管吟诗,每天度过无忧无虑的快乐时日,这是诗人所处环境的客观现实,也成为忒奥克里托斯作品中描摹的牧歌印象。忒奥克里托斯从这种真实又美丽的生活中汲取创作灵感,以朴实的牧人生活为主要描写对象,较为客观地描绘了乡村的放牧、歌唱、节庆等各种日常生活,写出令人称赞的诗篇,不仅反映了牧歌作者所处的当下社会,更体现了西西里人祖祖辈辈居住于此的乡村生活。

从地理空间来看,西西里岛是一个环境优美的地方。在忒奥克里托斯的第一首牧歌《塞尔西哀悼达芙尼》("Thyrsis' Lament for Daphnis")中,作者从宏观和微观的角度描绘了田园景色。从宏观视角来看,优美的田园生活是人物活动的背景,这主要通过两个牧羊人的对话间接呈现出来。

> 塞尔西(Thyrsis):牧羊人,松林的低语,
> 清泉的流声,还有你的笛声,是甜蜜的,
> 是甜蜜的,只有潘能赢得过你。

---

① 周作人:《欧洲文学史》,钟叔河编订,岳麓书社 2019 年版,第 52 页。
② 周作人:《欧洲文学史》,钟叔河编订,岳麓书社 2019 年版,第 52 页。

第二章 忒奥克里托斯与牧歌源起

假若他拿了有角的山羊作头奖,
而你,名列其后,会得到母山羊。
或者,他带走母山羊,你得小羔羊。
在它产奶前,小羔羊的肉是鲜美的。

牧羊人(Goatherd):喔,牧羊人,
你的歌声比一泻千里的瀑布更动听。
假如缪斯女神选择了母羊,你将得那畜养的羔羊。
假如她们要那羔羊,你将选择认领那羊妈妈。

塞尔西:在水泽仙女旁,难道你不想坐在这儿,
在榆柳树下的草坡上,
为我吹奏点什么,而我照看着你的山羊。①

两位牧羊人互相夸赞对方的技艺,塞尔西夸赞伙伴的笛声是甜蜜的,松林的低语、清泉的流声都是甜蜜的,而无名牧羊人夸赞塞尔西的歌声比流水更甜蜜。可以看出,两位牧羊人一位吹笛,另一位歌唱,他们都因笛声和歌声而感到欢乐。有研究者认为,忒奥克里托斯"恰恰是西方文化中第一个与大自然缔结关系的抒情诗人"②。在这首牧歌中,忒奥克里托斯与大自然缔结关系充分表现为用大自然的松林、清泉、流水这些事物来夸赞牧羊人的笛声和歌声。松林、清泉、流水令人感到甜蜜,而牧羊人对伙伴技艺的夸赞莫过于用甜蜜的大自然作比。这里表明,牧羊人与大自然建立了亲密的关系,人的主观行为以客观的自然为参照,如此快乐才会增加。用自然物来夸赞人也是中国第一部诗歌总集《诗经》所采用的方法。例如在《国风·卫风·硕人》中,硕人的美以自然物作比,"手如柔荑,肤如凝脂,领如蝤蛴,齿

---

① Theocritus, *Idylls*, Trans. Anthony Verity, Oxford: Oxford University Press, 2002, p. 1.
② 萧驰:《两种田园情调:塞奥克莱托斯和王维的文类世界》,《文艺研究》1999年第1期。

西方牧歌发展的历史钩沉

如瓠犀，蓁首蛾眉"，用柔荑、凝脂、蝤蛴、瓠犀、蓁、蛾这六个自然事物来夸赞硕人的手、肤、颈、齿、额、眉。可以看出，自然事物呈现出的朴素美也是一种极致美，这种美在文学艺术的早期历史中更得到充分体现。忒奥克里托斯善于以大自然为背景来表达牧羊人的欢乐。这首牧歌的开篇部分仿佛绘制了一幅图画，一片草地，羊儿吃草，远处是一片在微风轻拂下的松林，还有一条溪流，清澈的流水在岩石间流淌，发出哗哗的流水声。两位牧羊人的吹笛歌唱意犹未尽，于是塞尔西邀请同伴在榆柳树下的斜坡上再来吹奏点什么。在大自然这幅画卷上，山水人物呼之欲出，牧羊人的快乐也呈现于纸面。而在忒奥克里托斯笔下，两位牧羊人所生存的背景是和谐的大自然，轻轻的几笔就把景色的精髓和人类微妙的感情脉络勾画出来。如此看来，忒奥克里托斯像一个印象主义者对自然进行写生，以大自然中的平凡事物作为描绘对象，以迅速的手法把握松林、清泉、榆柳、羊群等带来的瞬间印象，揭示了大自然的丰富灿烂，呈现不寻常的新鲜生动的感觉。

除了从宏观上对大自然进行感官的描述之外，忒奥克里托斯还注重从微观上对静物的细致刻画。塞尔西邀请伙伴吹笛，同伴却说中午不能吹笛，那是牧神潘的午睡时间，他打猎归来正在休息，反而请塞尔西唱"达芙尼的挽歌"，并许以好处，即赠送崭新的杯子，并盛怀双胎的羊妈妈的奶给他喝。蒲柏曾指出，忒奥克里托斯在自然与朴素方面表现得最为出色，他的《牧歌》是纯粹的牧歌，其"在第一首牧歌中对杯子的描述是一个非常显著的场景"[1]。在这里，忒奥克里托斯用五分之一的篇幅对牧羊人的杯子做了细致入微的描述。

> 来，让我们坐在那远处的榆树下，
> 在普里阿普斯和喷泉女神的对面，
> 在牧羊人的座处和那些橡树的地方。

---

[1] E. Audra and Aubrey Williams, *Pastoral Poetry and an Essay on Criticisim*, London: Methuen & Co. Ltd., 1961, p. 29.

假如你边唱边演奏，
我将让你挤三次羊妈妈的奶——
它哺育一对双胞胎，但乳汁仍能把两提桶装满——
再加上这个甜蜜、飘香、精雕细琢的双耳木杯，
边缘绕着一圈常春藤，
藤蔓上绽放着金色的花朵，
金黄色的果实骄傲地生长。
里面——像是神的工艺——一个女人
穿着长袍优雅地站立；
在她的两边，是两个长发男子
轮流唱出他们的心事，但是她
仍然不动芳心，现在她对着一个微笑
注视着另一个，而他们
陷入爱的徒劳，双眼发呆。
旁边画着的是一个老渔夫
立在粗糙的岩石上，使劲拉着他的大网
抛撒开去。你能看到这份辛劳
这次捕鱼用尽了他所有的力气
青筋在脖子两边鼓起，
头发灰白，但像青年男子一样坚韧有力。
离那波浪般斑白的古老看台不远
是一片肥沃的葡萄园，开满了紫色的花丛，
看守的是一个小男孩，坐在松动的石墙上。
两只狐狸在他附近，
一只在葡萄园里徘徊，寻找熟透的葡萄，
另一只盯着小男孩的布包，
思量他那留作早餐的面包。
而他坐在那里，用常春花和灯心草编织
一个漂亮的蟋蟀笼子，如此全神贯注

西方牧歌发展的历史钩沉

以致忘记他的布袋和葡萄。
地上长满茂盛的植物
叶子铺开——融入牧羊人的呼吸，
一种绝妙的混合物，令人惊叹不已。
为了这个木杯，我付给卡里达的船夫
一只母山羊和一大块白乳酪。
我的嘴唇从未触碰，它还是崭新的。
我乐意把它交给你，
如果你愿意唱那首歌。
别开玩笑，我的朋友，让我听听。
你的歌带不进坟墓里。①

忒奥克里托斯在这首牧歌中非常典型地描述了田园画面，不仅以田园作为背景，还以印象主义手法进行静物的细致描绘。西方牧歌研究者爱德华·茹赫（Edward L. Ruhe）在《牧歌范式与置换方案》（"Pastoral Paradigms and Displacement, with Some Proposals"）一文中认为，牧歌描绘了一幅图景，两位牧人在泉畔或溪流之旁、树木的浓荫之下悠闲地吹着笛子，守护着羊群，"这幅图景中的意象原型可以追溯到《伊利亚特》中的一个小小插曲"②。事实上，"idyll"这个词来源于希腊词"eidyllion"，意思是"较小的形态或外观"，意即一个小画面，一首具有理想化特征的小诗，用来指忒奥克里托斯的诗作尤其是那些以乡村为主题的诗歌。如果整首牧歌是具有理想化特征的小诗，那么对这个杯子的描绘则是这首小诗中的一个小小插曲，按照茹赫所说，这个插曲可以追溯到《伊利亚特》中阿喀琉斯盾牌这一意象原型。在荷马笔下，英雄们在战争的毁灭中同样流露出和平与创造的情绪。例如赫克托尔在与妻子安德洛玛克的诀别时刻对妻儿体贴入微，

---

① Theocritus, *Idylls*, Trans. Anthony Verity, Oxford: Oxford University Press, 2002, p. 3.
② Richard F. Hardin ed., *Survivals of Pastoral*, Lawrence: University of Kansas Publications, 1979, pp. 116–119.

无不显露出这位英雄爱好和平的天性。当希腊统帅阿伽门农为考验部队士气而提出弃战归田时，战士们蜂拥着奔向船只，连众将领都无从制止，这也表现出除英雄之外，普通将士对和平的向往。而最为直接地表现在火神赫菲斯托斯为阿喀琉斯打造的盾牌，盾牌上呈现两座城市，一处战乱，一处和平，以象征的形式呈现出人类生活的缩影。与这个盾牌相似的是，忒奥克里托斯将自然的图景融入对这个杯子的描述中。杯子的边缘绕着一圈常春藤，藤上绽放着金色的花朵，有的还结出了金色的果实。杯子里面像是神造的工艺，有女人、老人和小孩的故事。女人面对两个求爱者不动芳心，小孩守护着葡萄园，正专心用常春花和灯心草编织一个漂亮的蟋蟀笼子。尤为值得注意的是杯子上雕刻出的这位老人，用尽所有力气撒开他的大网，虽然头发灰白，但脖子鼓起青筋，他的肌肉像青年男子一样结实有力。这幅静物画里有女人的优雅、老人的坚韧、小孩的童真，酝酿出一种和平宁静的氛围。如同荷马书写阿喀琉斯的盾牌，忒奥克里托斯创造了这个完美的杯子，作为田园世界的一个标志，并成为亚历山大里亚诗歌的重要题材，即对静态性艺术作品中的人物形象或场面展开描写。火神赫菲斯托斯为大英雄阿喀琉斯锻造了盾牌，阿喀琉斯拿着这一盾牌征战疆场，收获不朽名声，却带来残酷的死亡。而忒奥克里托斯的杯子却出自田园农家的人工制品，用来招待唱歌好手塞尔西，换来歌唱收获愉悦。在乡村自然环境中，当人类普通的杯子与伟大英雄的武器相连，这就含蓄地呈现牧人身上的英雄气息以及牧人歌唱的神圣魅力。

忒奥克里托斯在牧歌中描绘了理想的田园风景，如农人在春意盎然的田里耕种，歇息的牧人正在听蝉在枝头鸣叫，绿草茵茵，羊儿咩咩，明丽的自然色彩与闲适的牧民生活组合在一起，勾勒出西西里的恬静美好。当然，除了宁静和谐，这里还有欢喜热闹。例如第七首《丰收节》（"The Harvest Festival"）记述了"我"与两个朋友离开克斯岛，从城市漫步到乡间去参加一个王室家族在庄园中举办的丰收节活动。在路上，"我们"遇到了塞东尼亚一位擅长歌唱的牧羊人利西达斯（Lycidas），他身上呈现了牧羊人的经典装束：

西方牧歌发展的历史钩沉

>他是一个牧羊人,
>你一看见他就能猜出他是牧羊人
>他肩上挂着一张羊毛浓密呈黄褐色的山羊皮,
>散发着新制凝乳的气味。
>下面是一件旧衬衫,系着一条宽腰带。
>他右手拿着一根弯曲的野橄榄枝。[①]

牧羊人利西达斯一看上去就是一个牧羊人,他身材高大,上穿一件束腰外衣,一条宽带子系在腰间,肩上披着一件毛乱而密的羊皮,还散发着羊奶的气味,右手握着一根野橄榄枝做成的牧羊棍。这一形象为牧羊人确立了总体印象,具体呈现在绘画作品中,成为乔尔乔内《暴风雨》和尼古拉·普森《阿卡迪亚的牧人》中牧羊人的原型。利西达斯是牧羊人,在当地也被尊称为诗人,他严厉斥责了那些新潮的长诗作家,具有自己独特的见识。忒奥克里托斯在这里开创了用牧人隐喻为诗人的传统,并在诗歌中进行诗学讨论,这首诗也因此被称为"牧歌之王",对维吉尔及以后的牧歌创作具有重要影响。忒奥克里托斯也对利西达斯的言语、行动等实际形态做了细致入微的描绘,将这一乡村诗人的个体行为作为人类行为的缩影,使这一经典的牧羊人具有了更为深厚的象征意义。为了消磨旅途时光,叙述者"我"和利西达斯之间展开了一场友好的歌唱比赛。利西达斯吟唱了一首歌谣送别即将远航的爱人阿吉纳克斯(Ageanax),"我"则在歌谣中请求潘神将美丽的菲利努斯(Philinus)赐予他的朋友作为爱人。"我"作为城市诗人与利西达斯这位乡村诗人之间的唱歌比赛友好地结束了,在道别时,利西达斯将他的野生橄榄牧杖送给"我",以表示是来自缪斯的馈赠。这首诗将城市人物斯密奇达斯(Simichidas)即叙述者"我"作为重心角色,这在一定程度上与忒奥克里托斯的其他诗歌不同。作为一个有意识地接受城市才智的人,"我"来到乡间,代表了城市势

---

① Theocritus, *Idylls*, Trans. Anthony Verity, Oxford: Oxford University Press, 2002, p. 25.

力对乡村的入侵。只不过"我"在与乡村诗人利西达斯的对话和对歌中认识到了自己的局限性，最后以牧杖相赠的结局说明城市与乡村之间的平等和互通。牧歌创作的出现与古希腊大规模的城镇化密切相关，从作者的经历来看，忒奥克里托斯出生在西西里岛，常住在托勒密王朝的首都亚历山大城，这里政治局势相对稳定，经济繁荣。他撰写了一系列有关他家乡西西里岛人生活情景的文章，以此来取悦高雅的托勒密的亚历山大宫廷。在诗人笔下，强大的城市力量以及大规模的城镇化运动并未对乡村造成威胁，相反，城市诗人对乡村诗人表现出友好和钦佩，并对乡村景象表现出热爱和欣赏。"我"和伙伴们继续前往农场庄园，在那里尽情享受丰收庆典带来的富足和喜悦。在这首牧歌中，作者细致地描绘了节庆活动和田园风情。例如"我"及两位伙伴躺在柔软的草地上，闻着葡萄藤叶散发的清香，许多白杨和榆柳枝条在头顶摇曳并飒飒作响。在近处，圣泉洞中流出的清水在身旁哗哗作响，褐色的蟋蟀在树荫里忙碌地叫着，树蛙从浓密的荆棘丛中传来叫声，云雀和金翅雀的鸣叫悦耳动听，蜜蜂也在泉水边发出嗡嗡声。这是个丰收的时节，到处散发着硕果累累的气息，梨子熟透了，苹果在枝头闪亮，李树的枝头被果实压弯了腰。面对大自然的丰收和喜悦，叙述者展开了浪漫的想象力，想到仙女们也用杯子盛满宴会的琼浆，而农业之神德墨忒尔手持谷穗以微笑将我们表扬。在这种风景描写中，忒奥克里托斯弱化了时间的叙述性，而增强了自然景观和民俗风情的共识性的静态呈现，使读者领略其中恬静优美的意境。

忒奥克里托斯汲取了前辈作品和他同时代文学中对牧人、田园风光和乡村生活的描写，而且将其脱胎换骨，变成一种专门描述牧人们居所、劳作、爱情、思想等内容的文学样式。牧歌将乡土生活理想化，营构空间相对封闭、时间相对停滞的乐园图景。在忒奥克里托斯笔下，这个乐园呈现在西西里，使牧人生活中的一切事件，所有田野、河流、树木以及历代生活都与这个地方紧密相连。在具体的创作中，忒奥克里托斯似乎在精心描绘一幅水墨图画，山川、自然、万物、牧人、佳日构成人与自然相依相存的画面。这里呈现出永恒、宁静、美丽、自

西方牧歌发展的历史钩沉

给自足的理想面貌，可爱善良的人们在画中生活，"乐园图式"的框架得以搭建，牧羊人一瞬的快乐似乎成为永恒的景象。

第三节　温情的世俗生活

周作人曾在《欧洲文学史》中称赞忒奥克里托斯的作品实写人生，虽相去二千余年视若平淡无奇，然而今天的读者再次去读乃觉文情生动，今古人情相去不远，共同体现了平凡人、理想事、人道主义等人的文学要素。作为人的文学，忒奥克里托斯的牧歌没有盛赞史诗、悲剧中的英雄故事，而是以白描手法讲述小人物温情的世俗生活。

首先，忒奥克里托斯呈现了牧歌中的唱歌生活。唱歌是牧人们生活中的重要内容，除了牧人塞尔西是唱乡村之歌的大师，农人也是唱歌的好手。例如第十首《割麦人》（"The Reapers"）中，干活麻利的农夫密隆（Milon）问青年蒲凯阿斯（Bucaeus）割麦为何弯又慢，原来这位青年害了十多天的相思病，密隆让他唱首情歌称赞那人，这样就可以愉快地干活了。蒲凯阿斯请缪斯女神来帮忙称赞心上人，她是那样可爱又蜜白，风姿绰约无法用语言表白，于是"母羊寻苜蓿，狼追着羊走，/白鹭追着犁飞，而我只为了你"[①]。随后，密隆也唱了一首歌，祈愿多果子、五谷，愿田稻成熟，取得丰收。密隆说，割稻的人要从早到晚好好干活，以免路过的人说这里做工的是木头人，他们的工钱全都白花了，并提醒主人在剥小茴香的时候要小心割了指头，以此嘲讽主人不事稼穑，间接地体现主人的吝啬和农人的艰辛生活。最后，密隆提醒蒲凯阿斯，在太阳下做工的人应该唱这样劳动的歌，那空肚的相思留着回家给阿妈说。第六首《达摩耶塔与达芙尼》（"Damoetas and Daphnis"）讲述夏日午后的一条小溪旁，一对情人达摩耶塔和牧牛人达芙尼之间举行了一场乡村歌谣比赛，二人唱起了独眼巨人波吕斐摩斯（Polyphemus）之歌。这场挑战性的歌赛结束后，

---

① Theocritus, *Idylls*, Trans. Anthony Verity, Oxford: Oxford University Press, 2002, p. 31.

达摩耶塔亲吻了达芙尼，二人互赠排箫和长笛。在排箫和长笛的演奏中，小牛在柔和的草地上欢跳，这里没有输赢，二人都吹得好极了。当然，幸福并不是永恒的图景，事实上，在忒奥克里托斯所生活的那个时代，西西里的牧民已沦为罗马帝国的农奴，成为"所有无产阶级中最穷苦的人"，然而西西里村民"如同普罗旺斯人、罗马尼亚人、苏格兰高地人一样，仿佛把歌唱作为人生日常生活中的一个组成部分"[①]。哪怕是残暴贪婪的凯乌斯·维尔斯（Caius Verres，公元前120—公元前43）任西西里总督，在他的铁蹄之下，西西里牧民仍以欢乐和善歌著称。

无论是唱歌还是日常对话，忒奥克里托斯牧歌中的主角都是平凡小人物。例如，第四首《两个牧人》（"The Two Herdsmen"）讲述牧人博托什（Bottos）和柯瑞东谈论不在场的放牛人埃贡（Aigon）。在博托什看来，埃贡是一个英雄，具有追求浪漫之爱的抱负，能唱歌和创作诗歌，甚至比达芙尼的英雄事迹更为显著。无论是达芙尼还是埃贡，牧歌里所论述的英雄实际上都是一些善于歌唱、敢于求爱的普通人，与史诗中的英雄事迹相去甚远。然而，这种简单快乐的文学表达却符合忒奥克里托斯所处的时代需要。作为考古学家、批评家和诗人的卡利马科斯曾认为："我们现在能够做到的，只有写出一些质朴的短诗，每一行用笔凝练，达到完美境地。"[②] 卡利马科斯认为，一个作家应该明白他的时代需要什么，在他所处时代里他能够完成什么，而且把这一切表达出来。而在希腊化时期，以卡利马科斯为代表的诗人们认为，伟大的文艺创造时期已经过去，很少有人能像荷马、赫西俄德、埃斯库罗斯那样创作出鸿篇巨制。正如周作人在《欧洲文学史》中指出的："三世纪后，希腊诗歌，更无巨制。时世变易，亦不复有英雄盛事，足供赞颂。人人所见，止现实之人世，若过去光荣，早成

---

① [英]吉尔伯特·默雷：《古希腊文学史》，孙席珍等译，上海译文出版社2007年版，第288页。
② [英]吉尔伯特·默雷：《古希腊文学史》，孙席珍等译，上海译文出版社2007年版，第285页。

西方牧歌发展的历史钩沉

幻境,故史诗凯歌,遂绝嗣响焉。"① 自马其顿国王亚历山大大帝英年病逝(公元前323年)后,他的将领们企图瓜分这个帝国,引发一连串的战争,直到公元前3世纪初逐步形成了马其顿、塞琉西和埃及三个王朝,自此开启了希腊化时代。在政权动乱和城镇化运动中,时移世易,英雄远去,作家们没有继承古希腊的雄伟气魄和热情奔放的活力,而是在兼收并蓄的文化氛围中倾向于对四周生活的细密研究与表现,使写实主义在亚历山大时代盛行。在这样的时代氛围中,忒奥克里托斯运用模拟人生的现实主义手法描绘田园事物,书写恋爱情思,表现牧人、农人等底层人物在世俗世界里的平静和快乐,创作出简练明快的质朴短诗,这使他成为当时深受欢迎的杰出诗人之一。

这些平凡俗世生活呈现出静态快乐,这成就了牧歌的特色。例如在第一首牧歌中,塞尔西及其伙伴在松林边、清溪旁、榆柳树下、青草地上吹笛、唱歌、放牧牛羊。两位牧人从吹笛唱歌到互相夸赞,再到希望对方吹笛唱歌,直到塞尔西唱出达芙妮故事,时间在流动,两位牧羊人却依旧在浓荫下唱歌,人物并没有在空间中移动,似乎停留在快乐悠闲的现在。忒奥克里托斯的乡野世界通常是由两位牧人或两位农人组成,有时外加一位赛歌评判者,这两三个人构成人类社会的缩影。在这个世界里,没有历尽人世沧桑又陷入万劫不复的英雄,只有琐碎微末甚至是亲切的"冲突",那就是一场相思病或一次赛歌的竞争,处处展示着一个以和睦为主的世界。唱歌是牧歌世界的重要内容,这里的所谓竞赛纯粹是开心的玩笑,他们以自我满足、与人无争的心态来参加竞争游戏,甚至谦虚而愉快地看到对手赢得比赛。这种无与伦比的和谐与史诗、悲剧中的人物关系大相径庭。在荷马史诗中,勇气与荣誉等价值观念与标准应运而生,英雄们的终极目标无非是功成名就,在具体行为中唯财富马首是瞻,抢夺包括女人在内的战利品,因此,男人驰骋沙场,女人由战争的胜负决定其命运。在悲剧中,俄狄浦斯王既具有名垂千古的美德,又脾气暴躁、桀骜不驯、过分自信,

---

① 周作人:《欧洲文学史》,钟叔河编订,岳麓书社2019年版,第51页。

终深受苦难,承受无法摆脱的宿命。而在牧歌世界里,简单纯粹的牧人没有任何侵略性要求或傲慢情感,这只是一个和睦单纯的牧人团体,他们会在对话与歌唱抒情中加深对他人的称赞,在阿多尼斯节这样的庆典中增进自我的欢乐。如果说英雄让人敬仰,那么牧歌中的平凡牧人却令人亲近,甚至能够成为我们每一个人的化身。在忒奥克里托斯笔下,牧羊人的形象多被弱化、类型化和抽象化,他的出身、家庭、背景等少有介绍,他的性格刻画或心理分析更多是一笔带过,使人物模糊单一,留给读者的印象只是牧羊人放牧羊群、对话唱歌这些外在行为。但这些人物传递出一种生活模式和情调体验,揭示一种热爱简单生活的灵魂。在牧歌世界里,牛羊、笛声、歌声是生活要素,牧人们前程无忧、生活自信,他们自在地与溪涧和森林对话,牧童与牧女在洋溢着泥土气息和草叶清香的环境里述说爱语和玩闹嬉戏。这是一个不需要文化启蒙的纯粹天然的群体,他们在劳动与唱歌中形成和睦互助、重义轻利的人际关系。

周作人曾指出:"诗歌,人间情爱,遂为文艺本质。"[1] 人间情爱也是忒奥克里托斯牧歌中的重要主题。例如在第二首《法术》("The Sorceress")中,斯迈塔(Smaitha)已有多日未见自己的心上人台耳菲思(Delphis),于是命女仆谛司都列思(Thestylis)拿来桂叶、符咒等,要作法治她那狠心的情人,并让女仆去角力场找他,责问为什么这样对她。她作法只为了"拉我的那人回家","我愿看见台耳菲思跑到我家来,身上搽了油,发了狂似的,直从角力场出来"[2]。在相思中,斯迈塔讲述了她的恋爱故事,在赛会上见到台耳菲思,胡须黄如藤花,胸膛明晃晃,赛过月神的光明,于是"焦热的病磨倒了我,我在床上躺了十日十夜",一场单相思让"我的头发都从头上落下来了,身上剩余的只是皮和骨头"。后来女仆谛司都列思带了那皮肤光泽的台耳菲思来到家里,两人互诉衷肠,并有了甜蜜的私语。女主人公斯

---

[1] 周作人:《欧洲文学史》,钟叔河编订,岳麓书社2019年版,第143页。
[2] Theocritus, *Idylls*, Trans. Anthony Verity, Oxford: Oxford University Press, 2002, p. 9.

■ 西方牧歌发展的历史钩沉

迈塔对心上人产生爱与思恋，当情场失意，只能用令人心碎的法术期盼情人归来。这首诗写得哀艳动人、妙趣横生，但写到爱而不得的人生奥妙，入木三分。正如周作人所评，女主人被抛弃，"因对月词禁，招其故欢。文美而真，悲哀而诙诡，深入人心，令不能忘也"①。求爱者因为心情迫切运用一些法术，这是忒奥克里托斯牧歌中常见的手法。例如第十四首《库尼斯卡的爱》（"The Love of Cynisca"）讲述乡村青年埃斯内斯（Aeschinas）因为爱而不能，试图运用法术唤回爱人的心。求爱是双向的，既有女性对男性的求爱，也有男性青年对女性的求爱。第三首《欢会歌》（"The Serenade"）以独白的形式讲述鼻梁塌陷、长相丑陋的青年牧人向所爱慕的女子阿玛吕利（Amaryllis）唱歌求爱的经历。他首先用激动不安、焦躁难耐的情感打动姑娘的心，恨不能化作嗡嗡飞的蜜蜂，穿过那棵常春藤，穿过用来遮阴的羊齿草，可是不见姑娘现身。于是，他用十个苹果以及"鲜花骨朵和芳香的芫荽叶子编成的"常春藤花环作为礼物，依然没有等来心上人。而那名为"远相爱"的花瓣没有打出声响，这表明心上人对自己冷漠。然后他靠着松树，凭着对于爱情的信念，唱起神话中那些光彩照人的爱情传说，如希波墨涅斯用金苹果赢得阿特兰提、墨兰波斯为弟弟比亚斯赢得珀洛、库特拉女神迷恋阿多尼斯、月亮女神阿尔忒弥斯偷偷爱上美少年恩狄弥翁、丰收女神德墨忒尔爱上提坦神伊阿西翁。他希望自己能像神话中的求爱者那样，终究收获爱情。最后，青年牧人自言自语要倒在地上，让狼群来吃掉，"我一死，也许才会变成你喉咙里的蜂蜜"②。同第一首牧歌一样，这首牧歌有牧民生活的真实反映，又有神的求爱故事，从而将青年牧人的深情、焦灼、失落等情绪展现出来。在忒奥克里托斯的牧歌中，神也可以变为普通而多情的牧羊人。例如第十一首《独眼巨人的小夜曲》（"The Cyclops' Serenade"）讲述"独眼巨人"波吕斐摩斯向加拉忒亚（Galatea）求爱的故事。波吕斐摩斯

---

① 周作人：《欧洲文学史》，钟叔河编订，岳麓书社 2019 年版，第 53 页。
② Theocritus, *Idylls*, Trans. Anthony Verity, Oxford: Oxford University Press, 2002, p. 14.

原本是荷马史诗《奥德赛》中的一位独眼巨人，但是在这首牧歌中，凶残的怪兽变为颇具魅力、十分腼腆又为情所困的乡村牧人。他对海中仙女加拉忒亚一见钟情，并极力赞美爱人的美貌，表示为仙女饲养了小山羊和熊仔。他擅长吹笛，愿为仙女用歌求祈，愿在月桂树、纤柏、常春藤、甜美的葡萄等组成的美景中与仙女相偎依。但仙女却因为他一只眼睛、宽阔的大鼻这丑陋的外形不敢露面。从此，波吕斐摩斯陷入爱情的痛苦不可自拔，不再照料羊群，而是用音乐来疗救自己受伤的心灵。牧羊人赞美爱人的美貌，用常春藤编代表爱的花环，邀请爱人同住，当爱而不得时，又热切表达单相思的焦虑和苦恼，这些成为后来牧歌的常见模式。

忒奥克里托斯运用现实主义笔法描写平凡人物的世俗生活，他们质朴热情，悠闲地参与即兴的歌唱比赛和辩论，热烈地追求爱情。当然，这些牧人、农民、奴隶、渔民、家庭主妇等的语言有时过于坦率、不够文雅。例如第二首《法术》对性爱毫不隐讳，其中的女主人坦言"没有必要述说详情，亲爱的月神，/我们一直相伴，都满足了彼此的欲念"[1]。第二十七首《私语》（"The Lovers' Talk"）大胆呈现牧羊人与牧羊女贪恋青春的欢乐时光，详细描摹他们之间的私语，诸如"你把我的衣服撕开了，现在我是裸体了""我将给你一件别的更大的衣服"[2]。这种写实性、口语化风格少了唯美的诗意，但也恰恰体现了牧歌的丰富性和世俗性。总体看来，忒奥克里托斯的牧歌远离古希腊史诗、悲剧中的高贵气质，以简单温暖、悠然自得的乡野生活为众人提供了一种境遇选择。

第四节 多彩的两重世界

忒奥克里托斯在作品中开创了许多牧歌元素，如牧人吹笛唱歌、

---

[1] Theocritus, *Idylls*, Trans. Anthony Verity, Oxford: Oxford University Press, 2002, p.11.
[2] ［古希腊］忒奥克里托斯等：《财神·希腊拟曲》，周作人译，中国对外翻译出版公司1998年版，第152页。

■ 西方牧歌发展的历史钩沉

约定奖赏的歌唱比赛、年长者对年轻人的劝诫、丰收节庆中的欢乐、盛赞爱人的美貌、爱而不能的怨诉和巫术、生动鲜活的语言表达以及提屠鲁、柯瑞东、利西达斯等牧人形象，这对后世牧歌创作产生了深远影响。除此之外，这位牧歌之父的作品魅力还在于塑造了世俗与神性、乐歌与哀歌两重丰富多彩又相互融汇的世界。

忒奥克里托斯以现实主义手法描述平凡世界，但同时牧歌作品中又融入神话人物，以超越现实的方式赋予牧歌以神秘色彩。在忒奥克里托斯笔下，西西里乡间是人神共处的地方，这突出地体现在第一首牧歌中描绘的两幅画面。一幅是以人为主的田园画面，除了牧羊人的对话、歌唱，还体现在牧羊人对双耳木杯的精致描述，木杯上有女人、老人和孩子，同时也有求爱者的悲伤、老人头发的灰白以及两只狐狸的徘徊，这组成了人的世界。另一幅是以神为主组成的神性画面。当塞尔西请伙伴再吹奏笛子时，牧羊人说：

> 不，不，我不能吹奏什么。正午时分，禁止所有笛声。
> 是潘让我害怕。他打猎归来，午间正是他的休息时间。
> 而且潘脾气暴躁，当他生气时煽动着鼻翼。[1]

牧羊人在此表达了对牧神潘的敬畏。在科技日益兴盛的现代都市里，对神话的信奉成为虚设的存在。然而在牧歌诗人的笔下，牧人在中午不敢吹奏笛子，因为害怕潘煽动着鼻翼，这种人神共处的描绘无不让牧歌增辉，因有神的衬托，牧歌更具魅力。对神的描述尤为体现在塞尔西唱的"达芙尼之死"里。

> 塞尔西：缪斯女神，奏响吧，奏响这乡村之歌。
> 我，安泰的塞尔西，声音甜美的塞尔西，唱：
> 哪里，你们在哪里，水泽仙女，在达芙尼日渐憔悴的时刻？

---

[1] Theocritus, *Idylls*, Trans. Anthony Verity, Oxford: Oxford University Press, 2002, p. 1.

在坦佩和佩纽斯河？在品都斯山脉的高峰？
但必定不在宽阔的阿纳普斯河畔，
不现身于埃特纳的高山，或者阿西斯圣泉。
缪斯女神，奏响吧，奏响这乡村之歌。
豺狼为他哀号，豺狼为他哀号。
悲痛欲绝的狮子在灌木丛中咆哮。
缪斯女神，奏响吧，奏响这乡村之歌。
牛群在他的脚下聚集；
小公牛、小牛、公牛和小母牛都在低低地唱着挽歌。①

塞尔西在歌唱里讲述了纯真的牧羊人达芙尼这一英雄的严肃故事，他为一场单恋而憔悴至死。据传，达芙尼是信使赫尔墨斯和一位女神的弃子，被西西里岛的一位牧人发现并收养。他长相十分英俊，善吹奏笛子，是理想化的牧羊人，也是西西里牧歌的创始人。他原本无忧无虑，因为吹嘘自己能够抵挡住爱的诱惑，触怒了爱神阿弗洛狄特，陷入情欲挣扎而双目失明、濒临死亡。为了烘托达芙尼失去爱情的悲伤，作者赋予万物以情感，营造万物同悲的效果，以致豺为其死而哀号，狼为其殁而狂嚎，悲痛欲绝的狮子也在草场间因为他的离去而咆哮，甚至万物因为达芙尼临近死亡而改变了自然秩序。

美丽的水仙花在刺柏上绽放，
因为达芙尼即将死去，一切乱了套；
松树结满酥梨，猎犬被麋鹿撕咬，
夜莺在黎明时对着猫头鹰啼叫。②

自然界的变化与人的境遇及情感联系起来，这就形成了人与自然

---

① Theocritus, *Idylls*, Trans. Anthony Verity, Oxford: Oxford University Press, 2002, pp. 3 – 4.
② Theocritus, *Idylls*, Trans. Anthony Verity, Oxford: Oxford University Press, 2002, p. 6.

西方牧歌发展的历史钩沉

之间的同构关系。除了万物同悲，连神也具有了同情与怜悯。面对这个美少年的悲伤，赫尔墨斯（Hermes）首先从山上下来。他问："哦，达芙尼，谁令你痛苦？你又深爱着谁？"又来了牛倌和猪倌，都问他伤心的缘由。普里阿普斯（Priapus）也来了，问道："可怜的达芙尼，你为何这样憔悴？你所爱的姑娘四处漫游，穿越树林，涉渡泉水。"塞浦里斯（Cypris）来了，带着沉重的微笑说："你说可以抛弃爱情，然而这就是你，达芙尼，被爱折磨得筋疲力尽。"在神的一个个慰问中，达芙尼的悲痛并没有减弱，直到他要向这河流、森林、牲畜等组成的牧园世界道别。

> *唱吧，缪斯女神，唱这乡村之歌*
> 狼啊，豺狼啊，住在洞穴里的熊啊，
> 再会。牧牛人达芙尼再也不能
> 在你的树林里，你的丛林里，你的溪谷里。
> 别了，阿瑞图萨，还有你，
> 水从蒂布里斯倾泻而下，美丽的溪流，永别了。
> *唱吧，缪斯女神，唱这乡村之歌*
> 我是那个牵着牛去牧场去水边的达芙尼，
> 是小公牛、小母牛的主人。
> *唱吧，缪斯女神，唱这乡村之歌*
> 潘，潘，如果你漫步在吕开俄斯山高地，
> 或者麦拉鲁斯山，请来西西里。①

因爱而悲伤，连爱神阿弗洛狄特弯腰也不能把他扶起，因为命运已经安排好了，直到达芙尼走向死亡的湍流，漩涡慢慢淹没这个为缪斯和仙女们所深爱的头颅。忒奥克里托斯通过塞尔西的歌唱讲述达芙尼的故事，他并没有提供任何超自然的新秩序，只是肯定了神话的想

---

① Theocritus, *Idylls*, Trans. Anthony Verity, Oxford：Oxford University Press, 2002, p. 5.

象力，自在地倾听古代神话或民间传说中的故事，深情地哀伤恋人的别离或死亡。达芙尼的悲剧结局让人悲痛，但这首牧歌并没有停留于此，而是从神性画面又转移到人的田园画面，从忧伤情绪转移到日常生活中的温情里。

缪斯，别唱了，别唱那乡村之歌了
好吧！把山羊和杯子给我，我好去挤奶
向缪斯女神敬酒。
一千个问候，缪斯女神，再会！
有一天我会给你唱更甜美的歌。

牧羊人：哦，塞尔西，你的嘴里像是满含了蜂蜜
还有埃吉鲁斯的无花果，如此甜美多汁；
你的歌声比蝉声更悦耳动听。
看，这是杯子。留意它闻起来有多香
就像浸在时序女神的井泉里一样，你可能会这样想。
来这里，Cissaetha！她是你的宝贝。
女士，别再跳了，你会把公羊惊醒。①

从塞尔西歌唱的悲伤故事回到欢乐的现实，牧羊人再次夸赞塞尔西满口甜蜜，并欢喜地拿出那个精美的木雕杯子。牧羊人牵来他引以为傲的怀双胎且乳汁丰厚的羊妈妈，给它命名为 Cissaetha，还称它为女士。忒奥克里托斯具有写实的才华，在玲珑剔透的牧歌文体里，字里行间呈现的人物呼之欲出。两位牧羊人提到山羊、羊妈妈、羊羔、羊奶，并且以一个雕刻精良的木杯子和羊妈妈的奶为诱惑换伙伴的一首动听的歌，这把两个牧羊人朴实无华的语言、忠厚的人格心态历历勾画出来。人和羊的亲密，牧羊人听歌的欢喜，这一切组成一幅甜

---

① Theocritus, *Idylls*, Trans. Anthony Verity, Oxford: Oxford University Press, 2002, p. 6.

西方牧歌发展的历史钩沉

蜜的生活图景。在荷马史诗中，当天上的神、地上的英雄共同投入战斗后，天地之间一片混战厮杀。在这首牧歌中，神的存在依然如故，但情绪却有所不同。纵然塞尔西在歌唱里描述自达芙尼死后万物皆变，然而无论多大的悲伤也抵挡不住牧羊人听歌和挤羊奶的欢乐，人的世界与神的世界交织，安稳、宁静与欢乐仍然是牧歌中的主要情绪。

忒奥克里托斯开创了牧歌这一重要的文学类型，使牧歌与讽刺诗、喜剧并列为古希腊亚历山大时期的主流文学样式。关于古希腊，有学者认为"希腊人有一种特性，也是从先代遗留下来的，是热烈的求生的欲望。他不是只求苟延残喘的活命，乃是希求美的健全的充实的生活"[①]。忒奥克里托斯将史诗、悲剧作品中的血腥战争、尔虞我诈转变为美好的牧人生活，也是希求美的健全的充实的生活。在具体创作中，忒奥克里托斯将家乡西西里岛的乡村自然作为生活场景，以亲切的笔触关注牧人生活，塑造了纯真善良、充满温情的凡人世界。忒奥克里托斯的牧歌中有哀怨的单相思，有悲伤地哀悼爱人的离去或死亡，然而，其牧歌总是在悲伤中有诙谐幽默的表达，或从歌唱的悲伤中回到牧人所处的现实生活，依旧是以欢乐和希望为主要情绪。人有向善求美的本能，人生的残缺使人更能感受到哀的分量，这种哀乐交织有助于引导读者透过直观的乐园图景发掘背后隐含的悲剧意识，同时在神人与哀乐并存的世界里体会牧歌的美感和诗意，继而实现对作品的深层解读。忒奥克里托斯在希腊文学中创造了一个与众不同的世俗世界，其《牧歌》在田园背景、牧歌主题、内容形式、哀歌体系甚至牧歌主人公的名字等方面具有原创性价值，对后世文学具有深远的意义。

---

① 钟叔河编：《周作人文类编·希腊之余光》，湖南文艺出版社1998年版，第10页。

第三章 维吉尔与古典牧歌的确立

作为西方文学的古老样式,牧歌的文体名称和写作原则相对稳定,有一定的连续性和继承性。从纵向发展来看,古希腊牧歌影响到古罗马作家的创作,正如周作人所指出的:"合东西思藻,和会而成,较为溥博,易得感通,故该撒时代,亚历山大诗派,遂盛行于罗马。"① 古罗马政权更迭,人们苦于连绵战乱,向往安宁的生活,公元前1世纪,忒奥克里托斯描写田园牧人生活、意境清新的诗歌传到罗马,这对古罗马读者产生很大影响。古罗马诗人维吉尔将忒奥克里托斯的希腊语作品翻译成拉丁文,并在直接借鉴古希腊牧歌作品的基础上添加新的元素,对牧歌的形式和意境加以扩展。收录10首诗歌的《牧歌》(*Eclogues*)成为后世作家不断传承的典范,甚至可以说没有维吉尔的《牧歌》,"牧歌就不可能成为欧洲主要而典型的诗歌样式之一"②。

第一节 维吉尔及其诗歌创作

艾略特在谈到鉴赏诗歌的经验时提到,读一首诗之前对于诗人及其作品了解得越少越好,他认为"细致地准备历史及生平方面的知

---

① 周作人:《欧洲文学史》,钟叔河编订,岳麓书社2019年版,第94页。
② Martindale Charles ed., *The Cambridge Companion to Virgil*, New York: Cambridge University Press, 1997, p. 107.

识,常常会妨碍阅读"①。艾略特提倡艺术创作的非个人化原则,认为文学批评应少关注作家本人的生平。但文学批评家埃德蒙·威尔逊(Edmund Wilson)作为一个"文学记者"则注重将作家生平逸事与文学分析交织在一起,即主张将描写和复述作者生平事迹与从事神圣的批评任务巧妙地融为一体。在研究维吉尔时,借鉴威尔逊的文学思想,将维吉尔的生平事迹与对他的诗歌作品的分析结合起来,我们能够发现他的大部分诗歌作品源自他自己的生活经历,也源自时代现实对他内心的猛烈冲击。

享有"西方之父"盛誉的维吉尔曾写过两句诗作为自己的墓志铭:"我生于曼图阿,死于卡莱布利亚,安息于巴尔特诺佩,我曾经歌唱过放牧、农耕和领袖。"② 这首墓志铭巧妙而言简意赅地概括了维吉尔的人生轨迹和诗歌创作。他出生于意大利北部小城曼图阿(Mantua)附近的安迭斯村(Andes),其父亲出身寒微,是一位陶工,后来购置了林地,靠经营林业和养蜂致富,并拥有自己的田产。作为农民之子,维吉尔生活颇为富足,也受过良好的教育,他 17 岁时曾赴罗马向当时最优秀的老师学习修辞学和哲学,在克瑞蒙纳城、米兰、罗马等地读书,27 岁时回到曼图阿的农场,在这里他开始了一系列的牧歌创作。许多批评家透过维吉尔的出身,在其作品中捕捉到一些浪漫情怀。事实上,一个作家的成长经历必然成为一种记忆呈现在其作品中,正如评论者指出的:"诗人的著作与他个人的生活经历之间的联系是非常微妙、含糊的,但有时候我们会发现诗人的人生经历与诗歌文本之间有一种非常紧密的联系。"③ 维吉尔生于山林之中,对农村自然风光的热爱、对农牧民简单纯朴生活的称赞自然而然成为他诗歌中的重要内容。墓志铭的最后一句"歌唱过放牧、农耕和领袖"分别指出维

---

① [英] T. S. 艾略特:《艾略特诗学文集》,王恩衷编译,国际文化出版公司 1989 年版,第 72 页。

② [古罗马] 苏埃托尼乌斯:《罗马十二帝王传》,张竹明等译,商务印书馆 2000 年版,第 373 页。

③ Cleanth Brooks and Robert Warren, *Understanding Poetry*, Beijing: Foreign Language Teaching and Research Press, 2004, p. 466.

吉尔创作的三部作品，即《牧歌》和《农事诗》（Georgics）以及长篇英雄史诗《埃涅阿斯纪》（The Aeneid）。其第一部作品《牧歌》模仿忒奥克里托斯作品中的乡村主题、牧民对歌等内容，表达对所居住的意大利北部自然和乡土的真挚感情，其细腻、敏锐、传神的风景描写使维吉尔声名鹊起，奠定其在整个意大利作为民族诗人的地位。内战结束后，罗马当局急需重建凋敝的农业，维吉尔创作了他的第二部作品《农事诗》，以此拥护屋大维的政策。《农事诗》效仿赫西俄德的教诲诗《工作与时日》，旨在把人生理想寄意于农村生活。作为农民之子，维吉尔亲历和热爱乡村生活，在这两部作品中描述乡村风光和农事劳动，能够得心应手地处理自然题材，真正表达了人们渴望回归大地、回归自然的愿望。

事实上，乡村里的优美、宁静、天人合一境界始终是人性里的一大追求。因此，在世界文学史中，温情诗意的田园生活一直是作家们关注的对象。例如在中国古典文学中，作家们大量描绘优美的山水田园，抒发闲情逸致，往往于田野风情的描写中流露一种自得其乐的喜悦之情，或表现作者远离浊世的清高和宁静，使得"自种自收还自足，不知尧舜是吾君"（王禹偁《畬田词》）这样欣赏和称赞畬田者自由自在、无拘无束的生活状态的作品备受后人青睐。但同时，乡村的优美与辛劳并存，中国古典作品中同样有"嗷嗷万族中，唯农最辛苦"（白居易《夏旱诗》）这样反映农民疾苦、感叹农民悲惨命运的现实主义作品。维吉尔作为农民之子，幼时农村的生活使他感受到当时农村破产和兵荒马乱中人民的痛苦，有着"唯农最辛苦"的亲身体验。其在个体的创作中也必然流露出对乡间农牧民艰辛生活的感慨与同情，使得他在简洁质朴的诗篇中发出"整个农村是这样混乱"的呼喊。况且维吉尔的个人生活也有许多令人同情之处，他皮肤黝黑，农人外貌，又患有胃病、咽喉病和头痛，甚至经常咯血。他成年后又失去双目失明的父亲和两个同胞兄弟，他天性腼腆、不善交游、终身未婚、孑然一身。维吉尔是一个出身低微、体弱多病、感情生活淡薄的诗人。周作人认为："事势迁易，不复能自奋于政治，于是多改就文

西方牧歌发展的历史钩沉

学。文士遂为专门之业，得以此存给，故技工亦益进。其为后世所师法，亦以此也。"[①] 维吉尔生于奴隶暴动、军事独裁、政治斗争的风云年代，这样一位身心柔弱的诗人或许并不志在为苍生勾勒美好蓝图，也并不适合描写腥风血雨的战争场面，却能够以细腻敏锐的文笔书写田园美好、显露农人辛劳，将乡间的死生和泥土的气息移在纸上，成就其在西方牧歌领域里的卓越贡献。

作为农民之子，维吉尔对土地有着深厚的感情。根据传说，为安置退伍的士兵，当权者强征凋敝不堪的乡村土地，致使大量自耕农失去家园。维吉尔父亲置办的田产也被夺取分给屋大维的雇佣兵，后来诗人到罗马请求，由于屋大维的一些亲信官吏的帮忙，才使土地被保存下来。维吉尔重新获得土地，就在这一时期，维吉尔着手创作《牧歌》。况且自《牧歌》发表以后，诗人开始受到屋大维及其亲信们的庇护，此后一直过着平静而尊荣的生活。对于维吉尔而言，自己处事谨慎、不善交游，却能得到权贵的善待，必然感恩于政权的庇护，在作品中呈现对屋大维及其亲信官吏的热烈称赞。尤其是在英雄史诗《埃涅阿斯纪》中，维吉尔以安详稳重的气质、得体多彩的文笔描绘坚强忍耐、思虑周详、关心人民、宽大仁慈、永远服从天命的英雄形象埃涅阿斯。作为欧洲文学史上的第一部文人史诗，《埃涅阿斯纪》在某种程度上是一部爱国诗歌，也是一部关于统治者屋大维的颂歌。维吉尔作为文士，以文学创作为专门之业，《牧歌》10首用了四年完成，《农事诗》4卷经过七年推敲改成，史诗《埃涅阿斯纪》12卷，直到他51岁还只完成了初稿。尽管维吉尔对自己的作品并不满意，以至于想一毁了之，而他尊贵的朋友屋大维喜爱文艺，非常重视这部史诗，正是这个特殊的原因使维吉尔作品中的许多优秀部分保存下来。这些作品呈现了罗马文学时代繁缛造作的文风，但在自然风景、政权人情的赞颂中流露出对人民的真切感情和对人性的真实刻画，使他的诗作在罗马帝国后期到欧洲中古时期一千多年间一直是诗人们创作的

---

① 周作人：《欧洲文学史》，钟叔河编订，岳麓书社2019年版，第101页。

楷模。

　　维吉尔出身农家，生长于林野之间，热爱乡村生活，在 51 年的短促生涯中，他又经历了社会动乱的深重苦难，目睹国家复兴的远大前程，于是用文学来反映世事变迁，并"为后世所师法"。维吉尔是古典诗歌艺术的集大成者，被视为古罗马最伟大的诗人之一，被认为是拉丁文学中的天才人物，"不但摘取了早期拉丁诗歌的桂冠，也是几个世纪以来欧洲诗歌所取得的最高成就"[1]。维吉尔受到后代作家一致的称赞，例如中世纪诗人但丁把他尊奉为鼻祖和先知，称其为"众诗人的火炬"，在《神曲》中让维吉尔担当引导自己游历地狱、炼狱的领路人。基督教甚至把维吉尔视为圣徒、预言家和先知者，成为一个拥有某种魔力的人，连他的坟墓都被基督徒奉为圣地。艾略特也认为任何现代语言都无法培养出一位维吉尔式的经典作家。维吉尔作品的内容与形式复杂多样，但是其作品中最深刻的主题是人性。正如沈从文在《习作选集代序》中说："我只想造希腊小庙。选山地作基础，用坚硬石头堆砌它。精致，结实，匀称，形体虽小而不纤巧，是我理想的建筑。这神庙供奉的是'人性'。"[2] 维吉尔与沈从文一样，有根深蒂固的乡下人性情，在自己的牧歌世界中，建造一座精致、结实、匀称的"小庙"，精致细微地描述人性的优美和深厚。维吉尔有过农村生活的亲身体验，受过良好的教育，获得恩主的庇佑，这使得他的作品既流露出对故乡自然景色的怀念和对土地的热爱，又有对现实处境的不安，以及对奥古斯都时代和平景象的极力称赞。在维吉尔的牧歌中，田园乐、田园苦与田园理想都自有独特的式样，成就了他在西方牧歌史上所具有的继往开来的重要地位。

---

[1] [美]约翰·梅西：《西方文学史：文学的故事》，孙青玥译，红旗出版社 2014 年版，第 93 页。

[2] 张丽军编：《写实与抒情——中国乡土文学思潮文献史料辑》，人民出版社 2014 年版，第 57 页。

西方牧歌发展的历史钩沉

第二节　世俗生活的诗意描绘

关于维吉尔的牧歌创作，王焕生在其《古罗马文学史》中曾指出："人们一般认为，第二、三首牧歌写作最早。它们风格近似，对当代政治事件没有任何涉及，古代牧歌的基本特点在这两首牧歌里表现得最为充分。"[①] 王焕生认为古希腊忒奥克里托斯牧歌特征在维吉尔创作最早的第二首和第三首牧歌中体现出来。除了这两首作品之外，维吉尔也在第五、七、八、十首牧歌中一如既往地描绘牧人们在乡野景观中的凡俗生活。

热情的牧人致其所爱是牧歌世界里的常见主题，对性情质朴的青年牧人而言，与心爱之人相伴山林，放牧歌唱，是一种幸福生活。在具有代表性的第二首牧歌中，牧人柯瑞东热烈地爱上了主家伊奥拉斯（Iollas）的宠奴阿荔吉（Alexis），但年轻俊俏、皎洁如玉的阿荔吉并不爱他。为了排解浓烈的渴慕之情，柯瑞东只能反复走进浓荫茂密的榉树林里，独自对着山林倾吐杂乱无章的词句。柯瑞东首先怨恨冷酷的阿荔吉，恨所爱之人不留意自己的歌声，以毫无悲悯的心肠置自己于死地。在酷暑难耐的时刻，牛羊要到荫凉处歇息，绿色的蜥蜴也要在草丛中躲藏，而自己却伴着响彻园圃的蝉声，在烈日炎炎之下追寻爱人的足迹。柯瑞东对着山林宣泄情感，在怨恨之后开始讲述自己的财富和相貌。

　　你看不起我，也不问我是谁，阿荔吉，
　　有多少牲口财富，有多少雪白的奶汁，
　　我有一千头羊在西西里的山中游牧，
　　经常不缺新鲜的奶，无论寒冬炎暑；
　　我也擅长歌曲，和那狄尔刻泉的安菲翁

---

① 王焕生：《古罗马文学史》，人民文学出版社2006年版，第194页。

在海岸边的阿拉金都山唤着牛羊异曲同工。
我也不很难看，那天在水边我看了一下，
当风平浪静的时候；而且我也不怕
跟达芙尼相比，如我的影子不骗我的话。
啊，你跟我到卑陋的乡村去吧，
住在平凡的茅舍里以猎鹿为生涯，
你可以挥动木槿的绿叶来赶着群羊，
并且跟我在树林里学着山神歌唱。①

忒奥克里托斯曾在第十一首《独眼巨人的小夜曲》中描述外表丑陋但爱情炽热的青年牧人，他有一千头羊在西西里的山中放牧，爱好唱歌，空怀着单相思，期盼心上人与自己到乡村中同住。柯瑞东的爱情与这位牧人相似，在天真的独白中，放牧人发生了心理上的"角色转换"，以自己放牧的主人家的千头牲口作为炫耀资本，称自己无论寒冬炎暑都不会缺新鲜的奶。当然，自己还擅长歌唱，长相也不难看。在炫耀之后，牧人表露期望与爱人隐居山林，住平凡的茅舍，猎鹿放牧，用木槿的绿枝做羊鞭，在林中仿效潘神吹奏排箫。还有自己曾在崖谷里发现一对带着白斑的小羚羊，自己也曾打算首先送给心上人。这里呈现出一种极简生活的样态，没有城市珠宝、玉石之类的奢华，没有海阔天空的未来想象，只有最基本的物质生存即不缺鲜奶的供应，以及在山林歌唱吹箫这样一种精神生活方式。他愿意将自己所拥有的全部献给"你"，但是他也猜测到"你看不起我的东西"，于是继续发出热烈的邀请：

来吧，漂亮的孩子，看，那些山林的女神
带来了满篮的百合花，那纤白的水中精灵
也给你采来淡紫的泽兰和含苞欲放的罂粟，

---

① ［古罗马］维吉尔：《牧歌》，杨宪益译，上海人民出版社2015年版，第21页。

西方牧歌发展的历史钩沉

> 把芬芳的茴香花和水仙花也结成一束,
> 还把决明花和其他的香草都编在一起,
> 金黄的野菊使平凡的覆盆子增加了美丽,
> 开着又白又软的花的椴梓子我也可奉送,
> 和我过去的阿玛瑞梨所爱的栗子一同,
> 还要加上蜡李(让这种果子也得到尊荣)。
> 你,月桂,我也要采,还有长春花在旁,
> 这样放在一起让它们放出混合的芬香。①

如果说自己所拥有的财富不足以打动爱人,那牧人就用女神的慷慨和大自然的美丽来表达自己的爱意。这里有山林女神带来的百合花,有纤白的水中精灵给"你"采来的淡紫色泽兰和含苞欲放的罂粟,有芬芳的茴香花、水仙花、决明花、其他香草和金黄的野菊。柯瑞东的表白质朴,抒情文雅,有意无意地向心中的爱人勾勒自己居住的乡村环境,这里被花草树木包围,有山林女神、水中精灵,是一个清幽美丽而充满神性气息的地方。这个田园居所远离集市,与凡尘俗世隔离开来,呈现了环境的朴素清净。在这里可以过悠闲自在的生活,住在茅舍里,以猎鹿为生涯,赶着群羊,学着山神歌唱,以白描的手法为爱人描绘了由居所环境、物质条件、生活方式、精神食粮等组成的幸福蓝图。但是柯瑞东明白自己不过是单相思,因为心爱之人不会贪图恩惠,何况凭馈赠赌输赢,自己哪里是主家伊奥拉斯的对手。于是牧人感叹狮子追逐着狼,狼又追逐着羊,淘气的山羊追逐开花的丁香,自己追求着阿荔吉,世间众生都有自己的欲望。此刻,天色将晚,耕牛已开始回家,"将落的夕阳已经加长了它们的影子"。牧人从情欲的煎熬中反省,认为自己鬼迷心窍,修剪了一半的葡萄藤依然垂挂在枝繁叶茂的榆树之上,自己也应该做一些有益的分内之事,比如用柳条或者芦草编个篮子,并宽慰自己,假

---

① [古罗马]维吉尔:《牧歌》,杨宪益译,上海人民出版社2015年版,第23页。

如这位对自己不屑一顾，将来自己会找到另一个阿荔吉。柯瑞东成为维吉尔牧歌中一个重要的牧人形象，他衣食无忧、性情质朴，只求与爱人住在鲜花盛开的乡村山林，一起唱歌和放牧，过简单温馨的凡俗生活。

事实上，过凡俗生活也能成为英雄的执着追求。英雄阿喀琉斯作为神人之子，力图追求不朽的名声。然而，奥德修斯的英雄气概却在于他拒绝不朽的永生，抵制成为神的所有诱惑，而为自己留下凡俗的生活。在不朽之物和心爱之物之间，他选择追求心爱之物，因此他拒绝女神的诱惑，回到他的家庭和城邦，做伊塔卡的主人，做佩涅洛佩情投意合的丈夫，做儿子的父亲。纵然他意识到凡俗之人令人沮丧的命运，却依然放弃永生不朽而执着地选择回家，过美好幸福的居家生活。西方古典牧歌不断被人忆起，或许不寄希望于文笔的精妙或思想的深邃，也不在于品格的崇高或人性的表达，却恰恰在于这种凡俗生活的美妙图景，以其符合自然人性的简单质朴触动人们的心灵。无论是牧人柯瑞东还是英雄奥德修斯，都在以不同的方式告诉大众，有一种幸福就是回归凡俗。而柯瑞东那句对心爱之人简单真挚的呼唤，"啊，你跟我到卑陋的乡村去吧"，这也为无数精神困顿、筋骨疲劳的现代人指引了幸福的方向，即远离浮华，回到幸福的当下，去过有景、有情的凡俗生活。

在维吉尔的牧歌中，牧人们与自然建立了亲密的关系，以猎鹿、牧羊为生，不需要付出多少辛劳就能获得丰厚的物质保障，得以有充分的时间和条件过闲适惬意的生活。除了建立与自然的亲密关系，牧人们并非形单影只，不食人间烟火，他们也维系了与同伴之间的社群关系，其中唱歌以及竞赛是必不可少的生活要素。在维吉尔的10首牧歌中，人物之间的唱和与对话是牧歌的主要表现方式。例如第一首牧歌即为两个牧人梅利伯（Meliboeus）和提屠鲁（Tityrus）之间的对话。第三首是梅利伯与达摩埃塔（Damoetas）的对话以及唱歌比赛，另一位牧人帕莱蒙（Palaemon）做他们的评判。第五首牧歌中的两个牧人梅那伽（Menalcas）和莫勃苏（Mopsus）首先展

西方牧歌发展的历史钩沉

开对话,然后唱起理想牧人达芙尼的死亡和升天。这里沿用了忒奥克里托斯第一首牧歌中"达芙尼之死"的题材,描写山川河流及众神哀悼的画面,情感沉郁而悲怆,赞颂其升天的后段又境界宏大、充满惊奇。第六首牧歌叙述两个牧童克洛密(Chromis)和莫那西(Mnasyllus)同年老的山神西阑奴斯(Silenus)之间的玩笑话,神女哀格丽(Aegle)也来帮助他们,最后山神教两个牧童唱歌。第七首牧歌是两个牧人柯瑞东和塞尔西的歌唱比赛,另外两个牧人达芙尼和梅利伯作评判。第八首牧歌是达蒙和阿菲西伯两个牧人唱的歌,包含两段独白。第一段为牧人达蒙的悲歌,因所爱的牧女妮莎(Nysa)嫁给了另一位牧人,达蒙痛不欲生,声称要纵身投入万顷波涛中。第二段是牧人阿菲西伯唱的歌,这是一个失恋牧女的魔法歌,她施起巫术,为召回出游不归的爱人达芙尼从城里回家,与忒奥克里托斯第二首牧歌《法术》相似,呈现出爱而不得的焦虑与无奈。第九首牧歌叙述牧人吕吉达(Lycidas,也译为利西达斯)和莫埃里(Moeris)之间的对话。

由此可见对话是传统牧歌的显著特征,这些对话不是史诗中神与神、神与英雄之间的对话,而是牧羊人或庄稼汉等普通人物之间的对话,显示出牧歌表述的对象从神、英雄到人的转变。而关于牧人之间的对话、歌唱与竞赛,第三首牧歌具有代表性。开篇讲述梅利伯见到达摩埃塔,于是幽默地问:"这是谁的羊?达摩埃塔,是否梅利伯所有?"而达摩埃塔认真地回答:"不是,这是埃贡的,埃贡刚才交给我看守。"梅利伯明知这些羊是埃贡的,也知道埃贡跑去找心上人尼哀若,并开玩笑地说怕那女孩子会更喜欢自己,这儿找了个看羊的,把羊都挤干了,把羊羔都饿坏了。可以看出,幽默与机智的论辩成为梅利伯与达摩埃塔见面打招呼的方式。维特根斯坦主张把日常生活语言从逻辑语法的牢笼中解放出来,使词的使用"有一种人人都懂的辩白"[①]。维特根斯坦肯定了日常生活语言的意义,使人们灵活自然甚至

---

① [英]路德维希·维特根斯坦:《哲学研究》,李步楼译,商务印书馆2004年版,第139页。

第三章　维吉尔与古典牧歌的确立

不知不觉地在语言的网络中达到彼此之间以及对外在世界的理解。在古希腊时期，苏格拉底式的反讽成为最伟大的谈话艺术，用剥茧抽丝的方法使对方逐渐发现错误，然后建立正确的知识观念，这是最早的辩证法形式。而在这首牧歌中，梅利伯与达摩埃塔见面谈到埃贡的羊。达摩埃塔说那只羊是"我用芦笙和唱歌赢得"，而梅利伯说"你恐怕只能在三岔路口用尖声的芦管无聊地乱吹一阵"。面对这种挑战，达摩埃塔说：

> 那让我们比赛一下，看是谁赢谁输，
> 怎么样？你不要拒绝，我拿这头母牛作赌注，
> 它喂两只小牛，一天还挤两回奶；
> 你说吧，你拿什么来作注和我比赛？①

在这段对话中，两位牧人通过语言呈现生活，以一种都懂的辩白进行人际交流，他们拥有共同的生活话题，也呈现出富有逻辑的头脑。尤其是梅利伯，拥有苏格拉底式反讽的谈话艺术，通过问是谁的羊、羊没有照顾好等来一步步引出目的，即让达摩埃塔主动发出唱歌比赛的挑战。两位牧羊人的聊天并没有涉及宏大主题或社会人生，也没有呈现陌生人之间的生硬和客套，只是以幽默的方式聊到生活话题，而这种轻松、自然的聊天恰恰体现了牧羊人之间的亲密关系，因为只有亲密之人才能无所顾忌、无关宏旨地闲聊琐碎甚至私密的话题。这种聊天也体现了牧羊人的生活态度，即把玩现在，在刹那的现量的生活里求极量的丰富和充实，不为着将来或过去而放弃现在价值的体味和创造，寄兴趣于生活本身，使放牧羊群的简单岁月也变得诗意盎然、温情动人。

幽默的论辩结束后，二人开始对歌比赛。达摩埃塔拿一头母牛作为抵押，梅利伯则拿一只精致的雕花木杯作为赌注，并找帕莱蒙作评

---

① ［古罗马］维吉尔：《牧歌》，杨宪益译，上海人民出版社2015年版，第29页。

判。这是牧歌的固定情节模式，即两人在歌唱开始前约定奖赏，第三人作评判，歌唱完后胜利者获得奖品。这些奖品往往是牧人的心爱之物，梅利伯的榉木杯与忒奥克里托斯第一首牧歌中精致的杯子相似，拥有神奇刻工，雕刻了果实、植物、藤蔓和人类，都是从未用过的珍贵之物。无论是象征财富的母牛，还是代表珍宝的木杯，在牧人的世界里，这些都是身外之物，比不过歌唱中的才情展示，牧人愿意拿出来，以消磨放牧羊群时的闲散时光。这里有竞争但没有纷争，有诱惑但没有抢夺。尤其是作为评判者，帕莱蒙的评判意义重大，"你和他两人都应该得到一头牛；/所有畏惧爱情的甜蜜和尝过那痛苦的都该得奖"①。唱得都很好，都应该得到奖赏，这一结论使这场比赛和平结束。而同样作为评判者，正在特洛伊城附近艾达山上牧羊的帕里斯将刻有"献给最美丽女神"字样的金苹果给了爱神阿弗洛狄特。这一评判使潇洒俊朗、一表人才的王子帕里斯得到天下最美丽的女人海伦，同时也导致爆发长达十年的特洛伊战争，使未得到金苹果的女神赫拉和雅典娜决心要毁掉特洛伊城。牧歌中的评判者帕莱蒙怀着善意，让两个同样充满善意的牧人享受竞赛的游戏，不区分胜负，更不会争抢胜利果实，一切和平而美好。而神话中的帕里斯怀着获得最美丽女人的私心，区分出最美丽的女神，一切逃不出复仇女神的安排，用私利和仇恨引发战争。这场战争是原始社会习以为常的互相掠夺，表现出强烈的残酷性和破坏性。然而维吉尔在其牧歌的歌唱竞赛中，创造出有别于古希腊神话和史诗的价值体系，即以游戏的形式、和平的方式对待竞争，最终的目的不是收获战利品，而是增进感情，即使收获奖品，也多是出于善意的赠予。因此，当歌唱竞赛结束后，往往是夕阳西下，牧人赶着牛羊回家，一切竞争在情景交融中呈现出温情和快乐。而这种牧歌式的竞争方式也是充满压力焦虑、处处尔虞我诈的现代人所怀念和向往的。

　　维吉尔不是牧人，不曾亲身参与山林放牧羊群的劳动，但是作为

---

① ［古罗马］维吉尔：《牧歌》，杨宪益译，上海人民出版社2015年版，第37页。

作家的他却把情感与思想通过牧人形象反映出来。在维吉尔笔下，牧人们"过着顺应自然和人性的生活方式，这既符合维吉尔前期所学习的伊壁鸠鲁学派哲学，也符合他后期皈依的斯多葛派的教义"①。伊壁鸠鲁的伦理学宣称："选择明智生活的快乐，是聪明智慧的职责。"②斯多葛学派则指出："一个人要履行他作为世界公民的责任，同样他有参与社会和政治生活的义务，为自己的国家和人民谋福利。"③ 维吉尔将这两种哲学思想融汇在牧人形象的塑造中，使他们既聪明、节制、勇敢、正直，获得精神安宁、思想平静和生活幸福，又能爱邻人、重团结、保持和谐的群体关系，歌唱"善良的达芙尼爱好和平"以及"伟大的世纪的运行"。由此可见，牧人们过着凡俗的生活，但他们并非凡俗之人。这些牧人大多青春正盛、充满激情、举止得体、才思敏捷又满怀柔情，是懂得人生取舍的智者、心灵敏感的诗人、出口成章的辩论家和令阿波罗动容的歌唱家。他们会把羊喂得胖胖的，也会吹轻快的芦笛，长于歌颂诗篇，能写细巧一些的诗歌，熟悉希腊化时期的科学成就和同时代罗马诗人的作品。他们是如此爱恋情深又才华横溢。许多评论者认为此类人物并非源自真实的乡村生活，而是提炼出的文学形象，是牧人与诗人形象的融合，维吉尔"直接将牧人描写成诗人，同时也将诗人描写成牧人"④。这些牧人不再是乡村青年，而成为"有文化素养、深思熟虑、满怀柔情的年轻诗人的代言人"⑤。事实上，在西方学史上，牧人与诗人之间的隐喻模式是一种文学传统。例如赫西俄德在《神谱》中描述缪斯授予他诗歌与权杖，让他从牧人变成诗人的过程。有一天，赫西俄德在神圣的赫利孔山下放牧羊群，缪斯交给他一支光荣的歌，并且对他说："荒野里的牧人，只知吃喝不知羞耻的家伙！我们知道如何把许多虚构的故事说得像真的，但是如

---

① Nancy Lindheim, *The Virgilian Pastoral Tradition: From the Renaissance to the Modern Era*, Pittsburgh: Duquesne University Press, 2005, p. 161.
② ［美］梯利著，伍德增补：《西方哲学史》，葛力译，商务印书馆1995年版，第108页。
③ ［美］梯利著，伍德增补：《西方哲学史》，葛力译，商务印书馆1995年版，第122页。
④ Paul Alpers, *What Is Pastoral?* Chicago: University of Chicago Press, 1996, p. 153.
⑤ Bryan Loughrey ed., *The Pastoral Mode: A Casebook*, London: Macmillan, 1984, p. 9.

西方牧歌发展的历史钩沉

果我们愿意,我们也知道如何述说真事。"[①] 缪斯要求赫西俄德歌唱将来和过去的事情,吩咐他歌颂永生快乐的诸神的种族,总要在开头和收尾的时候歌唱缪斯自己。缪斯告诫赫西俄德一方面追求真话,另一方面讲究怎样说出口,这也呈现了牧人与诗人结合的独特所在,使牧歌作品既立足于世俗现实,又具有超越现实的诗性趣味。

维吉尔笔下的牧人形象不仅仅停留于现在的生活,还具有未来性。例如第一首牧歌中的牧人梅利伯尽管现在流离失所、凄惨不已,但是他满含着未来回到故里的期盼。在第五首牧歌中,即使唱传统牧歌题材"达芙尼之死",维吉尔笔下的达芙尼并不像忒奥克里托斯所描绘的在"漩涡淹没头颅"中死去,而是通过诗歌创造永生,最终达芙尼在他们的赞扬声中变成了诗神,"直达星霄,就连岩石也唱歌相和,丛树也唱着,'他是神啊,是神啊'"[②]。在此处,维吉尔奠定悼亡诗的结构,即描绘从祭奠、悲伤、振作到安慰的发展过程,死者最终进入天堂,获得永生。牧人具有了未来性,也具有了人的存在价值。哲学家萨特和海德格尔探究人的存在,把潜在性、可能性和未来性看成界定人的基本维度,认为人不是他所有的一切的总和,而是他还没有而可以有的一切的总和。在西方现代文学中,作家们基于对现实世界的批判,倾向于把人写成没有未来的存在物。例如在福克纳笔下,主人公昆丁、凯蒂、白痴班吉等都具有过去性,每一个时刻看到的都是"过去",而现实又被过去填满,成为丧失了未来维度、没有希望的、濒死的人物形象。而在古罗马时期维吉尔的笔下,平凡的牧人善良、爱好和平,即使遭遇现实的困境流露哀伤,但这种哀伤有节制,同时总是抱着未来的希望,甚至有成为神的可能,这在内战不断的罗马时期就具有了抚慰人心的力量。

维吉尔关于凡俗生活的诗意观照集中体现在对牧人生活及形象的描绘上,但牧人总是要在一定的背景中生存,因而维吉尔牧歌的世俗

[①] [古希腊]赫西俄德:《工作与时日·神谱》,蒋平、张竹明译,商务印书馆1991年版,第28页。

[②] [古罗马]维吉尔:《牧歌》,杨宪益译,上海人民出版社2015年版,第53页。

性和理想性也体现在描绘自然环境。维吉尔作品的部分背景和忒奥克里托斯一样被安排在西西里乡间，有部分诗歌在作者位于意大利北部的家乡，还有部分诗歌如第七首和第十首设定的背景在阿卡迪亚。维吉尔在诗歌中反复提及阿卡迪亚，这里既有现实基础，又富有神话色彩。例如在第四首牧歌中，诗人提及：

> 我希望我生命的终尾可以延长，
> 有足够的精力来传述你的功绩，
> 色雷斯的俄耳甫斯的诗歌也不能相比，
> 林努斯也比不过，即使有他父母在旁，
> 嘉流贝帮助前者，后者美容的阿波罗帮忙，
> 甚至山神以阿卡狄为评判和我竞赛，
> 就是山神以阿卡狄为评判也要失败。①

诗人希望自己人生的暮年可以延长，并且有充沛的精力来赞颂圣君的伟业。为了表现自己赞颂君王政治的能力和决心，诗人列出种种对比。即使是缪斯之子，能感召禽兽、移动木石的古希腊色雷斯诗人俄耳甫斯，即使是阿波罗和凡间公主生的儿子底比斯诗人林努斯也不能够与"我"比试歌喉，尽管他们有缪斯或阿波罗这样伟大的父母帮忙。即使赫尔墨斯之子，畜牧神、山神潘来与"我"竞赛，他也要失败。作者在此将俄耳甫斯、林努斯和潘并列，他们拥有共同的特征，那就是善于歌唱吹奏。潘以阿卡狄为评判，这里的"阿卡狄"即为阿卡迪亚（Arcadia）。事实上，阿卡迪亚是希腊南部伯罗奔尼撒半岛中部的贫瘠山地，与希腊其他地方相比，阿卡迪亚最显著的特征在于保留了在其他地方已经消失的一些神话故事和古老野蛮的信仰习俗，诸如人祭和狼人的传说。这是一片偏远、未知和"未被玷污"的土地，是潘的故乡。潘神是山林之神、羊群的保护神，他喜欢畜群、仙女和

---

① ［古罗马］维吉尔：《牧歌》，杨宪益译，上海人民出版社2015年版，第43页。

西方牧歌发展的历史钩沉

音乐，创造了牧笛，擅长短笛吹奏的村野音乐。阿卡迪亚之所以成为理想的音乐世界要得益于历史学家波利比乌斯（Polybius）的一段文字。波利比乌斯来自阿卡迪亚，他曾以阿卡迪亚为例证说明环境与文化影响的力量。在他看来，古老的阿卡迪亚境内多山，因为封闭的地理环境而形成独特的人文景观。阿卡迪亚的生活是艰难的，那里人们的简朴生活方式是寒冷阴郁气候的结果，为了减缓严峻气候的苛责，阿卡迪亚人创造了音乐、共同集会和男女合唱。波利比乌斯为自己的故乡辩护，认为那里是高度文明化的地方，人们接受民族音乐的训练，举行音乐竞赛，"简而言之，用尽一切办法通过教育来驯服并软化灵魂中的坚强"[1]。由此可见，阿卡迪亚是一个现实的地方，这里环境艰苦、气候阴冷，但是阿卡迪亚人用音乐减轻痛苦，使人们变得友爱、仁慈、虔诚，在希腊人中间享有品德上的美誉。波利比乌斯的文字与阿卡迪亚理想的建立关系不大，但是年轻的维吉尔却展开丰富的想象，成了牧歌意象阿卡迪亚的发现者。自此之后，阿卡迪亚在西方文化中并非固定的地理概念，而是充满诗情画意的幻想之地和远离尘世的人间乐土，引申为"世外桃源"。阿卡迪亚不同于伊甸园，它的重要特征在于它不是神话的杜撰，而是一个现实的地方，诗人结合现实与虚构的表现方式将其理想化，使其成为美好的牧人王国。

在这个牧人王国里，牧人的歌唱高吟为生活的必要元素。例如在第七首牧歌中，牧人梅利伯首先介绍牧山羊的柯瑞东和牧绵羊的塞尔西"两个都是阿卡狄人，都是年富力强，／两人都爱唱歌和一问一答的比赛"[2]。两人赶着羊群会合一处，都有备而来，要一唱一和，分出高低。他们的轮番对唱堪称盛事，让梅利伯觉得自己照顾羊群都是次要的，不能错过这两人的对唱表演。柯瑞东首先呼唤自己所敬爱的缪斯女神，愿得到女神的恩宠，护佑自己放歌高吟，如果自己比赛失败，就把排箫归还给潘神。塞尔西也毫不示弱，呼唤牧人们、阿卡迪亚的

---

[1] ［美］克拉伦斯·格拉肯：《罗得岛海岸的痕迹：从古代到十八世纪末西方思想中的自然与文化》，梅小侃译，商务印书馆2017年版，第90页。

[2] ［古罗马］维吉尔：《牧歌》，杨宪益译，上海人民出版社2015年版，第65页。

第三章 维吉尔与古典牧歌的确立

乡亲们用常春藤装扮初露头角的诗人，即使有诗人因嫉妒把自己的肚子气破，他也会将"我"褒奖。他们互相表现才情，纷纷赞美神、景色以及爱人的美貌。在歌唱中，两位牧人赞美了阿卡迪亚美好的四季景象，柯瑞东首先提及夏季：

> 长着青苔的清泉，温柔如梦的草岸
> 绿色的杨梅树织出了碎影斑斑，
> 请保护暑天的羊群，时季已是炎夏，
> 轻柔的枝条上业已涨满了新芽。①

这里有清泉、草岸、荫凉，即使到了炎夏，枝条上仍然涨满新芽，可见春季漫长。这里还有多毛的栗子和杜松树，树下落满果实，万物都在欢笑，有不用耕作便硕果累累的秋天。在塞尔西的歌唱中，这里有炉灶和芳香四溢的柴薪，有燃烧不熄的熊熊旺火，在这里不必害怕北方的寒风，可见这里的冬季依旧温暖。在这四季之中，林间树木葱郁，园内松枝长青，河边白杨耸立，山头冷杉苍翠，这里的菜园有神的保护，整个林野回春，苍天降下甘霖。维吉尔以敏锐的诗人气质表达对自然之美深刻细致的感受，呈现时间流动中纯真美好的景致。例如他的诗篇中有"现在远处的炊烟从村里屋顶上升起，更长的暗影从高山上落下来"这样的黄昏景象，有"赤日如焚，甚至蜥蜴也藏在阴暗处"这样的正午时光，有"绿草信赖春天的骄阳"这样的春天景色，还有黎明、秋天和冬天时光。具体体现在这首牧歌中，柯瑞东和塞尔西这两位参与竞赛的歌者都是阿卡迪亚牧人，虽然诗歌中描写了西西里岛的一些景物，又提到意大利北部诗人的家乡敏吉河（Mincius），但这种混淆的地理概念赋予阿卡迪亚以虚幻的色彩，增强阿卡迪亚意象的象征意味。在他们的歌唱中，阿卡迪亚物产丰富、四季常青，树下永远散落着果实，牛儿会自己去河边饮水，牧人生活安逸、衣食

---

① ［古罗马］维吉尔：《牧歌》，杨宪益译，上海人民出版社2015年版，第69页。

西方牧歌发展的历史钩沉

无忧，唱歌竞赛的游戏比放牧羊群的工作更重要。这是绿色、和谐、富足、欢乐的阿卡迪亚世界，为后世确立起乡村世界的完美景象。

近乎完美的阿卡迪亚并非与世隔绝，而是现实中可以抵达的地方。海厄特曾指出："维吉尔是阿卡迪亚的发现者，那里是乡间生活的理想乐土，青春是永恒的，爱情虽然残酷却是世上最甜蜜的东西，音乐萦绕在每位牧民的唇边，即使是最不幸福的恋人也能得到乡间善良精灵的同情。"[1] 在第十首牧歌中，维吉尔安排自己的朋友、诗人和最不幸福的恋人伽鲁斯（Gallus）走进这片世界。在这首诗歌的开篇处，诗人以元叙述的方式介绍自己要创作一首短歌献给伽鲁斯。诗人首先问年轻貌美、能歌善舞的山林女神，当可怜的伽鲁斯因为单相思而日渐忧愁消瘦的时候，你们藏身于何处的深山幽谷，既非在一些主要山脉的峰峦，也不在清溪边。然后讲述伽鲁斯独自一人卧倒在崖石下面，羊儿站在他周围，连月桂和柽柳、冰冷的岩石都为他落泪。牧人、猪倌们都来了，众人问他怎么害起相思病。阿波罗也来了，劝慰他爱人已跟别人走了，发疯有何用。性情开朗的山林之神西凡努斯也来了，头顶戴着山野的华饰，摇晃着开花的茴香和硕大的百合。还有阿卡迪亚的潘神也来了，他满脸涂着果酱的红色，为他怨恨铁石心肠的爱神。与忒奥克里托斯笔下的达芙尼一样，伽鲁斯陷入单相思的痛苦，都得到来自同伴和神灵的安慰。但任何劝慰都无法减轻这份失恋的煎熬，为了排遣内心的怨愤，此时伽鲁斯渴望进入阿卡迪亚世界。与自己失恋的痛苦形成鲜明对照的是，伽鲁斯设想在阿卡迪亚世界里自己将逍遥自在，有佳丽在草地、清泉、林间相伴，在深林幽谷间寻找心灵的慰藉，更能与心爱之人在那里消磨似锦华年。忒奥克里托斯的牧歌主要描写诗人的家乡西西里岛的生活，而维吉尔创造了阿卡迪亚，让好友伽鲁斯这一当下人物与阿卡迪亚的幻想世界结合，人神共处、亦真亦幻更增添了阿卡迪亚的魅力。

---

[1] ［美］吉尔伯特·海厄特：《古典传统：希腊—罗马对西方文学的影响》，王晨译，北京联合出版公司2015年版，第137页。

第三章 维吉尔与古典牧歌的确立

维吉尔的牧歌是在直接翻译或套用忒奥克里托斯牧歌基础上创作而成，在牧人姓名、情节模式、文辞用语等方面具有很多相似性。对此，王焕生做过详细的考证，例如他指出维吉尔第二首牧歌中的第25—26行明显地与忒奥克里托斯第六首中的第35—36行相似，即"我也不丑陋，不久前我看见水中的自己，/当时海面无风，一片平静"与"不久前我凝视海面，海面风平浪静，/我不仅胡须美丽，我的双眸也美丽"相似。这种细致的考证有其合理之处，因为经典创作总是有前人作品的影响，正如人们评价维吉尔作品时指出的："作者们选择自己的先驱，通过暗指、引用、模仿、翻译、崇敬的方式，立即创造一种经典，并在经典中蕴含着他们自己的观点。"[①] 维吉尔对欧洲文学、艺术、政治等方面产生了重要的影响，后世作家从其作品中汲取精华，并形成自己的经典，蕴含他们自己的观点。而维吉尔的牧歌创作也是如此，他借鉴忒奥克里托斯的作品，除了语言表达上相近之外，更在主题内容上继承传统，但这丝毫不影响其《牧歌》在欧洲文学史上的经典地位，以及维吉尔在这一经典中蕴含的观点。事实上，维吉尔在《牧歌》中确立了大量新的事物，尤其是将他的牧人从西西里转移到阿卡迪亚，使阿卡迪亚成为文学中牧人约定俗成的传统家园。

维吉尔笔下的牧人被描述成举止优雅、认真思考的个体，他们住在阿卡迪亚世界，通过诗歌表达温柔、敏感而细腻的情感，几乎超凡脱俗。布鲁诺·瑟尔（Bruno Sell）在《忒奥克里托斯与维吉尔牧歌中的阿卡迪亚》（"Arcadia in Theocritus and in Virgil's *Eclogues*"）一文中指出：

> 维吉尔诗作中的阿卡迪亚是由温柔的情感所主导的。他笔下的牧人既没有乡下农民的粗鲁无礼，也没有城市人的狡黠世故。在他们的田园生活中，和平、宁静、休闲的傍晚时光显然胜过为

---

① Martindale Charles ed., *The Cambridge Companion to Virgil*, New York: Cambridge University Press, 1997, p. 2.

西方牧歌发展的历史钩沉

了生计而劳作的时间，树荫下的清凉显然要比炎炎烈日更为真实，柔软的草地显然要比荒野高山、悬崖峭壁更有意义。牧羊人更加注重的是吹奏牧笛，高唱歌曲，而不是生产牛奶和乳酪。所有这一切都始于忒奥克里托斯，这位亚历山大大帝的臣民对真实生活中的细节兴趣盎然。而维吉尔更看重的是温情、热忱以及精致的情感。①

评论者也纷纷概括这种田园生活的特点。例如海厄特认为："单纯的求欢、民乐（特别是歌唱和吹笛）、纯洁的道德、简单的礼仪、健康的饮食、朴素的衣着和未被玷污的生活方式，与大城市和王家宫廷中焦虑而腐朽的生活形成了鲜明的反差。"② 在维吉尔生活的时代，社会矛盾深刻，政治军事斗争频繁，罗马城市里的奢华和动乱令底层百姓的生活困苦不堪。而作家维吉尔通过文学的审美拉升与现实的距离，在他青年时期创作的第一部作品中，以一个纯洁、简单、朴素、纯粹的文学世界表达对所处真实世界的批判和对质朴生活的憧憬。周作人曾指出，维吉尔仿制古希腊牧歌，"意不在写实，但假田园景物，寄其诗美，故诗至美而稍阙自然之趣"③。维吉尔的牧歌并非像镜子一样映照现实与自然，而是进行了诗意的创造，酝酿出一种意境，虽稍阙自然之趣，但更增添人性之美。维吉尔被认为"是一个浪漫主义者"④，在《埃涅阿斯纪》这部记载古罗马光辉业绩、歌颂拉丁民族前途的诗歌里，尚且夹杂着埃涅阿斯再见狄多亡魂时涕泗横流的忧伤，披露生命深处难以言传的哀愁，这种符合人性的描写在温暖美丽的牧歌作品中更是如此。

乡村牧人不同于阿喀琉斯征战沙场取得赫赫战功，也不同于奥德修斯流浪天涯寻求家园，更不同于埃涅阿斯肩负神命去建立新城。他

---

① Bryan Loughrey ed., *The Pastoral Mode: A Casebook*, London: Macmillan, 1984, p.187.
② ［美］吉尔伯特·海厄特：《古典传统：希腊—罗马对西方文学的影响》，王晨译，北京联合出版公司2015年版，第136页。
③ 周作人：《欧洲文学史》，钟叔河编订，岳麓书社2019年版，第102页。
④ ［美］约翰·梅西：《西方文学史：文学的故事》，孙青玥译，红旗出版社2014年版，第95页。

们守着原野山林、放牧羊群、表达爱意、唱歌竞赛，过简单质朴的生活。《老子》提出"见素抱朴，少私寡欲"，陶渊明在《归园田居》中书写"守拙归园田"。这种抱朴守拙的状态也是维吉尔笔下牧人们的生活样态。阿卡迪亚的牧人们以最简单、最近人情的方式发挥文学的教化功能，有助于指引现代人从物欲横流的都市回归通俗真切的牧歌世界，在朴拙自然的生存状态中寻找幸福。

第三节　乡村政治的诗歌参与

西方牧歌有田园乐的理想色彩，同样有田园苦的现实悲情。在维吉尔笔下，其牧歌继承传统，呈现田园景观，融汇乡野生活，但也结合自身经历和所处时代现实，对牧歌进行了创新发展，令牧人关注纯洁爱情，同时也关注现实政治。正如有学者所认为的："有情诗、哀歌、哲理诗，形式有牧人对歌、独歌等，主要抒发爱情及对时政的种种感受。"① 朱利安·帕特里克（Julian Patrick）也认为："居住在这片世外桃源的牧羊人跟农夫们讨论着当代重大政治事件。"② 无论是发表对时政的感受，还是讨论当代重大政治事件，维吉尔让政治要素进入他的诗歌创作。例如第一首和第九首牧歌通过出场人物的对话，谴责政权霸占田地、驱逐农户的暴行，这是他与其先行者忒奥克里托斯所不同的地方。但是他将这些政治事件转换成文艺创作，并非直白地呈现政治问题，而是以风景如画的阿卡迪亚为背景，以诗歌的方式参与乡村政治，"发表个人情思，无所粉饰，深挚朴醇，尤为世人赞赏"③。

维吉尔牧歌参与乡村政治首先体现为对强权的批判。其开篇第一首牧歌就通过两个牧人梅利伯和提屠鲁的对话来呈现强权带来的影响：

---

① 郑克鲁主编：《外国文学史》（上），高等教育出版社2006年版，第24页。
② ［加拿大］朱利安·帕特里克主编：《501位文学大师》，杨帆译，中央编译出版社2015年版，第20页。
③ 周作人：《欧洲文学史》，钟叔河编订，岳麓书社2019年版，第95页。

西方牧歌发展的历史钩沉

> 提屠鲁啊,你在榉树的亭盖下高卧,
> 用那纤纤芦管试奏着山野的清歌;
> 而我就要离开故乡和可爱的田园。
> 我逃亡他国;你则在树荫下悠闲,
> 让山林回响你对美貌阿玛瑞梨的称赞。
>
> 梅利伯啊,一位神祇给了我这个方便,
> 我将永远以他为神来供奉,他的祭坛
> 我将经常用自家的羊羔的血来沾染。
> 如你所见,他允许我的牛羊漫游无忌,
> 使我得以任意地吹着野笛来嬉戏。[①]

从对话中可以得知,提屠鲁是幸运的,因为有"一位神祇给了我这个方便",他依旧能够在自己的土地上过幸福的牧人生活,在榉树的亭盖下高卧,悠闲自在地用纤纤芦管吹奏山野的清歌,让山林回响对美貌爱人的称赞。但是梅利伯十分不幸,他失去了土地,被迫告别传统秩序,离开故乡和可爱的家园,成为漂泊异乡、逃亡他国的流浪者,将面临无尽的焦虑、贫困和挣扎。同样是牧人,各自所处的境遇却形成鲜明对比。

对比是牧歌中常见的手法,古希腊的忒奥克里托斯用直接或间接的手法描绘各种差异性的存在。例如求爱者的俊美与丑陋,恋爱结果的甜蜜与悲伤,满肚子的单相思与太阳下的辛苦劳作,大自然春天的欣欣向荣与冬天的寒冷交迫,这些对比本是自然现象,也是人类生存的客观现实。对维吉尔而言,他的作品并不总是一厢情愿的美丽,还有对现实真实的揭露与反映。在他的作品里,读者也可以看到两幅图景:一幅是林地、草场、花朵、果实、追逐嬉戏的羊羔和牛犊,伴着悠扬的笛声与委婉的歌吟,在一片烂漫春光或初夏的丽日清风中展现

[①] [古罗马]维吉尔:《牧歌》,杨宪益译,上海人民出版社2015年版,第11页。

乡土田园的宁静祥和；另一幅是寒冷、坚冰、两军对垒、艰苦战争、外来的人占领田地的哀婉与忧愁的诉说。例如在第九首牧歌中，"卡昂尼的鸽子对进攻的鹰隼"使代表诗歌的神鸽与象征战争的鹰隼对比，集中体现了欢喜与哀愁这两种情绪的冲突。雷蒙·威廉斯认为："维吉尔田园诗内部的对比是乡村定居的乐趣与丧失土地以及遭受驱逐的威胁之间的对比。"[1] 维吉尔第一首牧歌流露出当时农村小土地所有者对土地的珍视和对战争的厌恶，呈现乡村退隐与城市危害之间的鲜明对比。这种对比具体体现在两个方面：一是城市和乡村的空间对比，以罗马为代表的城市表现为混乱、腐败和冷漠，而以提屠鲁所在的乡村表现为宁静、安适、富足；二是过去与现在的时间对比，以梅利伯的经历为例，他过去拥有土地，过着恬静愉悦的生活，而现在失去土地，过着流浪、困苦的生活。通过对比衬托出美的可贵，也呈现出美的脆弱性，随时有遭遇外在势力入侵的可能。而在提屠鲁和梅利伯命运的对比中，提屠鲁越是保留了传统乡村定居生活带来的幸福，梅利伯越发呈现丧失土地、遭遇驱逐这一境遇带来的悲惨。

这首牧歌中的提屠鲁有"一位神祇"的庇护，这是世事困顿中的幸运儿。许多学者认为，提屠鲁就是维吉尔本人。诗人在第一、四、六、九、十首牧歌中提到公元前1世纪古罗马帝国灾祸不断、家园破败的事实。例如在第九首牧歌中，吕吉达问莫埃里步履蹒跚，是否要顺着路去往城里。莫埃里回答说自己在有生之年遭遇大难，没有想到外乡人霸占自己的薄田。莫埃里饱受欺凌，境况凄惨，只能怪命运翻覆，世道全变，感叹诗歌面对战神的刀兵就如同温柔的鸽子面对进攻的鹰隼一般。两个牧羊人的对话提到外来人霸占土地的凄楚现实，同时两个对话者一再谈到一位幕后人物，并且引用给主管官员的献诗，呼吁官方为民众保留土地。而根据传说，维吉尔家乡的土地也被夺取分给屋大维的雇佣兵，后来诗人到罗马请求，由于屋大维的一些亲信官吏的帮忙，土地才被保存下来。很多人据此认为，维吉尔将帮助自

---

[1] ［英］雷蒙·威廉斯：《乡村与城市》，韩子满等译，商务印书馆2013年版，第22页。

西方牧歌发展的历史钩沉

己保留土地的官吏奉为神祇。梅利伯曾恳切地问:"但那位神祇是谁,提屠鲁,请你见告。"提屠鲁并没有直接回答,而是道出自己将去罗马城市,感叹不管自己从羊圈里敬神的牺牲拿出多少,或者挤出多少奶酪,自己并未从城市提着沉重的钱回家,看似幸运的提屠鲁直呼"那没良心的城市"。梅利伯成为令人同情的形象,提屠鲁虽然幸运但也有哀愁。在提屠鲁疏懒的生涯中,曾经没有致富的意图也没有自由的希望,因为自己没有办法找到免除奴役和保护自己的任何神祇,不得不将悲伤留给爱人。现在遇见了保护自己的那人,而自己年已迟暮,修须时已落下灰白的毛发。纵然如此,提屠鲁爱如今自由的生活,可以跟从前一样喂养牛羊,便是极致的幸福。于是即使沧海桑田、万物变迁,即使野鹿在空中飞,河水倒流,地域更换,提屠鲁表示自己也不能够忘记那人的容颜,对赐予他这种生活的"神祇""那人"感恩不尽。梅利伯没有"神祇"的保护命运凄惨,幸运的小人物提屠鲁对"神祇"感恩戴德同样令人感到心酸,"神祇"所代表的强权力量决定了底层人物的生活,这令作者感到畏惧。

其次,维吉尔在牧歌中流露出对失去土地、流落异乡的人们的深切同情。有学者认为:"维吉尔继承忒奥克里托斯的牧歌风格,能够以更加真实的方式重构牧歌,也因为如此,他将'反牧歌'的形式和情感纳入牧歌固有的特质。"[①] 维吉尔丰富和发展了牧歌的内涵,呈现牧歌诗境与现实世界的紧张关系,这有助于读者体悟诗人对人世的悲悯情怀。以梅利伯为代表的众人享用土地的机会受阻,而对底层百姓而言,"人离开了土地就一文不值,土地离开了人也一文不值"[②]。梅利伯无法抵挡政权时事对个人造成的灾难,只能接受自己眼前的厄运,直面惨淡的现实。

---

① Judith Haber, *Pastoral and the Poetics of Self-contradiction: Theocritus to Marvell*, New York: Cambridge University Press, 1994, p. 41.
② [法] 德尼·狄德罗:《狄德罗文集》,王雨、陈基发编译,中国社会科学出版社1997年版,第572页。

我并非嫉妒，只是惊奇，整个农村
是这样混乱，看，我虽是有病在身，
还要赶着羊群，而这头简直跟不上，
因它方才在丛榛里生下了一对小羊，
我们所希望的，但却弃给光光的石岩；
我要不胡涂，就该预料到这个灾难，
记住那次天降霹雳打坏了栎树的先兆。①

羊妈妈刚在丛榛里生下一对小羊，它已跟不上羊群，只能连着小羊丢给光光的石岩。而梅利伯只能带着羊群、拖着病躯去异乡漂泊。自然世界和人类世界的弱者形象共同烘托出失去土地的遭遇，真实地代表芸芸众生面对不可控命运时的状态。然而，出于无奈与同情，维吉尔在牧歌中为底层小人物描绘一幅直面现实又超越现实的和谐状态。正如马克斯评价维吉尔的第一首牧歌时说："恢复和谐是这首诗的全部要旨所在，这一点在开篇几行中就已确立。"② 诗篇中有矛盾、对抗，一边是陷入混乱的乡村，一边是象征权力、威严和痛苦的罗马大城市，但总有一个地带消弭纷争、呈现理想，这个理想之所就是提屠鲁所在的地方。诗人在开篇处将这个地方作为一个象征性场景，提屠鲁躺在山毛榉的亭盖下，用纤纤芦管吹奏山野的清歌，他放牧的牛羊逍遥自在，他对美貌情人的称赞也在山林里回荡。面对这样一个场景，梅利伯首先表现出惊奇，因为整个农村这样混乱，提屠鲁还能高卧吹奏清歌。其次，梅利伯表现出羡慕，"老头真好运气，这样你的土地可以保持，/对你就很够了"。当然，面对自己到天涯海角流浪，梅利伯更表达出渴望，"啊，在什么辽远的将来才能回到故乡"。他仍然期盼将来保留土地，渴望多年以后看到一个他可以称为自己家园的地方，再回归以前的生活，看看村社屋顶上的茅草堆，欣赏自己王国里的小

---

① ［古罗马］维吉尔：《牧歌》，杨宪益译，上海人民出版社2015年版，第11—12页。
② ［美］利奥·马克斯：《花园里的机器：美国的技术与田园理想》，马海良、雷月梅译，北京大学出版社2011年版，第14页。

■ 西方牧歌发展的历史钩沉

小收成。有论者认为:"田园风景代表着一种幻想,一旦辨认出其中的政治和社会现实,这种幻想便会消散。"① 这首牧歌融入了政治和社会现实,但田园风景的幻想并没有消失,反而作为小人物面对不幸命运时的美好盼望被作者描绘出来。这片田园是提屠鲁放牧羊群的地方,也是梅利伯所向往的地方,是一个饱含温柔情感的绿洲。在这里,梅利伯可以像现在的提屠鲁一样,在熟悉的水滨、在圣洁的泉水边乘凉,看丛榛上的繁花,听蜜蜂嘤嘤的柔声和修葡萄的人临风高吟,以及宠爱的鸽子和榆上的斑鸠的叫声。这里有长满青苔的流泉,有羊群阻隔午时的热浪,丰饶的葡萄藤上挂满了欲放的蓓蕾,树林之间回荡着牧笛的音响,牧羊人超凡脱俗,优美而深邃,他们以诗歌来表达真切的情感。在梅利伯以后的漂泊岁月里,这种田园风景将是他以后生存的动力和盼望。

面对小人物,维吉尔具有温柔细腻之心,他并没有在作品中一味地宣泄灾难,而是以美好的愿景鼓舞起流浪者前行的勇气。不仅如此,维吉尔还让受难者走进提屠鲁所在的温柔绿洲。当梅利伯被抛弃在中间地带之外,提屠鲁的友情可以让他在此短暂停留。

> 可是你在我这儿歇一夜也无不可,
> 用绿叶作床铺,我还有熟透的苹果,
> 松软的栗子和许多干酪也可以吃,
> 现在村舍的茅顶上炊烟已经开始,
> 从高山上已经落下了更长的影子。②

政权无情,但人间有爱,在小人物之间流露出朴实的温暖。维吉尔的第一首牧歌被认为是"了解欧洲文学的关键"③。在这首作品中,

---

① Paul Alpers, *What Is Pastoral?* Chicago: University of Chicago Press, 1996, p. 24.
② [古罗马]维吉尔:《牧歌》,杨宪益译,上海人民出版社2015年版,第17页。
③ Martindale Charles ed., *The Cambridge Companion to Virgil*, New York: Cambridge University Press, 1997, p. 107.

"乡间品质的粗劣既未被突出也没有被掩盖,而是通过其本质上的纯洁得到了抵消"①。作者弥合了希望与恐慌之间的鸿沟,当人遭受厄运时,还有"在我这儿歇一夜"的邀请,用绿叶作床铺,有熟透的苹果、松软的栗子和许多干酪可以吃,这就是令人心酸又让人感动的平凡生活。即将漂泊异乡的流浪者还能在黄昏时分、在群山笼罩的阴影之下,看一次简陋农舍茅顶上冒出的炊烟。凡俗的烟火成为一种力量,如同潘多拉魔盒中留存的希望,纵然命运飘零,生活中依然还有盼望和温暖。牧歌远离叱咤风云或光辉故事,仅仅以贴近凡俗的小人物和小故事道出人性中的真挚情怀,千百年来,这种文学力量持续地滋养着后人。

最后,维吉尔以诗歌作品参与乡村政治,体现在他对劝农重耕、正风励俗的宣扬。维吉尔创作《农事诗》寄寓人生理想于农村生活:"这部诗篇以坚定的笔调阐扬这样一个高超的信念,在许多批评家的心目中是维吉尔最完美的作品。"② 甚至有学者认为这是一首农牧之歌、森林之歌,是"真正的田园之歌","维吉尔的《牧歌》虽然是如此出色,但是比起他的《农事诗》来,却只像练笔之作"③。学者积极评价《农事诗》,也是对牧歌中描写农事的高度认可。诗人在开篇处写道:

> 怎样才能获得满意的收成,迈克纳斯呵,
> 在什么星辰升起时翻耕土地,
> 或者把葡萄枝蔓捆上山榆树,
> 怎样饲养耕牛,怎样照顾拥有的小畜群,
> 有什么经验培育健康的小蜜蜂?

---

① [美]吉尔伯特·海厄特:《古典传统:希腊—罗马对西方文学的影响》,王晨译,北京联合出版公司2015年版,第136页。
② 吕健忠、李奭学编译:《西方文学史》,浙江大学出版社2013年版,第76页。
③ [美]约翰·梅西:《西方文学史:文学的故事》,孙青玥译,红旗出版社2014年版,第94页。

西方牧歌发展的历史钩沉

> 这些就是我要歌唱的主题。①

诗人在这里概括介绍整部《农事诗》的内容，即关注谷物种植、园林管理、饲养家畜、培育蜜蜂这些农事活动。维吉尔创作《农事诗》应在公元前37年至前30年，这个时期社会非常动荡，先后出现腓利比战役、佩卢栖亚战役、阿克提昂战役等反抗屋大维和罗马的运动。连绵的战争让以农业为主的罗马国家遭受重创，农业的衰败、农民的失地破产给整个国家经济造成威胁。当内战平定后，人们产生新的和平希望，统治者及平民布衣都渴望恢复农业发展。而维吉尔经历过内战动乱的苦楚，作为被屋大维统治集团庇护的作家，在尊荣的生活中仍然肩负着知识分子的社会责任感和文化自觉，以诗歌的形式积极参与社会政治。在维吉尔笔下，意大利乡间生活宁静无忧、闲适惬意，拥有一切需要的东西，这里有迷人的洞窟、奔流的泉水、阴凉的溪谷，人们辛勤劳作、笃信神明、尊敬父老。维吉尔号召农民耕种土地、爱护庄稼，通过培育使粗糙的果实变得甜美，通过技艺保护庄稼免遭野生动物和驯化家畜的侵害，凭借智慧和经验改变自己的生活方式和所依赖的乡村，促进人类与自然的和谐发展。具体来看，维吉尔以通俗的方式阐述生产劳作，探讨田间事务，提出建议，推广经验。例如他描写劳动工具犁头，指导农人在翻动未知的土层前要先了解各种气候以及当地的风俗习惯，应该根据具体情况决定哪块土地出产谷物、栽种葡萄，哪块土地树木茂密、青草萌发，在一年中最初的月份用强壮的耕牛犁地，在夏天让猛烈的阳光烘烤土堆。如果土地不够肥沃，农人就需要犁出浅沟，不让杂草妨碍庄稼生长，又不让湿气逃离贫瘠的沙地。土地需要不同作物轮流耕种，用肥沃的粪便、混杂的灰烬滋养土壤，让力竭的田地恢复生机。他告诫自然灾害可能使辛勤劳动变成泡影，疾病和瘟疫会给养殖造成损失。维吉尔在这部作品中谈到农具的使用、果树的嫁接、马的繁殖和驯养以及养蜂的技巧等。除

---

① Virgil, *The Georgics*, Trans. C. Day Lewis, Oxford: Oxford University Press, 1947, p.1.

提供农业指南之外，诗人还展开浪漫的想象，邀请最澄明的光、抚育万物的神、守护羊群的潘、橄榄树的发现者、传授曲犁技艺的少年、看护田地的神，以及所有滋养幼果、降下甘霖、有助于农事劳动的神祇来庇护人类的劳动。维吉尔还邀请恺撒造访诸邦、料理田地，作果实的馈赠者和季节的统管人。诗人请求甚至祷告天上地下的神以及极力崇拜的恺撒促成他的事业，即以诗歌的形式，怀着强烈的热爱描写小农劳动和乡村的怡人景色，以吸引和鼓励人们从事农业。

马克思认为，文艺起源于劳动，这是文艺理论的根本问题之一。德国艺术史家格罗塞也认为艺术起源于实践经验，指出"生产事业真是所谓一切文化形式的命根。它给予其他的文化因子以最深刻最不可抵挡的影响"[①]。文艺创作与劳动生产、劳动人民相结合，农事与诗歌的结合使文艺创作既客观务实，又诗趣横溢。农耕生产的知识、村夫野老的智慧成为一种深刻的文化因子，呈现在中西文学作品中。例如《诗经》中有许多与农事劳动有关的作品。《周南·芣苢》细微贴切地描述一群女子采摘车前子的劳动过程，突出娴熟的采摘技能和欢快的劳动心情。《魏风·十亩之间》描绘一幅桑园晚归图，刻画采桑人轻松愉快的劳动场景。《小雅·采薇》叙述周民族对土地的深厚感情，以及对农耕文明所产生的伦理道德、家庭生活等生活方式、农业生产、土地制度的依赖和赞叹之情。《诗经》中的农事诗反映出周代重视农业、以农为本的政治观念和亲近自然、赞美劳动的哲学思想。而西方的赫西俄德在《工作与时日》中最早描绘广义上的农业劳动，正面赞美田园生活，称赞在农事劳动中形成的勤勉努力的美德。赫西俄德本人一直以农民和牧人的身份过着勤劳朴素的生活，他在作品后半部以劳动者的亲身感受，描绘丰富多彩的农村生活和美丽的农村景色，记录自耕田地、看管葡萄园、饲养牲畜等日常事务。作为"训喻诗之父"，赫西俄德鼓励人们通过农业劳动建构一个合乎时代的乡村社会形态。正如雷蒙·威廉斯所认为的："正是他所处的铁器时代

---

① ［德］格罗塞：《艺术的起源》，蔡慕晖译，商务印书馆1984年版，第28页。

西方牧歌发展的历史钩沉

的特点,决定了他会提出有关实用农业、社会正义以及和睦邻里关系的建议。"[①] 缘于对黑铁时代人性堕落和生活艰辛的深切体验,赫西俄德用平凡朴素的实例劝谕世人,引导人们在充满苦难的生活中辛勤劳作、积极向善。这种根植于现实的农事作品有助于构建睦邻友好关系,进而推动社会正义,实现理想中的黄金时代的到来。

维吉尔的农事诗歌延续了赫西俄德作品中的重农观念,通过诗歌劝农、教农,以配合屋大维崇古复礼、整饬罗马风气的政策。《毛诗序》中指出,经夫妇、成孝敬、厚人伦、美教化、移风俗,莫善乎诗,明确揭示了诗歌和时代政治的密切关系。而维吉尔在农事诗歌的创作中,取材平实,努力把普通的乡村生活和农业劳动描写得诗情画意,呈现一系列鲜明、动人的画面,并在叙述中穿插各种神话故事,从而使整部作品诗意化、神性化。这就避免了赫西俄德在《工作与时日》中出现的教谕性的枯燥和技术术语的单调,使人易受感染,进而接受劝谕、勤于耕作、渐趋向善,这就能有效地实践其农事诗移风易俗、美化政风的功能。

中西智者往往自觉肩负起文化的使命,运用诗与思结合的形式来治乱救世。例如孔子生逢春秋乱世,外在礼崩乐坏,内在人心不古、麻木不仁,于是孔子"博我以文,约我以礼",教人成为人心归仁、礼让有节、举止有度、尊卑有序的人,进而寻找复兴礼仪之邦的良方。苏格拉底作为智者,把批评雅典看作神给他的神圣使命,志在做一只牛虻,随时随地责备它、劝说它,以达到改造灵魂和拯救城邦的目的。柏拉图生逢乱世,目睹雅典城邦的衰败与灭亡,受苏格拉底的影响,志在重建道德理想国,进行理性启蒙,让人们恢复理性认知能力。中国的孔子和西方的柏拉图都将"诗"纳入重建理性王国的总体教育规划中,都有明确的实践要求。与中西哲人相比,维吉尔的牧歌及农事作品温婉、通俗,尽管维吉尔并没有提供一条拯救现实的实践路径,或创立系统的哲学学说,但是维吉尔同样有关于人生社会的深层理解。

---

① [英]雷蒙·威廉斯:《乡村与城市》,韩子满等译,商务印书馆2013年版,第18页。

维吉尔将农事劳动纳入诗歌创作，在简单易懂、诗意贴切的字里行间，在乡村生活纯洁、欢乐和诱人的理想化描写深处，融入了他的文化使命，即批判强权、同情弱小、劝农重耕、正风励俗，试图复兴古代罗马的荣光，达到拯救城邦、重建道德理想的宏大意愿。

第四节　面向未来的理想憧憬

有评论者指出："许多第一流的作家是能从人的不幸和苦难里抬起头，开始憧憬一个更美好的世界的。"[1] 人们不仅回归过去寻找理想蓝图，也试图从过去寻找事物发展的源头。与此相似的是，维吉尔立足于自己的生活领域，带着一种家园意识创作《牧歌》《农事诗》，以其诗意的语言呈现独特的山川景物、风土人情和社会现实，试图恢复那失去的黄金时代。

维吉尔在《农事诗》中赞美罗马的过去，怀念"罗马也这样变成世间最美丽的城市"，也描述过罗马的现状，战争连绵不断，整个农村这样混乱，各种罪恶肆虐，农田变得干涸，"弯月形的镰刀已改锻成冷酷的佩剑"。但诗人并没有停留于此。文化人类学家卡西尔指出，人"更多地生活在对未来的疑虑与恐惧、悬念和希望之中"，因此，"思考着未来，生活在未来，这乃是人本性的一个必要部分"[2]。维吉尔能够成为一位伟大的作家，除了怀念过去、思考现在之外，更有对未来的希冀与期待。在第四首牧歌中，维吉尔如此赞叹：

> 伟大的世纪的运行又要重新开始，
> 处女星已经回来，又回到沙屯的统治，
> 从高高的天上新的一代已经降临，
> 在他生时，黑铁时代就已经终停，

---

[1] 蓝棣之：《现代诗歌理论：渊源与走势》，清华大学出版社2002年版，第5页。
[2] ［德］恩斯特·卡西尔：《人论》，上海译文出版社1985年版，第68页。

西方牧歌发展的历史钩沉

> 在整个世界又出现了黄金的新人。
> 圣洁的露吉娜，你的阿波罗今已为主。
> 这个光荣的时代要开始，正当你为都护，
> 波利奥啊，伟大的岁月正在运行初度。①

公元前 40 年，在维吉尔的好友和庇护者波利奥（Gaius Asinius Pollio）做罗马执政官的时候，有一个小孩诞生。而诗人写作这首诗时，内战初停，诗人将这个小孩尊如神明，认为是未来的统治者，想象在其统治下将开始新的黄金时代。

在西方文学史上，对于黄金时代（Golden Age）的美好想象至少可以上溯到公元前 8 世纪希腊诗人赫西奥德的《工作与时日》。赫西奥德在这部作品中提出，奥林匹斯山上不朽的神创造了一个黄金种族的人类，这些凡人像神灵一样生活，没有劳累、忧愁、悲伤和衰老。"除了远离所有的不幸，他们还享受筵宴的快乐。他们的死亡就像熟睡一样安详，他们拥有一切美好的东西。肥沃的土地自动慷慨地出产吃不完的果实。他们和平轻松地生活在富有的土地上。羊群随处可见，幸福的神灵眷爱着他们。"②奥维德在《变形记》中进一步描绘黄金时代的图景。在自然界，溪中流出的是乳汁和甘美的仙露，青翠的橡树上淌出黄蜡般的蜂蜜，这里土地肥沃、四季常青、五谷丰饶，人们自在地放牧，无须劳苦便能拥有一切美好的食物，人在体力上、精神上都感到快乐。在社会中，这里没有强迫、法律、恐惧，没有人漂泊异乡，人人自动保持信义和正道，大家的生活都很安全，不必担心受到审判，各族人都享受着舒适的清福。赫西俄德和奥维德关于黄金时代的思想在维吉尔笔下获得继承和创新。在维吉尔笔下，诗人把未来的希冀寄托在一个小孩身上。为了表达这份强烈感情，诗人首先烘托小孩出生的神圣性，"他将过神的生活"，能够看见英雄和天神，他自己

---

① ［古罗马］维吉尔：《牧歌》，杨宪益译，上海人民出版社 2015 年版，第 39 页。
② ［古希腊］赫西俄德：《工作与时日·神谱》，蒋平、张竹明译，商务印书馆 1991 年版，第 5 页。

也将成为英雄和天神,并且统治太平世界。其次,诗人以不可思议的自然现象来证明小孩出生所带来的奇迹。到那时,人们不需要耕作便能收获美好,土地供应一切东西,葡萄不需要镰刀,田畴不需要锄犁,健壮的农夫从耕牛上把轭拿开。大地不用人力栽培便能长出蔓延的常春藤和狐指草,还有埃及豆和含笑的茛苕,鲜花四处盛开,东方的豆蔻也将在各地生长得很好。不再有骗人的毒草,充满了奶的羊群会自己回家,巨大的狮子牲口也不必再害怕,蛇虺都将死亡。简言之,对人类有益的动植物自动生长繁衍,源源不竭地提供财富,对人类有害的事物都消亡,那些对人类造成威胁的猛兽也将变得温柔,这是一个人与万物平等共生、和谐相处的温情世界。最后,诗人从社会环境方面设想孩子长大后带来的神奇改变,人不再需要乘风破浪,不必用高墙围起城镇。到那时,万物都会为未来的岁月欢唱,命运女神也会让伟大的日子持续奔驰,孩子将是天神的骄子、上帝的苗裔。在这首诗歌中,诗人展开浪漫的想象,重启曾经存在的黄金时代,希望动乱的罗马社会能够变得和平安宁,希望人人自我完善,创造一个美好的世界。如果说赫西俄德将理想放在遥远的过去,忒奥克里托斯立足眼前的风景体验美好,维吉尔则从乡村生活中提炼黄金时代,作为将要实现的乌托邦理想。诗人畅想未来,但是在诗歌结尾处又回到具有可实现性的当下事情上,即婴儿出生后对父母笑,"开始笑吧,孩子,要不以笑容对你双亲,/就不配与天神同餐,与神女同寝"①。将人性与神性并列,这就意味着在平凡中孕育伟大,一个会笑的小孩将带来光荣时代,以此寄托作者的美好盼望。

在西方文化史上,除了黄金时代之外,人们还有对乐土的向往。赫西俄德在《工作与时日》中描绘了一座极乐岛(Islands of the Blessed),该岛被认为在大地的最西端,相当于古希腊神话中的极乐世界。那里是第四个种族即半人半神的英雄种族死后生活的乐园,岛上的英雄们没有忧伤,无须劳动,大地结出甜美的果子。与黄金时代有所不同的

---

① [古罗马]维吉尔:《牧歌》,杨宪益译,上海人民出版社2015年版,第45页。

西方牧歌发展的历史钩沉

是,极乐岛上的英雄们将永享美好而不会进入白银、青铜或黑铁时代,可以说极乐岛是真正的乐园。荷马在《奥德修记》第四章中也描绘了乐土(Elysium),那里是英雄们死后的居住地,是一个没有冰雪、风暴的地方。维吉尔在《埃涅阿斯纪》第六卷中对乐土作了更为细致的描绘,这片乐土位于幽谷中,是灵魂转生的地方。那里也是欢乐的地方、绿色的场地,原野上闪耀着灿烂的光辉,无数种族的人群像蜜蜂一样飞来飞去,魂灵们饮了忘川河的水,他们的来生将摆脱烦恼,忘记一切。与神统治下的黄金时代和英雄死后生活的乐土所不同的是,维吉尔第四首牧歌中的黄金时代具有现实的要素和在贤明君王统治下实现的可能。诗人在这首诗歌中展现了黄金时代里土地的重要意义。人类普遍认为大地是母亲,例如在希腊神话中大地女神盖娅是创造生命的原始自然力,巨人安泰俄斯离开大地便被英雄赫拉克勒斯战死。土地也是罗马人所寄托的对象,在这里,诗人反复强调土地不需要人类耕耘就能丰饶无比,就能提供人们生活所需要的一切,人类不再有手工业、商业或武器战争,土地是一切幸福的源泉,这是一个和平的纯农业经济的时代。维吉尔作为农民之子,深晓土地的价值,在第一首牧歌中就探讨了土地与幸福的重要联系,在《农事诗》中反复强调农人是幸福之人,他们知道自己的幸福所在,从而远离内讧,由土地为他们提供可口的食物。维吉尔也深晓土地对于国家的意义,农业是古罗马主要的经济支柱,然而在诗人生活的时期,内讧不断,战争连绵,农业受到严重破坏,因此,要想复兴国家就必须复兴农业,这是维吉尔反复赞美田园景色和农人劳动的原因所在。在这首诗歌中,诗人作为农人的代言人,尤其是为那些失去土地的农人发声,以怀念过去并期待没有罪恶和纷争的未来。可以说,维吉尔一方面继承希腊牧歌传统,同时真实反映罗马社会生活,并与当时罗马大众和国家政权共命运,满怀诗意又切合现实地勾勒出土地供应一切的黄金时代。

这首牧歌献给一个新生儿,预言他的诞生将给人类带来黄金时代,这就呈现了维吉尔设想的政治拯救路径,即依靠贤明的统治者以引领罗马社会走进新的纪元。与一些政治诗歌相比,牧歌普遍被认为是一种相对独立而纯粹的诗歌创作,纵然如此,在亚历山大时期忒奥克里托斯的《牧歌》作品中,也有涉及当下主题以及向往未来的诗篇,例如《托勒密赞》("In Praise of Ptolemy")较为明显地体现出忒奥克里托斯对恩主的赞颂和寄托。维吉尔同样让政治事件进入他的阿卡迪亚,正如学者所认为的:"维吉尔的每一本重要著作是以严肃而持续的方式关注他同时代的政治现实,而非构建一个排除或轻视政治家的诗歌世界。"① 事实上,维吉尔在作品中多次提及当时一些著名的政治人物。在歌唱宇宙起源的第六首牧歌中,诗人首先描绘世界开始是混沌一片,地面、天空、海洋等还未分开,后来世界逐渐形成,有了太阳、云、雨、树木、高山以及活着的生物。接着诗人通过牧人之口歌唱人类种族起源和发展的故事,以及人类思想历史构成的神话,这其实是诗人强调的关键。这首牧歌与维吉尔的其他作品一样,充满大量的文学暗指,最明显的是歌颂了当时的诗人、屋大维的部下、维吉尔的好友伽鲁斯。维吉尔写道,牧歌女神把伽鲁斯带到诗歌圣境,把原先交给希腊诗人赫西俄德吹奏的竖笛交给他,让他继承写作农事诗歌的传统。第十首牧歌则献给伽鲁斯,诗中描写伽鲁斯的心上人抛弃自己,随他人去阿尔卑斯山和莱茵河畔观赏冰雪景色,这令伽鲁斯陷入单相思,十分忧伤痛苦,维吉尔的叙述可能实有其事。而在第四首诗歌的开篇部分,诗人称"这个光荣的时代要开始,正当你为都护,/波利奥啊,伟大的岁月正在运行初度",这里提及的波利奥就是罗马执政官、维吉尔的好友和庇护者。在《农事诗》开篇处提及"迈克纳斯,你给我的指令不轻松",此处的迈克纳斯(Gaius Cilnius Maecenas)为屋大维的密友、文化幕僚。他给予作家们金钱土地等,他的家里汇集那个时代的许多著名诗人,以其为首形成一个官方文学派别。维吉尔即属于该派别的成员,并且其居处与迈克纳斯的花园毗邻。在维吉尔作品中,最重要的恩主应该是帝国的统治者屋大维。屋大维于公元前30年最终

---

① Martindale Charles ed., *The Cambridge Companion to Virgil*, New York: Cambridge University Press, 1997, p. 173.

西方牧歌发展的历史钩沉

击败敌手建立个人政权，有产阶级欢迎屋大维的统治，给他以"奥古斯都"的神圣称号，给他建立祭坛，对他奉若神明。这位强大的奥古斯都也是维吉尔的亲密好友。维吉尔曾准备前往希腊和亚细亚，但是他在前往雅典的途中遇到从东方返回罗马的奥古斯都，于是决定与奥古斯都一起返回罗马。由于酷暑和远航，维吉尔不久去世，他把财产的四分之一遗赠给奥古斯都。在作品中，维吉尔对屋大维极力称赞。例如在《农事诗》的第一、二卷中，维吉尔祈求神明护佑农业生产，同时对屋大维寄予期望。从第三卷开始，诗人在叙述农业问题的同时，插入大量颂扬屋大维的诗句和段落，描写曼图阿附近的明基乌斯河畔献给屋大维一座华丽的庙宇，叙述在那里为纪念屋大维而举行的盛大演出。在称赞屋大维的统治时，维吉尔善于将罗马的神话历史与现实相联系。例如《农事诗》中提及罗马过去的英雄：

> 从前古老的萨比尼人曾经这样生活过，
> 还有瑞穆斯兄弟，埃特鲁里亚这样变强大，
> 罗马也这样变成世间最美丽的城市，
> 用一道垣墙给自己把七座冈丘围囿。①

源自萨比尼人的法比乌斯氏族是古代罗马一个著名的贵族氏族，在古罗马遭遇敌人围困、陷入危机的关键时刻，古老的萨比尼人以高尚、仁慈和为国家献身的精神博得了人民的爱戴，成为古罗马历史上可歌可泣的光辉范例。还有传说中的瑞穆斯和罗慕卢斯两兄弟，在其出生后，有母狼给他们喂养乳汁，还有只啄木鸟飞来喂食，他们长大后成为罗马的奠基者。而从过去回到现在，维吉尔又开始称颂屋大维征服亚洲、埃及和叙利亚，确定无疑将获得完全的胜利，并带来社会的和平。维吉尔视屋大维为神明，称屋大维为古老的罗马神祇"奎里奴斯"，同时也表明，他有意写一部歌颂屋大维的功绩的诗歌。维吉

---

① 参见自王焕生《古罗马文学史》，人民文学出版社2006年版，第201页。

尔对屋大维的赞颂更为具体地体现在其英雄史诗《埃涅阿斯纪》中。在特洛伊陷落之际，英雄埃涅阿斯开始肩负神圣的使命，即建立一座新城，寻觅新的家园，以完成延续国族命脉和维系宗教信仰的重大责任。这位英雄对使命忠心，对神明虔诚，具有高尚的品格，为了将来尝尽苦难，义无反顾地奉献，种种品质使埃涅阿斯成为理想的罗马统治者的原型。虽然维吉尔在史诗中并未直接颂扬屋大维，但是诗人以一贯的手法，即运用神话、预言等形式将古代传说与现实联系起来，以歌颂罗马国家，歌颂起源于埃涅阿斯之子尤卢斯的尤利乌斯氏族，进而歌颂奥古斯都屋大维的统治。

与史诗《埃涅阿斯纪》结合起来看，第四首牧歌具有深邃的意义。关于诗中提及的小孩，有流行的看法认为"这首牧歌是为波利奥的新降生的儿子所作，诗中所有预言都是对其父母的一种祝贺。波利奥的儿子也认为这首诗是献给他的。但是也存在另样的推测，认为这首牧歌是献给奥古斯都的当时尚未出生的儿子的"①。中世纪的读者则认为这是预言基督的诞生，于是这首诗歌被认为是"弥赛亚牧歌"（Messianic Eclogue）。而杨宪益先生认为，这个小孩可能是屋大维的妹妹所生，"屋大维非常宠爱他，打算立他为嗣"②。而综观维吉尔的作品，这里的小孩不是别人，而是屋大维本人，诗人旨在运用神话、预言和诗意的手法来歌颂屋大维的统治。例如诗人在牧歌中指出："现在司命神女根据命运的不变意志，/对她们织梭说，'奔驰吧，伟大的日子。'"③ 在其史诗中，诗人也以神话和预言的形式提及"命运的不变意志"。在第一卷中，埃涅阿斯一行在海上遭遇风暴，维纳斯担心儿子的命运，问尤皮特是否改变了关于埃涅埃斯的允诺，而尤皮特说埃涅阿斯将建立新的城邦，死后成神，埃涅阿斯的后代将建立罗马国家，建立对世界的统治，这是命运的规定，不可改变。史诗中提及的不变意志的执行者就是屋大维，他将使战争熄灭、和平降临，将英名

---

① 王焕生：《古罗马文学史》，人民文学出版社2006年版，第197页。
② [古罗马] 维吉尔：《牧歌》，杨宪益译，上海人民出版社2015年版，第101页。
③ [古罗马] 维吉尔：《牧歌》，杨宪益译，上海人民出版社2015年版，第43页。

■ **西方牧歌发展的历史钩沉**

到达星际，死后成为神，正如这首牧歌提及"他将过神的生活"①。当埃涅阿斯在冥间乐土见到父亲后，父亲向儿子描述未来的儿孙将建立伟大的罗马，并特别指给埃涅阿斯看那未来的屋大维·奥古斯都。通过父亲之口，埃涅阿斯得知奥古斯都的伟业有朝一日将与天比高，将在罗马古老的神萨图恩一度统治过的国土上重新建立黄金时代，他的权威直到星河之外，直到太阳的轨道之外，甚至在奥古斯都还未降世的时候，连尼罗河听到神的预言也会惊骇得慌作一团。而在第四首牧歌中，诗人指出：

> 时间就要到了，走向伟大的荣誉，
> 天神的骄子啊，你，上帝的苗裔，
> 看呀，那摇摆的世界负着苍穹，
> 看那大地和海洋和深远的天空，
> 看万物怎样为未来的岁月欢唱。②

恺撒死后被尊为神，作为恺撒的养子屋大维自然是神之子，应是此处所指的"天神的骄子"，他将带来黄金时代，让大地、海洋、天空、万物都为未来的岁月欢唱。可以看出，维吉尔虽然并未直接提及屋大维，但是在牧歌和史诗中都凭借精心的构思和安排，处处浪漫而自然地流露出对屋大维的真诚崇拜。维吉尔不善言辞，羞于交际，终身未婚，并且没有什么政绩，与奥古斯都时期的另一位著名诗人贺拉斯相比，他算得上一个隐士。贺拉斯曾经参加共和派军队，担任军团指挥，并同贵族迈克纳斯一起，达成屋大维和安东尼之间的和解协议，延缓了二者之间的战争。贺拉斯也曾在诗歌里表达对奥古斯都、迈克纳斯和其他政界显要的感激和称赞。但如隐士一般的维吉尔对奥古斯都的称赞不仅出自政治的考量，也出自一位文人的真心。从历史事实

---

① ［古罗马］维吉尔：《牧歌》，杨宪益译，上海人民出版社2015年版，第41页。
② ［古罗马］维吉尔：《牧歌》，杨宪益译，上海人民出版社2015年版，第43页。

来看，在维吉尔写《牧歌》之前，自公元前133年至前31年，罗马总共进行了12次旷日持久的战争，人类之罪恶到了不可忍受的地步，迫切需要创造新的时代取而代之。长期的战争激发了人们不满现实、寻求拯救的情绪，而一个隐隐约约行将出现的安定的政治秩序必然得到民众的欢迎。所以，当一个多世纪的内战结束，屋大维的元首统治解决危机带来和平，这是维吉尔以及中小土地所有者所欢迎的。尤其是屋大维在统治初期尽可能恢复共和制，恢复元老威望和祖先习俗，带来罗马文化的黄金时代。当维吉尔重拾土地并成为政权庇护的重要诗人，他自然真诚地在诗篇中不遗余力地赞颂屋大维新建立的统治。因此，屋大维的统治能带来罗马繁荣是神明规定的不可改变的命运，这是《牧歌》《农事诗》《埃涅阿斯纪》反复呈现的主旨。这种对君主的颂扬模式成为后世学者屡次借鉴的对象，例如约翰·德莱顿（John Dryden）在《伸张正义》（*Astraea Redux*，1660）中将这首牧歌和查理二世的复辟结合起来："在复辟时期，无数的赞颂者提及维吉尔的第四首牧歌，以表达他们对查理二世统治下的英国重现辉煌的希望。"[①] 在《建立土地：一首政治牧歌》（"Build Soil：A Political Pastoral"）中，保守的美国现代诗人罗伯特·弗罗斯特（Robert Frost，1874—1963）借用维吉尔的牧歌模式去歌颂罗斯福（Roosevelt）总统的自由主义农业政策。可见，维吉尔关于黄金时代的描述有助于引领人类铭记过去的荣光，战胜混乱的现实，从而期待美好的未来。

维吉尔关注政治，但其牧歌不是政治的传声筒，正如评论者所认为的，"牧歌政治可能意味着在牧歌中找到了政治活动或政治主题"[②]。这种政治主题在于诗人寄希望贤明的统治者能够再现罗马过去的荣光，以及推出黄金时代这样一个人类未来期望和奋斗的目标。黄金时代是人类尚未实现但在奥古斯都强力统治下即将实现的完美的政治生活状

[①] Martindale Charles ed., *The Cambridge Companion to Virgil*, New York：Cambridge University Press, 1997, p. 87.

[②] Martindale Charles ed., *The Cambridge Companion to Virgil*, New York：Cambridge University Press, 1997, p. 109.

态,旨在面向理想君王统治带来的人类未来,正如阿德勒(Eve Adler)所认为的,"维吉尔使神话不仅只是人类过往的描述,还明显是人类将来的范型"①。维吉尔在甜美的牧歌中有对人世的理解和思考,对现实生活的洞悉,以及对书写伟大事物的抱负。诗人在主要的诗歌中一直强调罗马正处于更伟大的政治秩序和世纪的运行,"并将自己描述为这种新秩序的肇端者和引导者——一般意义上罗马人的引导者和特别意义上奥古斯都的引导者"②。也有学者认为"埃涅阿斯的未来就是维吉尔的现在:他颠沛流离终其一生,奋勉不懈死而后已,所得到的报偿就是奥古斯都治下一同承平的罗马帝国"③。维吉尔心心念念寄希望在屋大维的统治下罗马走进新的黄金时代。由此可见,维吉尔远超于一般文人的诗意追求和优美趣味,其创作具有崇高的使命感,旨在以高超的诗歌艺术能力,凭借神话、历史、预言引领现实的君王创造理想的时代。

柏拉图曾在《理想国》里提出最理想的君王,即一个好的王者、智慧者、仁爱者或圣人。柏拉图在《理想国》中曾指出,人类只有在两种情况下才能遇到太平盛世,或者是那些正确而真诚地奉行哲学的人获得政治权利,或者是那些握有政治控制权的人在某种上天所做安排的引导下成为真正的哲学家。柏拉图认为只有哲学家变成国王,或国王变成哲学家,理想国才能实现。于维吉尔而言,在51岁时,他决定前往希腊和亚细亚,打算校订完《埃涅阿斯纪》,"然后把余生全部献给哲学"④。虽然维吉尔并未如愿,但他生平的思想与柏拉图具有契合之处,对理想君王开创太平盛世的盼望同样强烈。虽然维吉尔并不像柏拉图那样以深刻的理性思维描绘理想蓝图,但维吉尔以富有诗意的优美语言,同样诠释了柏拉图开创的西方世俗政治乌托邦思

---

① [美]阿德勒:《维吉尔的帝国——〈埃涅阿斯纪〉中的政治思想》,王承教、朱战炜译,华夏出版社2012年版,第209页。
② [美]阿德勒:《维吉尔的帝国——〈埃涅阿斯纪〉中的政治思想》,王承教、朱战炜译,华夏出版社2012年版,第64页。
③ 吕健忠、李奭学编译:《西方文学史》,浙江大学出版社2013年版,第77页。
④ [古罗马]维吉尔:《牧歌》,杨宪益译,上海人民出版社2015年版,第121页。

想。维吉尔的《牧歌》《农事诗》《埃涅阿斯纪》在题材和思想倾向方面具有发展和继承关系,有如三部曲,在相互交织中将维吉尔关于过去、现在与未来的思想情感展现出来,呈现出优美与深邃的巨大魅力。

总体看来,罗马作家维吉尔继承古希腊忒奥克里托斯牧歌中的放牧题材、爱情主题、歌唱形式、对比手法、哀歌传统等艺术内容,并结合自身的历史条件和时代需要,创作出具有本民族特色的牧歌作品来,呈现出文学性和政治性的双重追求。维吉尔的《牧歌》是诗歌历史上的一组重要文献,其"牧歌世界能欣然地作为学术世界的一个标志"①。维吉尔的地位及文学生涯对后人的深远影响不仅在于促使斯宾塞、弥尔顿等诗人以其为榜样塑造文学生命,更在于其对芸芸众生的无形影响。正如维吉尔在第五首牧歌中借梅那伽的歌唱所表达的:"神圣的诗人啊,你的诗歌对于我,/正如疲倦时在草地上睡眠,正如苦渴/在炎暑中得到了流泉的清甜的水。"② 对疲倦苦渴的大众而言,维吉尔牧歌中的牧人形象、阿卡迪亚世界和黄金时代理想将带领众人在简单质朴中缓解焦虑、弥合矛盾进而走向和谐,其诗歌将如清甜泉水滋润心田,带来无穷的慰藉。

---

① Martindale Charles ed., *The Cambridge Companion to Virgil*, New York: Cambridge University Press, 1997, p.111.
② [古罗马]维吉尔:《牧歌》,杨宪益译,上海人民出版社2015年版,第51页。

第四章 牧歌的多元化与繁荣发展

刘勰在《文心雕龙·时序》中从历代文学创作的发展变化来探讨文学与社会现实的密切关系,提出"故知文变染乎世情,兴废系乎时序,原始以要终,虽百世可知也"。文章的变化受到时代情况的感染,不同文体的兴衰和时代的兴衰有关,探究它的开始,总归它的终结,即使是百世的文学流变也是可以推知的。对牧歌而言,随着时代发展和社会现实变迁,融复杂于简单的古典牧歌在新的境遇中呈现新的发展样态,日渐在中世纪和文艺复兴时期突破国别限制,成为欧洲表现人性的重要舞台,开创牧歌多元化与繁荣发展的鼎盛局面。

第一节 中世纪牧歌的宗教性与世俗性

关于中世纪,从传统的历史观点来看,主要指从5世纪中叶到15世纪中叶大约1000年的历史进程。人文主义者们视这千年历史为中间时期,甚至赋予种种轻蔑的意味,称之为"黑暗的中世纪"。尽管文艺复兴时期的人们将内心的情感和精神归属于古代的希腊罗马时期,但是从古罗马到中世纪以及从中世纪到文艺复兴,这之间并没有清晰的界限,人类的思想、情感、行为、语言也无法被严格地区别划分。因而,即使无知、迷信、无休止的战争和恶劣的物质条件使中世纪的人们生活在黑暗的阴影中,但是中世纪同样拥有顽强的生命力、伟大的乐观精神、对艺术的赤诚以及永不熄灭的文明火焰。

第四章 牧歌的多元化与繁荣发展

其中古罗马文学并没有随着西罗马帝国的灭亡而消失，这一文明的火焰继续在中世纪时期散发出灿烂光芒。尤其是罗马共和时期和帝制时期使用的拉丁语并没有随着国家的倾覆灭亡，反而贯穿整个中世纪，又延续到文艺复兴时期，成为通用的文学和科学语言以及教会的官方语言。语言是表达和沟通的媒介，语言的通用有助于文化的传承，例如中世纪富有文化修养的基督教徒在修道院里传抄和保存拉丁作家的作品。保护伟大的拉丁遗产也成为一种官方行为，统治者查理大帝（Charlemagne，742—814）大力发展文化教育事业，挽救他们即将灭绝的古典传统，重创奥古斯都帝国时期的文化。查理大帝对昔日的罗马表现出极大的兴趣，曾设立科学院，招募学者搜集、抄写和研究古希腊罗马文学。这些学者保护、传承伟大的拉丁诗人的作品，表达他们对古典文学传统的热爱。在 12 世纪，学校里不仅教授神学，也研究维吉尔等备受青睐的拉丁作家。骑士文学兴起后，罗马的爱情哀歌等抒情诗更引起人们强烈的兴趣。语言的使用、文化的传承为古罗马牧歌在中世纪的流传与影响创造了重要条件。

古罗马牧歌作为一种遗产被中世纪诗人和学者们继承，并做出宗教性的寓意解读。海伦·库柏在《牧歌：从中世纪到文艺复兴》一书里指出，尽管中世纪只有少数几个诗人致力于创作新的牧歌，但是有更多重要的理论家运用、发展和继承牧歌的思想观念，并且以"一种全新的方式来看待牧羊人的世界"[1]。在中世纪，封建割据导致战乱频繁，教会的统治要求人将一切献给上帝，个人的生活普遍受到压制，而牧歌这种在田园世界追求质朴生活、期待神婴降临开创完美时代的文学样式成为人们思索现实的有效途径。维吉尔的牧歌作品在中世纪的压抑中获得存在空间，尤其是其第四首牧歌受到特别的重视，"它已经提供了一种他们很想表达的典范"[2]。在中世纪学者看来，颂歌可

---

[1] Helen Cooper, *Pastoral*: *Medieval into Renaissance*, Ipswich: D. S. Brewer, 1977, p. 8.
[2] Helen Cooper, *Pastoral*: *Medieval into Renaissance*, Ipswich: D. S. Brewer, 1977, p. 10.

西方牧歌发展的历史钩沉

能是最典型的牧歌主题,并如他们所希望和坚信的,婴儿的神奇诞生宣示和平与幸福的新时代来临。维吉尔于公元前19年去世,而耶稣在公元前4年诞生,据此,基督教学者认为这首牧歌预言了耶稣的降生,传达一种弥赛亚情结,期盼有圣明的伟人君临天下、救助万民。基督教徒对小孩出生的理解渗透在《圣经》当中,最终形成一系列关于基督诞生的牧歌。例如天使赋予牧羊人以神圣的使命,让牧羊人向众人宣布耶稣诞生的消息。天使对伯利恒野地里的牧羊人报喜:"不要惧怕!我报给你们大喜的信息,是关乎万民的。因今天在大卫的城里,为你们生了救主,就是主基督。你们要看见一个婴孩,包着布,卧在马槽里,那就是记号了。"(路加福音2:8)无论是天使们向牧羊人宣布耶稣降生的消息,还是希腊缪斯们向赫西俄德讲述希腊诸神的诞生和传承,天使和缪斯选择的听众都是居住在野外的牧羊人,这暗示出牧羊人没有沾染上城里人的习气,他们心地朴素纯洁,更适合接受神圣的启示。《圣经·旧约》中多以羔羊为祭品,例如上帝考验亚伯拉罕是否敬畏神,要亚伯拉罕把自己的独生子以撒献祭给上帝,亚伯拉罕经受了考验,最后上帝和亚伯拉罕立约,要亚伯拉罕用公羊代替儿子献祭。真正以人献祭的是《圣经·新约》中的耶稣,耶稣说:"我是好牧人,好牧人为羊舍命。"(约翰福音10:11)耶稣是上帝的羔羊,约翰说:"看哪,神的羔羊,除去世人罪孽的。"(约翰福音1:29)耶稣被钉在十字架上,将自己的生命献祭给上帝。"我们逾越节的羔羊基督,已经被杀献祭了。"(哥林多前书5:6)"这些罪过既已赦免,就不用再为罪献祭了。"(希伯来书10:18)耶稣去除了世人的罪过,这位好牧人为羊舍去性命。维吉尔赞颂牧人,描绘婴儿带来黄金时代,这为人们赞颂耶稣这位好牧人及其带来的全新时代提供了启示。圣奥古斯丁(St. Augustine)也在著作中将维吉尔的牧歌理解为一种布道,认为上帝所选择得救的人构成上帝之城,确定要毁灭的人形成尘世之城,而上帝通过基督施恩于尘世,借助基督教教会达到完善的境地。虽然不是每一个人都能在教会内得救,但没有人能在教会以外得救,最终将以正义取得胜利而告终,接着就是大安息日,这时上帝之城的成员将享有永恒的幸福。在基督徒看来，异教的黄金时代乃是摩西的伊甸园，或者说，黄金时代是所有异教徒转而相信上帝的时代。在象征黄金时代的阿卡迪亚里，潘神是牧羊之神，而在基督教的伊甸园里，基督也是保护羊群不受野狼（撒旦）伤害的好牧人。据说当耶稣被钉在十字架上时，一位水手高呼"大潘死了"，这样，潘神之死迎来了一个新的基督教时代。这就将婴儿、潘神、黄金时代等阿卡迪亚里的元素与基督、伊甸园和永恒的幸福相连，使关注现实乡村生活的牧歌与宗教相连，以其寓意性为后来诗人们运用牧歌表达抽象道理作出启迪。在但丁《神曲·炼狱篇》第二十八章里，当但丁到达地上乐园伊甸园时，一位引领灵魂完成净罪过程的少女告诉他："那些歌颂黄金时代及其状况的古代诗人，或许曾在帕尔纳索斯山梦见过这个地方。"① 这里提及的古代诗人包括奥维德，也指引领但丁通过炼狱一直攀登到伊甸园的维吉尔。因为炼狱山顶的地上乐园，基督徒的灵魂只有在洗涤了七大罪恶之后才能抵达，而维吉尔并不是基督徒，作为异教徒他却能登上炼狱山顶，也就意味着但丁将维吉尔提升到基督徒之列，就是因为他曾预言随着一个男婴的诞生，黄金时代的金色曙光将照耀广阔的世界。在但丁笔下，黄金时代的思想融入伊甸园的意象中。在一个多世纪里，中世纪作家们形成了对牧歌的独特理解，"一种脱离维吉尔自身的理解，或好或坏，又创造了一种全新的牧歌种类"②。将牧歌与宗教教义联系起来，其中一种形式就是将基督、教皇、大主教或者牧师作为放牧羊群的牧羊人，这种弥赛亚牧歌在牧歌发展史上留下别致的身影。

在中世纪时期，基督教神学家关于《圣经》中牧羊人形象的阐释使牧歌的寓意解读达到高峰，成为一种神秘而又需要智力的媒介，"在有关人类最高机构、教会和国家事务中，牧歌可以被当做一种武器"③。与此同时，人们展开中世纪的本土诗歌创作。这种本土创作首

---

① [意]但丁：《神曲·炼狱篇》，田德望译，人民文学出版社2018年版，第307页。
② Helen Cooper, *Pastoral: Medieval into Renaissance*, Ipswich: D. S. Brewer, 1977, p. 10.
③ Helen Cooper, *Pastoral: Medieval into Renaissance*, Ipswich: D. S. Brewer, 1977, p. 46.

西方牧歌发展的历史钩沉

先是颂歌的创作。在 8 世纪中叶至 10 世纪时期，诗人们兴致盎然地阅读维吉尔的作品，并以其牧歌为灵感源泉，在创作中试图重现维吉尔牧歌的艺术风采。其中莫多因（Modoin）的《牧歌》（"Ecloga"）最接近颂歌类型。创作者莫多因在公元 815 年成为大主教，他汲取维吉尔预言一个黄金时代即将来临的内容，宣扬即使是在古罗马暴君尼禄（Nero）统治下，正义女神阿斯特赖亚（Astraea）也将降临人间，公平公正的时代还会到来。但是，中世纪的神学歌颂上帝而非世俗生活，使人类脱离自然，通过把人固定在原罪上来取消人性。在漫长的中世纪里，古典牧歌散落在各类文献中，除了维吉尔的第四首牧歌被用来解说基督教义之外，其他的牧歌作品几乎被人遗忘。有学者认为："中世纪的作家倾向于把过去的一切都放入一个唯一的模式，把人和事件混淆起来，把具有确切时代特征的东西弄得千篇一律，关心的仅仅是永恒的和绝对的，而不是时代的价值。"[1] 这指出了中世纪文学对永恒和来世的关注，但牧歌这一种表现世俗人性的作品并没有销声匿迹，而是在神性的氛围中生存下来。在基督教的观念中，人虽是上帝所造，成为上帝的奴仆，但人也要过凡人生活，当其精神价值超越物质价值，这样的人就是圣徒。同时，拉丁语与地方性语言结合形成口语性的民间方言，世俗生活与民间口语这两种重要因素也促进反映世俗生活感情、语言质朴清新的牧歌创作。虽然这时期的牧歌没有表现出较为明晰的发展路线，但各民族运用本民族语言，创造出具有地方特色又雅俗共赏的方言牧歌（vernacular pastoral）。

在 12 世纪的本土牧歌创作中，牧人仍然是主要人物。人们结合世俗生活，认为牧羊人除了接近上帝，还可以被视为一种简单美好生活的象征。在这一时期诗人马修斯·维拉瑞乌斯（Martius Valerius）借鉴古希腊忒奥克里托斯的作品，用拉丁创语作出四部牧歌，尽管这些作品直到 20 世纪才出版，但它们被广泛认为是 12 世纪结合牧人生活

---

[1] [意] 欧金尼奥·加林：《中世纪与文艺复兴》，李玉成、李进译，商务印书馆 2016 年版，第 194 页。

评论现实世界的作品代表。在表现世俗内容的方言牧歌方面，法国的牧女恋歌（pastourelle）是典型形式。牧女恋歌是一种关于牧羊女传奇的古法语抒情诗，这与维吉尔将女性排除在外的牧歌作品有所不同。在维吉尔的第六首牧歌中，两个牧童同年老的山神西阑奴斯开玩笑，神女哀格丽也来帮助他们。而山神睁开眼睛，他赠给两个胆怯的男孩以唱歌的知识，"直到他叫他们把羊赶回家，把数目数好，/怅恨的天空上那黄昏星开始闪耀"。但是，作为男孩们重要的帮助者，哀格丽作为女性却被排除在"他们"的世界之外。在第一首牧歌中，提屠鲁让山林回响对美貌的阿玛瑞梨的称赞，这一熟悉的场景具有复杂性。这显示出阿玛瑞梨不仅是一个诗歌托词，也是一个好主妇，因为"阿玛瑞梨照管我，伽拉蝶雅给我自由"，使得提屠鲁能够有时间在丛林中歌唱她的名字。主人的安逸建立在牧羊人的辛苦劳作之上，而牧羊人又是女人的主人，这是一种常见的等级次序，"在某种意义上说，女人是男人的傀儡"[1]。维吉尔曾坚决拒绝女性，无论是身体还是心灵思想都保持着纯粹，将女性排除在外或许是维吉尔牧歌的专属特征。而在以维吉尔牧歌为模仿对象的中世纪，却能将牧羊女放在牧歌世界的中心。这种牧女恋歌形式起源于12世纪的游吟诗人，尤其是普罗旺斯诗人马克布鲁（Marcabru，1130—1150），这位游吟诗人和讽刺作家在《罗马玫瑰》（*Romance of the Rose*）或《维隆遗嘱》（*Grant Testament of Villon*）等现存的40部作品中重建了一个小的农牧社会。此外牧女恋歌也源于放纵吟游诗（goliard poetry），即在中世纪晚期流浪学生用拉丁文创作的讽刺诗。游吟诗人的形式与放纵吟游诗融合在一起，在法国文学的牧歌创作中呈现出来。在这类作品中，"叙述者通常和牧羊女发生性关系，要么是双方自愿要么是强奸，然后离开或者逃跑。后来的发展转向了牧歌，有了一个牧羊人，有时还会有一场爱情争吵"[2]。

---

[1] Martindale Charles ed., *The Cambridge Companion to Virgil*, New York: Cambridge University Press, 1997, p. 299.

[2] Alex Preminger and T. Brogan, eds., *The New Princeton Encyclopedia of Poetry and Poetics*, Princeton: Princeton University Press, 1993, p. 888.

西方牧歌发展的历史钩沉

在早期的牧女恋歌中,常常是骑士与牧羊女的问答。作为叙述者的骑士向牧羊女求爱,要么成功,要么遭受挫折。或者自诩为诗人的王子、朝臣或其他人物遇到一位美丽的牧羊女,听她唱歌,许诺服饰珠宝以表达爱意。后来的牧女恋歌中出现了牧羊人,通常讲述牧羊女照看羊群,牧羊人与牧羊女在对话中呈现智力的较量,最后往往是牧羊女获得言语上的胜利,却在羞怯中接受对方的爱情,然后与牧羊人共度良宵。这与维吉尔的牧歌大相径庭,但与古希腊忒奥克里托斯的牧歌具有相似之处。忒奥克里托斯在《私语》中描述了牧牛人达芙尼和牧羊女亚克洛帖美之间的打情骂俏,最后牧羊女起来去看她的羊,眼里有点含羞,心中却是欢悦,而牧牛人也走到牛群那边去,独自庆幸他的新婚。在中世纪蔑视肉体、重视灵魂的氛围中,骑士、牧羊人、乡村绅士与牧羊女之间发生情爱关系,这延续了自古希腊以来颇具世俗人性的牧歌特点。当然,中世纪读者在阅读这些作品时,往往自觉地把恋歌当作一种媒介方式,用以表达对道德、社会或政治的有力评判。

中世纪牧歌创作的独特之处还在于运用现实主义手法描述部分真实的牧羊人世界。例如法国出现了牧羊人结合劳动生活即兴吟唱的牧羊曲(bergerie),除了记录他们哼唱的小调之外,还细致入微地描写他们的外貌特征和劳动场面。在这个牧羊人的微观世界里,他们的装扮有裹腿、风帽、毡帽,带着笛子、牧杖和装奶酪的挎包,他们的日常劳动很辛苦,要剪羊毛、挤羊奶、为羔羊哺乳,寻找优质牧场,还要保护羊群不受自然的侵害,这比较真实地反映了牧羊人的生活状态。而在古希腊罗马牧歌中,没有暴虐的自然,没有喘息于黑暗之底、困苦颠连的生活,牧羊人似乎都很轻松快乐,在日常劳作时,他们更注重对爱和美的表达。尤其在维吉尔的牧歌里,牧羊人有闲情逸致、优雅趣味,他们的歌唱游戏比劳作更重要,即使生活遭遇不可遏制的困顿,他们也满怀诗意憧憬美好未来。与传统强调自然美和牧歌情调有所不同,中世纪的牧羊曲立足于具体现实的经济环境,重在描摹牧羊人辛劳、艰难和苦中作乐的生活常态,这就从艺术创作回归到真实生活,是古典牧歌向着本土发展的新形态。

海伦·库柏认为："中世纪的牧歌很少是逃避的——它是一门密切关注社会、道德或宗教问题的艺术；但是更重要的是它是一门艺术，因此它对一些问题的谨慎关注是受艺术家的想象及其诗歌特色的冲击的。"① 这集中体现在中世纪学者对牧歌做出宗教性的寓意解读，"形成许多后来作家们继承的观念和主题"②。同时，方言牧歌中牧女恋情、牧羊曲的独特创作使中世纪在很多方面具有吸引力。可见，尽管中世纪牧歌数量较少，但并不是牧歌文学创作的空白时期，牧歌风格也没有出现截然中断。人们渴望耶稣的降临开启神圣的黄金时代，又在牧羊人的故事中融入骑士文学的浪漫爱情和真实的放牧生活，使牧歌在宗教性和世俗性方面获得发展，并成为人们思索现实的表达方式。总体看来，中世纪牧歌是连接古希腊罗马牧歌与文艺复兴时期牧歌的一座桥梁，为文艺复兴时期牧歌的繁荣发展提供了条件。

第二节　文艺复兴时期牧歌的多元发展

关于文艺复兴及其持续的时间，国内学者认为"文艺复兴是从 14 世纪至 17 世纪初先在意大利产生，然后在欧洲其他许多国家相继发展起来的一次思想文化解放运动"③，或者认为"文艺复兴时期是一场声势浩大且影响深远的文化运动，兴起于意大利佛罗伦萨，遍及欧洲各国，从 14 世纪晚期一直延续到 17 世纪中后期"④。综合来看，文艺复兴是欧洲 14 世纪至 17 世纪中后期的一次思想文化运动。在这个弃旧扬新的时代里，"文化方面的改革家为寻一启发而转向古典文化，希腊和罗马文化复活或重生，这就是文艺复兴；重新发现人性，这就是

---

① Helen Cooper, *Pastoral*: *Medieval into Renaissance*, Ipswich: D. S. Brewer, 1977, p. 1.
② Helen Cooper, *Pastoral*: *Medieval into Renaissance*, Ipswich: D. S. Brewer, 1977, p. 1.
③ 朱维之等主编：《外国文学史》（欧美卷），南开大学出版社 2014 年版，第 65 页。
④ 涂险锋、张箭飞主编：《外国文学》，北京大学出版社 2014 年版，第 63 页。

西方牧歌发展的历史钩沉

人文主义"①。文艺复兴以复兴希腊罗马古典文化为开端,以人文主义为核心,由此引起人类思想意识的大变革,并在此基础上建立文学等方面的基本观念和价值体系。在文艺复兴时期,人文主义者们宣扬"人的历史是由人创造的"②,人就是造物主、原因、上帝,人存在的意义不在于沉思某种形而上学的依据,而在于行动、生产、工作和创造中。因此,在这个崭新的时代里,最早且最重要的人文主义者往往是政治家、诗人、商人等,是每天在城市里生活并感觉到时代变化的人。在这场新兴资产阶级反封建的斗争中,欧洲作家们从事古典文学的研究,并拿起人文主义的武器,在继承古典与感知时代变化的创新中创作出富有民族特色的作品。

作家们融合中世纪骑士文学中最富影响的浪漫爱情传统,促使牧歌在 16 世纪下半叶风靡整个欧洲。沃尔夫冈·伊瑟尔指出:"假如存在着一个明白现实虚构行为的文学话语形态的话,那么它便是文艺复兴时期的田园体。这个令人惊奇的现象贯穿着整个文艺复兴时期的文学。"③ 伊瑟尔所提及的田园体系指古希腊以来传承至今的牧歌体,在文学史上构成一个经久不衰的文学系统。牧歌的全面复兴开始于 14 世纪的意大利。约翰·梅西在《西方文学史》中描述:"一个机会、一线光明,一团越燃越炽热的智慧火焰的确照亮了 14 世纪到 15 世纪的欧洲人民。这束火光最先出现在意大利,所以文艺复兴就是意大利的文艺复兴,尽管形式上是在法国。这束火光从薄伽丘对寺院里文稿的兴趣开始。"④ 与但丁同时代的薄伽丘(Giovanni Boccaccio,1313—1375)出生于巴黎,幼年时被带回意大利。当薄伽丘参观一座著名寺院的藏书库时,发现那里的僧人将书页撕成碎片卖给那些认为它们具

---

① [美]梯利著,伍德增补:《西方哲学史》,葛力译,商务印书馆 1995 年版,第 253 页。
② [意]欧金尼奥·加林:《中世纪与文艺复兴》,李玉成、李进译,商务印书馆 2016 年版,第 200 页。
③ [德]沃尔夫冈·伊瑟尔:《虚构与想像:文学人类学疆界》,陈定家、汪正龙等译,吉林人民出版社 2003 年版,第 42 页。
④ [美]约翰·梅西:《西方文学史:文学的故事》,孙青玥译,红旗出版社 2014 年版,第 142 页。

第四章　牧歌的多元化与繁荣发展

有祛罪免灾魔力的人们。薄伽丘不仅是一位诗人，也是一个满怀热情的学者，他搜集并抄印了许多文稿，还鼓励同时代的人学习希腊文和希腊文化。薄伽丘的好朋友彼特拉克（Francis Petrarch，1304—1374）是文艺复兴作家的先锋，他不仅在创作中以古典作品为典范，而且让古典作品在故纸堆中重见天日。薄伽丘和彼特拉克两人"在建立欧洲诗人、学者与文人万流同宗的信念上居功至伟"[①]。意大利开始文艺复兴，这源于东罗马人将大批古希腊和古罗马的文化艺术带到意大利，也源于艺术家与知识分子对于古代世界的憧憬。周作人在《文艺复兴时期拉丁民族之文学》一文中指出："古学研究则导人与自然合，使之爱人生，乐光明，崇美与力。不以体质为灵魂之仇敌，而为其代表。世乃复知人生之乐，竞于古文明中，各求其新生命。"[②] 基督教蔑视今生的享乐，注重来世灵魂的追求，导致人背离自然本性。而文艺复兴时期的知识分子崇尚古典文化的光辉，垂青那些文艺经典之作，试图把人和人性从宗教束缚中解放出来，重现自然、爱、美与力，追求快乐的人生，探求新的生命。因此，随着古典文化的复兴，关注凡俗人性、崇尚爱与美的古典牧歌重回大众视野，成为文艺复兴时期诗人们喜爱的艺术形式。

在意大利，牧歌获得彼特拉克和薄伽丘的青睐，他们既是古典牧歌作品的研究者，也是新时代牧歌文学的创作者。彼特拉克酷爱古罗马作家维吉尔和西塞罗的作品，在他去世时，他的头还埋在维吉尔的手稿中。在著名的叙事史诗《阿非利加》（*Africa*）中，彼特拉克采用维吉尔的史诗笔法，歌颂战胜迦太基大将汉尼拔并迫使迦太基投降的罗马大将西庇阿。彼特拉克从维吉尔的作品中憧憬人类美好的未来和生机盎然的生活，他也借维吉尔的牧歌形式，于1347—1367年用拉丁语创作出《牧园歌集》（*Bucolicum Carmen*）。这部诗集由12首对话体牧歌组成，每首诗都涉及一个不同的主题，但讽喻政治和宗教是其本

[①] 吕健忠、李奭学编译：《西方文学史》，浙江大学出版社2013年版，第169页。
[②] 周作人：《欧洲文学史》，钟叔河编订，岳麓书社2019年版，第152页。

西方牧歌发展的历史钩沉

质特征，被认为是"用牧歌这一古典形式恰巧表现神秘内容"[①]。作为彼特拉克的学生、朋友和狂热崇拜者，薄伽丘在称赞彼特拉克牧歌艺术的同时，也创作出牧歌式传奇《亚米托》（*Ameto*，又称《亚米托的女神们》或《佛罗伦萨女神们的喜剧》，约1341）。这部作品借用神话题材抒写亚米托在爱情的陶冶下，由一个粗野的牧羊青年转变为品格高尚的人，从肉体之爱转向精神崇拜，其间穿插了七位美丽宁芙的歌声，以及她们向亚米托讲述的爱情故事。虽然粗野牧人的反差有些突兀，但这部作品包含了牧歌作品的基本理想，并对文艺复兴时期的牧歌创作产生影响，即"结合了散文体叙事和诗体插曲，将简单的故事提升到富有想象力的情感王国"[②]。薄伽丘的另一部作品《菲埃索拉的女神》（1343—1354）则描写女神和牧羊人相爱，却得罪了戴安娜女神，一对相爱的恋人被化作两条河流，但双双流入阿诺河最终汇集到一起。在1357年，薄伽丘发表16首牧歌，大多数是政治性作品和宗教寓言，风格清新灵活，带给人愉悦的享受。薄伽丘认为，完美的田园世界只有在天堂中才能出现，这里类似于伊甸园，四季如春、繁花盛景、人神相伴、万物和谐统一，这种远离土地的乐园图景将牧歌理想融入基督教信仰中，也是别具一格之处。

深受维吉尔影响的意大利作家还有博亚尔多（Matteo Maria Boiardo，约1434—1494），他创作出感情热烈真挚的《歌集》，以及代表作《热恋的罗兰》。在这部传奇叙事诗中，博亚尔多结合战争和爱情主题，歌颂多情的骑士罗兰忠君爱国、誓死保卫基督教，也继承了颂歌的风格。而在桑纳扎罗（Jacopo Sannazaro，1458—1530）的代表作《阿卡迪亚》（*Arcadia*，1504）中，桑纳扎罗直接将维吉尔牧歌中出现的阿卡迪亚一词作为作品标题，以此表达对逝去的伟大时代的渴望，对理想牧歌式生活的向往，以及对所处时代社会现实的反思。《阿卡

---

① William Lawson Grant, *Neo-Latin Literature and the Pastoral*, London: Oxford University Press, 1965, p. 87.
② ［美］吉尔伯特·海厄特：《古典传统：希腊—罗马对西方文学的影响》，王晨译，北京联合出版公司2015年版，第140页。

迪亚》由 12 篇散文和 12 首牧歌组成，在散文体的叙述形式中夹杂诗歌内容，每章以一首牧歌结束。书中主要讲述退隐朝臣辛瑟罗（Sincero）为躲避爱的忧伤离开那不勒斯，进入牧人所盛赞的乐园阿卡迪亚，结果并未摆脱烦恼，反而更加怀念所爱又不敢表白的少女，最后在仙女的指引下返回故乡，却惊悉所爱已死。作者成功勾勒富有诗情画意的田园生活画面，热情真挚地表达了对爱情和自由的赞颂。这部作品语言优美、结构精妙，以独特的叙事手法对意大利乃至欧洲牧歌文学的发展都有深远的影响。此外，意大利诗人和学者托夸多·塔索（Torquato Tasso，1544—1595）在《被解放的耶路撒冷》中，曾尝试将经典的维吉尔式的叙事风格与第一次十字军东征这一现实主题结合起来。这部诗歌成就了塔索的名望，在气势宏大的故事框架里讲述重大的历史事件，细致描绘武器和战斗，又以丰富的想象描绘富有诗意的田园景色。故事背景恢宏盛大，但与之交织的是爱情的缠绵悱恻和田园风光的恬静美丽。在作者看来，虽然第一次十字军东征解放了耶路撒冷的圣母教堂，这显示了人的力量，但永恒的看似静默的田园自然才是主宰世界的神秘力量。即使是那些创造重大历史事件的铁骨铮铮的英雄，与永恒的自然之力相比，仍然微不足道，甚至毫无还手之力，无不带着浓厚的伤感和忧郁捐躯沙场走向死亡。塔索在重大事件和田园诗意的对比描绘中，表达了他对自然之力的敬畏。而在其更具原创性的五幕剧作品《埃塔敏》（*Aminta*）中，塔索直接以田园生活为主题，以古典时代为背景，描绘牧羊人埃塔敏对女神西尔维娅的单相思。埃塔敏对女神的爱不求回报，甚至跳下悬崖，愿以生命为代价来表达爱意。最终，女神悔恨自己当初的拒绝，而埃塔敏死里逃生，成就了大团圆结局。在这部作品中，塔索作为宫廷诗人写牧歌剧，田园风景不再与英雄事件相互交织突出自然之力，而是与纯粹爱情相互映衬突出自然之美，并以大团圆结局迎合宫廷趣味。

在文艺复兴的早期，曼图安注重牧歌中的宗教讽喻性内容，桑纳扎罗描写朝臣退隐乡村，表达爱与自由的美好，塔索则以田园风光突

■ 西方牧歌发展的历史钩沉

出自然之力和自然之美,这些创作拓展了维吉尔牧歌的主题内容和艺术形式。文学是艺术的一部分,而艺术是生命的一部分。旨在复兴古典、立足此生的意大利文艺复兴浪潮尽管有过退却,但文艺复兴对艺术的创造力、对知识与生命的狂热却从未终结,文学、绘画、雕塑等使文艺复兴永远保持着强盛的生命力,并由意大利向其他国家扩展。例如西班牙洛佩·德·维加(Lope De Viga,1562—1635)著有散文《阿卡迪亚》(1598),法国的马罗(Clement Marot,1496—1544)、龙萨(Pierre de Ronsard,1524—1585)等创作出法国本土的牧歌,将颂扬好君王作为牧歌主题,将君王的领土视为天堂,而诗人们将天堂图景比作伊甸园,这也使牧歌具有了基督教的信念。在西班牙,喜剧天才塞万提斯(M. Cervantes,1547—1616)以《堂吉诃德》成名,但是他在西班牙发表的第一部小说则是田园爱情小说《加拉迪亚》(1585)。该作品采用当时流行的写作风格,透过理想化的牧羊人和牧羊女视角讨论各种感情问题。尽管这部作品并未取得成功,但牧民从清晨到黄昏诉说他们的不幸,讨论现实问题,这符合文艺复兴时期大众对现实人生的关注,因此获得反响,由此激励塞万提斯通过创作来维持生计,并开始在文学界崭露头角。《堂吉诃德》(1605)同样有关于牧羊人生活的故事和描绘黄金时代的著名章节。游侠骑士堂吉诃德受到牧羊人的殷勤款待,在填饱肚子之后他大发议论:"古人所谓黄金时代真是幸福的年代、幸福的世纪!"[1] 堂吉诃德关于黄金时代的描述与赫西俄德、奥维德、维吉尔笔下的黄金时代一脉相承。在那个幸福的时代里,自然提供一切有用的东西,人类社会融洽和平。牧羊女天真美丽,用碧绿的羊蹄叶等自然物装扮自己。那时候,表达爱情的语言简单朴素,人人真诚坦率,没有私心杂念。与过去的时代相比,堂吉诃德认为现在处于可恶的时代,世道人心一年不如一年。因此,为了扶危济困、维护良俗,堂吉诃德认为要建立骑士道,并表示"各位牧羊的老哥啊,我就是干这一行的"。耽于疯癫幻想的堂吉诃德

---

[1] [西]塞万提斯:《堂吉诃德》,杨绛译,人民文学出版社1987年版,第61页。

有着高贵伟大的追求，那就是实现黄金时代的理想。为了实现这一理想，维吉尔寄希望于贤明君主，中世纪诗人寄希望于耶稣，然而堂吉诃德却凭借自己的骑士行为，他忠贞、纯洁、慷慨、斯文、勇敢、坚毅，为了坚持真理，连性命都不顾惜。他一心济世救人，只望着遥远的过去和未来，竟看不见现实世界，忘掉了自己的血肉之躯，这位历次冒险落得伤痕累累的英雄令人同情和尊敬。在塞万提斯笔下，牧羊人形象可亲、单纯质朴，其中有一位名叫安东尼欧的年轻牧羊人，他相貌英俊、聪明多情，会看书写字，三弦琴弹得好极了。他坐在一棵砍倒的橡树上，动听地唱自己单相思的歌。这与维吉尔笔下的阿卡迪亚牧人具有相似之处，即牧人漂亮多情、敏锐多思，他们自在歌唱恋爱。塞万提斯关于牧羊人的故事是整部作品中的独特章节，重点在于写他们的多情，与主人公碰到的其他人的无情形成鲜明对比。

　　文艺复兴时期的知识分子立足当下生活，又缅怀古典文化，他们运用拉丁语创作牧歌，将古典神话、宗教思想与文学典范融入其中，或者将牧歌模式和情节运用在作品中，这并非是装饰作品或是卖弄学问，而是以古希腊罗马的经典作品以及《圣经》作为他们心灵世界和思考方式的主体。这就促使维吉尔牧歌传统中讴歌自然、爱情和乡村生活的题材内容不断深化，而被锻造成为阐释和分析的利器，作为哲理思辨和道德批判的工具，有效地与社会实践结合起来。文艺复兴时期的牧歌是由两种主流融汇而成，即以维吉尔为主体的拉丁牧歌传统和完全独立的本土牧歌传统，这两种主流曾在13世纪偶有混合，但是只有在文艺复兴时期真正交融在一起。本土牧歌传统在中世纪晚期的西欧、法国和英国等地形成一种日益强劲的势头，不仅使牧歌这一古老的诗歌门类得以全面复兴，而且形成了不同的风格流派，并衍生出传奇故事、戏剧、散文叙述等适合表达牧歌思想的文学形式，推动牧歌的全面复兴和发展。

　　与文学领域复兴"牧歌风"相一致的是，艺术领域也在继承传统中追求创新。在这时期，画家被新观念吸引："艺术不仅可以用来动

西方牧歌发展的历史钩沉

人地叙述宗教故事,还可以用来反映现实世界的一个侧面。"[1] 艺术为现实生活添加美丽和愉悦的作用,这在意大利文艺复兴时期占据主导地位。威尼斯画派的绘画大师们已经认识到希腊诗人的魅力和他们作品的旨趣,开始在其作品中表现"退居林泉"(garden retreat)的闲适生活和优雅情趣,"他们喜欢用图画表现牧歌式的田园爱情故事,喜欢描绘维纳斯与仙女的美丽"[2]。例如乔尔乔内(Giorgione,约1478—1510)在绘画《暴风雨》(The Tempest)中描绘一位年轻母亲带着婴儿从暴风雨之下的城市逃到牧羊人放牧羊群的地方。这里一片宁静、和谐,婴儿静静地吮吸乳汁,母亲带着淡淡的微笑凝视花草,年轻英俊的牧羊人微微倚靠着牧杖,在不远处守望。而与此形成鲜明对比的是,城市上空布满乌云,闪电划过天际。在忒奥克里托斯的第一首牧歌里,两位牧羊人坐在榆柳树下,听着松林的低语、清泉的流声,在甜蜜的空气里吹笛唱歌。在维吉尔的第一首牧歌里,牧羊人依旧在榉树的亭盖下高卧,用纤纤芦管试奏着山野的清歌。在乔尔乔内的这幅画里,年轻母子从充满暴风雨的城市到牧羊人的无忧乐园,纵然有城市乌云等反作用力的存在,但一切矛盾恐惧得到弥合,从而使优美的山地景致、温柔善良的年轻牧人以及象征未来希望的婴儿形象组合成阿卡迪亚世界,使整幅画面充满疗救人心的力量。17世纪法国古典主义绘画的奠基人尼古拉·普森(Nicolas Poussin,1594—1665)以罗马为第二故乡,通过绘画来呈现淳朴而高贵的乐土景象。代表作《阿卡迪亚的牧人》描绘三位头戴花环、手拿牧杖的牧羊人和一位美丽从容的牧羊女围着一座石墓,其中,有络腮胡子的年长牧人单膝跪在地上,指着碑上用拉丁文写的"Et in Arcadia ego"("即使在阿卡迪亚也有我")。坟墓并不远离牧歌世界,忒奥克里托斯以万物同悲的笔调歌唱达芙尼之死,维吉尔在第五首牧歌中为理想化的牧歌风景注入坟墓的元素,"给他造一个坟,并且在坟上加上墓铭",桑纳扎罗则在《阿卡

---

[1] [英] E. 贡布里希:《艺术的故事》,范景中译,广西美术出版社 2015 年版,第 247 页。
[2] [英] E. 贡布里希:《艺术的故事》,范景中译,广西美术出版社 2015 年版,第 329 页。

迪亚》中三次提到坟墓。而在这幅绘画里，四个年轻漂亮的牧人是生命与朝气的象征，坟墓则代表死亡。牧人周围是宁静的旷野景色，夕阳照耀整个大地，虽天色渐暗，湛蓝的天空上还可见白云飘浮。在这片阿卡迪亚景色中，没有纷争与罪恶，即使有死亡，但正如古典牧歌中所描绘的，或从达芙尼之死回到平静的日常生活，或颂扬达芙尼死后成神到达天堂的乐土，死亡已不再令人恐惧，牧羊人的生活一如既往地恬静安谧，整个画面呈现出平静、轻松与智慧的沉思。另一位法国画家克劳德·洛兰（Claude Lorrain，1600—1682）同样以怀旧之美赢得盛名。在《向阿波罗献祭场面的风景》中，画家以金色光线和银色空气描绘往昔梦幻中的理想景色。从梦想到现实，人们追求牧歌境界，并使艺术的美变成生活的行为选择，"正是克劳德首先打开了人们的眼界，使人们看到自然的崇高之美。在他身后几乎有一个世纪之久，旅行者习惯于按照他的标准去评价现实世界中的景色"①。阿卡迪亚式风景、克劳德静谧优美的怀旧梦境成为人们改造园林的样本。可以看出，对美丽、平静、和谐、没有纷争的乐土追求是每个时代人类的共同追求。除绘画之外，古典牧歌也对音乐产生影响。起源于意大利的欧洲牧歌（madrigal）于14世纪流传，这种多声部乐曲由普罗旺斯的田园曲演变而成，在英国得到发展，并随着17世纪主调音乐的兴起而渐趋衰落。

贡布里希（E. Gombrich）曾写道："及至希腊化时期，像忒奥克里托斯之类的诗人，一经发现了牧民的简朴生活富有魅力，艺术家也试图为世故的城市居民呈现出田园生活的乐趣"，在这些诗作面前，"我们确实感觉自己是在观看一个恬静的场面"②。在西方艺术发展史上，忒奥克里托斯、维吉尔牧歌中所讴歌的自然、爱情和乡村生活成为各种艺术反映的对象。文人和艺术家借以表达人们对平静恬淡生活的怀念和向往，使牧歌这一古老的诗歌门类得以跨界发展，在诗歌、小说、绘画、音乐等各类文学艺术形式中产生重要影响。

---

① ［英］E. 贡布里希：《艺术的故事》，范景中译，广西美术出版社2015年版，第397页。
② ［英］E. 贡布里希：《艺术的故事》，范景中译，广西美术出版社2015年版，第62页。

■ 西方牧歌发展的历史钩沉

第三节　英国牧歌建构的人文主义乐园

　　文艺复兴运动发源于意大利，并不断向北传播，扩展至英国。在16世纪之前的英国文学中，乔叟（Geoffrey Chaucer，1343—1400）创作出《坎特伯雷故事集》，从生活的各个行业中选择骑士、牧师、僧侣等人物形象，构成14世纪英格兰社会的缩影，作者以其才华横溢席卷英伦大地。但诗歌领域还没有出现一流的天才人物，诗人还没有从语言的桎梏中解放出来，其创作更多隶属于人为的技巧和努力，而非艺术的审美和创新。15世纪是歌唱恋爱故事、奇迹探险和人物传奇的民谣时代。此外，13—15世纪，作为早期戏剧形式，奇迹剧（或神秘剧）在英国村镇里流行。这些剧目通常在圣诞节、复活节、圣体节等节日里上演，由普通人表演给普通人观看，超自然的部分往往巧妙地和最平凡的现实生活结合。例如写于14世纪后期的剧本《牧人》讲述两个牧羊人在夜晚的荒坡上，他们不是在尽情歌唱，而是在对话中表达对阴冷的天气、没完没了的雨和要交税等艰难时日的抱怨。到了16世纪，随着文艺复兴的发展，英国的知识界和绅士们力图传播古典文化，当时许多英国人文主义者精通希腊语，去过意大利，并将意大利的人文主义思潮带到英国，推动英国本土复兴古典文化。到16世纪中叶后的伊丽莎白一世执政期间（1559—1603），英国文坛出现一派繁荣景象，诗歌、戏剧、小说等方面得到长足发展。特别是在1580年以后，诗才勃兴、大家辈出，这段黄金时期被称为"伊丽莎白时代"。诗人们既承继传统，受到彼特拉克等大陆诗人的影响，以追随前人的程式为文学风尚，又能够结合时代开拓创新，驾驭十四行诗这一新诗体，创作出优秀的作品。在伊丽莎白时代，英国的民族文学迅速成长起来，文坛绚丽多彩、群英荟萃，涌现出一批享誉世界的杰出诗人，被认为是"文艺复兴时期欧洲文学的顶峰"[①]，以及"其所展现的文学

[①] 朱维之等主编：《外国文学史》（欧美卷），南开大学出版社2014年版，第73页。

心灵是当时欧洲主流文学心灵的部分写照"①。

较早用英语创作牧歌的是亚历山大·巴克利（Alexander Barclay）。巴克利可能是苏格兰人，1509年在德文郡的圣玛丽奥特里学院当牧师，后来在伊利当虔诚的修道士，也成为坎特伯雷的天主教修士，然而他又遵从新教。大概在伊利当修道士的时候，巴克利受15世纪意大利人文主义思潮的影响接触到牧歌这一文学类型。他于1515年前后创作5首《牧歌》（*Eclogues*），通过牧羊人之间的对话或聆听牧师布道等形式批判贵族生活的腐败，表现牧羊人贫苦的生活。英国早期的牧歌作品依旧关注乡村环境和农牧生活，以巴克利为代表的诗人以质朴通俗的语言反映现实，充满有趣的乡村画面，呈现牧羊人的真实生活场景。但是英国牧歌的发展首先得益于学者们对维吉尔等古典作家作品的研读，甚至有学者指出："人文主义者的功能不是成为他自身语言的艺术家，而是要传播古典的光辉。"② 文艺复兴时期的英国文学深受古典文化的影响，"在创作抒情诗时常以牧歌为题材"③。这一时期的英国牧歌受古希腊文学的影响，使古典神话传说和荷马、赫西俄德、维吉尔、奥维德等诗人创造的黄金时代、阿卡迪亚、乐土等意象成为新时代英国作家们憧憬理想境界和开创人类新生活的重要动力。同时，希伯来《圣经》中的伊甸园意象、中世纪作家对维吉尔牧歌的寓意解读以及鲜活生动的方言牧歌创作，也为英国知识分子创作牧歌作品提供了切实有效的行动指南。文艺复兴时期的英国诗人把古希腊文化和希伯来文化融为一体，将异教和基督教源泉铸为一炉。正如学者所认为的："黄金时代既相当于希腊神话中的极乐岛、乐土，以及半神话、半现实的阿卡迪亚，又相当于阿尔克诺俄斯等古典文学园林（甚至也相当于《圣经》中的伊甸园）。"④ 源于对古典文化各种理想之所的憧

---

① 吕健忠、李奭学编译：《西方文学史》，浙江大学出版社2013年版，第79页。
② [美]约翰·梅西：《西方文学史：文学的故事》，孙青玥译，红旗出版社2014年版，第194页。
③ R. M. Cummings ed., *Edmond Spenser: The Critical Heritage*, New York: Routledge, 1995, p. 6.
④ 胡家峦：《文艺复兴时期英国诗歌与园林传统》，北京大学出版社2008年版，第24页。

西方牧歌发展的历史钩沉

憬，文艺复兴时期的英国诗人们独具匠心地营造一个个遥不可及的田园梦想。尤其在伊丽莎白执政的繁盛时期，诗人们真诚地相信人文主义理想可以在现实中实现，因此试图运用浪漫主义手法塑造人文主义视域中的人间乐园。

这种人间乐园首先呈现为阿卡迪亚世界。菲利普·锡德尼爵士创作了长篇牧歌式传奇《彭布鲁克伯爵夫人的阿卡迪亚》，这是一部融合牧歌、史诗与浪漫传奇等诸多风格的作品。周作人在《欧洲文学史》中曾对此作出评价："小说曰 The Countess of Pembroke's Arcadia，亦 Pastorale 体。纯仿希腊著作，纪述山林韵事，不如后人之影射时事也。"① 这部作品继承古希腊牧歌的特点，即纪述山林韵事，但与同时代及其以后作品相比不足以影射时事。锡德尼是英国的诗人、侍臣、外交家、文艺赞助商和军人，一生广受爱戴，集中体现了伊丽莎白一世时代的绅士精髓。他出身于权势之家，过着有声有色的宫廷生活，直到 1580 年因为向女王错误上书而失宠，被迫暂时离开宫廷。而在被逐之后，锡德尼为妹妹玛丽·锡德尼（Mary Sidney，1561—1621）创作了《彭布鲁克伯爵夫人的阿卡迪亚》。这是作者政治失意后创作出的一部散文体传奇故事，情节错综复杂，艺术精致，高度描写理想化的田园生活，在结构等方面深受意大利诗人桑纳扎罗的《阿卡迪亚》的影响。两部作品都用"阿卡迪亚"题名以表达对理想的憧憬，都用散文和诗歌结合的形式讲述退隐朝臣的经历。在锡德尼笔下，阿卡迪亚产生了浪漫爱情故事，但却有讽刺的色彩。巴西利厄斯（Bacilius）公爵去神庙求得不祥预兆，他的妻子会出轨，两个女儿帕米拉（Pamela）和菲洛克里娅（Philoclea）会被他不喜欢的男人抢走。为了避免这种诅咒变为现实，公爵带领全家离开宫殿，到阿卡迪亚山乡隐居。后来色雷斯的两个年轻王子穆西多勒斯（Musidorus）和皮洛克勒斯（Pyrocles）在希腊群岛上展开一系列的冒险活动，呈现出男性化的勇猛精神，在归途中他们闯入公爵的隐居地阿卡迪亚。两位王子的到来

---

① 周作人：《欧洲文学史》，钟叔河编订，岳麓书社 2019 年版，第 159 页。

打破了阿卡迪亚的平静，他们策划了一系列计谋，装扮成牧羊人和牧羊女，与公爵妻子和两个女儿产生了一系列感情纠葛，最后在爱恨交织中缔结良缘。这一传奇故事让公爵一直逃避的预兆变为现实，他的妻子出轨，两个女儿被他不喜欢的两个男人抢走，老公爵病危。最后英明的国王出面主持审判，打算处置出轨者和诱骗者，老公爵突然苏醒挽救了一切，原来公爵只是服了安眠药而已。锡德尼的这篇传奇故事虽然结构松散拖沓，素材较为矫饰考究，但有吸引人的段落章节，尤其是描绘了完美的阿卡迪亚世界。

锡德尼在《阿卡迪亚》的开篇处写道："这个国家即为阿卡迪亚，和平安宁、耕耘不息。"[1] 这个国家的国王才能卓越，世代王室运用良善的头脑制定法律，民众素养出众，遵守社会规范。这不是原始的荒野社会，而是有律法的文明时代。在文艺复兴时期，知识分子们普遍憧憬一个理想的文明社会，正如拉伯雷在《巨人传》中描述了人间极善之地德廉美修道院，这里的人们均受过高度文明的洗礼，一切随心所欲，因为周遭都是自由人、温文人、儒雅人，都有一种本能驱策向善，具有拯救自己免于堕落的荣誉感。知识分子也试图脱离神学而独立制定一个新的国家理论，他们指出："一切人类政府的目标是福利，一个统治者能够为这一目的而服务，就是好的，否则就是坏的，可予免职。"[2] 这种人文主义理想也呈现在锡德尼笔下。例如，英明的统治者尤阿切斯（Euarchus）判处装扮成牧羊人和女汉子的两个男子以死刑，当这两个男子身份公开后，才知道原来是自己的儿子和侄子，但尤阿切斯仍然坚持判决，他声明既然已做出公正的判决，也得公正地执行判决，哪怕判决对象是自己的孩子。国王践行律法，这一世俗政治的描述体现了诗人对君主以及理想社会的寄托和向往。这里的阿卡迪亚政通人和、平静安宁，当然这里万物和谐、鲜花竞放、空气清新、鸟儿和鸣，欢快的溪水缓缓流淌，每一种回声都是美妙的音乐。作者

---

[1] Philip Sidney, *The Prose Works of Sir Philip Sidney*, Cambridge: Cambridge University Press, 1970, p. 14.

[2] ［美］梯利著，伍德增补：《西方哲学史》，葛力译，商务印书馆1995年版，第268页。

■ 西方牧歌发展的历史钩沉

还通过公爵的引导再现这里的美景，公爵领着客人到房舍后面，他想让客人在离开之前观赏他最喜欢的地方，这是一座多姿多彩的花园。关于花园，有学者认为：

> 园林诗歌和牧歌有着密切的联系，因为两者都同样描绘永恒的春天、肥沃的土地、充足的水源、繁茂的果木，以及生活无须劳苦等等。然而，严格地说，两者之间也有明显的区别。这种区别主要在于：牧歌的背景是开阔的田野或山谷，而花园则是以篱墙封闭起来的围地。牧歌源自赫西俄德的黄金时代和极乐岛，以及荷马的乐土，园林诗歌则源自古典神话中的金苹果园和荷马《奥德修记》中的阿尔喀诺俄斯花园等古典文学园林。①

确切地说，阿卡迪亚这个地方是花园、果园又是田野，这里有无数花丛和迷宫、小舍和凉亭，有整过形的树木和格子屏风，有一片精美的绿草坪，立着一个维纳斯的白色大理石雕像，在整个地方的中央有一个水波荡漾的美丽水池，像镜子一样映照出花园的影子。通过精致的描绘可以看出这个阿卡迪亚"把文艺复兴时期的牧歌背景同黄金时代和金苹果园之类的古典乐园联系在一起"②，既有广阔的田野，又有人工的花园，形成一座自然美与人工美完美结合的地上乐园。锡德尼在其诗论《为诗辩护》中指出，诗人不必像历史学家那样描述已经发生过的历史事实，也不必像精微深奥的哲学家那样探究深邃的哲理，诗人就是模仿不完美的现实生活，并通过想象将零乱、芜杂的现实塑造成一个完美的黄金般的世界，并在这个世界里展现诗人所追求的真理。同时，锡德尼认为，哲学家以晦涩的方式教导人，因为他针对的是"那些已受过教育的人"，而诗歌则是"适合最柔嫩的脾胃的食品"，诗歌尤其是抒情诗的目的就是要教育和怡情悦性，在给人怡悦

---

① 胡家峦：《文艺复兴时期英国诗歌与园林传统》，北京大学出版社 2008 年版，第 271 页。
② John Hollander and Frank Kermode eds., *The Literature of Renaissance England*, New York: Oxford University Press, 1973, p.129.

的同时培育美德。以锡德尼为代表的人文主义者坚持古罗马诗人贺拉斯的"寓教于乐"的美学原则,强调艺术的教化作用,主张文艺要给人以娱乐,更要给人以教育。正如杨周翰指出的,文艺复兴时期的作家几乎都强调诗人的教育职责,"有的用文学形式,有的撰专著,有的用游记形式,有的用乌托邦形式,表达他们的教育理想"[1]。锡德尼在失势之际仍然践行一个"正确的诗人"职责,描绘牧歌中的阿卡迪亚世界,目的也在于给人以愉悦和教导。牧歌强调审美的自由和享乐,同时对现实加以讽刺。正如在锡德尼这部传奇作品中,完美的地方却没有完美的生活,原本优美、宁静、安详的阿卡迪亚上演一出闹剧,公爵与公爵夫人同时爱上乔装打扮的牧羊女,出现出轨、私奔、捉奸等人性恶的行为,以及被切下的断手、地上滚的人头、比武和战斗的场面等血腥斗争。这就意味着外部世界入侵牧人乐园,传统的牧歌生活被外部力量改变,由此形成"荣誉与欺骗、心灵的平静与不和谐的激情、有教养的举止与粗暴的求婚、文雅的风度与诱奸、有秩序的礼仪与暴力"[2] 等鲜明的对比。尽管这部作品中的人物并不完美,结构、素材等都有可指摘之处,但这部牧歌的整体胜过其中的任何部分,甚至胜过所有部分的总和。其整体价值在于,诗人将田园生活和传奇历险融为一体,描述悦人河流、累累果木、溢香花朵,塑造阿卡迪亚乐园,表现出人文主义者对理想世界的不懈追求。

随着宫廷盛大集会的逐渐增多,反映理想生活、欢乐明快的牧歌诗篇也被搬上集会舞台。当时的英国观众期待在剧中看到"雇来的披着灰色斗篷的牧羊人,手牵着短尾牧羊犬"这样一派生活景象。而人文主义者莎士比亚(William Shakespeare,1564—1616)则在喜剧《温莎的风流娘儿们》《仲夏夜之梦》和传奇剧《辛白林》《冬天的故事》等作品中借牧歌场景抒发情怀、创造和谐世界。在《暴风雨》(*The Tempest*,1611)这部作品中,主人公米兰公爵普洛斯彼罗(Prospero)

---

[1] 杨周翰:《十七世纪英国文学》,北京大学出版社 1996 年版,第 175—176 页。
[2] [英] 安德鲁·桑德斯:《牛津简明英国文学史》,人民文学出版社 2000 年版,第 174 页。

西方牧歌发展的历史钩沉

遭遇风暴,船在大海中沉没,被洪流冲到一座岛上。普洛斯彼罗有被篡夺王位的痛苦,当仇人乘船经过海岛时,他利用法术唤起暴风雨,掀翻了他们的船只。但是在荒漠中生存,就需要行动和不断征服自然的勇气,凭借积极、知性、克制、自律等人性力量开创乐园。普洛斯彼罗变得谦逊大度,在荒岛上长大的米兰达朴素天真,仇人之子斐迪南善良纯洁,精灵爱丽儿平和温顺,原住民凯列班相貌丑陋却聪慧有趣,荒岛神奇地化解仇恨和矛盾,最终英雄们调和文明与自然两种力量,在荒岛上建立乌托邦式的和谐世界。从荒岛到乐园,莎士比亚描绘了简单、舒适、原始的自然景象对人身体和精神的影响,正如马克斯所评论的:"整个寓言无疑肯定了文明人试图沉浸于简单、自然而本能的生活使自己获得新生的冲动。证人爱丽儿,这个飘渺的精灵帮助普洛斯彼罗认识到什么是真正的恶人。普洛斯彼罗曾经是孤高的学者,在岛上学会了同情,从而最终使其仇人复归本性。"[1] 莎士比亚通过普洛斯彼罗的胜利表现了自然与文明和谐统一的人文主义理想。

在牧歌喜剧《皆大欢喜》(*As You Like It*,1599)中,莎士比亚创造了著名的亚登(Arden)森林。这部喜剧的素材来源于托马斯·洛奇(Thomas Lodge,1558—1625)创作的传奇小说《罗莎琳德:尤弗依斯的宝贵遗产》(*Rosalynde, Euphues Golden Legacie*,1590)。罗莎琳德和她的表妹等人来到阿登隐居,那里已经成为被废黜国王的避难所。阿登是一个平静的阿卡迪亚世界,这里气候宜人、植物繁茂、风景秀丽,住着许多有才华的牧人,爱神潜伏在羊舍周围,这里不受忘恩负义之人的干扰,脱离了尘世的嫉妒、仇恨和残忍。经过一段隐居之后,国王和他的新骑士把这里作为基地发动了军事战役,最终取得胜利并收复失去的王国。莎士比亚借用这一素材并作出改编,讲述在阿卡迪亚地域发生的皆大欢喜的故事。在剧中,查尔斯告诉奥列佛,被弟弟篡位并逐出宫廷的米兰公爵进入亚登森林,"他们在那边度着英国的

---

[1] [美]利奥·马克斯:《花园里的机器:美国的技术与田园理想》,马海良、雷月梅译,北京大学出版社2011年版,第43页。

老罗宾汉那样的生活。据说每天有许多青年贵人投奔到他那儿去，逍遥自得地把时间消磨过去，像是置身在古昔的黄金时代里一样"[1]。亚登（Arden）一词取自阿卡迪亚（Arcadia）和伊甸园（Eden），在这样牧歌式的森林里，被放逐的人在林中漫游、唱歌欢乐，过着自然纯朴、平等和谐、富足无忧的理想生活。森林是牧歌中的重要场景，在维吉尔牧歌中，牧羊人能听到松林的低吟，在约翰·弗莱彻的诗剧《忠实的牧羊女》中，森林是忠贞战胜邪念的神秘场所，在莎士比亚笔下，森林同样是神奇的领地。在亚登森林里，被放逐的公爵不但没有怨恨仇人、慨叹失去的权势，反而觉得这样的流放生涯比虚饰浮华有趣得多。在公爵看来，这些树林比猜忌的朝廷更为安全，冬天的寒风比人的无情温暖，虽然与世间相遗弃，却可以听树木谈话，欣赏溪中的流水这篇大好文章。在优美的风景中，天生情种的"牧羊少年"奥兰多与美丽机智、聪明幽默、勇敢能干、乐观开朗的"牧羊女"罗瑟琳一见钟情，他为牧羊女写的情诗挂满整座森林。然而亚登森林里也有忧郁和沉思，例如在杰奎斯看来，全世界是一个舞台，所有男男女女不过是一些演员，他们都有上场的时候，也都有下场的时候，这一感慨将人生如戏的哲学反思带入喜剧中。在亚登森林之外，处处充满罪恶，弟夺兄位、兄剥弟产、世道的险恶和人情的刻薄造成许多不幸，甚至亚登森林也随时面临危险。最后篡位的公爵率领一支大军杀来，只不过到了森林边上遇到一位修行的老人，听了他几句话，忽然改悔，把大位还给兄长，自己遁入空门，于是才有喜结良缘、以善胜恶、皆大欢喜的结局。纵然有种种反作用力的存在，但正如维吉尔以垂落的影子这一质朴意象弥合矛盾、创造和谐，莎士比亚同样以亚登森林这一想象的世界表现他的人文主义理想。在《仲夏夜之梦》中，莎士比亚通过特修斯之口指出，想象会把不知名的事物用一种形式呈现出来，诗人的笔再使它们具有如实的形象，空虚的无物也会有居处

---

[1] ［英］莎士比亚：《莎士比亚悲剧喜剧全集·喜剧Ⅱ》，朱生豪译，浙江文艺出版社2017年版，第297页。

西方牧歌发展的历史钩沉

和名字。如此看来，亚登森林便是莎士比亚运用想象创造出的居处和名字，以承载人文主义者对爱情、亲情、友情等真、善、美的追求。

在伊丽莎白执政的鼎盛时期，以莎士比亚为代表的英国人文主义者认为最大的人文主义乐园是英格兰。将英格兰作为宇宙的一面光辉明镜，这种政治主题是莎士比亚剧作中常见的隐喻。例如在《查理二世》中莎士比亚借龚特之口称赞，英格兰是一个镶嵌在银色海水中的宝石，是一个"地上的天堂"，是"新的伊甸园"。这一时期的人文主义者赞颂自己的国家，例如理查德·范肖（Richard Fanshawe）在《颂歌：写于陛下发布公告之际》（"An ode upon occasion of His Majesty Proclamation"）称赞英国是地上乐园，英国犹如朱庇特把她漂浮在丰饶的大海上，是世界最为安全的退隐处。安德鲁·马维尔（Andrew Marvell，1624—1678）则在《阿普尔顿府邸颂》（"Upon Appleton House"）中称颂英国是世界的花园、四海的乐园。尤其是迈克尔·德雷顿（Michael Drayton）创作了由 9 首牧歌组成的《牧人花环》（*The Shepheards Garland*，1593），较为细致地赞美英格兰的田园风光，思索甜美爱情和青春岁月，尽情地颂扬伊丽莎白女王。其风物组诗《多福之邦》（*Poly-Olbion*，1612，1622）献给詹姆斯国王的长子威尔士亲王亨利，是一部研究英格兰和威尔士地形的宏大著作，介绍了英格兰的山水、文化、习俗等。德雷顿热情地审视不列颠岛，在这个岛上，鲜花盛开，溪水流淌，河流里满是鱼群，山谷里长满玉米，在丘陵高地，善良的牧羊人唱歌吹笛，放牧羊群，而乡下少女们有欢快的歌声，人人过着富足快乐的生活。与忒奥克里托斯和维吉尔牧歌一样，德雷顿描绘牧歌式的风景，赋予世俗生活以神性色彩，描写每条小溪都有一位仙女，水泽仙女在晶莹的溪水中沐浴。诗人们盛赞英格兰，赞美地上乐园，颂扬君主仁慈正义，这无不出于人文主义者的乐观情绪，以及对英王统治的极盛时期产生的民族自豪感情。

这种乐园图景甚至超越了英国本土，成为新大陆的象征。伊丽莎白时代是一个地理大发现的时代，也是航海的时代。1589 年，理查·哈克路特（Richard Hakluyt）出版了《主要的航行、航海与大发现》，包括一百多个英国本土及国外的航海故事。哈克路特从未出海航行，但是他出版集子记录航海业绩，旨在鼓舞同胞们去创造发现未知国度，开辟新的殖民地。随着海外殖民地不断拓展，16 世纪的英国游记文学常常将北美洲说成黄金时代或阿卡迪亚遗址。正如莫里斯·狄克斯坦（Morris Dickstein）所认为的："早年的传教士和作家视欧洲为一种腐朽败坏的旧秩序和风烛残年的文化。他们把美国描绘成一片处女地、一个花园世界，把美国描绘成一个拯救一切的新亚当，他未受历史的玷污，摆脱了腐朽之风和道德败坏。这个新国度是宗教经文中预言的应验，其使命即使不是开创太平盛世，至少也是重创历史。"[①] 而诗人们对牧歌的喜爱与整个欧洲对新世界的激动分不开。这一时期的英国牧歌似乎不约而同地涌现出来，例如斯宾塞的《牧人日历》发表于 1579 年，锡德尼的《阿卡迪亚》发表于 1590 年，迈克尔·德雷顿的《抒情诗和牧歌》（Poems Lyric and Pastoral）发表于 1605 年。在《弗吉尼亚航海颂》（"To the Virginian Voyage"）一诗中，德雷顿满怀激情地将弗吉尼亚视为地上的唯一乐园。在那里，自然储存着禽鸟、野味和鱼，土地上硕果累累，还有生机勃勃的葡萄藤、杉树、柏树和松树，这一切都是因为黄金时代给予万物以自然法则，而人类无须劳作便能得到一切美好的东西。马维尔在《百慕大群岛》（"Bermudas"）中将百慕大群岛描绘成黄金时代的再现。那里同样有永恒的春天和果实累累等景象，一切都披上彩饰，大自然送来的禽鸟每天飞过苍穹前来造访，树荫里悬挂着明亮的甜橙，无花果触碰着人的嘴唇，甜瓜在脚跟前，还有凤梨及价值昂贵的植物，万物充满生机，一切美丽富饶。可以说，在探险者看来，这一时期的北美新大陆是重现的阿卡迪亚、一个馨香的花园，而弗吉尼亚的印第安人就是牧歌中的牧羊人。

到了 16 世纪中期以后，英国牧歌逐渐具有贵族化倾向，在内容和风格等方面与古典牧歌有所不同。首先，在形式上，伊丽莎白时期的

---

① [美] 莫里斯·狄克斯坦：《伊甸园之门·前言》，方晓平译，上海外语教育出版社 1986 年版，第 1—2 页。

西方牧歌发展的历史钩沉

牧歌逐渐将诗歌与散文、戏剧等形式融合，越来越具有浪漫化和戏剧化倾向，呈现出"复杂的情节、一定的长度和教育的效果"[①]。从古典的对话体抒情诗到散文式传奇故事和浪漫喜剧，将讽刺性寓言、田园浪漫、现实主义、传奇历险等文学要素成功融合在一起。以男扮女装、两兄弟追求两姐妹、从城市到乡间的情景转换等生动有趣的故事扩展牧歌内涵，这使英国文艺复兴时期的牧歌呈现出丰富性和复杂性。其次，这一时期的牧歌语言和形式华美高贵而往往流于矫饰。克里斯托弗·马洛（Christopher Marlowe, 1564—1593）创作的抒情诗《多情的牧羊人致爱人》（"The Passionate Shepherd to His Love", 1599），这可能是伊丽莎白时期抒情诗中最脍炙人口的一首。诗中借鉴古典牧歌中的风景与爱情模式，以优美浪漫、温婉柔情的语言表现牧羊人对爱人的诚挚感情。诗歌中的牧羊人为了获得姑娘的芳心，首先描绘了浪漫的田园景色，然后承诺给她所有的乡间欢乐。这与忒奥克里托斯笔下丑陋的青年牧人唱歌求爱具有相似之处，只不过马洛笔下的牧羊人戴着理想化的面具，穿上高雅的外衣。传统牧歌中最重要的内容是牧羊人表达热烈的爱情，而人们对牧歌的质疑是要打破传统上人们对乡村生活的浪漫幻想，以清晰理性的态度将幻想拉回到现实。作为政客、军人、科学爱好者、探险家的沃尔特·雷利（Walter Ralegh, 1552—1618）就创作一首与该诗相呼应的诗《林中仙女答牧羊人》（"The Nymph's Reply to the Shepherd"）。风景是表达爱情的背景，在马洛笔下，乡村有俊俏秀丽的山峦、风光明媚的田园、浅浅的小溪和鸟儿的歌唱，而雷利则写道，岩石冰冷、河流不安、连夜莺都停止歌唱。马洛笔下的牧羊人在风景如画的初春时节表达爱意，愿意用玫瑰编花冠，用花束做床，用爱神木的叶子织长裙，用常春藤和芳草做腰带，剪下最好的羊毛做防寒的鞋衬和长袍，将自然界中的绚丽与芬芳献给爱人。不仅有这些简朴的欢乐，还有纯金、珊瑚、琥珀、银碟、象牙这些理

[①] Thomas G. Rosenmeyer, *The Green Cabinet: Theocritus and the European Pastoral Lyric*, Los Angeles: University of California Press, 1969, p. 9.

想化的城市物质，以用自然事物和人工事物表达全部深情。而雷利笔下的仙女则回答鲜花总会凋谢，冬天会来临，春日虽然灿烂但秋天会悲苦，自然界中的花冠、花束、叶子等转瞬就会损坏枯萎，世俗金银无法打动内心，世事人心又变幻无常，所有美好的时光终将结束。最后林中仙女回答："若青春永驻、爱情不死/欢愉无期、衰老停止，/便与你生活在一起，做你的爱人。"① 以此彻底拒绝牧羊人的爱情，因为青春不可能永驻，衰老也不可能停止，爱情和欢愉不可能无穷尽，从而打破了马洛所刻画的理想浪漫的牧歌幻想。当然，雷利是伊丽莎白女王狂热的崇拜者，他曾在抒情诗《谎言》（"The Lie"）中公开赞颂以女王为中心的宫廷文化。在这首诗歌中，雷利称女王是贞洁的月亮女神戴安娜和辛西娅，在童贞的正义女神领导下，女王统治着一个体现着永恒完美思想的宫廷。可以看出，无论是马洛写牧羊人致爱人，还是雷利写林中仙女的回答，都具有精致华丽的贵族化倾向，迎合的是宫廷趣味。正如评论者所说："对于英国文人来说，运用雕琢华丽的辞藻和精巧的句式取悦女王或者别的女人是一件自然而然的事情，正如她们穿着带有蕾丝的衣领、粉红色丝质的马裤、刺绣的披风和镶有珠宝的宝剑一样顺理成章。"② 最后，这一时期的牧歌主人公不再是放牧羊群、吹奏山野清歌、过凡俗生活的牧羊人，而多是公爵之类的王公贵族。桑纳扎罗、锡德尼、莎士比亚笔下的公爵们以及其他王公贵族走进阿卡迪亚，无论是情感的牵挂还是宫廷权力的诱惑，这一次远离宫廷只是为了追求短暂喘息的退隐。这种美化乡村、批判城市的文学模式日益迎合城市读者的期待心理，因为"一旦人们开始逃避城市生活带来的喧嚣和压力，至少从思想上开始逃离的时候，牧歌就会出现"③。也因此，退隐成为这一时期牧歌的重要主题。

---

① Sukanta Chaudhuri ed., *Pastoral Poetry of the English Renaissance: An Anthology*, Manchester: Manchester University Press, 2016, p. 165.
② ［美］约翰·梅西：《西方文学史：文学的故事》，孙青玥译，红旗出版社 2014 年版，第 184 页。
③ Bryan Loughrey ed., *The Pastoral Mode: A Casebook*, London: Macmillan, 1984, p. 100.

西方牧歌发展的历史钩沉

库柏认为,"牧歌的本质是寻求一种理想"①。从锡德尼、莎士比亚等精美绮丽的作品来看,无论是阿卡迪亚、亚登森林还是新大陆想象,都是人文主义乐园图景。文艺复兴时期的作者塑造了牧歌梦想,同时也有对现实的批判,反映出文艺复兴时期知识分子在理想与现实、热情与忧郁之间对复杂人性的探索。

第四节 继承与创新的鼎盛:《牧人月历》

海伦·库柏认为,本土牧歌传统在中世纪晚期的西欧、法国和英国形成一种日益强劲的势头,但是"拉丁牧歌和本土牧歌的融合很大程度上在斯宾塞著作中形成"②。1579 年,埃德蒙·斯宾塞(Edmund Spenser,1552—1599)发表《牧人月历》(*The Shephearde's Calendar*),这被认为是英国诗歌史上一件具有重大意义的事件,"它宣告了一流诗人的诞生"③。评论者纷纷肯定这部作品在牧歌历史上的地位和价值,例如洛克雷认为"复兴牧歌并取得伟大成就的第一本英语著作是斯宾塞的《牧人月历》"④。斯宾塞以长篇成名,但他的短诗更容易欣赏,无疑更优美可诵,或描写美人不朽以传播文艺复兴时期的新思想,或用对话体带来一般十四行诗中罕见的清新活泼,无论是内容上还是形式上都表现出杰出的才能。不过一提及长篇,有一点是明显的,即多数人不喜欢《牧人月历》,"除专门研究者外很少有人去读它"⑤。然而,这首长篇诗不仅代表文艺复兴时期英国诗歌的最高成就,促进英国民族文学时代的到来,更因此开启斯宾塞个人的诗歌时代,确立斯宾塞的不朽名声,使其成为"英国首屈一指的牧歌诗人"⑥,甚至被认

---

① Helen Cooper, *Pastoral*:*Medieval into Renaissance*, Ipswich:D. S. Brewer, 1977, p. 7.
② Helen Cooper, *Pastoral*:*Medieval into Renaissance*, Ipswich:D. S. Brewer, 1977, p. 3.
③ [美] 约翰·梅西:《西方文学史:文学的故事》,孙青玥译,红旗出版社 2014 年版,第 184 页。
④ Bryan Loughrey ed., *The Pastoral Mode*:*A Casebook*, London:Macmillan, 1984, p. 11.
⑤ 王佐良:《王佐良全集》第 2 卷,外语教学与研究出版社 2015 年版,第 81 页。
⑥ Bryan Loughrey ed., *The Pastoral Mode*:*A Casebook*, London:Macmillan, 1984, p. 37.

为"如果说有一部作品能够被视为'典型的'牧歌的话,那不应该是维吉尔的《牧歌》,而是斯宾塞的《牧人月历》"①。

周作人指出《牧人月历》"分十二月,各系牧歌一篇。或为寓言,或为怨歌,或颂女王,或嘲教徒,不一其体,而外形仿古代之 Pastorale"②。这指出了《牧人月历》的显著之处,即仿照罗马诗人维吉尔的牧歌写成,运用了古典牧歌的诸多艺术手法,或为寓言,或为怨歌,也融汇中世纪及文艺复兴时期牧歌的内容特点,或颂女王,或嘲教徒。同时,《牧人月历》结合新的时代境遇和文化氛围,运用新的艺术形式表现人文主义者关于人与时代的思考。可以说,斯宾塞在继承传统与创新发展中成就了独具特色的牧歌作品,其《牧人月历》是文艺复兴时期英国牧歌作品中的集大成者和巅峰之作。

在继承传统方面,这部作品除首尾两首外,都呈现古典牧歌中的对话体形式,最后往往以天色渐晚而结束。例如第一首牧歌表现主人公科林·克劳特(Collin Cloute)的忧伤感情,在诗歌的结尾部分,太阳落下西山,已是清冷严寒的傍晚,天色逐渐暗淡,科林为情所困、郁郁寡欢,最后赶着羊群回家。第二首是老牧羊人西瑙(Thenot)和主人的儿子卡狄(Cvddie)的谈话,最后以"赶紧回家吧,羊倌,现在已是黄昏"而结束。第五首是帕里诺德(Palinodie)和皮尔斯(Piers)的对话,以太阳落山、已近黄昏、暮色沉沉、返回家门而结束。第六首是赫宾诺尔(Hobbinol)与主人公科林的对话,同样是趁夜色还未降临,赶紧赶着羊群回家。《牧人月历》也呈现了牧人乐园。在第六首的开篇处,赫宾诺尔说自己何须费力寻找快乐,快乐就在身边的这个地方。这里有清新的空气、柔和的微风,绿色的草地上点缀着朵朵雏菊,耳朵里传来鸟儿的鸣叫和潺潺的流水声。科林称赞这里是亚当失去的极乐天堂,无论早晚都可以随意牧羊,不用害怕吃羊的豺狼,还可以在此自由地歌唱。赫宾诺尔还邀请科林到一个美丽

---

① Helen Cooper, *Pastoral: Medieval into Renaissance*, Ipswich: D. S. Brewer, 1977, p. 3.
② 周作人:《欧洲文学史》,钟叔河编订,岳麓书社2019年版,第159页。

西方牧歌发展的历史钩沉

的山谷，那里有很多牧羊人，羊群四处遍布，美惠女神和林中精灵与人和谐相处，女神们舞姿曼妙，牧神潘的笛声悦耳，那里的愉悦无处能比。当然，《牧人月历》与传统牧歌一样呈现牧羊人爱而不得的忧伤。例如在第一首诗歌中，"我"所爱的女子罗萨琳德（Rosalind）不接受"我"的爱，还笑话"我"写的歌，于是"我"折断牧笛，在黄昏时分"赶着倦羊回家，忧愁挂在脸上，/耷拉着脑袋，为情而伤"[①]。在第六首诗歌中，科林表示自己曾经无忧无虑，现在却失去了视作生命的罗萨琳德。于是赫宾诺尔劝慰朋友不要待在荒芜的山头，而应该在夏日吹笛歌唱，这样树荫中的鸟儿会发出回声，人的歌声赛过蝉鸣，甚至让缪斯羞于见比自己优秀的牧人。科林表示自己只会唱些拙劣的歌宣泄负心的不幸爱情，赫宾诺尔只好说狠心的罗萨琳德不仁不义，现在该是赶着羊群回家的时候。科林是一位情感真挚的牧羊人，他不仅对女子罗萨琳德念念不忘，也对别的女子的去世表现出无限哀伤。在第十一首诗歌中，牧人西瑙请科林唱快乐的韵文，科林却说现在不是欢乐的节日，阴郁的季节更加阴沉昏暗，因为黛朵（Didonis）已死，他要唱一支挽歌来哀悼。于是在他的歌唱中，黛朵或许已升入天堂，与诸神相伴生活，品尝着琼浆玉液，享受着凡人没有的快乐。西瑙说率真牧人唱的歌里有悲伤凄凉，但也有欢乐，劝慰科林不要悲伤，雨开始下，让科林赶着羊群回家。但科林却说亡者未亡，快乐已随着"我"爱的黛朵而去，此刻"我"深陷痛苦的深渊，世间最美的是花朵，花朵必然凋落，要唱一首挽歌。于是科林继续歌唱黛朵生前的美貌和赞誉，她能干、善良又漂亮，给牧羊人带来快乐，而如今牧人只有沉痛哀默，一切都将随风而逝，能留下的别无其他，只有生前的记忆。正如橡树没有了树叶，河流没有了源头，牧场已被冰封，"我"似乎被死神切断了呼吸。柔弱的羊群在悲号，野兽发疯般地哀号，夜莺在枝头鸣叫，命运女神也后悔切断她的生命线，"我"唱一曲挽歌

[①] Edmund Spenser, *The Shepheardes Calender*, http://www.luminarium.org/renascence-editions/shepheard.html.

来哀悼。主人公科林没有赞美牧神,却以凄楚哀婉的情调哀悼女子的香消玉殒。在斯宾塞笔下,爱情带来快乐,但更多是痛苦的泉源,美丽的女子终将死去,这种关于爱与死亡的忧伤是科林也是每个人将思索的问题。也正因为如此,牧人科林不仅是斯宾塞的代表,也是芸芸众生的代表,在探索生命、发现自我的过程中有关于生命无法满足、不能持久的忧伤,正如有学者所认为的,"无论我们的命运怎样不同,都会遇到相似的情形。牧人的确是我们所有人生的代表"①。

在斯宾塞笔下,科林的情绪里似乎只有寒冷的冬天,这与赫宾诺尔的快乐形成鲜明对比。快乐与忧郁也是文艺复兴时期人文主义者的主要情绪。人们追求今生今世,尽情拥抱世上的乐趣,人生无常更促使他们及时行乐,使感官享乐和知识追求成为潮流。例如拉伯雷勾勒新世界里的理想人类,这些巨人英雄在肉体上身材硕大、臂力惊人、长生不老、能吃能喝,在精神上睿智果敢、乐观进取、高贵大度、理性开朗。人的智力可以恣情翱翔于各种知识领域,可以探索宇宙奥秘,这表现出人文主义者对人性和知识的大胆幻想和真诚渴望。但是社会中仍然有战争、恐怖、阴谋和不义,宇宙和谐的创世观也不再如中世纪那般权威可信,于是人们对社会理想、人的智力以及终极价值等一切明朗的东西开始产生怀疑。这种怀疑呈现在作家笔下,例如莎士比亚描绘了王权、夫权、父权、篡位的种种悲剧,以喜剧《皆大欢喜》中的杰奎斯、悲剧《哈姆雷特》中的丹麦王子来表现文艺复兴时代里舞台和生活中的思索。事实上,16、17世纪之交全欧洲的知识分子都不同程度地染上了流行的忧郁症,这也正体现了人的复杂和高贵。文艺复兴时代的文学独具特色、足以感人,而其动人之处或许就在于这种乐观与忧郁的人类处境所产生的张力。具体呈现在牧歌文学中,提屠鲁邀请梅利伯停留一晚,这能够暂缓梅利伯失去土地的悲伤,但是赫宾诺尔却不能化解科林失去爱情的痛苦。从有形的土地到无形的爱情,人对意义、价值、理想等形而上的追求使人变得日益复杂,即使

---

① Paul Alpers, *What Is Pastoral?* Chicago: University of Chicago Press, 1996, p. 455.

西方牧歌发展的历史钩沉

是无忧乐园也不能引领人们去吹奏山野的清歌。斯宾塞在文学创作中扩展牧歌对心灵与头脑的价值，逐渐将人的心灵、情感等作为《牧人月历》探索的核心问题。

斯宾塞通过科林本人以及其他牧人形象再现所处时代的重要问题，例如在诗歌中呈现对罗马天主教的批判和对英国新教的赞扬。在牧歌中寄予宗教寓意或反映宗教斗争是中世纪和文艺复兴时期牧歌发展的重要特点，而在16世纪中期的英国，"确立诗歌名声最有效的方式就是在诗歌里为英国国教发声"[①]。作为虔诚的清教徒，斯宾塞在诗篇中为英国国教辩护，对天主教展开了斥责。例如在第二首牧歌中，西瑙责怪卡狄小小年纪竟然在开花的灌木丛中放羊，把大好青春年华毁掉，终将付出傲慢的代价，并讲述了橡树和蔷薇的故事。心肠狠毒的蔷薇向农夫编起虚词假语，导致主人砍掉橡树，最终凛冽的北风吹打在蔷薇身上，蔷薇十分后悔却为时已晚，花茎被严霜掐死，再也没有直立的机会。诗歌中的橡树是一个古老、坚韧的意象，是时代文化的写照。英格兰历史上大多有橡树的影子，古代布列塔尼人崇拜橡树，绿林好汉受橡树庇护，逃亡的国王藏身在橡树中，橡木树芯做的船只航行在大海上打败了各个帝国。据传说，伊丽莎白听到姐姐玛丽的死讯时，正站在一棵古老的橡树下，她接过从玛丽手上摘下来的戒指并戴在自己手指上，然后面向橡树跪下，用拉丁语说"这是上帝所为，在我们眼里视作神奇"，这是全英格兰历史上最珍贵的一幕："橡树下的黄金女孩，即将开启全民族的伟大时代。"[②] 年轻的女王被当作智慧、虔诚和正义的化身，被认为是上帝派来实现恢复福音的人。因此，诗歌中的橡树被赋予宗教与政治的重要内涵。诗人对橡树满怀诚挚的感情，描写橡树长得特别壮，树干很粗，根系很发达，是那块地上的树中魁首。它有许多玄义，被推崇为神物，但是面对蔷薇无中生有的抱怨，老橡树却放弃抗辩，被主人砍倒应声倒地。巨大的重量令地面战栗，

---

① Gary Waller, *Edmund Spenser: A Literary Life*, London: Macmillan, 1994, p.72.
② [英] 西蒙·沙玛：《英国史Ⅰ》，彭灵译，中信出版社2018年版，第296页。

第四章 牧歌的多元化与繁荣发展

连大地也因为害怕晃动不已。斯宾塞作为新教徒，借橡树表达自己的宗教和政治感情，并以蔷薇的意象塑造了罗马天主教的邪恶形象。在第五首牧歌中，斯宾塞叙述皮尔斯（Piers）和帕力诺迪（Palinode）两位牧羊人的对话，以此隐晦地斥责天主教徒。代表新教的皮尔斯指出，游手好闲者们玩忽职守，肆意玩耍，寻欢作乐，拿了钱却不把羊放心上。有些贪婪的牧羊人甚至想与君主抗衡，制造混乱麻烦，藏起祸心的叛徒就像那只害小孩的狐狸。皮尔斯给帕力诺迪讲述了狐狸的故事，小孩的父亲落入敌人设的陷阱，野兽也企图把年幼小孩骗到陷阱里，尽管有母亲的叮嘱与保护，天真无邪的小孩还是陷入狐狸伪装的圈套。孩子弯腰拿铃铛的时候，狐狸把他摁进篮子，带着孩子逃走了。不幸的父亲儿子以及悲伤的母亲提醒人们，狐狸狡猾欺诈，牧人要懂得如何规避它，虚伪的人没有什么信任可言。第二首诗歌中的青年牧人卡狄嘲笑老牧人西瑙讲的故事没价值，第五首中的小孩不听母亲的反复叮嘱而遭遇死亡，这表达诗人的劝诫，即在英格兰与苏格兰、新教徒与天主教等重重矛盾中，年轻一代英国人若不听劝告，终将会遭遇蔷薇和狐狸们的陷害。

科林也直面政治形势，表达对君王的赞颂。例如在第四首诗歌中，塞诺特（Thenot）问赫宾诺尔为何要悲叹哭泣，原来是羊倌科林被爱情伤得体无完肤，痛苦让他连友情都不顾。于是塞诺特请赫宾诺尔唱科林写的歌。科林的歌赞颂了牧羊人的女王、美丽的姑娘艾丽萨，称她是缪斯之首、牧神之女，无瑕清纯，连圣洁的仙女也为她沐浴。她像一位青春女王，有鲜花编织的王冠，以玫瑰、水仙、报春花、月桂叶、紫罗兰点缀其间。这位牧羊人的女王谦逊端庄、身上光芒四射。很明显，科林对艾丽萨的称赞实际上代表了斯宾塞对伊丽莎白一世的颂扬。在伊丽莎白时代，诗人和叙事歌谣作者们常用玫瑰花作为伊丽莎白女王的象征，称之为"都铎王朝的玫瑰"，或用光及白色等意象来赞美女王的童贞和荣耀，或以神话中的狩猎女神戴安娜（Diana）、童真女神塞林克斯（Sirinx）等比喻伊丽莎白女王。艺术有感染和征服人心的威力，对17世纪欧洲的国王和君主而言，他们也根据神授王权

西方牧歌发展的历史钩沉

的观念急于显示强权,想成为一种不同凡俗的人高踞于普通人之上。对伊丽莎白一世而言,诗人们的种种颂扬恰好迎合了巩固王权的需要,使得颂扬女王成为一种时代风尚。而斯宾塞是伊丽莎白女王的狂热崇拜者,他必然在作品中不遗余力地歌颂他心目中伟大的童贞女王。例如在《仙后》(*The Fairy Queen*)中,青年王子亚瑟梦见一位仙后,醒来就上路寻找,最后寻找到"光荣女王",即伊丽莎白女王的化身。伊丽莎白是骑士精神的源泉,是"美德与贞洁之花",是"正大光明的女皇",是"仙国最伟大的光荣王后"。在称赞君王方面,斯宾塞以维吉尔为自己的典范,他的《仙后》第一章与维吉尔《埃涅阿斯纪》开篇的战斗性诗行相呼应,同时继承了维吉尔在第四首牧歌中确立的歌颂君王的传统,不遗余力地表达他对新世纪重新运行的渴望。在伊丽莎白执政之前的几年里,寒冬萧瑟,收成少得可怜,食品价格飞涨,大路上的流浪汉成群结队,瘟疫卷土重来。托马斯·斯密斯(Thomas Smith)曾评论玛丽女王统治下的社会:"我从没有看见英格兰缺钱、缺人、缺有钱人……什么都没有了,只剩罚款、绞刑、大卸八块、火刑、征税、乞讨,还弄丢了海外堡垒。只那么几个祭祀,竖起六英尺高的十字架,就把持了一切,以为万事大吉。"[①] 而当象征王权的戒指交到伊丽莎白手上时,人们期盼橡树下的黄金女孩开启全民族的伟大时代。人们的期盼也确实变成了现实,在伊丽莎白统治时期,英国建立统一的民族国家,工商业的发展、海上霸主地位的确立使英国社会呈现一片繁荣富强的画面。一些历史学家、作家满怀自豪地描述这段辉煌岁月:"不列颠地处温带,土地丰腴,空气清新。气候温润宜人,由于常年和风吹拂,带走了暑热,夏无酷暑……冬无严寒。""林中无猛兽,地上没有咝咝吐芯的毒蛇。相反,物产丰富,畜群驯良,盛产鲜乳。"[②] 诗人们对社会生活充满热诚,相信人文主义理想能够实现,使这时期的创作充满愉悦乐观的浪漫色彩,不遗余力地在创作中描述

---

① [英]西蒙·沙玛:《英国史Ⅰ》,彭灵译,中信出版社2018年版,第281页。
② [英]西蒙·沙玛:《英国史Ⅰ》,彭灵译,中信出版社2018年版,第1页。

第四章 牧歌的多元化与繁荣发展

完美的风景、高尚的品德、纯真的爱情、贤明的君主,宣扬人文主义个性解放、爱情自由、友谊为重等生活理想。正是在这种时代氛围中,斯宾塞在这首诗里赞美童贞、美丽、荣耀的女王。他擅长用各种美的植物和女神来赞颂,例如在第四首诗歌中,斯宾塞用希腊神话中的美惠三女神来象征宇宙或国家的和谐,她们围着女王欢歌起舞。而女王是"第四位女神",在"战火熄灭没有倾轧与纷争"的时代,让橄榄成为和平安宁的象征,以此歌颂伊丽莎白女王统一国家、治理国家、使国家繁荣昌盛的伟大功绩。

斯宾塞本人的经历也与伊丽莎白政权有密切联系,"他在英格兰驻爱尔兰军队效力,给女王的代表格雷勋爵担任秘书,并获得科克郡的基尔科曼堡作为奖赏"①。他在基尔科曼堡定居下来,衣食无忧,开始专心从事文学创作,并于1579年发表包含12首牧歌的《牧人月历》,获得巨大成功,此后开始了寓言传奇史诗《仙后》的创作。1589年,诗人从定居之地来到英国伦敦,出版了头三卷《仙后》,原本希望通过自己的诗作在宫廷谋得一官半职,但这一想法始终未能如愿。斯宾塞心有不甘地返回定居地基尔科曼,在这个"流放之地"完成了寓言式牧歌《科林·克劳特回家记》(*Colin Clouts Come Home Again*, 1595),并把它献给了一名爵士。尽管这首诗歌颂的仍然是伊丽莎白女王,称赞伟大的"牧羊女,那高尚的辛西娅",仰慕辛西娅的美貌、权力、宽容和神性,但这首诗也抨击了宫廷里的嫉妒和阴谋。当有人问科林为什么要离开这样一个由完人统治的宫廷时,科林被迫承认他在伦敦目睹了许多罪行,认为那里人人都用敌意和斗争排挤别人以抬高自己,人人都用骗人的智谋、卑鄙的谎言去诽谤那些深受崇敬的名字。这显示出年事已高的伊丽莎白女王的宫廷带给斯宾塞的不安。

斯宾塞的《牧人月历》同古典牧歌一样,描绘淳朴和谐的乡村生

---

① [加]朱利安·帕特里克主编:《501位文学大师》,杨帆译,中央编译出版社2015年版,第50页。

西方牧歌发展的历史钩沉

活,赞美人与自然的契合,出现神人共处、赞颂恩主等传统牧歌内容,以致有学者认为《牧人月历》的"巨大影响更多地在于其对传统的继承而非创新"①。但斯宾塞牧歌的显著成就在于其将古典牧歌转向本土化写作,呈现英国文艺复兴时期独特的时代背景、文化氛围、情感倾向等风貌。体现在具体的创作中,斯宾塞描述了英国独具特色的植物、动物等自然风景,以及宗教矛盾、穷人问题、伊丽莎白统治等社会境遇。最为重要的是,斯宾塞将牧人与月历结合起来,时间元素的运用使牧歌具有了形式上的复杂和内容上的深邃内涵。

在维吉尔牧歌里,10 首诗歌独立成篇,即使会多次出现梅利伯或提屠鲁这样虚构的牧人名字,但所指的不一定是同一个人。在推测这 10 首诗歌的创作顺序时,人们根据诗歌本身涉及的事件和诗歌艺术风格的变化认为,维吉尔的第二、三首牧歌最早创作,最能体现古希腊牧歌的基本特点,第一、五、七、八、九首牧歌包含对社会生活的回想,第四、六、十首牧歌则各具独立的特点。可以看出,文艺复兴时期推崇的维吉尔牧歌并没有形成严格的体系,作品之间并无紧密的联系。然而,斯宾塞却试图将自己广泛的知识和梦想用 12 个月历这一相对稳定的形式统一起来。在这种时间框架中,12 首牧歌与一年的 12 个月相对应,进而使人生与宇宙的节奏密切联系,人生的进程与一年四季的进程相应。

这种运用四季来反映人生的牧歌框架并非取自维吉尔,而是取材于古罗马奥维德的《变形记》。奥维德在这部作品中记述了"毕达哥拉斯的演说",生动地描绘了人生四个时期与一年的四季相对应。其中,春天是新生,绿草新芽,充满希望,就像婴孩。随后百花盛开,转入夏季,万物日渐结实,犹如强壮的青年。秋天到来,青春的红润逐渐消失,额角上露出华发。最后是残冬老年,步履蹒跚。乔叟在《坎特伯雷故事集》中采用太阳穿过黄道十二宫的运行情况来表示季节和月份,莎士比亚也曾用夏日来比喻永恒青春,用残冬比喻人生暮

---

① Helen Cooper, *Pastoral*: *Medieval into Renaissance*, Ipswich: D. S. Brewer, 1977, p. 115.

年。在斯宾塞笔下,《牧人月历》以诗意的创造匠心独运地把每个月份的牧歌与黄道十二宫一一对应。一月是宝瓶宫,二月是双鱼宫,三月是白羊宫,四月是金牛宫,五月是双子宫,六月是巨蟹宫,七月是狮子宫,八月是室女宫,九月是天秤宫,十月是天蝎宫,十一月是人马宫,十二月是摩羯宫,每一宫的特征有所不同,因而每一首牧歌所呈现的内容相应地有所改变。例如一月是宝瓶宫,节气是大寒。与此相对应,在第一首牧歌《一月》中,主人公身处隆冬、冰冻、凛冽的寒风中,树木光秃秃,枝头挂着冰柱,羊儿虚弱,毛发分叉又蓬乱,而"我"好像年事已高、老态龙钟,虚弱、枯瘦、痛苦,因为"我"失去了爱情。将一月冷酷的严寒与生命中爱情的苦难相呼应,有助于读者更加真切地体味牧羊人科林那忧伤的感情。纵然一年中有严寒冬日的冷寂,但也有春暖花开的欢乐,斯宾塞的牧歌中有生命苦难的挣扎,也有青春的纯真,以及对传统牧羊人生存乐园的追求。再如六月是巨蟹宫,是夏天开始的第一个星座,在骄阳似火的夏日里,巨蟹座拥有安全感以及丰富的想象力与创造力。与此相对应的是第六首牧歌《六月》始终呈现了牧人赫宾诺尔安全、快乐、悠闲的乐园生活。而十一月是人马宫,也称为射手座,这位射手是半人马族的智者喀戎,喀戎的弓箭能置人于死地,代表自然界中的死亡。与此相对应,第十一首牧歌《十一月》是一首描述死亡的挽歌,以人马的弓箭增强挽歌的哀婉情调。12首牧歌与一年中的12个月相对应,每首牧歌既有季节气候的差异,又有人类极为不同的活动,所有牧歌整体上展现出上帝创造的多元性和完满性,又展现出人类生活的丰富性和复杂性。

从一月到十二月,从第一首诗歌到第十二首诗歌,斯宾塞的每一首诗直接以月份作为题名。同时,作者安排主人公科林出现在第一、六、十二这三首诗歌中,支撑起整部作品的开篇、中间和结尾部分。这就以一年月份的变化来呈现科林对爱情、社会、理想、死亡等宏大问题的思考。文艺复兴时期的诗人信奉并模仿宇宙图景,认为人的生活习惯呈现出数学式的规则体系,因此人们可以把一切安排成井然有序、包罗万象的宇宙。这一时期的诗人具有广博的胸怀,也因此诗歌

■ 西方牧歌发展的历史钩沉

不再局限于一地一景，而是描绘从尘世到天堂的世间万物。宇宙图景也呈现在斯宾塞的作品中，例如有学者指出《牧人月历》是一个小宇宙，而其中"每一首牧歌本身也是一个小宇宙"[①]。海伦·夏尔在《斯宾塞导读》中曾以牧歌《四月》为例，认为每首牧歌都与其他牧歌相联系，这是一个完整的小宇宙，而《四月》本身也是一个小宇宙，它也就成为"小宇宙中的小宇宙"[②]。夏尔分析第四首牧歌，认为在王后的四周由里向外共有三圈。第一圈以五朔节王后作为中心，她出身王族，有美惠三女神守护，季节是春天，这是牧歌的外在形式。第二圈以花为主旨，由王族扩展至红白玫瑰纹章之花，玫瑰象征女王。第三圈将阿卡迪亚与伊甸园结合，表明牧歌的意义。每一圈所描绘的事物之间相互联系，三圈之间又相互联系，从而形成一个错综复杂的网络。这种数字的运用还呈现在斯宾塞的其他作品里，例如其《爱情小诗》描述诗人从第四首中的元旦开始，经过第二十二首的四旬斋、第六十六首的岁暮、第六十二首翌年的元旦、第六十八首的复活节以及以后长达一年多的时间里向一个年轻女子的求爱过程。一年的终结意味着新的开始，在直线时间和循环时间中，表达时间的短暂与永恒。而在这首《牧人月历》中，时间在科林身上流逝，他在第一首诗歌中把自己的生命比作一年四季。他的"新春"曾经开出花朵，新鲜娇嫩，没有爱的"蠢行"，接着是水仙装饰的"骄傲的夏日"，自己遭遇火热的爱情，随着彗星引起的酷热和过度的干燥而消瘦下去，一直到最后出现"冬天的风暴"。正如雪莱写下的名句"冬天来了，春天还会远吗"，在人类生活的常态中，12个月统一在一年的时间内，冬去春来，年复一年，循环不止。因此，主人公科林在"冬天的风暴"之后，是否又将迎来新春的花朵，这是斯宾塞在作品里潜藏的问题。

科林有情有爱，心思敏感细腻，他哀悼黛朵之死，又认为她与诸神生活在至福天国。就在这"悲伤凄凉之中又有欢乐"间，科林不经

---

① 胡家峦：《历史的星空：文艺复兴时期英国诗歌与西方传统宇宙论》，北京大学出版社2018年版，第231页。

② Helena Shire, *A Preface to Spenser*, London and New York: Longman, 1978, p.136.

意发出了重要的疑问:"谁会是下一个?"(whose turne shall be the next?)如何面对死亡,这是斯宾塞借科林之口所要探讨的重要问题。死亡始终被认为是哲学思考的起点。苏格拉底曾以亵渎神明的罪名被判处死刑,但他关注永恒的事物胜过于关注暂时的事物,因此获得永生,在人类文明史上留下美名。为此,一些爱智慧的人追求永恒不朽。叔本华就指出,人类因为是理性的动物才意识到死亡的必然性,因而产生出对死的恐惧和思考。人类正因为意识到生命的有限,才可能去思考如何在有限的生命之年去追求和创造无限,亦即在必然之中寻求自由,这是迄今为止人类智慧所要解决的永恒课题。关于超越死亡,道家的信仰是循环,阴与阳、光与暗、生与死相互对立转化,并用一个"道"来总括宇宙间一切循环变易的现象。在道家看来,人生在世,不必积极追求于名利功业,不必操心种族的繁衍,只要顺应大自然的循环变化,加入宇宙之道的运行秩序之中,也就无所谓生与死的区别,更无须被死亡的焦虑所困扰。而如何面对死亡,如何在有限的人生中走向欢乐,斯宾塞在这部作品中做出思考。斯宾塞首先塑造赫宾诺尔这一简朴、乐观、美好的牧人形象。虽然斯宾塞并不像拉伯雷那样振奋人心,但他的理念也是基于人与自然的和谐。他通过赫宾诺尔告诉我们,心性朴实比真知灼见更有益于世道人心,幸福是可能的,不必沮丧,以平实的方式感受自然的美和人与人之间的爱,便能收获人生的达观与喜悦。斯宾塞通过赫宾诺尔描述美好的牧人王国,这也代表诗人对黄金时代的渴望。这种渴望也出现在《仙后》第五卷中,在该卷的序诗中,斯宾塞提到在萨图恩统治下的黄金时代。在古老的萨图恩统治时期,世界上处处充满善,大家都热爱美德,人间没有暴力、担忧、欺骗和战争。人和兽和平相处,大地自动生产万物,人人崇敬的正义女神对所有人实行令人敬畏的指令。到了黑铁时代,正义女神逃离人世。随后斯宾塞将远古的时代与当下时代做出对比,讽刺王公贵族的骄奢淫逸。但是,斯宾塞描述了正义骑士奉仙后之名去推翻暴君,以恢复贞洁女王的统治。这表明斯宾塞仍然渴望人类能够淡化"邪恶的仇恨和极度的傲慢",回归到"简朴的真理和无瑕的贞洁"

西方牧歌发展的历史钩沉

中。因此,人性的美好、黄金时代的渴望依然是《牧人月历》带给人们的心灵享受。

更为重要的是,斯宾塞塑造了科林这一核心人物,探讨了他从忧郁走向快乐的过程以及对超越死亡、追求永恒的思考。有学者认为,斯宾塞将时间引入牧歌创作,更接近生活的常态,而人在时间中终会死亡,这使得时间成为"支配生命的具有毁灭性力量的现实准则"[①]。在斯宾塞的牧歌里,一年四季气候变化,人的境遇也各有不同,有人与自然和谐相处的欢乐,也有纷繁世事带来的忧愁。通过一年四季的自然变化反映了斯宾塞对人生和社会复杂状态的认识。斯宾塞更将自己对人性的好奇融入科林这一人物形象中。科林曾是都铎王朝早期最著名、最资深的诗人约翰·斯克尔顿(John Skelton,约 1460—1529)撰写的《科林·克劳特》(*Collyn Clout*,约 1522)中的人物。在这首叙事诗中,科林是一位不谙世事的穷人,说话粗俗、生动、俗套。但他绝非没有学问,常常激进地攻击教士的劣迹、罪恶和学问。而在斯宾塞笔下,这一年轻的牧人并非英雄,而是一个意识到人的智力有所局限但又奋力突破的平凡人物。在最后一首牧歌《十二月》中,文雅的牧人科林独自坐在树荫下,他的歌唱技艺很精湛,有提屠鲁的风范,他表示自己的青春也曾像烂漫春天。现在他相信自己对歌唱吟诗很有造诣,如果以正直的赫宾诺尔为裁判,自己不会输给牧神潘的笛子,如果水泽仙女追随潘,那明智的缪斯女神会追随科林。主人公科林有过爱情的忧伤、对死亡的哀悼等种种人生际遇,但是最后,他以乐观自信的情绪表现自己的歌唱技艺。斯宾塞被称为英国历史上第一位专职从事诗歌创作的诗人,这不仅体现了作者追求诗歌梦想并最终摘取英国历史上第一个桂冠诗人称号的写照,更是对人生中的忧愁与欢喜、光与暗、生与死等相互对立转化的诗意表达。这与道家循环的生命观相契合,即人生就是要顺应自然的循环变化,加入宇宙之道的运行秩

---

① Nancy Lindheim, *The Virgilian Pastoral Tradition*: *From the Renaissance to the Modern Era*, Pittsburgh: Duquesne University Press, 2005, p.138.

序之中。永恒轮回在古代东方、古希腊自然哲学家思想中都已存在，尼采一再强调永恒轮回是"最深邃的思想"，是"最棘手的思想"。斯宾塞在《牧人月历》中以按照月份进行的直线运动和按照年复一年的循环运动作为宇宙的象征，以四季循环的诗意模式表明，死并非生命的永远完结，而是年复一年地融入循环模式，一年的结束又是另一年的开始，从而获得再生或者永生。

斯宾塞对牧歌的安排遵循日月和季节的时序，这种手法肯定了从时间中获得救赎的可能性。在这种永恒轮回中，斯宾塞强调道德的力量，认为牧歌面对"文雅读者"，具有教谕的价值。正如在《仙后》中，斯宾塞继承中世纪的传奇和寓言手法，描述仙国骑士的冒险活动，"塑造一位道德高尚、秉性温和的绅士或贵人"，这首诗献给"世上最杰出、最光辉的人"，即伊丽莎白女王。在这首长诗中，主人公亚瑟不再是垂暮之年的老国王，而是一位青年英雄，他的智力超过其他武士，而每一卷写一个骑士的功绩，每一个骑士身上呈现神圣、善良、正直、仁爱、忠诚、克制等最高道德品质，这首诗旨在用美德和善行来锻造高贵和纯洁的人。骑士们作为一个整体更像是伊丽莎白的朝臣，代表英国或英国国教，而他们所遇到的种种邪恶人物、困难和危险则代表伊丽莎白的权势威胁者或罗马天主教会。维吉尔从《牧歌》转向《埃涅阿斯纪》，斯宾塞也一样，从第一部《牧人月历》走向《仙后》，从描写青年牧人转移到歌颂民族英雄。有研究者认为："人文主义者针对世界末日论，强调人的辉煌的未来；针对人的渺小与有罪论，强调人的伟大与业绩；不重来世，而重今生；认为人诚然是不完美的，但可以努力向完美靠拢。"[①] 具体体现在科林这一人物形象中，他青春、热情、敏感，有不完美之处，但是他在时间的流淌中思考爱情和死亡、批判教会、歌颂君王，选择了与牧人赫宾诺尔不同的人生道路，那就是直面不完美的人生和世界，在现实中探寻人生的意义。席勒曾指出，牧歌不应该引领我们回到童年去获得精神力量沉睡时的一霎间

[①] 王佐良、何其莘：《英国文艺复兴时期文学史》，外语教学与研究出版社2018年版，第10页。

西方牧歌发展的历史钩沉

宁静，而应该透过纷繁复杂的现象直抵所审视事物的本质，遏制现实生活当中的混乱，引领沉溺于世俗痛苦中的众人以高贵的理智去享受灵魂安息的和谐与幸福。与此相契合的是，斯宾塞的《牧人月历》并没有一味地停留在痛苦中，更没有一厢情愿地书写乐园的幸福。在世俗人生中，如果不能当赫宾诺尔这样的牧夫野老，在神人共处、平静优美的牧人乐园中收获快乐，也能像科林这样，寄情于"唱歌吟诗"，从此"敢与任何牧羊青年比试"。从某种程度上可以说，《牧人月历》是关于科林·克劳特的成长寓言。主人公从爱情的伤痛、时代的纷杂、死亡的哀悼等社会万象中反思自我，从青春走向成熟，这一生命历程告诉我们，即使人身处文明社会熙攘热闹的生活中，通过思想、艺术、社会教养等知性思考，人同样能超越现实，收获纯洁心情和美好人生。就像维吉尔以垂落的影子结束他的第一首牧歌，一切矛盾对抗都在这一质朴意象中得到虚拟的解决，斯宾塞以"更明智的缪斯会把科林追随"（The wiser Muses after Colinranne）作为这部叙事长诗的结尾，牧人科林的种种失意也将成为过去，在缪斯的追随中将有新的开始。斯宾塞在这部诗歌里并没有塑造抽象的理想人，也不曾构思处世之道的蓝图，但通过主人公科林·克劳特的人生轨迹和月历循环来探测人、叙写人生，进而引领读者感悟生死，这是斯宾塞赋予牧歌的哲理智慧。

可以说，埃德蒙·斯宾塞匿名发表的《牧人月历》成为对几个世纪以来牧歌发展的总结和扩充。关于这部作品的风格，周作人指出："Spenser 对于人生，虽怀 Puritan 之意见，然亦受 Platon 思想与意大利文艺影响，故其思严肃而其文富美也。"[1] 思严肃、文富美这六个字极好地概括了这部作品的特点。萨莫瓦约在《互文性研究》中提到"诗应该由众人写成"[2]，斯宾塞的《牧人月历》即是由众人写成又有独特创新的作品。在内容上，斯宾塞博学多识，将人文主义对生活的热爱、新柏拉图主义的神秘思想、清教徒的伦理道德等思想以及伊丽莎白时

---

[1] 周作人：《欧洲文学史》，钟叔河编订，岳麓书社2019年版，第159页。
[2] ［法］蒂费纳·萨莫瓦约：《互文性研究》，邵炜译，天津人民出版社2002年版，第70页。

代丰富、鲜活、多样的时代境况融入作品中，表达对爱情、死亡、宗教、政治、人生轮回等问题的思考，是牧歌向着深邃方向发展的代表作。在形式上，斯宾塞学习古人并能取其精华，运用对话对歌、寓言故事、历史追溯、象征、反讽、类比等修辞手法，尤其将人的一生与月历的四季结合起来，改变以往牧歌留下的简单质朴的印象，创造出丰富多彩的牧歌样式。这不仅表现出诗人的天才，也以其晦涩难解为读者留下许多可供探讨的意蕴空间。

总体看来，中世纪以及文艺复兴时期具有丰富的世情时序，桑纳扎罗、锡德尼、莎士比亚、斯宾塞等作家也具有独特的个性才情，这使得维吉尔确立的古典牧歌传统迎来多元化的繁荣发展局面。中世纪文学继承古希腊罗马文学的遗产，这一时期的学者们重在解读维吉尔第四首牧歌中的婴儿意象，赋予婴儿诞生带来的黄金时代以宗教寓意解读，使牧歌成为教会文学中的一部分。同时，随着中世纪方言文学的兴起，牧歌成为骑士文学中的重要类型，并在牧女恋歌和牧羊曲等形式中呈现底层牧民的真实生活。而在洋洋大观的文艺复兴时期，人们具有强烈的求知欲、勇敢的冒险精神以及实验新思想、新形式的开拓进取心。在这个时代里，到处都是生机勃勃，"它标志一个新时代的产生，是光明对黑暗的胜利，是从新世界曙光中出现的脱离旧世界的跳跃"[1]。在这个由人创造历史的新世纪，歌颂时代和君王以及探索人的奥秘成为文艺复兴时期牧歌的主要目的。这时期的英国诗人们憧憬古典作品中的阿卡迪亚世界和黄金时代理想，借助牧歌这一形式表现对和谐政治社会和个人完美品德的追求，创作出符合人文主义理想的乐园图景，或者转变为宗教上对伊甸园的渴望，以及对海外探索新大陆的美好想象。这一时期的牧歌极富生机与活力，诗人们将古典文化与时代精神统统融入牧歌框架中，用来表现宽阔的襟怀和宏大的世界，成就了牧歌发展史上无与伦比的灿烂景象。

---

[1] [意]欧金尼奥·加林：《中世纪与文艺复兴》，李玉成、李进译，商务印书馆2016年版，第200页。

第五章　古典牧歌的式微与现实回响

　　传统意义上的牧歌在黑暗时代存活下来，直至在文艺复兴时期成为一股强大的彰显人们活力、情感和思想的浪潮，并在17—18世纪的君权时代出现转型。在这一时期的文学舞台上，牧歌硕果结出最多的仍然是英国。自1603年伊丽莎白一世去世后，英国社会动荡不安。女王的继任者詹姆士一世恢复贵族和天主教会的特权，宗教模棱两可的政策给王朝统治带来隐患，宫廷挥霍浪费，官吏贪污成风，资产阶级、新贵族同王室之间的斗争开始公开化，大规模的农民起义开始爆发。1640年至1688年爆发了披着宗教外衣的英国资产阶级革命，1688年以后，英国政府大量制定立法公开支持圈地，出现更大规模的用暴力抢夺农民土地的圈地运动。赞美乡村是牧歌的主旨，但理想与现实的张力却一直存在，正如研究者指出的，"牧歌传统主要是神话、理想与现实之间关系不断变化的产物"[①]。那么在新的时代境遇中牧歌何去何从，是符合文艺复兴时期的文人雅趣，还是贴近古典牧歌中的世俗人情，是表现对现实的不满，还是想象中的理想境界？这是牧歌发展在转型时期所需要面临的论争。

---

① John Barrell and John Bull eds., *The Penguin Book of English Pastoral Verse*, London: Allen Lane, 1974, p. 8.

第五章　古典牧歌的式微与现实回响

第一节　庄园赞颂与花园沉思

牧歌总是与乡村地域相连，表现出乡村之美。《大不列颠历史》（*History of Great Britaine*）的作者约翰·斯比德（John Speed）曾站在沃里克郡（Warwickshire）的一个山脊上领略乡村之美。他满怀诗意地写道："农人微笑地瞧着他的艰苦劳作，草场绿茵一片，花儿点缀其上，从艾奇希尔（Edgehill）小山上看去，仿佛这里就是伊甸园。"[1] 斯比德于1629年去世，当时欧洲正爆发大规模的宗教战争，英国国王查理一世也面临混乱的宗教冲突。然而在斗争的大时代里，以贵族文人为代表的精英知识分子基于个性选择，依然将牧歌作为退隐的方式，使阿卡迪亚风景、黄金时代理想等传统牧歌要素成为17世纪英国文学的重要组成部分。

随着贵族们在乡村建造奢侈庄园，描绘庄园、赞颂恩主的乡村牧歌呈现短暂的繁荣。诗人们将幻想的阿卡迪亚区域转向具象的乡村庄园，并以此为背景，表达对黄金时代这一理想的渴望。例如精通古典文学、倾心拉丁诗篇的英国剧作家、学者、天才诗人本·琼森（Ben Jonson，1572—1637）以优美的笔调创作理想的人物和完美的庄园。在贵族统治和贵族文化氛围里，琼森为了迎合贵族追求和赞助，也必然会歌功颂德。例如在1620年，琼森的假面剧《来自月球新大陆的消息》（*News from the New World Discovered in the Moon*）在詹姆斯一世御前上演，月球来客从天国飘然而下，用一种奇幻形式体现了王政美德和国王治下的升平景象，歌颂了国王的伟大，这种在宫廷恩主面前上演的假面剧被认为是"最高级别的复杂政治宣言"[2]。除歌颂国王之外，琼森也歌颂其他贵族，例如《森林集》（*The Forrest*，1616）献给罗伯特·罗斯公爵，该诗描写罗斯公爵享受熟睡的乐趣，倾听牝鹿大

---

[1]　[英]西蒙·沙玛：《英国史Ⅱ》，彭灵译，中信出版社2018年版，第3页。
[2]　[英]安德鲁·桑德斯：《牛津简明英国文学史》，人民文学出版社2000年版，第295页。

■ 西方牧歌发展的历史钩沉

声说话,在四季更迭中自得其乐,在宫廷的恶习和娱乐中洁身自好,别具一格地享受乡村生活带来的喜悦。琼森曾在《致本杰明·拉迪亚德》("To Benjamin Rudyard")中称赞他的友人拉迪亚德的美德,认为在他身上可以看到黄金时代的映像,以及美德和神圣友谊的存在。在《致罗伯特·罗斯公爵》("To Sir Robert Worth")中,琼森借用牧神、森林之神、宴饮之神、农神、缪斯等渲染罗斯公爵庄园的气氛,如同萨图恩统治时期那般音乐动听、欢乐无比,人人没有高低贵贱之分。

对美德与庄园的赞颂集中体现在《致潘舍斯特》("To Penshurst",1616)这首诗篇里。琼森曾在锡德尼爵士的出生地肯特郡的潘舍斯特庄园短暂居住,出于所见所感以及对恩主慷慨的回馈,诗人以热情洋溢的语言赞美了牧歌式的乡村生活。关于英国庄园,美国作家爱默生(Ralph Waldo Emerson,1803—1882)曾在著作中描述他两次去英国的见闻,客观记录他对英国庄园的游览印象。爱默生提及英国贵族喜欢住在乡下,"英国的贵族不是用自己的姓名给地方命名,而是用地方的名字称呼自己,仿佛人就代表养育他的家乡似的。他们戴着生养他们的土地的标志,暗示纽带仍未切断"[1]。爱默生认为英国平民的希望和贵族的利益方向一致,即谁发财致富都要买地,竭尽全力增强他进入贵族阶层的希望。贵族在乡下的庄园十分安全,规模给人的印象更为深刻,爱默生举例说"布雷多尔本侯爵骑马走出宅邸,直走一百英里到了海边,一路都是他的田产"[2]。爱默生还提及"雄伟古老的庄园遍布英国上下,它们都是它们古老的领主的慷慨好客的哑证人"[3]。琼森在《致潘舍斯特》中颂扬的就是这种雄伟庄园和好客领主。诗人首先从外部庄园写起,描绘周围的自然美景。在诗人笔下,

---

[1] [美]拉尔夫·爱默生:《爱默生集》,赵一凡等译,生活·读书·新知三联书店1993年版,第952页。
[2] [美]拉尔夫·爱默生:《爱默生集》,赵一凡等译,生活·读书·新知三联书店1993年版,第954页。
[3] [美]拉尔夫·爱默生:《爱默生集》,赵一凡等译,生活·读书·新知三联书店1993年版,第958页。

第五章 古典牧歌的式微与现实回响

黄金时代呈现在有形的风景中，塑造了以现实农耕生活为背景的庄园大厅。这里没有大理石，没有一排磨光圆柱或是黄金屋顶，也没有琼楼顶塔或者楼梯、庭院。与其他乡村宅邸相比，这里的围墙仅仅是用乡下石头修起，没有任何矫饰，也没有表现主人的炫耀。在赫西俄德、奥维德和维吉尔的黄金时代里，肥沃的土地自动出产吃不完的果实，土地提供一切美好的东西。在潘舍斯特，生活也是如此富足：

> 在低洼的田间，弯弯的河边，
> 放牧着羊群、牛群，
> 还有马匹放养在田野的中间。
> 每片浅滩都出产兔子，
> 每处高地都是茂密的森林。
> 在潘舍斯特庄园，
> 有斑点花纹的紫色野鸡
> 用来点缀你的餐桌，
> 长在每片田野里的斑斓松鸡
> 凭你意愿供你享用。
> 如果这些都还不够，
> 还有池塘里的鱼，
> 肥壮的鲤鱼跳进你的网里。①

托马斯·卡鲁（Thomas Carew）在《致萨克斯海姆》（"To Saxham"）中曾夸张地表现自然的慷慨。如写野鸡、山鹑和云雀自动飞进庄园，如同飞向了救命的诺亚方舟。猫头鹰、公牛、羔羊甚至野兽都欣然前来，在盘中沐浴，奉为献祭。长着鳞的鱼儿在盘中比在小溪中还要快乐，肥壮的鱼儿主动跳进渔夫的网里。卡鲁夸张地表达庄园主不需要劳力便能收获一切美好的东西，琼森同样如此，不吝言辞地赞

---

① Ben Jonson, *The Works of Ben Jonson*, Boston: Phillips, Sampson, and Co., 1853, p. 801.

西方牧歌发展的历史钩沉

美潘舍斯特拥有自然的慷慨。庄园里十分富足，有羊群、牛群、马群，有兔子、野鸡、松鸡，还有鲤鱼、梭鱼、鳗鱼，一切生物都似乎争先恐后地供主人享用。此外，果园里结着累累硕果，花园里到处是新鲜的花朵，有早熟的樱桃、晚熟的李子以及时令的无花果、葡萄和番荔枝，还有红红的杏、毛茸茸的桃挂在墙上，每个孩子都摘得到。这里土地肥沃、物产丰富，处处井井有条、欣欣向荣，人们不用辛苦劳作，自然界出产的物品任凭主人挑选，永远享用不尽。这种黄金时代的乡村富足感也呈现在理查德·范肖（Richard Fanshawe，1608—1666）的《黄金时代》("The Golden Age")里。在这个幸福的时代里，羊群自己生养幼崽，没有利剑、毒药、阴暗邪恶的思想，没有战争、浮华、骄狂、谄媚、暴君和虚荣的偶像，到处是嬉戏和歌唱，仙女和牧童点燃火焰，享有纯洁的爱情。这里的人们都会诚实劳动，懂得"只有来自品德的东西才是幸福欢乐"[①]。诗人将黄金时代作为古老的荣耀，并期待就像落日会再次升起一样，黄金时代的光辉会重新到来。无论是卡鲁对富足的宣扬，还是范肖对黄金时代的渴望，都表达了诗人在物质层面对理想的憧憬，这种憧憬也是琼森所要表达的。然而，琼森笔下的黄金时代更呈现在无形的精神风景中。诗人们歌颂庄园，把这里看作宗法社会的活动中心，其重点在于歌颂庄园的主人。正如艾米利亚·兰耶（Aemilia Lanyer）在《库克姆剪影》("The Description of Cookhan")中将恩主伯爵夫人的库克姆庄园描述成女学者的天堂，旨在赞颂伯爵夫人的魅力，琼森同样称赞朴素并不奢华的庄园，确认古老的黄金之名在于道德的教诲，借助对庄园的描述来夸赞庄园主人的高贵品德。诗人重点写庄园里的人，无论是庄园主还是其子女的道德都优于世俗社会，并能抵制外部世界的诱惑。女主人高贵、丰盈又贞洁，她的儿女们温文尔雅、善良高尚又虔诚纯真，他们热情地对待客人，使这个庄园成为人人平等、和谐、亲密的乐园。无论贫富贵贱，

---

① John Hollander and Frank Kermode eds., *The Literature of Renaissance England*, New York: Oxford University Press, 1973, p.609.

第五章 古典牧歌的式微与现实回响

人们来这里不是为了说事或者求情,而是为了向主人们致敬。来的人会欣然带着自制的乡村蛋糕、一些坚果、苹果或是奶酪,女主人则殷勤准备炉火、灯光、衣服等,好像她预料到会有这样一位客人到来。

这里万物和谐,充满人情味,与浮华奢靡的庄园相比,潘舍斯特赢得人们的尊敬。在诗歌结尾处,诗人写道:

> 如今,潘舍斯特,
> 将你同其他雄伟建筑相比,
> 人们会看到那些傲慢、炫耀的建筑物,
> 此外,别无他物。人们会说,
> 主人修建了它们,而你的主人在此居住。[①]

琼森于1616年被封为"桂冠诗人",曾经深受宫廷宠幸,但终至失宠,于65岁时死于贫困。作为名重一时的剧作家、诗人,他创作牧歌,则是以他者身份站在远离农牧民生活的高处,以自信的笔调描写自然的慷慨和庄园里的和平、富足和欢欣。为逢迎宫廷贵族的趣味,琼森将复杂、矛盾的社会现象归结为消除等级、调和差别的淳朴生活,这虽不具真实性,却也能增添文学趣味,使读者获得美感。然而,琼森描述的是所处时代的当下,并以"我"在潘舍斯特的居住经历为证,写庄园以外田野里物产的丰富、庄园本身的朴实以及庄园主人们的善良高尚,这种当下性的高度颂扬却容易招来质疑。例如,成片的羊群、牛群、马群由谁来饲养,紫色野鸡、斑斓松鸡、肥壮鲤鱼由谁来捕获,谁负责为主人装点丰盛的餐桌,带着乡村蛋糕、坚果或苹果来向主人们致敬的人是否拥有自己的田产?一切现实经不起推问,因为大地不会自动生产一切美好的东西,高贵的庄园主也不会亲自参加喂养牛羊、种植果树等辛苦劳作。琼森历数了庄园的富庶、食物的丰盛、筵席的豪华、主人的慷慨等,以牧歌的形式描述庄园的淳朴与美

[①] Ben Jonson, *The Works of Ben Jonson*, Boston: Phillips, Sampson, and Co., 1853, p. 802.

西方牧歌发展的历史钩沉

好、赞扬庄园主的品德,却忽略了劳工关系以及其他乡村真相。雷蒙·威廉斯曾指出,很多人喜欢运用维吉尔的牧歌形式歌颂纯朴,但是在英国新古典作家笔下,牧歌已经变成极其造作的形式,一切纯朴不过是外在的、抽象的,即使有优美的外在风景,这已经不是牧羊人眼中的风景。威廉斯据此认为:

> 牧歌曾经拥有明确的内涵,但是在历史进程中经历了不同寻常的变化。它最严肃的成分是重新热切关注自然美。而这时的自然是观察到的自然,是科学家或者旅行者眼中的自然,而不是乡村劳动者眼中的自然。因此,原有事物可能被分离出去,整个牧歌传统以各种不同方式强烈地流动着,经历几个世纪仍然可以看出其中延续着的主旋律,牧歌严格地说已经停留在理论上和浪漫主义意义上。从薄伽丘到桑纳扎罗的《阿卡迪亚》,罗曼司是一种新的形式,其中牧歌的描写已进入一个本质上不同的世界,那里有着理想化的浪漫爱情,唱情歌的牧羊人不过名义上是牧羊人罢了,在这个时代,牧歌中的牧羊人和仙女不过是贵族享乐的摆设。①

威廉斯指出,尽管古典牧歌在历史进程中发生了变化,但对自然美的关注一直持续,只不过这已是他者眼中的自然,而不是劳动者眼中的自然。在维吉尔的古典牧歌中,优美的风景、欢乐的情绪来自牧羊人的所见、所听、所感,但是牧歌变得越来越浪漫化,生活经验的欢欣与损失、收获与劳作等对抗关系已经被剔除出去,只剩下精心挑选的意象,像是被涂了釉的彩瓶,浪漫的爱情和美好的牧人形象不过是贵族享乐中的摆设。威廉斯从社会政治关系角度指出,锡德尼是宫廷教师和侍从,是亨利八世的前管家,潘舍斯特的经济依靠是同宫廷

---

① Raymond Williams, *The Country and the City*, New York: Oxford University Press, 1973, p. 20.

保持亲密关系，而琼森的颂扬是对封建或贵族秩序的颂扬，《致潘舍斯特》这类牧歌的本质是"一种人们熟知的对贵族及其服务者的夸张修辞"[1]。的确，《致潘舍斯特》这样的庄园诗模糊了庄园主和佃农之间剥削与被剥削的关系，无法真正反映英国17世纪乡村的社会和经济现实，成为贵族、庄园主等品赏的游戏，与真实的乡村生活相去甚远。

牧歌已隐藏起痛苦，诗中不再有真相。但牧歌中静谧、纯真、富足的乡村幻象成为一种美的比喻，用来表现与城市生活的对立。例如亚伯拉罕·考利（Abraham Cowley，1618—1667）于1660年查理二世复辟后隐居英国乡间，在那里从事园艺工作，并撰写有关沉思生活美德的著作。他在《愿望》（"The Wish"）这首诗歌的开篇处就表明自己对城市的厌倦。诗人表明，自己永远不能妥协于这个嘈杂的世界、所有世俗享乐的花蜜以及肉食的油腻。他认为城市就像一座巨大的蜂箱，人们要忍受被蛰咬的剧痛，以及拥挤、嘈杂、嗡嗡声的煎熬。于是，诗人渴望生前有一个小小的房子和很大的花园，有很多朋友和书籍，还拥有一位美丽温柔的情人，彼此在爱与被爱中一心一意。考利在其《怨诉》（"The Complaint"）中更明确地表达他不会为世俗的欢乐之蜜而去忍受巨大的蜂窝般的城市，而是远离尘世，融入乡间生活：

  哦，泉水，你是否察觉
  是你舒缓了我不安的思绪？
  哦，田野！哦，树林！何时，何时我
  才能成为你们荫凉处的快乐佃农？
  这里就是快乐洪流的源头，
  这里有丰厚的自然资源，
  这里就是财富的所在

---

[1] Raymond Williams, *The Country and the City*, New York: Oxford University Press, 1973, p. 33.

西方牧歌发展的历史钩沉

> 她一直在创造并且奉献至永远。①

与所有黄金时代一样，考利笔下的乡村自然也源源不断地提供馈赠。这里没有傲慢或野心，没有牵强的隐喻，唯有软语甜声，这里有通向天堂的路。因此诗人表示自己愿意此生就待在这里，只是有一点担心，当别人看到自己此处的逍遥，会不会蜂拥而至，把这里变得像城市一样。考利在这首诗歌中将城市描述为拥挤、喧嚣的巨大蜂箱，而乡村有泉源、田野、树林和富足的宝藏，因此自己的愿望就是从城市到乡间，去过宁静、闲适、富足的佃农生活。这是考利个人的愿望，却具有普遍性，表达了人们逃离城市去乡间追求淳朴生活的幻想。当然，考利并非如提屠鲁甘于放牧羊群，也不像梅利伯那般期待未来欣赏自己王国里的小小收成。这位少年诗童经历过内战，于1644年投靠王后流亡巴黎的宫廷，在宫廷里找到了表现才华的方式和欣赏其才华的读者，这一"愿望"也更多的是世俗朝臣和保王党人渴望退隐时的一种优雅乐趣和乡村愿望。

牧歌表现人与环境之间的和谐状态，安德鲁·马维尔（Andrew Marvell，1621—1678）则将这种阿卡迪亚式环境变为有形的花园和无形的花园，使牧歌作为一种整体上的隐喻，表达诗人对现实的反思和对理想的探索。布鲁姆认为一些优秀批评家在关注诗歌本身的时候，"曾在马维尔的诗歌中发现了欧洲田园抒情诗的巅峰，这一传统始自忒奥克里托斯"②。布鲁姆指出，马维尔在高度个人化的视野中将牧歌的隐喻发展到极致，并重点阐述牧歌化的割草人达蒙传递的奥秘。

> 钢刃的边缘却意外
> 划过他自己的脚踝；
> 就这样在草中倒下了。

---

① A. R. Waller ed., *The Poems of Abraham Cowley*, Cambridge: Cambridge University Press, 1905, p. 88.

② [美]哈罗德·布鲁姆：《诗人与诗歌》，张屏瑾译，译林出版社2020年版，第36页。

用自己的镰刀，割草人被割：
"唉！"他说，"这些伤很轻，
比起那些因爱而死的人。
用点野荠菜，加上水苏，
我封好伤口，把血止住。
但朱莉安娜的眼睛造成的伤
却找不到疗救的药方。
这大概只有死亡才能医治：
死神啊，你也是一位割草师。"[1]

达蒙是马维尔四首"割草人组诗"中的主人公，以其内心独白的方式倾诉人造花园、单相思等，并在暮春、盛夏、早秋和初冬的时间流变中走向成熟。爱而不得的伤痛是牧歌所要表达的常见主题，当然也是达蒙的人生要素。马维尔将痴情而不幸的青年牧人变换成割草人达蒙，达蒙被牧羊女朱莉安娜灼热的光束刺痛，此时他割倒的凋枯青草如同他的希望。在爱情的伤痛面前，达蒙认为只有死亡才能医治伤痛，因为死亡也是一位割草师。马维尔在割草这一具体行为中融入关于死亡的抽象思考，布鲁姆更认为马维尔带有死亡的宿命观，达蒙恰似死亡的化身，是一种更丰富的先在生命的化身，"不同于独眼巨人或者维吉尔笔下的牧童，倒像柏拉图梦想中灾难性创世的堕落之前神性的人类"[2]。这为解读马维尔牧歌中的隐喻意义提供了启示。除此之外，马维尔的《花园》（"The Garden"）被认为颠覆传统牧歌并能做出形而上学思考的典型作品。写于1650年至1652年的《花园》描述了退隐花园、地上乐园、心灵花园、灵魂花园、伊甸园，将花园作为冥思的对象，描述他心目中美好、宁静、灵魂无上欢乐的理想境界。与诗人考利在开篇处批判世俗城市生活一样，马维尔在《花园》的开

---

[1] [美]哈罗德·布鲁姆：《诗人与诗歌》，张屏瑾译，译林出版社2020年版，第36页。
[2] [美]哈罗德·布鲁姆：《诗人与诗歌》，张屏瑾译，译林出版社2020年版，第38页。

西方牧歌发展的历史钩沉

篇也摒弃世俗，认为人们为了赢得名声而劳心劳力、陷入迷途，并指出城里的人群"粗鄙、不开化"。但是诗人却在忙忙碌碌中与神圣的草木相遇，于是爱上了这甜美的"幽独"。这里的花园如同提屠鲁所处的亭盖，亭盖之外有梅利伯流浪的忧伤、乡村的混乱以及更远处罗马城市的纷扰，提图鲁却在榉树的亭盖下高卧。花园也是如此，花园之外是世人满怀野心，争夺代表战功、政绩、诗歌的由棕榈、橡树、月桂制成的"胜利冠"，花园之内则是诗人追求退隐和宁静的"幽独"生活。这个甜美的现实花园里有美丽的绿色，绿色是大自然的颜色，自然之美比一切世俗之爱更为持久。诗人在这里过着美妙的生活：

> 我过的这种生活多美妙啊！
> 成熟的苹果在我头上落下；
> 一串串甜美的葡萄往我嘴上
> 挤出像美酒一般的琼浆；
> 仙桃，还有那美妙无比的玉桃
> 自动伸到我手里，无反掌之劳；
> 走路的时候，我被瓜绊了一跤，
> 我陷进鲜花，在青草上摔倒。①

在这种黄金时代式的乐园里，诗人无须劳作，果子自动落下，或送到他的嘴里，或伸到他的手里。马维尔的《花园》与以往描绘黄金时代的作品所不同的是，诗人并没有停留在无须劳作、大地出产一切等自然世界中，而是从感官的乐园追寻精神的乐园，从而进入更高的沉思状态。在诗人笔下，"把一切创造出来的，都化为虚妄，/变成绿茵中的一个绿色思想"，这里的"绿荫"象征现实的有形世界，而"绿色思想"代表精神领域的无形世界。从绿荫中可以

---

① 胡家峦编注：《英国名诗详注》，外语教学与研究出版社2017年版，第139页。

创造出绿色思想，将物质世界和精神世界结合，最终才能升入理想的"花园境界"，这也代表了马维尔对新生的热望和对重现伊甸园的喜悦。

从象征大自然的绿色升华为绿色思想，正如柏拉图从感官升入理念的美，把物质世界转化为非物质世界，这是一种灵魂的活动，是创造性沉思的结果。诗人进而描写自己在灵魂的花园里超越卑贱尘世，去沉思冥想那不朽的太空星际，并最终融入神圣的最高之光，感到天国之美的狂喜。到最后，诗人认为真正的乐园是人与大自然融合，在这个全新的和谐的新世界里，人已经超越世俗的欢乐，通过沉思从而获得精神的净化和灵魂的升华，这里有鲜花和碧草，还有人的理性和品德。由此可见，《花园》探讨的是什么样的世界才是理想世界。正如燕卜逊认为牧歌通过解决矛盾达到理想的单纯境界，在这首诗歌里，矛盾表现为有意识与无意识状态之间、直觉与理性认识方式之间的对比，最后都得以调和解决，达到理想的花园境界。马维尔通过比喻的方式描述这种解决矛盾的过程，在他看来，在人世为战功、高官、桂冠而辛苦经营是陷入迷途，只有进入花园隐居才能得到欢乐，而花园也受人世情欲的干扰，并非一个孤身独处的人所能久住的。于是人的归宿只能有一个，这里的花园是一种介乎尘世与天堂的中间地带，人仍然要像勤劳的蜜蜂一样工作，但碧草和鲜花是衡量的标准。马维尔将牧歌式理想提高到新的高度，不在乡村庄园当快乐的佃农，而是在日常生活和广博学识中寻找令人惊叹的奇喻，在大自然的沉思中超越物质形式，追求"绿色思想"，这"标志着英国文学从文艺复兴的抒情时代向古典主义的理性时代过渡"[1]。当然诗人并未突破单纯的精神境界，到诗歌的最后部分又返回人间花园，仍以碧草和鲜花作为标准。但是，无论是个人的小环境还是时代的大环境，马维尔似乎都难以在现实世界中寻觅黄金时代。在个人生活中，马维尔是一个脾气暴躁、嗜酒如命、终身未婚的人。在宗教政治信仰中，他的态度较为模糊，

---

[1] 涂险峰、张箭飞主编：《外国文学》，北京大学出版社2014年版，第94页。

西方牧歌发展的历史钩沉

并不如他的个性那般鲜明。他曾在内战早期游历荷兰、法国、意大利和西班牙等地，他到底在多大程度上介入当时的对立斗争仍然无法定论，因为在他最初发表诗作时既与保王党文学圈子有联系，又清楚表明他对共和国的支持。1649年查理一世被处死，此后英国资产阶级对内同封建势力作战，对外则同荷兰和西班牙作战，形势十分动荡。而这首《花园》写于1650年至1652年间或稍前，诗中表达的出世思想是对英国失去和平的一首挽歌。然而，作为一位原创性诗人，他描述沉思冥想中的理想境界，给诗歌带来智性学识，也表达了诗人对精神幸福的追寻。

17世纪上半叶的英国诗歌总体呈现为两个派别，一个是以骑士和朝臣为主的骑士派，歌咏爱情，宣扬及时行乐，另一个是以神秘主义诗人安德鲁·马维尔等为代表的玄学派，多以爱情、宗教和讽刺为题材，常用突兀的意象等手法表达晦涩而迷人的思想。而牧歌的发展既有从感官上追求黄金时代的生活，也有从哲学沉思上探索心灵的最高欢乐。例如马维尔的友人约翰·弥尔顿（John Milton，1608—1674）的作品同样充满智性色彩。海厄特曾这样评价弥尔顿："比斯宾塞小两辈的一位天赋更高的年轻英国诗人用两部孤独的狂想曲象征了自己天性中的两个方面，它们以希腊神话和田园牧歌开头，直至在音乐和哲学王国的腹地漫游。它们就是弥尔顿的《快乐者》和《沉思者》。"[①]弥尔顿于1631年创作了《快乐者》，描写一个青年进入田园般的世界，体验到乐园的图景。青年看到农夫扶着犁、吹着口哨、耕着田地，挤奶女郎正在唱歌，刈草工人在磨刀，牧羊女正在山楂树下清点羊群。于是"我"马上感到愉快，看到吃草的羊群，草原上盛开着雏菊，在两株古老的橡树中间有一所茅屋正飘着炊烟。这是一片宁静、祥和的地上乐园。在同年创作的《沉思者》中，弥尔顿带着自传性质强调忧郁精神中的积极方面。"我"欢迎贤明肃穆、出身高贵的忧郁女神，

---

① ［美］吉尔伯特·海厄特：《古典传统：希腊—罗马对西方文学的影响》，王晨译，北京联合出版公司2015年版，第144页。

与这位女神在一起的还有"平和""静默""斋戒""闲暇"等神祇，以及名为"冥想""沉寂"的天使。"我"经常把这位女神追寻，在这个过程中沉思哲学、艺术、宗教等，期盼在倦怠的晚年能找到安宁的隐居处，与虔诚、纯洁、多思、清醒、坚定、庄重的修女为伴，并且发出"这些喜悦，忧郁呵请给我，／我愿选择与你一起生活"。与马维尔的《花园》相似的是，弥尔顿的《沉思者》渴望超越世俗欲望从而追求灵魂的快乐，代表了牧歌从永恒春天、自然之美上升到理性沉思中的智性之美。

借鉴传统牧歌元素也是弥尔顿创作的重要特点。1634 年，弥尔顿创作了假面具《科莫斯》（Comus），主人公科莫斯是侍奉酒神的精灵，他装扮成一位名叫塞尔西的牧羊人。塞尔西是忒奥克里托斯第一首牧歌中的主人公，他是唱乡村乐曲的大师，其歌唱技艺被同伴认为仅次于神。在弥尔顿笔下，塞尔西的高超技艺常让蜿蜒的溪流停下脚步倾听他的优美曲调，让山谷中每一朵馨香玫瑰更加芬芳。除此之外，弥尔顿于 1637 年创作经典挽歌《利西达斯》（Lycidas），借用牧歌元素营造一种与现实腐败虚假截然不同的氛围，以悼念因沉船而丧生的虔诚学者爱德华·金。一般人认为牧歌中的故事完全是空洞和矫揉造作的，但事实上并非如此，作者常常隐晦地把自己的朋友写入作品中，使牧歌呈现自传性。例如忒奥克里托斯在第七首牧歌《丰收节》中，以自己的朋友塔兰（Leonidas of Tarentum）为原型，塑造了牧羊人利西达斯这一著名形象，维吉尔则将他的朋友伽鲁斯写入第十首牧歌中。与此相似的是，弥尔顿将自己的校友爱德华·金写入哀歌中，并以"利西达斯"作为标题。利西达斯源于古希腊忒奥克里托斯牧歌中的牧人名字，这是一个出色的牧羊人、吹笛手和乡村诗人，这位牧人也出现在维吉尔第九首牧歌中，即牧人吕吉达。弥尔顿借用这一传统牧人名字，以表达对友人早逝的痛惜。传统牧歌中也有对友人的哀悼，为了突出其年轻和纯洁，死者们会被安排在野外的树林中，接受牧人、猎人和自然精灵的哀泣。在忒奥克里托斯的笔下，塞尔西哀悼因爱情而死的达芙尼，营造了万物同悲的效果。在维吉尔的牧歌中，牧羊人

■ 西方牧歌发展的历史钩沉

达芙尼之死同样令女神啼哭，连非洲的狮子也在呻吟，荒野的山峰和树林也在同声相应。但达芙尼死后名声远达星霄，云彩和星辰都在他的脚下，如此连青山都由于快乐而昂首高歌，丛林也有关于"他是神"的唱歌。在斯宾塞的牧歌中，科林哀悼牧羊女黛朵之死，同样以死者成为神而结束。可见，传统牧歌中的死亡少了悲痛，多了对死者荣耀和名声的颂扬。死亡是文艺复兴以后文学中的重要主题，连绵不断的宗教和政治斗争、战争、社会的不安定以及黑死病等瘟疫的暴发，使死亡成为作家们关注的重要问题。弥尔顿同样关注死亡，并借传统牧人的名字和哀悼形式表达对一个有才华的、将来可能对宗教做出一番事业的青年不幸溺亡的惋惜。在他的诗中，诗人指责以国教头领和腐败教士为代表的不称职的牧人，因为他们既没有喂饿羊，也没有抵御以罗马天主教为代表的吃羔羊的恶狼。这一比喻在斯宾塞的《牧人月历》中也出现，用好牧人和坏牧人来表达自己的宗教情感。与斯宾塞一样，弥尔顿作为一名革命的清教徒，反对英国保皇党和英国国教，在诗篇中流露出对天主教的强烈批判和对救世基督的憧憬。在诗篇结尾处，利西达斯从溺亡的水中升起，被迎进充满欢乐仁爱的天国，这位无名而忧伤的牧羊人站起来，整整蓝披风，他"明天将到新的树林，到新的丛林草地去"。在英国文艺复兴时期，创作牧歌被大多数诗人看作一个"必要的练习阶段"，在这样的时代背景下，弥尔顿继承牧歌传统，并在继承中有所发展，他的作品证明了"弥尔顿是世界上最伟大的田园诗人之一"[①]。具体体现在形式上，弥尔顿以不规则的音律和押韵表现失去友人时起伏跌宕的心情，在内容上引用希腊神话典故，使诗歌丰富灵动且更具整体性。在诗篇的结尾处，维吉尔以炊烟垂落的影子这一质朴意象弥合矛盾，弥尔顿则以利西达斯死而复生、明天到新的树林、丛林和草地去表达他对崇高理想的憧憬。

---

① [美] 吉尔伯特·海厄特：《古典传统：希腊—罗马对西方文学的影响》，王晨译，北京联合出版公司2015年版，第146页。

弥尔顿的牧歌式挽歌为其今后实现从牧歌到史诗的跨越奠定了基础。在 1667 年创作的《失乐园》(*Paradise Lost*) 中，弥尔顿在第四卷详细描绘了伊甸园。在弥尔顿的笔下，伊甸园周围是一片碧绿的围场，有无比秀丽的高大林荫，长满最鲜艳的果子，四季如春、芳香四溢、玫瑰无刺，展现出自然界的丰富宝藏，亚当和夏娃居住其间。那乐园宏伟壮观，是上帝在伊甸的东部为人类安置的极乐园林。弥尔顿笔下的牧歌形式具有深厚的政治和宗教意味，作为英国革命的辩士，弥尔顿也曾发表政论散文《论出版自由》(*Areopagitica*, 1644) 以拥护政府，直言不讳地申明他的共和主张，提出宏伟的国家规划，认为议会应该给国民自由，但这一宏伟设想在英国共和时期经历的分裂、争夺和动荡不安中破灭。诗人的政治愿望随着共和国的终结和 1660 年查理一世的复辟而结束，但诗人的诗歌创作在题材和形式的探索方面却取得成功，其诗篇具有高度的思想性和深邃的哲理性。弥尔顿与其他苦修的清教徒不同的是，他热爱凡世生活和大自然情趣，并时常加以歌颂，以牧歌的形式把异教和基督教、神明与圣哲融合在一起，昭示了基督再生的坚定信念，呈现了精英知识分子在牧歌简单的形式中融入的深邃意蕴。

17 世纪，封建天主教反动势力猖獗，引起人们意识上的混乱、精神上的消沉。17 世纪也是英国历史上的多事之秋，内战、革命、复辟、政变等重大事件使人们走向盲从性和消极性。在残酷的现实面前，过往建立乌托邦、和谐新天地、培育新人等早期人文主义理想已烟消云散，代之而起的是内向式的忏悔、严肃的说教或及时行乐。在这种时代环境和人文环境中，无论是琼森笔下的庄园、马维尔书写的花园，还是弥尔顿沉思的乐园和伊甸园，以和谐、宁静、快乐的牧歌元素脱离宫廷和教堂的沉郁，带给人们清新的感受，这对于当时筋疲力竭的英国人来说都是巨大的安慰。无论是具象的庄园还是抽象的花园，这种夸张描述或哲理沉思有助于指引人们在混乱现实中永葆希望、憧憬理想，充分显示了牧歌朴素而持久的艺术魅力。

西方牧歌发展的历史钩沉

第二节　蒲柏创作及牧歌衰落

　　有学者将 17 世纪英国的抒情诗分为三个阶段,第一个阶段以本·琼森为代表,第二个阶段以多恩(1572—1631)为代表,在第三个阶段中,诗人们继续追求诗歌的至真、至善和至美,"蒲柏是这一阶段的代表人物"①。亚历山大·蒲柏厌恶以多恩为代表的玄学派诗人,不喜欢那种悖于常理、晦涩难懂、玩弄文字、技巧复杂的诗。作为新古典主义作家,蒲柏用古典主义方法来描写贵族资产阶级生活,推崇荷马和维吉尔等古代作家作品中的自然之美,被认为是"全部英国史诗上艺术造诣最高的一人"②。具体体现在牧歌方面,蒲柏从理论上总结自古希腊以来的忒奥克里托斯、维吉尔、斯宾塞的作品特征,并将古典牧歌中不加装饰的亲切纯朴之美融入自己的诗歌创作实践中。

　　蒲柏创作了由 4 首诗歌组成的《牧歌》,试图容纳既往重要牧歌作品的特色。例如这些作品包含了评论家所认可的忒奥克里托斯和维吉尔牧歌中的形式和主题,其中《春》《冬》是牧人对唱,《夏》《秋》则是牧人独唱,都反映了青年牧人的爱情。蒲柏也借鉴斯宾塞将牧歌内容与月历相联系的样式,并按照春夏秋冬四季来描写,避免斯宾塞作品因时间相距短而自然景色重复的不足,创作出继承传统又独具匠心的牧歌作品。与春夏秋冬四季相应,诗人在每一首牧歌中呈现设计好的场面和景色。其中《春》中的场景是万物欢笑,林中优美,日光和煦,春风温暖,《夏》有正午的光焰,牲畜叫着退到流淌的河边,《秋》是日落时分,牧人一直唱到暮色降临,天边泛起漫天红晕,《冬》是午夜的树林,月亮登上明净的苍穹。在《春》中,诗人先描写美丽的泰晤士河缓缓流淌,西西里的缪斯在河岸上歌唱,春天的清风吹拂着柳树,阿尔比恩的峭壁在乡间回荡。当羊群抖落夜晚的露水

---

　　① [美] 约翰·梅西:《西方文学史:文学的故事》,孙青玥译,红旗出版社 2014 年版,第 207 页。
　　② 王佐良:《王佐良全集》第 2 卷,外语教学与研究出版社 2015 年版,第 224 页。

时，两位辗转反侧的恋人还有缪斯女神向渐亮的山谷倾注他们温柔的关怀。在黎明到来的清新早晨，达芙尼和斯特雷芬（Strephon）展开了对话。达芙尼说鸟儿在花丛中飞舞，红雀在歌唱，用欢快的音乐唤醒黎明，我们为什么要静坐悲伤。斯特雷芬说那就唱歌比赛吧。于是他们邀请达蒙作评判，以一只碗和羊羔作为赌注，两人开始轮流歌唱爱情。达芙尼赞美西尔维娅（Sylvia），认为如果西尔维娅微笑，自然似乎不再具有魅力，西尔维娅像秋天一样成熟，但又像五月一样温和，比正午更明亮，却像清晨一样清新，有了她的祝福，一年到头都是春天。斯特雷芬赞美迪莉娅（Delia），认为如果迪莉娅微笑，花儿就会绽放，天空变得更明亮，鸟儿开始歌唱。达蒙做出评判，他们唱得都很好，一人得碗，一人得羔羊，并且说在雨未下之前，赶快把羊赶到羊圈里。在《夏》中，牧羊人亚历克西斯（Alexis）陷入无希望的爱情，他悲伤的时候，连溪流都忘却了流动。《秋》中的牧人认为自己可以别离人类，抛弃世界，唯独不能没有爱，深情的牧羊人就这样唱到夜幕降临。《冬》是两位牧羊人塞尔西和利西达斯的对唱。塞尔西悼念一位名为达芙尼的贵族妇女，美丽的达芙尼死了，爱情、音乐、甜蜜、快乐都不复存在，但是达芙尼成为女神，在云层和星空之上，永恒的美丽点缀着光辉景色，田野永远新鲜，树林永远绿意盎然。最后，塞尔西说，尖利的北风呼啸，自然感到了衰败，时间征服一切，我们必须服从时间，随后在再见中结束对唱。蒲柏的牧歌创作遵循古典传统，尤其仿效忒奥克里托斯、维吉尔和斯宾塞的牧歌特色，借用塞尔西、利西达斯等传统牧人名字，按照春夏秋冬的时间顺序分为四章，以此描写优美的田园背景、欢乐的对歌生活、热烈的爱意表达以及简单宁静的世俗生活。当然，与传统牧歌一样，其作品也具有神性色彩。例如《夏》中描写森林里出现愉悦的美景，神祇下凡到极乐世界，明亮的维纳斯和阿多尼斯在此停留，贞洁的月亮之神戴安娜在林荫处出没。这部作品简单质朴、优雅自然，同时引用神话历史和文学典故，其结构独特、充满温情，极富艺术美感。

除此之外，蒲柏还创作了《温莎森林》（*Windsor Forest*，1713），

西方牧歌发展的历史钩沉

将对大自然美景的欣赏与对国家繁荣局面的歌颂融合在一起。17 世纪，一些作家模仿古代的牧歌模式表达对王权或者贵族阶层的赞美。例如约翰·德纳姆爵士（Sir John Denham，1615—1669）作为内战时期查理一世的积极支持者，创作了牧歌《库泊山》（Cooper's Hill，1642，1688），描写充满神、半神、仙女和精灵的阿卡迪亚。但诗人的目的并非赞美从库泊山上看到的景色，而是运用古典神话影射政治，从高处远眺伦敦和温莎，试图激起民族情感和爱国心，呼唤温和王权，以表现保王党的情感。德纳姆的创作方法引来众多效仿者，例如威廉·迪亚珀（William Diaper，1685—1717）创作了《林中仙女或仙女的预言》（Dryades：or，The Nymph's Prophecy，1713），对英国出现的繁荣昌盛、和平安定作出了维吉尔式的热情展望。此外，约翰·戴尔（John Dyer，1699—1757）创作了《格龙咖山》（Grongar Hill，1726），诗人登上格龙咖山，听到树丛中传出歌声，和平走向草地和群山，与她的盟友欢乐相伴。诗人全景式赞美故乡庄园，歌颂乡间闲居生活，也在写景中充分表达了爱国情感。在赞美景色、影射政治方面，蒲柏的《温莎森林》是这一时期的代表作。诗人描绘家乡温莎地区原始自然森林的现实风景，突出花神、果树女神、畜牧神、谷物女神等组成的神性色彩，并认为美好安详的图景是君王的领地、缪斯的胸襟。当然，蒲柏笔下也有矛盾对立，例如自然界出现群山与幽谷、森林与平原的对抗，对大自然的描述旨在引发对英国历史和人类社会重重矛盾的联想。诗人痛苦地回忆起英格兰的过去，狂暴君主们的独断专行与野蛮统治使英国成为阴沉黑暗的荒芜土地。诗人赞美与批判，并热情呼唤"和平与富足宣告，斯图亚特统治的骄傲"，旨在歌颂安妮女王的统治。安妮女王于 1702—1714 年在位，她本人性格温和、与世无争，理解并顺应大多数臣民的感情，在执政期间实现英格兰与苏格兰议会合并，使国家统一称为大不列颠王国，其治下的英国社会成为斯图亚特统治的骄傲。与维吉尔第四首牧歌赞颂君王、期盼黄金时代相似的是，蒲柏渴望在安妮女王的统治下英国社会能够理性中庸、包罗万象、繁荣昌盛，并期待一个和谐相处、整齐有序、和而不同的黄金时代的到来。

蒲柏崇尚新古典主义，受罗马贺拉斯《诗艺》和 17 世纪法国布瓦洛《诗艺》的影响，其牧歌作品服务王权、宣扬理性，重形式，讲法则。蒲柏在《人论》中对科学家们作出的神奇发现欣喜不已，他曾于 1731 年为牛顿纪念碑撰写碑文："自然与法则，黑夜里匿藏；／主唤'牛顿出！'寰宇即生光。"[①] 这表达了蒲柏对伟人的赞美，以及对自豪文明时代的感激之情。牛顿的科学表明自然界有秩序、规律甚至有规划，这种对自然界的认识也影响了人们对人类社会甚至文学创作的认识。具体体现在蒲柏的牧歌中，诗人刻意追求诗歌技巧，强调精确得体、形式完美、结构匀称、思想明晰，并有致力于改变时人趣味观念的野心，这使蒲柏的牧歌作品成为近代社会里的典型范例。

但是这种牧歌创作却在 17—18 世纪遭到人们的质疑。在这个转折时期，爆发了一场旷日持久的辩论，被认为是"传统和现代主义之间的战争，是原创性和权威之间的战争"[②]。自文艺复兴以来，许多古典文献的推崇者认为古希腊罗马作品中的技法、美感和力量后人无法真正超越，现代人应该追随古人的脚步并试图效法他们，而不是寄希望于创作更好的东西。而现代人对这种推崇古典的看法展开攻击，他们认为古人是异教徒，今人是基督徒，今人的诗歌有更崇高的情感和主题，况且人类的知识一直在进步，今人更具智慧，所写和所做的任何东西都优于古希腊和罗马人，甚至对古典作品展开了猛烈的抨击。这场在 17 世纪末 18 世纪初集中展开的古今之争捍卫和扩大了文艺复兴最崇高的传统，蒲柏和布瓦洛都试图把自己变成当代的贺拉斯，并取得了部分成功。例如蒲柏借用古典牧歌形式，维护王权、注重理性和格律，描绘富有画趣的美景，旨在净化心灵、升华灵魂、约束道德、阐述理想，实现牧歌文学在道德上和美学上的意义。但是，正如蒲柏

---

① ［英］安德鲁·桑德斯：《牛津简明英国文学史》，人民文学出版社 2000 年版，第 407 页。
② ［美］吉尔伯特·海厄特：《古典传统：希腊—罗马对西方文学的影响》，王晨译，北京联合出版公司 2015 年版，第 220 页。

西方牧歌发展的历史钩沉

曾批判多恩诗篇中的玄学风格一样，18世纪初的英国诗人也批判蒲柏对维吉尔诗歌的模仿。在古典和现代争论的浪潮中，近代以来的牧歌文学是应该承袭古典传统，歌颂牧羊人的放牧和爱情生活，还是贴近自然和现实，表现当下真实的乡村生活，这成为从事牧歌创作的诗人们思考的焦点。一方面，以蒲柏为代表的诗人认为，牧歌的写作应该遵循古典传统，牧歌是模仿性的、人为的，不能按照真实的乡村来描写，而是按照人们心中的理想乡村来描写："我们必须运用一些幻想来使牧歌变得令人愉快；包括只展现牧羊人生活中的最好一面，而把痛苦隐藏起来。"① 这具有一定合理性，正如艾布拉姆斯在强调经验主义理想中的模仿对象时指出的："古典主义和新古典主义艺术的捍卫者们都解决了这一问题，他们声称，诗歌所模仿的不是原样不变的现实，而是包容于这种现实之中或掩藏于其后的那些经过选择的事物、性质、倾向，或者形式，它们是构成宇宙的真实因素，其价值高于粗糙的、未经筛选的现实本身。"② 人们认为古典主义牧歌以及蒲柏的新古典主义牧歌并未反映劳苦的乡村真相，是一厢情愿式的快乐文学，但牧歌在美的理想之下并非模仿原样不变的现实，而是经过选择的事物，这些看似美的模仿其价值或许高于现实本身。如此看来，以蒲柏《牧歌》为代表的新古典主义牧歌有其独特的价值所在。但另一方面，批评者认为蒲柏的牧歌作品幼稚而缺乏现实性，甚至指出"蒲柏是一个只顾表达明晰和简练，而不顾诗歌的神秘和思想的深刻性的诗人"③。人们逐渐认为，随着英国资本主义迅速发展，尤其是农民在圈地运动中失去土地，原有的自然秩序逐渐消失，牧羊人提屠鲁的幸福、梅利伯回到故乡的渴望日渐显得缥缈，以牧羊人为主角的牧歌就显得刻意僵化甚至滑稽幼稚。况且牧歌中的自然美景、爱情伤感和君王赞

---

① Bryan Loughrey ed., *The Pastoral Mode: A Casebook*, London: Macmillan, 1984, p.51.
② [美] M. 艾布拉姆斯：《镜与灯：浪漫主义文论及批评传统》，郦稚牛等译，北京大学出版社2015年版，第37页。
③ [美] 约翰·梅西：《西方文学史：文学的故事》，孙青玥译，红旗出版社2014年版，第234页。

颂等内容很容易给读者带来千篇一律的印象，牧歌中反复使用竖琴、七弦琴或引用缪斯、赫利孔山的灵泉等诗神的名字被认为过于矫揉造作。文艺复兴以来的牧歌作品也逐渐纤巧浮华，呈现出美化贵族生活、艺术玄妙雕琢、具有神秘的宗教情绪等特色，这事实上与古典牧歌高唱纯朴天真的世俗旨趣相距甚远。正如雷蒙·威廉斯在《乡村与城市》中指出的："牧歌变成了一种极其造作和抽象的形式，它的纯朴完全是外在的。"[①] 总体来看，在政权动荡、社会矛盾激化等时代困境中，随着新古典主义的解体，歌唱牧人生活的古典牧歌逐渐衰落，以至于蒲柏以牧人为主人公、以阿卡迪亚自然为场景、以赞颂君王描述黄金时代理想的牧歌作品成为一种绝唱。

在新的时代境遇中，社会矛盾的激发使人们期待文学艺术适应时代要求，一种强调真实、沉思、忧郁的新情感气候正在形成。正如雷纳托·波格乔利感叹的，"牧歌最终就这样灭亡了，从人们的视野中消失了。但牧歌的理想却残留下来，尽管生机不再又无法辨认"[②]。此后，以对话或独白等形式为主的牧歌成为学院里的研究对象，而强调田园劳作、乡村真相等内容更为广泛的田园诗成为人们日益熟知的形式。

第三节　乡村真相的诗意抒写

不可否认的是，牧歌创作者更多的是来自城市的精英知识分子，他们立足城市赞美乡村，与真实的乡村生活存在距离。例如忒奥克里托斯曾在其第七首牧歌《丰收节》中记述"我"与两个朋友从城市漫步到乡间，这里的"我"是城市诗人的代表，也是诗人本人的写照。维吉尔虽出身乡村，但他成名后受到奥古斯都的庇护过着尊荣的生活。

[①] Raymond Williams, *The Country and the City*, New York: Oxford University Press, 1973, p. 20.

[②] Renato Poggioli, *The Oaten Flute: Essays on Pastoral Poetry and the Pastoral Ideal*, Cambridge: Harvard University Press, 1975, p. 33.

西方牧歌发展的历史钩沉

由于朋友们的慷慨，维吉尔拥有丰厚的财产，并且在罗马有一处住宅，紧邻着贵胄迈克纳斯的花园。而锡德尼、斯宾塞等文艺复兴时期的牧歌诗人往往得到伊丽莎白女王的青睐。蒲柏出身于商人家庭，即使体弱多病、身材矮小、终身未婚，因才华横溢遭遇多方攻击，但有缪斯陪伴一生的病体，凭借勤奋跳出贫困，翻译荷马史诗得到巨额稿酬而盖屋建园，过着乡绅似的生活，获得文人的最高声誉，被认为是"资产阶级自得意满的代言人"①。这些城市文人面向城市读者，以优雅或深邃的笔调描绘想象中的乡村生活。然而自 13 世纪起，圈地运动几乎影响了一切英国大众的生活，少数人通过杀戮、压迫、抢夺等方式占有土地，大量的农民则被迫离开家园，失去与土地的联系而沦为流民，或者到新建工厂中贱卖劳力。关于圈地运动对农民造成的灾难，博学多识的托马斯·莫尔（St. Thomas More）在《乌托邦》（*Utopia*，1516）中已有所呈现。在他笔下，小佃农被人驱逐，土地上的农业工人需求减少，大众处于贫苦和悲惨的境地，与劳动者相比，"连牲畜的生活，似乎也是令人羡慕的"。随着圈地运动造成的矛盾愈演愈烈，一些乡村劳动者和真正有过乡村生活经历的诗人加入写作队伍中。他们无法再像蒲柏那样歌颂现存秩序或赞美和平富足的斯图亚特王朝的统治，而是面对底层苦难，以现实主义手法直接揭示残酷真相。

在反映乡村苦难方面，打谷工人斯蒂芬·达克（Stephen Duck，1705—1756）具有代表性。作为 18 世纪英国底层穷人的代表，达克创作《打谷者的劳作》（*The Thresher's Labour*，1736），表示自己不会像牧羊人一样吹奏优美的乐曲，讲动听的故事。达克并不把乡村生活作为诗歌背景，而是细致地描写农民收割庄稼时的情景。烈日当空，汗水簌簌流下，"我们"给黑豌豆脱粒，汗水、尘土和令人窒息的烟雾让"我们"无法辨认自己的皮肤，傍晚回到家吓坏了妻子和孩子，以为"我们"是怪物。诗人厌恶那些"无趣的幻想"，声称乡村根本没有欢乐。为了表现乡村真相，诗人以"我们"的口吻讲述真实的劳

---

① 范存忠：《英国文学史纲》，译林出版社 2015 年版，第 79 页。

动场景,例如"我们疲惫的镰刀被杂草缠绕","我们的劳作无法停歇"。诗人将自己纳入劳动中,既客观地展现打谷劳动的辛苦和肮脏,更作为乡村生活的见证人展现乡村群体的生活真相。最后诗人感慨:

> 这样,如年轮周而复始,
> 我们的劳动无处喘息:
> 就像西西弗斯,我们的工作没有终止,
> 不停地把不安分的石头滚回去。
> 新增长的劳动力仍然继承过去;
> 成长总是新的,必须永远持续。①

诗人以"我们"的视角和语气表现乡村劳作似乎永远没有尽头,即使不去打谷,其他工作也是如此,犹如西西弗斯不停地推回滚下的石头,持续滚动年复一年,起早贪黑,无法停歇,毫无希望。达克拒绝他者将乡村生活理想化和浪漫化,这种对底层大众生存真相的描述使他成为反牧歌的代表,为乡村书写增加了新鲜的现实主义维度。

此外,成长于穷困乡村的乔治·克雷布(George Crabbe,1754—1832)对艰苦的乡村生活也深有体会。克雷布出身微贱,当过医生,后来成为可敬的教区牧师。他关心小人物和乡村环境之间的关系,侧重描写农民的苦难生活,"是一个坚定的反田园主义者,一个注重现实的代表,而不是一个富有想象力的理想主义者"②。克雷布在《乡村》(*The Village*,1783)中展现了穷人的真正画面,以具体、写实的笔触描写圈地运动造成的农村凄惨情况和痛苦生活。在他笔下,城镇到处是人类和建筑物的残骸,被遗弃的破落房屋和穷人的墓地被渐渐

---

① John Barrell and John Bull eds., *The Penguin Book of English Pastoral Verse*, London: Allen Lane, 1974, p.390.
② [英]安德鲁·桑德斯:《牛津简明英国文学史》,人民文学出版社2000年版,第537页。

西方牧歌发展的历史钩沉

扩展的阴影所笼罩。诗人着重描绘一位以放牧羊群为生的老人。老人经常在小山脚下哭泣，在寒风中喃喃自语，感叹春天的嫩叶索性在刚发芽时就被风吹走，这样就能避免慢慢枯萎和长期的苦恼烦忧。而人活着受没完没了的劳罪，就像还停留在树上的枯萎树叶，不得不在寒风冰霜中战栗摇荡，最终在无人注意时落入泥泞。孤独的老人生活痛苦，疾病缠身，看到的丰腴肥田和无数羊群是别人的财富。年轻时的儿童成了现在的主人，他们神情冷漠、粗暴凶狠。老人得不到可怜关心，因丧失劳动力被主人无情鄙视，直到悲凉痛苦地走向坟墓才可能解除痛苦。诗人甚至将批评锋芒指向整个牧歌传统，认为文人雅士描写闲适的乡村生活、流畅的小溪、安宁的茅舍、幸福的牧羊人和甜蜜的爱情，却不了解农民疾苦，掩盖了痛苦的真相，不具有实性。在克雷布看来，虽然田野、牛羊、放牧、农耕这些事物本身充满魅力，但是贫苦劳作的人更应该被关注。因此，诗人将追踪乡村的穷苦和那些卖苦力的人们，看他们在正午烈日炙烤下的光秃头顶和衰老鬓发。克雷布真实地揭露乡村的凋敝与堕落，以平实的语言描述劳动者在正午烈日时额头冒出的汗珠，感叹劳苦虚弱者的不幸命运，流露出人道主义情怀。

达克和克雷布愤愤不平地揭示乡村苦难，奥利弗·哥尔斯密斯（Oliver Goldsmith，1728—1774）也在长诗《荒村》（*The Deserted Village*，1770）中描述凄惨境况。《荒村》开篇描绘如阿卡迪亚、亚登森林这样美好的乐园奥博恩（Auburn）：

> 甜美的奥博恩，平原上最可爱的乡村，
> 在那里，健康和富足令乡村青年欢喜，
> 那里是温暖的春天最先造访的地方，
> 夏天的花期漫长，
> 树荫下是纯真和可爱的地方，
> 我年轻时，所有的游戏都让我开心，
> 多少次畅游在你的绿色之上，

第五章　古典牧歌的式微与现实回响

留存着那简单的一幕幕幸福！①

奥博恩被认为是哥尔斯密斯的故乡爱尔兰，作为一种幻想当然不是确指某地。诗歌描绘那里美好的乡村风光，平原上有最可爱的村落，绿树掩映着小屋，田地纵横，溪水流淌，还有热闹的磨坊、庄严的教堂。那里的春天来得最早，夏季绽放的花朵不愿凋零。那里有纯真和安逸，有健康和富足振奋着劳作的青年，有山楂树下老者的欢声笑谈。而"我"在那里度过青春，有很多令人开心的消遣。诗人回忆起儿时成长的环境，想到老牧师这一乡村中的理想人物，他是乡村道德精神的代表，远离城镇生活和教职升迁，全心倾注在自己的事业上。布鲁姆曾指出："回忆是思想的一种重要方式；甚至我们可以说，在诗歌中，回忆永远是最为重要的思考方式。"② 哥尔斯密斯从现在回到过去，想起舞蹈、户外活动等怡然自得的乡村情景，以及人们勤劳、坚忍、纯朴、善良、乐于助人的美德。过去的村庄在回忆中变成快乐、富足、完美的地方，成为一种情感拉近了诗人与过去的距离。无论诗人怎样展开对过去的回忆，总是要回到所处的当下现实。面对现实处境，托马斯·莫尔描绘了新世界里某个无人知晓的海洋中的一个理想国度，这里社会平等，人与人之间和谐相处。与莫尔想象中的理想所不同的是，哥尔斯密将理想生活表现为对过去甜美的乡村生活的怀旧和颂扬。有学者认为："有许多有趣的人物写照和生活细节，可能都带上了回忆的霞光，有点理想化了，然而诗人的用意是惋惜田园生活的消逝，用昔日的快乐来对照后来的凄惨。"③ 昔日越发快乐，今日的现实越发凄惨，在这种对照中，诗歌旨在揭露圈地运动给村庄带来的毁灭性破坏。在哥尔斯密斯笔下，可爱的、平川最美丽的村庄奥博恩被贵族、商人等城市的贪婪者摧毁了。那些富裕、高傲的人攫取许多

---

① John Barrell and John Bull eds., *The Penguin Book of English Pastoral Verse*, London: Allen Lane, 1974, p.391.
② [美]哈罗德·布鲁姆：《诗人与诗歌》，张屏瑾译，译林出版社2020年版，第45页。
③ 王佐良：《王佐良全集》第2卷，外语教学与研究出版社2015年版，第239页。

· 169 ·

西方牧歌发展的历史钩沉

穷人的空间，用来建造他的湖泊、庄园，饲养他的马匹、猎犬。被驱逐的村民们四处流浪，如果流浪到城市里，在财富和贫穷之间也有半个世界横亘其间。从此耕地荒芜，平原失去欢笑，清澈的溪水不再映照天空，莎草疯长蔓延。在荒芜的牧场上空有乌鸦的鸣叫，放眼望去，荒草爬满断壁颓垣。青春的生命已逃遁，曾经欢乐的田园村庄只剩下远处寡居的老妇人，她从小溪里采野菜生活，从荆棘里采集冬季的柴薪，晚上回到茅棚，伤心哭泣到天明。村子里再没有欢乐的音符飘动，可怜的老妇人留下来做悲惨大地的见证人。《荒村》中快乐的乡村和被毁掉的乡村之间形成鲜明对比，但诗人更多以格调低沉的语气描述黑夜、死亡、坟墓，过往的生活已经消逝，现在只有一座荒村。达克、克雷布、哥尔斯密斯的作品成为反牧歌（Anti-Pastoral）的代表，以其现实主义手法愤愤不平地表示乡村并不美好，而是农民生存的严酷战场。

当然，乡村里除了有痛苦外，还有农事劳动带来的感官欢乐和人生启迪。因而一些出身乡村但受过良好教育的知识分子饱含着对农业和乡村生活的热情，记录英国乡村面貌发生的积极改变。尤其在 18 世纪，政府重视农业，稳定生产秩序，这也给出身乡村的知识分子带来关于农事劳动的乐观情绪。例如苏格兰诗人艾伦·拉姆齐（Allen Ramsay，1686—1758）发表戏剧《温柔的牧羊人》（*The Gentle Shepherd*，1725），描绘了美丽的乡村景色和真实的牧人生活。苏格兰诗人詹姆斯·汤姆森（James Thomson，1700—1748）作为从乡村到城市且以创作为生的文人，他的长诗《季节》（*The Seasons*，1730）成为正面反映乡村生活的代表作品。汤姆森出生在苏格兰边界线上的一个牧师家庭，是九个孩子中的第四个，从小生活在一片贫瘠、与世隔绝、多山的边境土地上，熟知斜坡、溪流、沼地上空云雾密布的气候变化。后来他离开苏格兰，尽管他的诗歌描绘了苏格兰的荒野，但他直到晚年都在伦敦生活，从未结过婚，也没有养家。家乡变幻的风景、童年穷苦的生活成为他创作诗歌的泉源。与斯宾塞的月历和蒲柏的四季相似的是，汤姆森在没有情节或其他叙事方式的情况下，用一年的四季统领自己的诗歌，用四个部分描写四个季节的更换和随之而来的自然界的细致变化。汤姆森在长诗中并没有提出深刻的或富有创见的思想，其独特性在于广泛涉及各种思想潮流，继承不同传统，将牛顿的科学、对光的陶醉、对自然景色的赞美以及道德说教融入在拉丁牧歌形式中，形成一部百科全书式的作品，呈现出想象性的愉悦。

诗人首先完成的是《冬》（"Winter"，1726），以当时流行的伤感情绪写一位走投无路的农民在严酷的暴风雪中倒地而死，临终前想到妻子为他生火烤衣服，想到孩子们在窗前张望等待父亲归来的情景。这首诗歌最初出版时共四百多行，后来增至一千多行，其中包含四个乐章，每一乐章都描绘了这个荒凉、残酷的季节。尽管冬天的自然是客观的，但汤姆森就像戏剧中的人物一样，通过长时间的独白方式，间接地吸引读者进入他的内心状态。从开场的"阴郁而悲伤"的冬天到"跨过阴暗的狂风"，让我们反思大自然和上帝的威严。然后冬天来临，诗人描写风雪中的知更鸟飞进室内，在饭桌边吃着面包屑，但是牧羊人还没有回来，全家人翘首以待，却不知牧羊人已经冻死在雪地里。然而诗人并没有停留在生活的痛苦中，而是在诗行最后表达希望的情感，愿生命永不凋零，爱情不会平淡，生命里流淌着纯洁的快乐和真挚的幸福。从对严酷环境的具象描写，对牧羊人在贫困中挣扎的同情，上升到一种对人类普遍命运的祈祷，情感从忧郁升入崇高，给读者留下无限的哲理思考。随后发表的《夏》（"Summer"，1727）描写夏日里从早到晚的劳动过程，包括晒干草、剪羊毛、洗羊毛等农业生产活动，结尾是一首关于大不列颠的赞歌。诗人高度赞扬快乐的大不列颠山谷起伏、羊群无数、牛群健壮。山下的草场此起彼伏，四面八方的乡村住宅熠熠发光，人们过着丰裕富足的生活，乡村小伙不知疲倦地干着活。汤姆森也在诗篇中描述眼前的黄金时代，庄稼自由生长，像一片富裕海洋，山楂树下结满红色的果实，人们坐在树下悠闲轻松，土地之上物产丰富、果实累累。在汤姆森所处的 18 世纪，英国大力推广轮作制，运用先进的生产工具，推广新作物的耕种和肥料的使用，在国家种种政策的推动下，英国基本完成农业革命，推动了

西方牧歌发展的历史钩沉

社会的进步和发展。这种改变促使诗人认识到农业经济的中心地位，在作品里表达对农事活动的重视。例如在《春》（"Spring"，1728）中，诗人运用现实主义手法描写春耕中的田间劳动，以轻快活泼的笔调描写垂钓鳗鱼的生活，开篇赞颂生机盎然的春天，结束时歌颂婚姻爱情，通过赞颂生动热烈的劳动来劝诫骄奢淫逸之徒，表达春这个美好季节对整个自然世界和人类生活的影响。而诗人在《秋》（"Autumn"，1730）的开篇处倡导劳动："这是你的祝福，勤劳、粗野的力量！／劳动和汗水依然陪伴着他们。"[①] 诗人生动地描写了乡村收获、射箭、酿酒等乡间生活的纯真快乐，歌颂勤劳实干，认为无所事事是在浪费时间，只有勤劳才能将人从痛苦的怠惰中唤醒，才能发挥人的潜能创造出各种工艺。汤姆森继承了牧歌赞颂乡间快乐的传统，但与传统牧歌有所不同的是，诗人描绘了乡间真实存在的劳动生活，并强调乡村和城市之间的联系，赞叹农业是国家的本源，农业发展对英国城市发展、社会稳定都具有重要意义。在《春》的结尾处，诗人描绘了温馨自然所护卫的幸福家庭画面，这里的乡间安谧富足，人们心情舒畅，与图书为伴，生活文明。在诗人看来，社会的稳定、国家的富强和农业的兴旺密不可分，在农业生产与城市商贸的平衡发展中，才能创造富饶、高尚、礼貌、幸福、文明的社会。

汤姆森着重描述农事劳动，赞美乡村的生机与活力，而同时代的吉尔伯特·怀特（Gilbert White，1720—1793）则着重赞美乡村的自然美景。怀特在宁静偏僻的小村庄塞尔伯恩（Selborne）过着典型的赋闲绅士的简朴生活，他终身未婚，心满意足地守护着脚下的一方土地，倾注毕生精力观察当地的动物和植物，并撰写出《塞尔伯恩的自然史》（*The Natural History of Selborne*，1996）。这本著作以书信体形式写成，但不具有书信的严格格式，更像一篇篇描述性的小短文，主要介绍塞尔伯恩及周围地区的地理、风景、历史、天气及其对当地动植物

---

① John Barrell and John Bull eds., *The Penguin Book of English Pastoral Verse*, London: Allen Lane, 1974, p. 311.

第五章 古典牧歌的式微与现实回响

的影响。怀特提到："我生活的教区是一个陡起不平的乡村，到处都是山丘和林地，到处都有鸟。"① 这句话集中概括了怀特生活中的重要元素，即乡村、山、林、鸟。怀特受过高等教育，几次谢绝大学就职的邀请，怀着对乡村的热爱回到位于田野和小山之间的塞尔伯恩。这里是牧歌式的地方，有长满树木的陡坡、牧羊的丘原、溪水长流的山谷、绿树掩映的垂林、肥沃的种着小麦和胡麻的土地。在这样一个地方，作者回顾维吉尔、弥尔顿、汤姆森等诗人的作品，观察燕雀，静听鸟鸣，并用文字记录飞禽走兽、草木虫鱼，成就了怀特作为博物学家的无与伦比的魅力。怀特走近自然，以其身体力行见证乡村之美，与同时代的达克、克雷布、哥尔斯密斯等书写乡村之悲的反牧歌作品形成鲜明对应。在其作品中，怀特重塑了维吉尔牧歌中的乡村风景：

> 所有乡村的景色、声音、气味组合在一起
> 有牧铃的叮咚，牛儿的气喘
> 微风送来的新割牧草的清香
> 或树荫掩映下的茅屋顶的炊烟。②

塞尔伯恩是一个与众不同的不受干扰的世界，令怀特终生迷恋。作者居住在这里，以观察者和诗人的视角注入乡村风景以浪漫激情，在乡村、牛羊、牧草、炊烟这些简单朴素的意象中勾勒一幅淡雅的田园图画。怀特选择乡居归隐，这样的生活方式成为后人效仿的楷模，而其对乡村自然的观察和描绘也成为英国乡土书写中的经典范例。

总体来看，自蒲柏的新古典主义牧歌衰落之后，提屠鲁保留土地的幸福与梅利伯失去土地的痛苦之间形成的对比日益深化扩展。虽然牧羊人歌唱这种形式暂时消退，但牧歌中的现实与理想、消极被动与

---

① Gilbert White, *The Natural History of Selborne*, Hertfordshire: Wordsworth Editions, 1996, p. 42.
② Gilbert White, *The Natural History of Selborne*, Hertfordshire: Wordsworth Editions, 1996, p. 88.

积极努力、政治性与世俗性等力量的抒写仍然是英国诗歌的重要题材。诗人们从描绘理想转向关注现实,而诗人们基于个体身份和人生经验的不同,在乡村真相书写方面有所不同。一些出身底层、对乡村劳动有过亲身体验的诗人改变新古典主义牧歌中的理想化特质,他们以亲历者的视角,运用纯朴、直白的日常语言具体呈现乡村劳动中的艰辛和痛苦。而作为立足于城市生活的知识分子,他们更多以他者身份,在批判城市生活的同时产生对乡村生活的诗意幻想。诗人提及那些粗鲁的庄稼汉给主人们带去优雅与闲暇,而庄稼汉却只能乞求可怜的施舍品,一代代重复着辛劳、贫苦直至死亡的宿命。可见,乡村真相是多方面的,但无论是乡村之悲还是乡村之美都代表了作家们对乡村的关注。这种真相书写减少了传统牧歌的虚幻色彩,以亲历者的视角书写乡村,表达对美好生活的怀旧和渴望,有助于扩宽牧歌的发展路径,在牧歌发展历史上具有重要意义。

第四节　底层人物的命运关怀

在18世纪的启蒙主义文学舞台上,城市与乡村的小人物是备受关注的对象。启蒙思想家提出返回自然的学说,试图通过教育启发人的理性,一改过去以王公贵族为主人公的倾向,塑造了鲁滨逊、费加罗等资产阶级平民形象,作品具有鲜明的政治倾向性、强烈的哲理性和社会分析性。而在这种思想解放潮流中,回归自然乡土、抒写底层人物重新成为文学创作的重要主旨。

法国启蒙思想家伏尔泰(1694—1778)在《老实人》(1759)中描述了黄金国理想和牧歌式生活,叙述老实人这一小人物的人生历程,隐含地反映出城市生活的幻灭和种田地要紧的人生哲学。伏尔泰的早期剧作带有古典主义倾向,其创作的史诗《亨利亚特》(1728)取材于维吉尔的《埃涅阿斯纪》,这部《老实人》也与维吉尔的牧歌作品具有一定契合之处。在这部作品中,伏尔泰用极为讽刺夸张的笔法描述老实人的经历、见证、思考、成长、成熟以及慢慢摒弃盲目乐观主义的人生历程。老实人是德国男爵的养子,也是男爵妹妹和邻近一位安分善良乡绅的私生子,那小姐由于家族世系的缘故始终不肯嫁给那位乡绅。老实人天生性情和顺,颇识是非,头脑十分简单,大概因为如此大家才叫他老实人。老实人有着世界是十全十美的乐观幻想,然而天真遭遇残酷现实的打击,因与男爵的女儿居内贡相爱被男爵逐出家门,此后在流浪生活中历经苦难,也见证了社会的种种腐败和罪恶。然而与现实形成鲜明对比的是,老实人到过黄金国。这里的黄金国与陶渊明笔下的桃花源具有相似之处。在桃花源里,土地平坦宽阔,房屋整齐,有肥沃的田地、优美的池塘、茂密的桑竹,田间小路纵横交错,老人和小孩都逍遥快乐。这里的人为躲避战乱,来到这个与世隔绝的地方。渔人离开时一路上作了标记,但回头试图根据路标重新寻找桃花源时,却再也找不到了。而伏尔泰笔下的黄金国是一片平原,极目无际,四周是崇山峻岭,高不可攀。在这个理性王国里,国王贤明,这里没有剥削、奴役和压迫,更没有法院和牢狱。伏尔泰曾把中国视为理想之邦,他尊崇孔子,把中国视为一个符合启蒙理想的君臣贤良、仁爱为本、法制健全、社会安宁的国家。这种政治理想也呈现在《老实人》中的黄金国里。这里的人民幸福,人人过着闲适、和平、富足的生活,国内到处是黄金、碧玉和宝石,但人们从不受物质财富的奴役。人们丰衣足食,到处是悠扬悦耳的音乐。老实人和同伴感慨:"这大概就是尽善尽美的乐土了,因为无论如何,世界上至少应该有这样一个地方。不管邦葛罗斯怎么说,我总觉得威斯发里样样不行。"① 老实人一直信奉邦葛罗斯的学说,认为世界尽善尽美,在与黄金国形成对比后才觉得差距的存在。而黄金国是与世隔绝的地方,国内的人不得越出小小的国境,这样才保证了这里的纯洁和快乐。老实人和同伴从岩洞底下的河里进来原是奇迹,不可能再从原路出去,国王只好吩咐工程师造一架机器,将两个怪人举到山顶上才得以送他们出境。这一桃花源般扑朔迷离的黄金国是伏尔泰设计的美丽的政治

---

① [法]伏尔泰:《老实人》,傅雷译,译林出版社2018年版,第58页。

西方牧歌发展的历史钩沉

蓝图。当老实人离开黄金国,他发现了现实与理想之间的重要媒介,即田园劳动。为了消除现实中的苦难,老实人继续探索,终于遇到一位土耳其修士,他的一家过着丰衣足食的牧歌式生活,修士说:"我亲自和孩子们耕种;工作可以使我们免除三大害处:烦恼、纵欲、饥寒。"[①] 老实人从中找寻到答案,发出"种我们的园地要紧"的人生宣言。这成为宝贵的启示,反映了新兴资产阶级的进取精神,也说明田园劳动这一踏实的工作是实现人生理想的重要方式。

此外,德国的启蒙思想家歌德(1749—1832)等在古代希腊艺术中看到一种纯朴、宁静、和谐的美的理想。他们试图用这种古典艺术的美来教育人,恢复古希腊时代人与自然的和谐状态,以实现人道主义理想。歌德曾漫游意大利的各个城市和西西里岛,陶醉于宏伟的大自然和纯朴的民间生活,他在创作中高举"回到大自然"的旗帜,歌颂乡村和农民。例如在他笔下,农民是反抗的根基,剧本《葛兹·冯·伯里欣根》(1773)中反抗暴政的铁手骑士葛兹一旦脱离农民起义的队伍,即使是斗士和英雄,也终将被封建政权诱杀。即使在《浮士德》(1790)中,浮士德的追求不在于书斋、宫廷或现实与理想中的爱情,他在目睹现实的丑陋之后,试图在现实中进行变革,浮士德最后来到皇帝赏赐的海滨滩地上,投身于挖山填海、改造自然的劳动中。在浮士德面前,一个由勤勉奋发的人类所构成的幸福社会已在他眼前隐隐浮现,在就这一刻,浮士德感到心满意足,他的这种满足并不基于现实,而在于未来的可能发展,一种奋斗进取的远大抱负,也是歌德所设想的理想王国的蓝图。尤其在《赫尔曼与窦绿苔》(1798)中,歌德借爱情故事表达对法国大革命带来混乱的批判,和对封建宗法式田园生活的赞美。这是一部以六音部诗行写成的牧歌,书中有关于安静生活的描写和赞美,所以被称为牧歌的叙事诗。可以看出,田园自然中的纯朴生活和本真人性是文学表现的重要对象,也是作家借此启蒙理性、反思生活的重要途径。

---

① [法]伏尔泰:《老实人》,傅雷译,译林出版社2018年版,第119页。

第五章 古典牧歌的式微与现实回响

启蒙思想家在作品中关注小人物在田地上的理想实现，而在 18 世纪中后期英国出现的感伤主义思潮和流派中，作家们对田地之上的小人物报以深切同情和感伤。感伤诗人们继续反对封建主义，批判资本主义发展暴露出的罪恶和矛盾，反驳 17 世纪和 18 世纪知识分子对理性的绝对信仰，他们崇尚感情，主张把情感放在理性之上。更为明显的是，这些感伤主义作家不同于启蒙主义作家对城市市民的关注，而是留恋宗法社会，描绘乡村风景，呈现底层小人物的辛酸和不幸，这与古典牧歌书写世俗人生具有一致性。

在感伤小人物的辛酸不幸方面，托马斯·格雷（Thomas Gay，1716—1771）于 1751 年发表的《墓畔哀歌》（"Elegy Written in a Country Churchyard"）极具代表性。格雷性格内向、感伤忧郁，重视友谊、终身未婚，喜爱深思、崇尚感情。诗人常常在乡村墓地徘徊，创作了他最优秀的诗篇《墓畔哀歌》，用悲哀的情调描写一座乡村的教堂墓地，表现个人冥想时的沉重心情。海厄特在评价这首诗歌时指出，这是英语世界最有名的诗歌之一，"虽非为哀悼某人而作，但也融合了田园式的理想和哀歌式的凄婉"[①]。格雷关注传统和历史延续，运用哀歌这一形式。哀歌在古希腊时期用来纪念战争中阵亡的将士，在古罗马时期常被用来写爱人的死亡，而在格雷笔下，表达对墓园中农民的同情惋惜。诗歌开篇描写黄昏的氛围，在传统牧歌中，牧羊人结束歌唱，带着快乐的心情在黄昏时分赶着羊群回家。在这首诗歌中，晚钟响起，牛群在草原上吼叫，耕地的人拖着踉跄的脚步回家，景色苍茫，一片肃穆，嗡嗡的虫子纷飞，羊栏传来昏沉的铃声，以听觉和视觉塑造一种阴郁的意境。紧接着诗人写墓中埋葬的人物，墓地已经长出一层乱草，坟墓已经坍塌败坏，这里不是有权有势的王公贵族，或是富商大族，洞窟里安放的是小村里粗鄙的父老，"各自在洞窟里永远放下了身体，/小村里粗鄙的父老在那里安睡"[②]。诗人设想死者生前辛苦劳

[①] [美]吉尔伯特·海厄特：《古典传统：希腊—罗马对西方文学的影响》，王晨译，北京联合出版公司 2015 年版，第 145 页。

[②] 胡家峦编注：《英国名诗详注》，外语教学与研究出版社 2017 年版，第 199 页。

西方牧歌发展的历史钩沉

作,有简单温暖的家庭,一生卑微如草芥,没有门第、权势、财富、光荣,死后没有纪念堂或被洋溢地颂扬。农民如埋在海底的明珠,如荒漠中无人赏识的香花,他们也有才智、勇气、优秀的品德,只是贫穷的命运限制了一些创造。

> 可是"知识"从不曾对他们展开
> 它世代积累而琳琅满目的书卷;
> "贫寒"压制了他们高贵的襟怀,
> 冻结了他们从灵府涌出的流泉。①

他们生前平淡,可每个人都值得被纪念,每个慈爱心肠的人对贫苦人都会同情地掉下眼泪。威廉·燕卜逊认为牧歌是一个将复杂纳入简单的过程,可以看出其中的社会意识,这主要指通过牧歌消灭和调和社会上存在的差别,赋予社会下层以高贵品质。在格雷这首诗歌中,他温和地批评了骄奢淫逸的权贵,并哲理性地指出,不论生前多么荣华富贵、显赫于世,最终在死亡面前人人是平等的。既然人人不免死亡,那么人对待命运的态度应该豁达。诗人站在乡村墓园里,在沉思中赋予默默无闻的贫民许多美德,认为他们的智慧丝毫不亚于权贵之人。他们中也有人具有弥尔顿的诗才,或强过克伦威尔的领袖人才,只是贫困的命运使他们的才智没有表现的机会。他们生前也有过抱负,经历过悲喜欢乐,劳作终生后只能埋在简陋的墓地里。但是世上的功名不过是过眼云烟,这些默默无闻的人们诚实劳作,他们的美德已足以补偿不幸的命运,已消除他们与上层社会的差别,如此,破败墓园、乡村农夫应该被人纪念。作为一位剑桥大学学者,格雷贴近乡村底层,表现出对劳苦大众的人道主义感情。人类的天性是慈善、怜悯和同情,这也是社会道德的核心。而格雷等感伤主义诗人则将这种天性展现出来,即使对默默无闻的陌生人也能饱含感情,在泪水涟涟中表现出美

---

① 胡家峦编注:《英国名诗详注》,外语教学与研究出版社2017年版,第201页。

第五章 古典牧歌的式微与现实回响

和崇高,这是感伤诗歌存在的魅力。传统牧歌关怀底层牧羊人的世俗生活,赞美他们简单、快乐的人生追求,而感伤诗歌关怀底层农民,同情他们的不幸人生,肯定他们拥有的智慧与力量,这同样流露出对乡间平静无争的赞同。这首诗从感慨长眠的"粗鄙的父老"开始,最后重心落在一个出身低微、毫无荣耀可言的孤独诗人身上。诗人同情"父老"进而预见自己的命运,而"白头乡下人"对诗人的命运做回答。人生而平凡,然后默默无闻地死去,这不仅是乡下父老和失意的浪漫诗人的命运,也是平凡众生所面临的人生境遇。但每个人都应该被尊重,值得被后人纪念,诗人在描写乡村墓地的感伤情绪中也体现出对芸芸众生的尊重与同情。

除了面对乡村民众,还有诗人在乡村场景中沉思默想。例如威廉·考珀(William Cowper,1731—1800)在其代表作《任务》(*The Task*,1784)中描绘日常生活和英国乡村场景,书写自己痛苦的心灵以及对时代现实的感伤情绪。考珀承受着不断发作的抑郁症,又有宗教方面的罪孽感和毁灭感,在逃避城市工作生活的压力时求助于退隐,可是又无法断绝俗世生活。因此,诗人在这部作品中以日常语言形式细腻柔和地表现乡村生活,在退隐中关注俗世,在自然景物中感时伤怀。这部作品共分为六个部分,分别为《沙发》("The Sofa")、《宁静时刻》("The Time-Piece")、《花园》("The Garden")、《冬日黄昏》("The Winter Evening")、《冬晨漫步》("The Winter Morning Walk")和《冬日午间漫步》("The Winter Walk at Noon")。在诗人看来,乡村在某种程度上远离尘嚣,正如他在第一部分《沙发》中提出的名言"上帝创造了乡村,人类创造了城市",以表达诗人对乡村生活的热爱。诗人借此在乡村中感受自然,例如在《受伤的鹿》("The Stricken Deer")中将鹿拟人化,以第一人称"我"来讲述不幸的遭遇。"我"在很久以前遭遇箭的重伤,在逃离时侧身又被射中,只好离开鹿群来到一处隐秘的角落等待死亡。"我"在那儿发现了另一只被弓箭射伤的鹿,它身上的伤疤惨不忍睹。考珀对乡村树木也充满同情,例如在《白杨林》("The Poplar Field")中,白杨树被砍伐,以前那簌簌的叶

西方牧歌发展的历史钩沉

声、树冠的荫凉、枝头和风的嬉戏、河中映出的身影都不见踪迹。诗人对白杨树充满同情，并从一棵砍倒的白杨树上思索生命的脆弱，而城市具有种种腐败邪恶，爆发出诗人对罪过和压迫的谴责。考珀一改新古典主义诗歌的文雅格律，多采用对话体和日常语言，以无韵体的形式抒发敏锐细腻的情感。《任务》的结构散漫，其中三个部分选择冬天背景，探讨了自然与社会、乡村与城市的种种问题。例如在《冬晨漫步》中，诗人描绘雪花覆盖大地，转而又展开对俄国女皇建造冰宫的深思，并集中描写巴士底狱中一个波旁王朝暴政受害者的想象。18世纪末19世纪初，国际政治冲突、思想解放斗争、宪法和立法改革等一系列困境影响了那一时期知识分子的精神生活和宗教生活。社会上的种种矛盾也体现在考珀笔下，使"他的全部诗歌回响着对奴隶制和非欧洲社会进行殖民侵略的诅咒声"[1]。考珀思考自然环境的循环变化，表达对殖民压迫、贫民苦难、战争行径等社会问题的批判与不满。同时，他关注乡村自然，同情底层民众，赋予贫苦乡民以纯洁善良的形象，甚至同情弱小的动植物，使自然万物具有了人的情感。这种语言形式和大众关怀使考珀成为介乎古典主义诗人蒲柏和浪漫主义诗人华兹华斯之间的重要诗人。

海厄特在论述古希腊罗马文明对近代欧美文学的影响时指出："这种影响时而减弱，时而加强，永远处于变化中，但从未消亡。"[2] 这句话用来评价牧歌发展状态同样合适。牧歌发展的黄金时间在英国内战中结束，从鼎盛到衰微，其内容和形式永远在时代洪流中变化。例如约翰·盖伊（John Gay，1685—1732）在其作品《牧羊人一周》（*The Shepherd's Week*，1714）中表现出对传统牧歌的挑战，既运用牧歌形式又嘲笑阿卡迪亚式逃避现实，并试图把乡村习俗搬到城市，探索新的城市牧歌。这些都说明牧歌不是铁板一块的静止的事物，而是不断扩展变化具有旺盛生命力的文学类型。但无论怎样变化，对理想

---

[1] [英]安德鲁·桑德斯：《牛津简明英国文学史》，人民文学出版社2000年版，第512页。
[2] [美]吉尔伯特·海厄特：《古典传统：希腊—罗马对西方文学的影响》，王晨译，北京联合出版公司2015年版，第215页。

的追求、对现实的关注是牧歌的重要特征。在 17 世纪初至 18 世纪末的转折时期,诗人们一如既往地在特定的环境背景中表达对理想的期待,并在理性主义思潮中流露对生命的深邃思索,以及在批判现实的感伤中怀念逝去的田园时光。但牧歌中不只有纯真和宁静,还有隐藏起来的痛苦。在新的时代境遇里,诗人们结合个体经验,带着痛苦或欢欣的情绪揭示乡村真相,从描写牧羊人的放牧和爱情生活转为对广大乡村劳动者的关注与同情,从表现乡村生活的宁静扩展至抒写农事劳动的艰辛。作家们在描述乡村苦难和田园怀旧的过程中,强调了对人的同情与怜悯这种高尚情感。事实上,诗人不仅仅关注乡村生活和底层大众,更在于借乡村这个舞台表达对人性的思考,在朴素与平凡中激发人固有的情感,实现牧歌导人向善的功能。牧歌永远处于变化中,但从未消亡。正如杨周翰先生指出的,从形式上看,牧歌里的牧羊人对我们今天的城市居民来说很陌生,很不真实,但是"牧歌精神确实还存在于西方文学中。对我们来说,有意义的是看它如何在具体作家的作品内具体地表现出来"[①]。在蒲柏之后的作品里,作家很少直接描写牧人在放牧羊群时的歌唱,但关注世俗人生、描绘理想生活等牧歌精神,以及风景、农牧民、音乐等牧歌元素仍然存在于诗歌、小说、散文、戏剧、电影、广告等广泛的文学中。古老的牧歌文学在不同时代里得到延续,并在才情各异的作家那里获得新的生命力,它仍然活跃在现代文学艺术中,这需要读者的欣赏与解析。

[①] 杨周翰:《十七世纪英国文学》,上海人民出版社 2016 年版,第 194 页。

第六章　现代语境中的牧歌精神重建

　　18 世纪末，詹姆斯·瓦特（James Watt）改良的蒸汽机对人类社会产生了难以估量的影响。1814 年，乔治·斯蒂文森（George Stephenson）制造出第一台蒸汽机车，这个火车头能牵引 30 吨的列车。1844 年，塞缪尔·莫尔斯（Samuel Morse）拍发了人类历史上的第一份电报。在这个时代，铁路与汽车兴起，交通前所未有的便捷，天文学、物理学、化学等科学实验和研究如雨后春笋，种种科技发明带来工业革命的飞速发展，这促使西欧大部分地区由农业文化转变为以机械工业为主的都市文化。在这种科学、工业的时代浪潮中，在社会欣欣向荣、工业劳动人口剧增以及唯物论独占鳌头的时代，传统的神学和自然观念逐渐失去光环。人们淡忘自然与情思，转而积极推崇英国哲学家边沁（Jeremy Bentham）的功利主义、法国哲学家孔德（Auguste Comte）的实证哲学、达尔文（Darwin）在《物种起源》（*Origin of Species*，1859）中宣扬的进化论，以科学、功利、实证、进化等新的观念指引人们的思想。文学发展与时代变革息息相关，当来自城市的力量大规模入侵乡土时，提屠鲁所在的地方是否一如既往能够作为停歇一晚的港湾？自然是否还能抚慰受伤的灵魂？乡村的景观、文化、心态等是否会被改变？而作家们是去缅怀那快乐、悠闲的过去，还是歌颂新时代中的种种新奇？牧歌式理想如何与新世界的生活环境相契合？凡此种种，成为作家们所要面对的问题。

第六章　现代语境中的牧歌精神重建

第一节　乡野自然中的人性美

18世纪末19世纪初是欧洲历史上和文学史上一个重要的转折时期。1789年的法国大革命爆发是发生转折的标志性事件，大革命之后出现的动荡、混乱、灾难的局面使许多思想家和文学家们认为，革命的胜利、资本主义制度的确立并没有实现自由、平等、博爱的美好预言。面对这一社会政治状况，18世纪末的作家们返回古希腊时期的文学艺术，试图以纯朴、宁静、和谐的理想美来培育完整人性，康德、黑格尔等德国古典哲学家们强调人主观的精神力量，圣西门、傅立叶等空想家提倡消灭阶级对立的空想社会主义思想，卢梭崇尚想象，宣扬个性解放和感情自由，提出返回自然的主张。这些学说和观点也对不满现实、偏爱表现主观、着重抒发个人感受体验的浪漫主义文艺思潮产生重要影响。18世纪末19世纪初，流行了两百年的新古典主义处于衰亡阶段，浪漫主义文学成为席卷全欧的强大的文艺运动。以华兹华斯（William Wordsworth，1770—1850）为代表的浪漫主义作家批判现金交易等城市文明，向往中古时代的纯朴，讴歌宗法式的农村生活和自然风景，寄托了诗人对实现人道主义理想的盼望。

关于华兹华斯的诗歌创作，勃兰兑斯指出，读者从这一类诗歌会很快想到华兹华斯的专长"他的牧歌"[①]。华兹华斯是英国浪漫主义的领袖人物，也是牧歌文学发展的重要拓展者。诗人华兹华斯出生于英国西北部威斯特摩兰郡（Westmorland）一个富裕的律师家庭，曾经度过不寻常的牧歌式舒适生活。这个家庭所在地区湖泊纵横、群山起伏、风光旖旎，是未被工业革命侵袭的农业区。童年时期的华兹华斯在优美的湖山胜景中度过，培养了他热爱大自然的性格，使他从小熟悉和重视天气的征兆、牛羊群的动作、薄雾的伸展等一年四季中英国自然

[①] ［丹麦］勃兰兑斯：《十九世纪文学主流·英国的自然主义》，徐式谷、江枫、张自谋译，人民文学出版社2017年版，第70页。

西方牧歌发展的历史钩沉

界的各种变化。成年后的华兹华斯在剑桥接受高等教育,成为桂冠诗人,一生平淡不惊。除了早年醉心于法国大革命,到欧洲大陆游历过几次,以及偶尔到伦敦小住之外,在他八十年的生涯中,有六十年是在湖区的天光云影之下平静地度过的。正如勃兰兑斯评价的:"生活的凄风苦雨,他无从领略;对待荣辱浮沉,他自有新教徒式的哲学……既不曾有先天的不幸造成他的缺陷,也不曾有凶猛的敌意憎恶使他惨遭痛苦的煎熬或是心灵上留下的创伤。"[①] 这样一位悠游山水的诗人始终将诗歌创作根植于家乡。当拜伦一再逃避自己的祖国去描绘希腊和东方的自然风采,雪莱不倦地赞美意大利的海岸与河川,司各特为苏格兰大唱赞歌,穆尔宣扬爱尔兰绿色岛国之美的时候,与自然亲密接触、生活又波澜不惊的诗人华兹华斯则选择描绘自己的家乡,呈现强烈的地方意识。诗人把农牧民等下层阶级劳动者作为诗歌创作的中心人物,用神奇的诗笔描述平凡自然与生活中的优美与哀愁。

华兹华斯在西方牧歌发展史上具有重要意义,其诗歌被认为汇聚了以往牧歌的重要特征,"容纳了18世纪牧歌与反牧歌中相互对立的要素"[②]。也有研究者认为,华兹华斯是西方牧歌发展历程中的一座分水岭,在其之前为古典主义牧歌,而其创作及以后的作品被视为现代牧歌,即"在简单的形式中蕴含着丰富的内涵"[③]。西方牧歌自中世纪以后逐渐向着寓意化、唯美化方向发展,到文艺复兴时期达到创作的高峰,更多成为庙堂之作。尤其是17世纪牧歌迎合贵族趣味,以不可思议的夸张描写成为献给恩主的赞歌,或沉于冥思,具有哲理化、宗教化意味。在18世纪,蒲柏以新古典主义手法创作《牧歌》和《温莎森林》,以牧羊人对话或独白的形式赞美风景、表露哀伤,或赞颂君主,期待黄金时代的到来,这是古希腊罗马牧歌的再现。但是随着

---

① [丹麦]勃兰兑斯:《十九世纪文学主流·英国的自然主义》,徐式谷、江枫、张自谋译,人民文学出版社2017年版,第55页。

② John Barrell and John Bull eds., *The Penguin Book of English Pastoral Verse*, London: Allen Lane, 1974, p. 427.

③ Peter V. Marinelli, *Pastoral*, London: Methuen, 1971, p. 3.

工业化、城市化发展,诗人们关注的重心逐渐转向城市,尤其是圈地运动造成种种乡村苦难,在新的时代境遇中,牧羊人角色以及一厢情愿式的赞颂主旨又显得不合时宜,因此蒲柏的牧歌最终成为绝唱。牧歌中不再有真相,这遭到人们的质疑和批判,促使一些亲历乡村生活的诗人抒写田园、揭露苦难。然而,世俗、优美、理想、愉悦一直是牧歌的重要特征。此后牧歌只有在反映现实时发出回响,或表达田园怀旧,或关怀底层平民,或宣泄感伤情绪,这在一定程度上远离了忒奥克里托斯和维吉尔确立的古典牧歌旨趣。因此,牧歌发展何去何从,如何将这一古老的形式适应新的时代现实,这是重新诠释华兹华斯诗歌意义的重要所在。

　　首先,华兹华斯恢复了古典牧歌建构的自然背景。在19世纪的英国浪漫主义文学中,柯勒律治偏重神秘荒诞的题材,着力描写具有宗教神秘色彩的梦境和幻想,济慈旨在表现诗歌的永恒之美和形式之美,司各特青睐故乡的历史传说和民间歌谣,雪莱、拜伦以坚定、乐观的革命激情反抗专制暴政,支持民族解放斗争,而华兹华斯则远离城市中心,抒写与城市相对立的乡村风景。华兹华斯自称是"林地和田野的漫游者",他并非描述封闭性的人造花园,而是立足于自己生活的格拉斯米尔村(Grasmere),在这里的多佛别墅(Dove Cottage)里创作许多关于乡野自然的不朽诗篇。诗人曾于20岁到22岁期间两次去法国,自29岁返回故乡之后,诗人表明"我"将不再远游,"在你的山岳中,我才获得/称心如意的安恬"①,此后一直与妹妹以及诗趣相投的柯勒律治、骚塞游览于家乡的山水之间。在《序曲》(The Prelude,1798—1805)的开端,诗人描写自己站在阔别多年的故乡山冈上,俯视下面的田园,微风拂面,树木葱郁,俨然就是一个伊甸园。这种恋乡情愫反复呈现在他的诗歌中,例如《家在格拉斯米尔》宣扬:"如今我永远拥有了它:亲爱的谷地,/你那些朴素茅屋中有一间

---

① [英]威廉·华兹华斯:《华兹华斯诗选:英汉对照》,杨德豫译,外语教学与研究出版社2016年版,第43页。

西方牧歌发展的历史钩沉

是我的家!"① 这山谷就是"我"的世界,这里轰响的大瀑布、苍苍的树林震荡"我"的心灵,激起"我"的欲望。华兹华斯热爱自然,钟情田园,他发现并精确地再现了英国湖区的地方特质,湖区遂被称为"华兹华斯郡"(Wordsworthshire),他最著名的诗篇基本上以格拉斯米尔湖、杜顿山谷、丁登寺等具体地点和场所为背景,被认为"所歌咏或涉及的山川湖泊具有地形学的真实"②。华兹华斯的创作根植于自己的家乡,使许多自然事物在诗人情感投射和想象升华中成为诗意的审美对象。

布鲁姆认为:"对华兹华斯而言没有什么词比'平常'和'普通'更能表示尊敬了。"③ 华兹华斯选取平常、普通的自然事物,然而"真正的伊甸园由平常的日子而生",诗人尊敬这些林地、田野等直观所及的英国自然风貌,并将其作为提高精神和道德境界的力量加以歌颂。在诗人看来,绿山雀散布着欢乐:"今天,你是这里的指挥官,/是你导演着五月的狂欢,/这里是你的领土!"杜鹃的啼鸣带来爱和希望:"静听着你的音乐,/直到我心底悠悠再现/往昔的黄金岁月。"④ 一片水仙花使人消散愁云、收获喜悦,绿树中的樱草花丛、四周的鸟儿欢跳、萌芽的嫩枝迎着清风也让人感到闲适愉快。在《丁登寺》("Tintern Abbey")中,诗人认为大自然高大的树林、耸立的山峰、绿色的田园景色将成为不朽的记忆:

> 这一天终于来了,我再次憩息于
> 这棵苍黯的青桑树下,眺望着
> 一处处村舍场院,果木山丘,
> 季节还早,果子未熟的树木
> 一色青绿,隐没在丛林灌莽里。

---

① [英]威廉·华兹华斯:《华兹华斯叙事诗选》,秦立彦译,人民文学出版社2017年版,第218页。
② 涂险峰、张箭飞主编:《外国文学》,北京大学出版社2014年版,第147页。
③ [美]哈罗德·布鲁姆:《诗人与诗歌》,张屏瑾译,译林出版社2020年版,第71页。
④ [英]威廉·华兹华斯:《华兹华斯诗选:英汉对照》,杨德豫译,外语教学与研究出版社2016年版,第103页。

第六章 现代语境中的牧歌精神重建

> 我再次看到这里的一排排树篱——
> 算不算树篱也难说，无非是几行
> 活泼欢快、野性难驯的杂树；
> 一片片牧场，一直绿到了门前；
> 树丛中悄然升起了袅绕的烟缕！①

果树、村舍、山丘、牧场、炊烟是古典牧歌中常见的乡村风景，而华兹华斯再次抒写由清泉、炊烟等组成的乡村风景，反复吟咏宗法式的乡村生活和自然世界，这是华兹华斯重返古典牧歌的努力，塑造了有别于同时代浪漫主义诗歌的独特所在。勃兰兑斯认为："华兹华斯的真正出发点，是认为城市生活及其烦嚣已经使人忘却自然，人也已经因此而受到惩罚；无尽无休的社会交往消磨了人的精力和才能，损害了人心感受纯朴印象的灵敏性。"② 华兹华斯批判蝇营狗苟的社会生活，认为这使人们舍弃了自己的性灵，并用"亲缘纽带"来形容他与自然的关系，以朴素清新的笔调描述简朴的生活，在商业资本主义社会里宣扬返璞归真的思想，这有助于引导工业时代的人们在乡村自然中找到精神归宿和灵魂家园。

其次，华兹华斯以日常语言描述普通人的日常生活，这与古希腊罗马牧歌的风格与内容具有一致性。作为英国诗歌史上的一座里程碑，与柯勒律治合著的《抒情歌谣集》（*Lyrical Ballads*，1798）是华兹华斯诗歌创作的准则和宣言。在序言中，华兹华斯主张避免诗歌创作的华丽辞藻，而采用中下阶层的谈话语言："这样的语言从屡次的经验和正常的情感产生出来，比起一般诗人通常用来代替他的语言，是更永久、更富有哲学意味的。"③ 而在题材方面，华兹华斯自称"北方村

---

① ［英］威廉·华兹华斯：《华兹华斯诗选：英汉对照》，杨德豫译，外语教学与研究出版社 2016 年版，第 103 页。
② ［丹麦］勃兰兑斯：《十九世纪文学主流·英国的自然主义》，徐式谷、江枫、张自谋译，人民文学出版社 2017 年版，第 39 页。
③ 伍蠡甫、胡经之主编：《西方文艺理论名著选编》中卷，北京大学出版社 1986 年版，第 43 页。

西方牧歌发展的历史钩沉

民",强调到茅舍田野去,到孩子中间去,选择"微贱的田园生活"。诗人真诚地从平凡的乡村生活中选取微不足道的事件和场景,自始至终竭力采用人们真正使用的语言来描绘农民、牧民、雇工、破产者、流浪汉、乞丐、山中女孩等人物,赞颂他们的朴素、勤劳和单纯。华兹华斯阐明了他对语言风格和诗歌题材等方面的追求,例如在《孤独的割麦女》("The Solitary Reaper")中,诗人以白描手法描述一位农家姑娘在高原田野里劳作唱歌的情景。诗歌开篇写道:"你瞧!那高原上年轻的姑娘,/独自一人正在田野上!"(Behold her, single in the field, /Yon solitary Highland Lass!)这里的第二人称"你"可能是华兹华斯在场的亲友,也可能是不在场的广大读者。"你瞧"这一亲切呼唤将诗人、读者和姑娘置于同一空间,使每位欣赏这首诗歌的读者凭借自己的经历、爱好和心情展开自由联想,仿佛来到这片高原上,近距离倾听她的歌唱。紧接着诗人写"她时而停下,又轻轻走过,/一边收割,一边歌唱!"(Reaping and singing by herself; /Stop here, or gently pass!)这里的语句简单,以独自(single)、田野(field)、收割(reaping)、歌唱(singing)这样通俗易懂的词汇描述割麦女所处的场景、动作以及情绪,成为一首关于劳动、歌唱的恬静牧歌。诗人又以夜莺的婉转、春光里杜鹃的啼鸣来形容歌声悦耳动听,又以遥远的悲欢离合、当今寻常小事等激发人们的想象。不管这姑娘唱的是什么,那曲子一首接着一首,"只见她一边唱一边干活,/弯腰挥动着镰刀"(I saw her singing at her work, /And o'er the sickle bending)。这些诗句以亲切的日常语言建立"你""我"与"她"之间的情感联系,创造了身临其境的感觉,从而加深了读者对这一纯朴、勤劳、欢乐的农家少女的印象。

贺拉斯在《诗艺》中要求诗人"向生活寻找典型,向习俗汲取言词"[①]。一句俗语有时比文雅的话更有启发性,它取自生活,能使人立

---

① 章安祺编订:《缪灵珠美学译文集》第 1 卷,缪灵珠译,中国人民大学出版社 1987 年版,第 57 页。

刻明白并更有说服力。埃德蒙·威尔逊认为："每一位诗人都有自己的个性，每一时代都有自己的语调和词素的组合。而诗人的任务是去找寻和发明一种特别的语言，以表现其个性和感受。"① 华兹华斯在所处时代里发现了生活中的语言，认为诗歌必须表现普遍真理，凭借热情深入人心。在大多数读者被虚伪的文雅、人为的欲望所迷惑的时候，华兹华斯在诗歌创作中则采用近乎散文的无韵体形式描述优美风光、塑造山地儿女、关怀世俗人性，强调在情感的自然迸发中引导人走向美与善，这有助于改变文艺复兴以来牧歌语言的文学化、韵律的规则化和意境的深奥化倾向。华兹华斯的诗歌再现了古典牧歌简单、朴素、温情的特征，其诗歌中流淌的情感也因此更纯洁、持久和自然。

再次，华兹华斯再现了维吉尔牧歌中的儿童意象。"童年与牧歌的连接在忒奥克里托斯的牧歌作品中已有所暗示"②，而在维吉尔第四首牧歌中，诗人让婴儿肩负带来黄金时代的使命。长期以来，童年是作家创作的灵感源泉，幸福的乡村与无忧童年密切相连。华兹华斯自称"群山的婴孩"，他歌颂婴孩的天真无邪、童心盎然，表现出对处在无意识状态因而最接近自然的幼稚婴孩的尊崇。例如诗人在《彩虹》中指出：

> 儿童成人父，
> 天真为始终。
> 愿我有生日，
> 日日当如是。③

诗人认为一天之内清晨最美，人的一生里童心最美。在儿童眼里，自然界的现象样样新鲜，因此儿童比成人更亲近自然，更容易领悟不

---

① ［美］埃德蒙·威尔逊：《阿克瑟尔的城堡：1870年至1930年的想象文学研究》，黄念欣译，江苏教育出版社2006年版，第15页。
② Peter V. Marinelli, *Pastoral*, London: Methuen, 1971, p.75.
③ 许自强、孙坤荣主编：《世界名诗鉴赏大辞典》，商务印书馆国际有限公司2018年版，第88页。

西方牧歌发展的历史钩沉

朽的信息。成年后的诗人看到天际彩虹欢喜跳跃，他因此庆幸自己童心未泯，并祝愿自己将来进入老年还能保持与大自然的契合，期盼将欣赏自然之美的心情贯穿生命的始终。在平凡的生活中，儿童往往纯真无邪、健康活泼。例如在《宝贝羔羊：一首牧歌》("The Pet-lamb, A Pastoral") 中，诗人描述一个俊俏的小女孩半跪在草地上，喂一只捡来的雪白的小羊羔，并用柔和的声音说这块草地挺软和，草儿又嫩又青，小乖乖怎么不歇着还心神不定。小牧人对小羊羔的爱护、安慰充满了童趣。而在《露西·格瑞》("Lucy Gray") 中，山上小鹿都没有露西活泼，她步子变换不定，上坡下坡，翻越山岭。童年纯真、活泼，更接近自然，除此之外，诗人还认为婴孩不同凡俗，更能领悟不朽传达神圣的使命，成为连接伊甸园和现实的媒介："感知功能的成熟，使他的心灵/具有创造力，犹如那伟大灵智的/代理。"[1] 源于对童年的高度赞扬，诗人将"童年乡村"作为乐土意象。例如"我"常常回顾驻足山顶的那一刻，那时"我"还只是一个上学的孩子，当时"我"处在一片软软碧绿之中，俯视着幽深的谷地，仰望着耸立的群山。"我"坐在那里眺望，看到山崖密林覆盖的陡坡、唯一的绿岛、曲折的湖滨、一座座小小的石山、山石筑成的教堂以及像星星一样散落的农舍，那朴素茅屋中有一间是"我"的家。从那个时候起，这山谷长存于"我"的思绪中，每当"我"回忆童年时站在山顶的时刻，内心便拥有无上的幸福：

> 极乐伊甸园的树荫下，
> 也并不曾有这样的幸福，也不可能
> 有这样的幸福，我拥有了人们
> 渴求而不得的福祉。[2]

---

[1] [英] 威廉·华兹华斯：《序曲或一位诗人心灵的成长》，丁宏为译，中国对外翻译出版公司1997年版，第40页。

[2] [英] 威廉·华兹华斯：《华兹华斯叙事诗选》，秦立彦译，人民文学出版社2017年版，第220页。

华兹华斯强调重返美好、欢乐、自然的童年，这种回归童年的渴望也是牧歌怀旧思想的表达。从维吉尔到华兹华斯，从弥赛亚到浪漫崇高，诗人们超越现实，赋予童年以诗意想象。马利奈里（Peter V. Marinelli）在《重返童年》（"The Retreat into Childhood"）一文中感慨："儿童可以作为天真的标志，在超越时间的情况下留存。作为根深蒂固的追求完美本能的证明，牧歌作品即便在这个难以想象的恐怖时代也会存活，也许会因此而繁盛。"① 对童心和童年乡村的回顾，不仅是诗人的个性体验，更可能反映人们对于纯真的渴望。然而世故庸俗、欲壑难填的成人世界不断腐蚀着童年伊甸园，或许为了建构永葆童真的乡村，华兹华斯笔下的婴孩总是年幼夭折。例如《我们是七个》（"We Are Seven"）中的小女孩的姐姐和弟弟已死，这种死亡可被视为保护孩子免受恐怖时代尘世污染的途径。华兹华斯把童年记忆扩大到整个乡土记忆，以诗化方式建造美丽温馨的家园，这有助于唤醒人们对质朴美好生活的期待。

最后，华兹华斯深化和扩展了古典牧歌中幸福与痛苦的对立因素，并通过对小人物的关怀和同情，引导读者在痛苦中看到人性的美与崇高。华兹华斯在其《抒情歌谣集》的"序言"中提及维吉尔第一首牧歌中的诗句："今后我见不到你，绿油油的，悬挂在/长满树木的岩前，离开那岩石很远很远。"② 华兹华斯认为："山羊悬挂在陡峭的山崖上，情况十分危险，而牧羊人躺在僻静的崖洞里观察它，处境舒适和安全。两者恰恰是一个鲜明的对比。如果把这些意象单独拿来看，就远不如它们互相结合和对立所构成的画面那样动人！"③ 山羊悬挂的危险、牧羊人的舒适和安全这两种要素呈现鲜明的对比，而两者结合所构成的画面更为动人，即在一首诗歌中既有"悬挂"的痛苦，又有

---

① Bryan Loughrey ed., *The Pastoral Mode: A Casebook*, London: Macmillan, 1984, p. 135.
② 伍蠡甫、胡经之主编：《西方文艺理论名著选编》中卷，北京大学出版社1986年版，第58页。
③ 伍蠡甫、胡经之主编：《西方文艺理论名著选编》中卷，北京大学出版社1986年版，第61页。

西方牧歌发展的历史钩沉

"舒适"的幸福。在《序曲》在第八章中，华兹华斯提到他自小最爱乡村的牧人。但他眼中的牧人不是希腊诗歌中所赞美的牧人，他们隐居在阿卡迪亚，世代传递着幸福与满足，也不是文艺复兴时期的朝廷中人，一旦遭遇厄运便离开宫廷或家园到阿卡迪亚式的乐园中退隐，也并非斯宾塞笔下被美化的羊倌，成为牧人与诗人的完美结合。华兹华斯既不像传统牧歌那样过多强调闲适生活，创造理想化的牧人形象，也不像反牧歌诗人那样一味揭露乡村的真相，表现底层的痛苦。华兹华斯小时候最爱的牧人以及他笔下的牧人形象是真实存在的个体，融汇提屠鲁和梅利伯的经历，既表现他们的快乐与痛苦，也挖掘"悬挂"与"舒适"这种对立结合构成的动人画面。

在表现痛苦方面，华兹华斯诗歌中存在历史的"缺场"。例如《丁登寺》体现回归自然和童年时代关于自然美的回忆，但真实中的丁登寺则拥塞着大量失业而贫困潦倒的流浪汉，丁登镇则在工业革命的冲击下变成繁荣的冶铁中心。诗人并没有呈现这些民不聊生、危机四伏的社会现实，反而呈现美丽与欢乐的牧歌图景，这必然遭到一些学者的批判。但正如牧歌中的美丽与哀愁并列一样，《丁登寺》同样有对现实的反映，如"林子里没有屋宇栖身的流浪汉""困于城市的喧嚣""焦躁忧烦，浊世的昏沉热病"等曲折地表达了诗人对现实的观照。诗人也直接表达对现实的批判，如写于1802年的《伦敦》表达诗人对英国一潭死水、尽是贪婪之徒的愤恨，诗人怀念独立、纯洁、虔诚的斗士弥尔顿，迫切希望他能拯救英国社会，给"我们"以良风、美德、力量和自由。诗人把拯救的力量放在弥尔顿身上，表现出华兹华斯高度认可诗人在国家统治中的作用，由此颂扬了诗和诗人的地位。在《序曲》第九章中，诗人记录自己去堂皇场所，碰见来自城里高贵门第的常客，他们精于诗画、常于礼节，却一律不谈时局，于是诗人决定离开这些人，把整个心和爱都给人民。诗人痛恨浮华的典礼、残酷的权力，却有对不幸大众的怜爱。例如诗人满怀仁慈精神，从一个饥饿的姑娘身上描绘对未来的设想。诗人渴望短期内不再出现悲惨的穷困，大地实现它的意愿，出产丰富的物品去报偿那些温顺、卑微、有耐心的劳动儿女。诗人期盼人民强有力地创建自己的法律，全人类的美好日子将从此开始。

当然诗人也在诗篇中直接反映乡村痛苦。例如在《废毁的农舍》（"The Ruined Cottage"）中，诗人通过"我"与一个乡下老货郎交谈的方式，讲述荒屋主人玛格丽特苦等丈夫最后郁郁而死的不幸故事。两个乡下人谈起这个荒屋的过去，这里整洁、安静，女主人热情地对待路人。后来玛格丽特勤快的丈夫、庄稼汉罗伯特被荒年所逼，粮食歉收、战时经济、穷苦困顿以及悲观绝望使这位丈夫选择不辞而别。而玛格丽特在一年又一年打探丈夫消息、等待丈夫归来的盼望中，她的身体、神情、两个孩子以及居住的农舍都在发生急剧改变。从最初她讲出憧憬的话语，到脸瘦削苍白，很多天都在田野里游荡，再到不停地叹息，她的心不见起伏，以致穷困、悲伤而消沉，直到她的婴孩死了，孑然一身，最后可怜的小屋只剩下冰冷赤裸的墙壁，土墙顶上杂草丛生。玛格丽特在苦等丈夫中死去，如今屋毁人亡，物是人非。《迈克尔：一首牧歌》（"Michael：A Pastoral Poem"）则以诗人的视角讲述格拉斯米尔谷地森林边上一个乡下牧羊人迈克尔的不幸人生。老羊倌迈克尔精神矍铄、身体康强，他的筋骨从年轻到年老都非常强壮，他通晓各种风的深意，对群山、田野、羊群抱着生命本身所具有的欢愉。他过得平淡满足，有相貌端正、勤劳善良的妻子，尤其是年老时喜得爱子。他唯一的儿子是他在这世上最钟爱的，是他的心肝、欢乐、安慰和每日的希望。老羊倌带儿子上山放羊、干活，教他学习山的奥秘和风的脾气，年复一年，他们怀抱目标与希望，本本分分地过着勤勉的生活。但是这善良的一家三口得到悲伤的消息，迈克尔曾为勤劳、家产丰足的侄子担保，不幸却意外降临，老迈克尔被传唤支付罚没的钱款，相当于迈克尔的一半家产。唯一的希望是变卖一部分祖传的土地，但迈克尔决定保留祖传的土地，让18岁的独子去城里干活。他相信儿子路加靠亲戚的帮助和自己的节俭会很快弥补家中的损失，然后重新回到自己身边。临别前，老羊倌把孩子叫到山谷那堆石头旁，让他给羊圈立一块石基，嘱咐他以后不论到哪里遇到什么困难，这里是

西方牧歌发展的历史钩沉

孩子的依靠和根基，象征父子之情坚硬耐久，经得起时间的冲蚀。但孩子在放荡堕落的城市里走上了歧途，耻辱和羞惭降临在他身上，最后他不得不逃亡海外去寻找藏身的地方。直到迈克尔死，那羊栏都没有砌成，最后家产落入陌生人手中，人们称作"长庚星"的农舍也不见了。玛格丽特的丈夫、迈克尔的儿子都是为了生计被迫出走，最终杳无音信。在诗人笔下，坎伯兰的老乞丐孤独而衰弱，他总是佝偻着身体，眼睛总是看一小块地面。老猎人西蒙·李从前是快活的猎人，如今矮小、贫穷、四肢衰朽、瘦弱多病，两个脚踝粗大而臃肿，他失去右眼，没有孩子，是村里最虚弱的人。这一切具体的故事既代表乡村的痛苦，也是人类生存境遇的表达。

反映乡村痛苦是自18世纪以来牧歌中的重要内容，尤其是真正深入乡村、经历过苦难的诗人，更容易表现沉重的现实生存。诗人达克、克雷布、克莱尔、哥尔斯密斯等诗人出身底层，对穷苦大众有天然的亲缘之感和同情之意。而对华兹华斯而言，他生于富裕家庭，接受高等教育，尽享文人所向往的尊荣，缘于这种人生际遇，他与真实的农牧民必然存在一定距离。华兹华斯曾目睹法国大革命初期的景象，满怀兴奋地提及法国的年轻人如在天堂。但随着法国革命进入激化阶段，革命内部派别之争日趋尖锐，雅各宾专政使他恐惧不安，于是他思索的中心从革命转为人性，认为只有恢复人的单纯和善良，才能革新社会。在《抒情歌谣集》第二版序言中，华兹华斯提出诗歌不是"科学"，其目的并非要表现真理，而是培养人的天性中的情感成分，一改新古典主义的清规戒律，主张通过诗歌流露感情传达理想，提出"一切好诗都是强烈情感的自然流露"[①]。可以说，华兹华斯书写乡村痛苦，并不沉于苦难而不可自拔，而是要以极其普通甚至平庸的题材来唤醒人们的心灵，使人们通过平凡人而关怀人类，从具象个体上升到整体共性，注意到从未被留意过的美和令人惊叹的事物，进而寻找

[①] 伍蠡甫、胡经之主编：《西方文艺理论名著选编》中卷，北京大学出版社1986年版，第43页。

第六章 现代语境中的牧歌精神重建

至善与大美。

为了表现高尚的人性,华兹华斯描述了与自然相处的人在痛苦面前的坚韧,他们在严酷贫瘠的现实中"过着更加艰难却更加自由高尚的生活"[①]。例如,在自然的壮丽和山脉的庄严之中,迈克尔成为既孤独又崇高的人类形象,"他高大的身形是苍穹下傲然独立的存在"[②]。席勒在《论素朴的诗与感伤的诗》中指出:"自然赋予素朴诗人以这样一种能力:总是以不可分割的统一的精神来行动,在任何时候都是一个独立的和完全的整体,并且按照人的实质在现实中表现人性。"[③]席勒认为,人性是素朴诗人所要表现的重要主旨,素朴的诗能引起心灵的平静、松弛的感觉和情趣的满足,能够引导我们回到生活中去。华兹华斯创作了素朴的诗篇,他反映了人所拥有的整体情绪,并在自然当中呈现人的高贵精神。正如迈克尔失去独子后,他仍然去岩石间看自然的风云,照料羊群,在家传的土地上劳作,也常常到小山谷去给羊圈加上一块石头。与儿子在城市里堕落沉沦不同的是,乡村羊倌迈克尔在自然环境中孕育道德精神,他仍然身强力壮、俭省勤快、心灵手巧、干脆利落,在自然状态中展现牧人的理想素质。华兹华斯赞颂迈克尔这样与自然相处的贫苦人民,认为这些人少受世俗的诱惑,身上呈现出纯良品德和坚韧意志,他们的生活似乎更体面、更有价值。

爱默生曾在出访英国时的见闻记录中这样描述华兹华斯:"他的心灵里有麻木的地方,他的诗里有乏味生硬的东西,缺乏优雅和变化,缺乏适当的普遍性和世界性,他跟英国的政治和传统保持一致;他选择处理题材时有一些自命不凡的傻气;然而关于他,还是让我们说,在他的时代里,只有他出色地描绘了人类的心灵,而且还带有绝对的

---

① Jonathan Bate, *Romantic Ecology: Wordsworth and the Environmental Tradition*, New York: Routledge, 1991, p. 24.
② Peter V. Marinelli, *Pastoral*, London: Methuen, 1971, p. 2.
③ 伍蠡甫、胡经之主编:《西方文艺理论名著选编》上卷,北京大学出版社出 1985 年版,第 476 页。

西方牧歌发展的历史钩沉

信赖。"① 在与华兹华斯同时代的英国浪漫主义诗人中，柯勒律治选择超自然题材，凭借想象力量抒写奇幻古怪的浪漫，拜伦描写孤独的漂泊者恰尔德·哈洛尔德出游欧洲的见闻，雪莱采用古希腊神话题材，把普罗米修斯塑造为资产阶级革命家形象，司各特则在历史著作中反映从中世纪到资产阶级革命时期英格兰和苏格兰的社会生活。可以看出，这些诗人的作品分别具有想象奇特、背景宽广、人物非凡、思想激进等特点。与此相比，华兹华斯执着地描绘乡村自然和底层人物，这具有爱默生所认为的自命不凡的傻气。但华兹华斯出色地描绘了人类的心灵，他试图恢复人性的单纯和善良，引导读者产生对平凡小人物的同情。例如在《废毁的农舍》中，华兹华斯让两个路人讲述玛格丽特毁灭的故事，以平淡的语气、朴实可信的语言呈现人生的痛苦。因为这两个路人处于社会底层，能够发自内心地对底层女性玛格丽特产生同情，在讲述这个故事时，"表达情感和思想都很单纯而不矫揉造作"②。这样便能从两个路人身上充分体现人心灵的善良和高贵，也更能引领读者对小人物的不幸产生同情。

同情是华兹华斯大部分诗歌的核心主题。布鲁姆曾指出尘世对华兹华斯来说就已足够，"放眼身边，在那些疯子、流浪者、可怖地衰老着的人身上看到的是童年意识的活动的象征。从他们身上他得到了迫切需要的慰藉，那几乎不再使人感到痛苦的必死命运的暗示"③。华兹华斯同情那些生命有所残缺的人，但从他们身上看到力量，进而带领读者获得迫切需要的慰藉。例如华兹华斯在荒野里遇到一位以采水蛭为生的老人，老人满怀信心、乐天知命，甚至在极端贫苦的境遇中依旧心地宁静。这种"听天由命"的态度使年轻的诗人受到感染，每当想到那位在荒野里采水蛭的老人就能缓解自己对未来的忧虑。老猎

---

① [美]拉尔夫·爱默生：《爱默生集》，赵一凡等译，生活·读书·新知三联书店1993年版，第1023页。

② 伍蠡甫、胡经之主编：《西方文艺理论名著选编》中卷，北京大学出版社1986年版，第43页。

③ [美]哈罗德·布鲁姆：《诗人与诗歌》，张屏瑾译，译林出版社2020年版，第81页。

人西蒙·李年轻时跃马如风、健步如飞，现在却难以挖出一棵已经腐朽的树根，面对别人的帮助，他满眼热泪，不停感激。诗人在平白如话的叙述中表达对这位老人的敬意：

> 我听说有人心肠刚硬，
> 以冷漠回报别人的恩惠。
> 哎！人们对我表达的感恩，
> 却常使我忍不住伤悲。①

可见，老人的善良、感恩令同样善良的"我"无法忘怀。这种同情之心在《坎伯兰的老乞丐》中表现得更为明显。面对一位孤独衰弱的老乞丐，骑马而行的人会勒住马的缰绳，把硬币安放在老人的帽子里，当马继续前行，他还会回头看一眼这个老乞丐，目光有些躲闪。过路收费口的女人看到老乞丐，会放下手中的活，为他把门闩打开，放他过去。赶车的人超过老乞丐时，车夫会将车轻轻赶到路边，口中没有一句咒骂，心中也没有怒意。诗人罗列了人们的种种善举，并指出乞丐维系着村民的善意：

> 权势，智慧，不要把这乞丐看作
> 世上的负担。依照大自然的法则，
> 被造的万物中哪怕最渺小的，
> 万物中形貌最丑陋的，最粗野的，
> 最愚钝的，最有毒的，都不缺乏善，
> 都是善的一种精神，一种搏动，
> 都是与万物不可分的生命和灵魂。②

---

① [英]威廉·华兹华斯：《华兹华斯叙事诗选》，秦立彦译，人民文学出版社2017年版，第111页。
② [英]威廉·华兹华斯：《华兹华斯叙事诗选》，秦立彦译，人民文学出版社2017年版，第51页。

西方牧歌发展的历史钩沉

诗人从四处奔波、挨门行乞的老人身上看到善和灵魂。在开篇处，诗人描写老乞丐坐在公路边矮石阶上，孤独地吃着食物，碎屑从颤抖的手中簌簌落下，山中的小鸟们还不敢来啄食终属于它们的食粮，在他手杖旁边跳跃。这是一幅静谧的画面，受到学者的高度评价：

> 整首诗将近二百行，是一部世俗的启示，揭示出人生终极之事。如果真有神启而天然的虔诚这种矛盾修饰法，那么这段诗必定就是：老乞丐与小山雀、石上的阳光、颤抖的手中撒下的面包屑。这是一种顿悟，因为它向华兹华斯及我们昭示了一种至高无上的价值，昭示了人类在最窘迫的时刻仍应保持的尊严，这个垂垂暮年的乞丐几乎没有意识到他的境况。①

布鲁姆认为，华兹华斯强调老乞丐身体的衰弱和无助，精心描绘个人痛苦所呈现的悲情，但痛苦中流露出的审美尊严更令人感动。华兹华斯描写苦难生活，在这些诗篇里浸透着同情与深刻的情感，教会人们感同身受地体谅他人的种种困顿：

> 他就这样维系着
> 村民的为善之心，否则岁月的流逝，
> 不完整的经验给予的不完整智慧，
> 会让他们钝于感受，必会让他们
> 一步步屈服于自私和冷漠的思虑。②

雷蒙·威廉斯指出："在他身上，在他实际的流浪生活上，集中着社群联系和善良仁慈，那正是自然的推动力。正是通过向他施

---

① [美]哈罗德·布鲁姆：《西方正典》，江宁康译，译林出版社 2011 年版，第 193 页。
② [英]威廉·华兹华斯：《华兹华斯叙事诗选》，秦立彦译，人民文学出版社 2017 年版，第 51 页。

舍，那种同情感得以继续存在。"① 只要是老乞丐走过的地方，人们会做出爱的举动，这使村民们保存爱心，并被自己的善举提升，带来喜悦和幸福，以一种德行和善意反对平庸社会的严酷和自私的安适。

华兹华斯毫不隐讳乡村苦难，在诗人看来，苦难净化了穷人的内心，使穷人在超越苦难的过程中表现出更深沉的爱和更坚韧的精神力量。可见，快乐与痛苦、"悬挂"与"舒适"这种对立结合是华兹华斯作品的典型特色。华兹华斯塑造了乡村自然中渺小卑微但精神坚毅、悲而不怨的高尚个体，这与喧嚣城市中堕落、庸俗的人群形成强烈对比。这些平凡人物身上的悲伤能够让读者在同情中净化情感，正如诗人认为老乞丐能够引起灵魂的震颤，使年轻力壮的人、无所用心的富足的人、有荫庇的人等想起自己所有的幸福、特权和侥幸，至少让人们有所感，这是这些悲剧人物形象所具有的审美力量。当然，华兹华斯的自然崇拜带有说教的成分。华兹华斯在诗歌中着重赞美两类人物，一类是以露西为代表的天真纯洁且即将步入成人社会的少女，另一类是以迈克尔和捞水蛭者为代表的陷入穷途绝境却依然乐天知命的老者。他们以自然中的纯真、苦难中的伟大成为这焦灼世界的美德象征。露西和迈克尔无一例外地从自然中汲取高贵品质，这神化了自然的力量。诗人自己就曾在《序曲》中指出，《迈克尔》不再是真实的村庄牧羊人，而是其童年时期的安魂曲。这种说教与幻想也遭到一些评论者的批判。例如勃兰兑斯认为："他的自然主义激情和与此密切相关的试图通过美化下层阶级进行说教的倾向，常常驱使他赋予某个地位低下的男人或女人以他或她很少有可能具备的品质和才能。"② 帕特森也认为，华兹华斯通过苦难突出穷人的高贵、庄严形象，"将穷人作为审美对象，这是从文学的角度作出的外部观察，却模糊了人物内心的真

---

① ［英］雷蒙·威廉斯：《乡村与城市》，韩子满、刘戈、徐姗姗译，商务印书馆2013年版，第182页。
② ［丹麦］勃兰兑斯：《十九世纪文学主流·英国的自然主义》，徐式谷、江枫、张自谋译，人民文学出版社2017年版，第71页。

实感受"①。华兹华斯作为养尊处优、过着尊荣生活的诗人,他虽然同情穷人,表现出高尚的人道主义情怀,但华兹华斯没有作出有针对性的指责,也并未从社会政治方面探讨穷人命运的根源,因此他的乡村悲剧也被认为是一首彻底的"田园庸俗作品"②。

尽管人们对华兹华斯的创作有所质疑,但不可否认的是,华兹华斯在简单中发掘深邃,在平凡的生活中发现至善和大美,以此实现牧歌塑造理想、带来愉悦的功能。正如布鲁姆指出:"恰当地让一个垂垂暮年的乞丐在自然之眼的注视下度过有生之年后死去;为温婉可爱的农夫玛格丽特被记忆与希望的力量摧毁而感到无比悲怆;这些是每个年龄段的人,无论性别、种族、社会阶层或意识形态,都可以意识到的情感。指责华兹华斯的诗没有写出政治及社会抗议,或抛弃了革命,这本身就逾越了学术自大与道德至上之间的最终分界。"③ 华兹华斯寄情和讴歌宗法式的农村生活和自然风景,缅怀中古的纯朴,又以现实主义手法抒写乡村的痛苦不幸,以人性中的至善和大美来对抗苦涩的现实。华兹华斯诗歌包含了乡村悲与牧歌美,并以对人性的关怀思索使简单平凡的题材具有丰富的内涵,他阴郁而崇高的牧歌诗篇留给我们的唯有经典的记忆。

第二节 平凡俗世里的人情美

回归故乡、传统、自然,在文化保守主义的寻根中探索心灵的慰藉,这是诗人们所秉承的一贯传统。到田园中寻找诗意、守望生命也是法国浪漫主义文学所要呈现的重要内容。法国历史上第一位专业女作家乔治·桑(1804—1876)在《魔沼》(*The Devil's Pool*, 1846)中引用维吉尔的诗句:"啊,庄稼汉要是了解他的幸福的话,那真是幸

---

① Annabel Patterson, *Pastoral and Ideology: Virgil to Valery*, Berkeley: University of California Press, 1987, p. 282.
② Greg Garrard, *Ecocriticism*, London: Routledge, 2004, p. 40.
③ [美]哈罗德·布鲁姆:《西方正典》,江宁康译,译林出版社2011年版,第201页。

福啊!"① 这是一句忧郁惋惜的感叹,也是一个充满柔情蜜意的宣言。乔治·桑认为农夫也是艺术家,即使不能表现美,至少可以感受美,因此"对于一个庄稼人,梦想过上甜蜜、自由、诗意、勤劳和纯朴的生活,并不是那样难以实现的,不应把这看作是想入非非"②。乔治·桑试图在法国的浪漫主义文学时期讲述一个庄稼人过上梦想生活的故事。

庄稼人是凭借原始生产方式、依靠土地勉强生活的人,也是平凡与艰难的化身。乔治·桑在《魔沼》的开篇处并没有赞美农民的幸福,而是引用德国画家霍尔拜因(1497—1543)一幅版画上的题诗:

> 用你满脸的汗水,
> 换得赖以生存的面包;
> 一生劳顿,历尽坎坷,
> 如今死神来召唤你了。③

这幅题名为《死神的幻影》绘画呈现了"流汗与苦干"的场景。在广袤的原野上,远处可见一些简陋的木板屋。已是黄昏时分,一个年老、粗壮、衣衫褴褛的农夫扶着犁耙犁田,四匹瘦骨嶙峋、有气无力的马儿套在一起拖着犁耙,犁铧铲在高低不平的坚硬的泥土里。而在马儿旁边,有一个手执鞭子的骷髅正轻松愉快、步履轻捷地在犁沟里奔跑。霍尔拜因在绘画中将艰难辛劳的老农夫和志得意满的死神并列放置,试图揭示农民辛苦劳作一生然后默默死去的命运。许多艺术家对农民的不幸抱以深切的同情,但是面对农民乃至人类的不幸,艺术除了暴露社会创伤、描述恐怖之外,该如何引导人走向善,这是一个值得探寻的问题。

许多艺术家哲学家都试图从农夫身上发现美和力量,尤其是在工

---

① [法]乔治·桑:《魔沼》,郑克鲁译,商务印书馆2018年版,第122页。
② [法]乔治·桑:《魔沼》,郑克鲁译,商务印书馆2018年版,第122页。
③ [法]乔治·桑:《魔沼》,郑克鲁译,商务印书馆2018年版,第115页。

■ 西方牧歌发展的历史钩沉

业革命轰轰烈烈兴起的时代，农民以其精神力量成为备受称赞的对象。例如 R. S. 托马斯（Ronald Stuart Thomas，1913—2000）在《一个农民》（"A Peasant"）中称赞普通农民雅各·普拉瑟克（Iago Prytherch）身上的优秀品质。这个农夫干着枯燥繁重的农活，却毫无厌倦之感，他远离野心和欲望，在自己的世界里咧嘴傻笑。诗人进一步描写粗野的农夫喂养牲畜，身上散发着汗水和牲畜的味道，并且赞叹：

> 这裸露的自然状态
> 使文雅（而矫作）的人们深感惊骇。
> 但这是你的原型，一个季节又一个，
> 他抵御着暴风雨的围攻和狂风的侵袭，
> 保护着他的家族，那坚不可摧的堡垒，
> 即使处于死亡的昏乱中也不会受到冲击。
> 记住他吧，因为他也是战争的胜利者，
> 犹如好奇的群星下一棵不朽的大树。①

格雷认为墓园中每一个平凡的农民都值得记住，R. S. 托马斯也是如此，发出"记住他吧"的呼唤。在这一首诗中，诗人认为农民是农田和景色的一部分，与那些促进人类文明的人们一样，农民通过犁田使"粗野"的大地变得"文雅"。况且，以雅各为代表的农民抵御着狂风暴雨等自然力量的攻击，坚定不移地保卫着自己神圣的"堡垒"，他们身上凝聚着人类战胜死亡的强大力量。因此，诗人认为农民所从事的"战争"较之任何战争都更加重要、更有价值，农民一生默默无闻却像不朽的大树那样毫不动摇、傲然独立，农民与大自然联系在一起，具有令人崇敬的高贵品质。从贫苦农民的平凡生命中发现精神层面的伟大和庄严，这也是乔治·桑所要追求的。她认为霍尔拜因看到的是辛酸的讽刺，是对社会真实的描绘，画面中的悲哀不幸让人触目

---

① 胡家峦编注：《英国名诗详注》，外语教学与研究出版社 2017 年版，第 617 页。

惊心。但是乔治·桑认为21世纪的艺术家不应把坟墓当成农民的避难所，并以坚定的语气强调："不，我们不再同死打交道，而是同生打交道，我们不再相信坟墓的虚无，也不再相信被迫的遁世换来的灵魂得救；我们希望生活是美好的，因为我们希望它丰富多彩。"① 为此，乔治·桑在《魔沼》的第一部分宣扬了她的美学信条："艺术的使命是一种情感和爱的使命。"有研究者指出："文学有时并不需要多少勇士，它需要的反而是笨拙、诚实、坚韧，甚至饱含泪水的感觉主义者，需要一颗广阔、仁慈的心，来守护生活中还残存的希望和梦想。"② 在乔治·桑看来，艺术家有更重大和更富有诗意的任务，即"使人喜爱他关怀的对象，必要的话，我不责备艺术家稍稍美化这些对象"③。乔治·桑认为作家的天职应该是摆脱社会现状的缺陷，同种种偏见、粗鄙和冷酷作斗争，从而在更辽阔的视野里赋予作品以力量，提升人类的心灵境界。为此她认为巴尔扎克的《人间喜剧》记录了芸芸众生和万事万物的冷酷现实，而她却要从不同角度看待人生现象，宣扬"我想写的是人间牧歌"④。

与传统牧歌一样，乔治·桑运用温情叙事的方式描绘牧人所生活的环境背景，以细腻的笔调营造宁谧、神秘而独特的自然氛围。在作家笔下，这里田野广阔，景色开阔，深褐色的土地镶嵌着绿色的宽线条，在这秋天临近的时节，宽线条有些泛红，年轻、美丽、慷慨的大自然把美和诗意倾注给一切动植物。紧接着作者聚焦这片土地上的人。霍尔拜因的绘画《死神的幻影》描绘黄昏时分老农犁地的悲苦，与此相应，乔治·桑在《魔沼》第二章"耕地"中细致描绘天气晴朗时的快乐农耕：

那个老农不慌不忙地、默默地、不白费一点力气地干着活。

---

① ［法］乔治·桑：《魔沼》，郑克鲁译，商务印书馆2018年版，第117页。
② 谢有顺：《从俗世中来，到灵魂里去》，郑州大学出版社2007年版，第55页。
③ ［法］乔治·桑：《魔沼》，郑克鲁译，商务印书馆2018年版，第119页。
④ 参见［丹麦］勃兰兑斯《十九世纪文学主流·法国的浪漫派》，李宗杰译，人民文学出版社2017年版，第144页。

西方牧歌发展的历史钩沉

驯服的耕牛同他一样从容；由于他持续不断、专心致志地干活，也由于他的体力训练有素、持久不衰，他犁起地来和他的儿子一样快；他儿子隔开一点地方，在一块比较硬而多石的地里，赶着四头不那么健壮的牛。①

勃兰兑斯认为乔治·桑"所目击的那一段只是明朗的天空照耀下的一小块地面而已。她的慧眼是诗人的慧眼"②。从霍尔拜因的绘画转为此处的农耕描写，时空语境发生改变，情感风格也截然不同。在一马平川的耕地的另一头，有个脸色红润的年轻人驾驭一套由四对年轻力壮的牲口牵引的耕犁，还有一个六七岁的孩子，像天使一样漂亮，穿着罩衫，肩上披一件羔羊皮，随着年轻的大力士一起赶着健壮的牲口。在霍尔拜因绘画中，给老农打下手的是幻想的骷髅死神，而在乔治·桑笔下，给健壮的年轻人打下手的却是一个像天使一样的孩子。乔治·桑宣扬"我们不再同死打交道""我们希望生活是美好的"，作者将绘画中的死神改变为一个天使一样的孩子，这种意象转变正是作者创作理念的具体呈现。因而，在作家笔下，这是一片真正优美的景致，一种轻柔与宁馨的气氛笼罩在一切事物之上。年轻的父亲向孩子投去慈父的满意的一瞥，孩子也回头来报以微笑，随后，农夫用雄壮的嗓音唱起庄严又柔和的曲子。作家不由感叹"景色、大人、孩子、轭下的公牛，这一切都有刚劲的美和优雅的美"③。这种美感似乎与19世纪的时代不合时宜。即使是在传统牧歌中，乡野也不是一个与世隔绝的地方，具有脆弱性，随时有可能遭遇外来势力的侵袭。况且在19世纪城市资本兴起和膨胀的时代，外来势力不可遏制地对乡村土地、森林、农耕造成破坏。由于土地随时都可能失去，农民与土地之间相互依赖的感情发生变化，快乐劳动更多成为一种过去。而在19世纪的

---

① [法]乔治·桑：《魔沼》，郑克鲁译，商务印书馆2018年版，第124页。
② [丹麦]勃兰兑斯：《十九世纪文学主流·法国的浪漫派》，李宗杰译，人民文学出版社2017年版，第145页。
③ [法]乔治·桑：《魔沼》，郑克鲁译，商务印书馆2018年版，第125页。

文学舞台上，乔治·桑别具一格地描绘宁静、和谐的农耕画面，农夫使大自然丰饶，在充满诗意的环境里完成一件庄严的工作，他们在幽静的乡间里唱着动听的曲子。面对这种纯朴和谐的场景，作家发出赞叹："农夫是多么幸福啊！"[1] 乔治·桑天性热爱自然，强调在自然的状态中抒写自然的人，这深受卢梭思想的影响。当她第一次在乡村环境里读到卢梭的作品便入了迷，"此后，直到她生命的末日，她都是卢梭的忠实信徒"[2]。卢梭反对以城市文明为标志的现代科学和艺术，肯定人类的自然状态，提出人类放弃物欲、返璞归真，提倡讴歌大自然，赞美本真人性。卢梭在《爱弥儿》（1762）中批判封建社会和封建文化教育，提出返回自然，用自然社会对抗封建社会。为此，他用顺乎自然的教育力图把爱弥儿培养成为一个具有健康体魄、热爱劳动、掌握各种技能、保持自然习惯并能独立思考的自由人。而这种自食其力的平民劳动者、理想中的新人、自由享受权利的自然人其原型可以说是传统牧歌中的牧羊人，也是乔治·桑笔下的庄稼汉热尔曼。

以幸福为情感基调，乔治·桑着重突出庄稼汉热尔曼的纯真爱情。热尔曼的爱妻已死，他带着三个孩子同岳父母一起生活。岳父莫里斯老爹想让热尔曼再找一个妻子，让他去邻区富尔什向年纪相当、经济富裕的寡妇求婚。一向对岳父言听计从的热尔曼怀着忧愁的心情准备出发，碰巧邻居玛丽为赚一点过冬的钱要去离富尔什不远的奥尔默农场当牧羊女，最后热尔曼带着玛丽还有自己的儿子皮埃尔一道出发。黄昏时分，他们在大雾弥漫的荒野沼泽迷了路，只能焦急地等待天明。男主人公热尔曼面对寒冷、饥饿、孩子哭闹、迷路等处境无可奈何，而女主人公玛丽却能轻松机智地解决一个个难题。在沼泽地一夜的交往中，热尔曼对玛丽的情感逐渐升温，从喜欢、欣赏、尊重到爱。热尔曼对玛丽的夸赞也在改变："我平生见过的想得最周到的女孩子""小玛丽，娶你的男人不会是个傻瓜""我愿为你的健康干杯，祝愿你

---

[1] ［法］乔治·桑：《魔沼》，郑克鲁译，商务印书馆2018年版，第127页。
[2] ［丹麦］勃兰兑斯：《十九世纪文学主流·法国的浪漫派》，李宗杰译，人民文学出版社2017年版，第146页。

西方牧歌发展的历史钩沉

有个好丈夫""没有人比得上你同孩子谈得来,让他们懂道理"。热尔曼想竭力寻找话语,向小玛丽表达他油然而生的敬意和感激,最终热尔曼认为"她快活、聪明、勤快、多情和风趣。我看不出还能希望找到更好的女人"。魔沼是男女主人公情感迅速升温的地方,作者也着意描述这里的自然美:"将近子夜,雾终于散去,热尔曼可以透过树枝看到繁星闪烁。月亮也从蒙盖着它的雾气中挣脱而出,开始在湿漉漉的苔藓上撒下星星点点的钻石……火光映在水塘中;青蛙习惯了火光,试着发出几下细弱胆怯的鸣声。"[1] 从雾气朦胧到星光点点、池塘里映出火光,这是一个从暗到明的过程,以自然的现象烘托出热尔曼对玛丽的感情改变,从最初的客套夸奖到最后确立坚定的爱情。热尔曼的舌头奇迹般地松动起来,一切羞涩都消失了,他热烈地表达:"我喜欢你,而不能讨你喜欢,我觉得不幸。如果你愿意接受我做你的丈夫的话,那么,岳父、亲戚、邻居、别人的劝告都不能阻止我献身给你。"[2] 丧失爱妻的热尔曼终于在大自然中弥合伤痛,恢复爱的能力,最终热切地表达真挚的爱情。热尔曼简单纯朴,摆脱现实的庸俗气,对钱财、账目之事不甚在意。他对长辈孝顺,对已逝的妻子情深,对孩子关爱,对邻里热情。他遵循岳父的安排去相亲,却毅然拒绝虚荣浅薄、经济富裕的美人。热尔曼对爱的选择发自内心,而非钱财等外在考量。他坚定地爱玛丽,偷偷地往贫困中的玛丽家送东西,并在善良的岳父母的鼓励下再次向玛丽表达爱意,最终得到玛丽"我爱着您"的回答。乔治·桑认为:"能在诗意的情感里汲取高尚情趣的人是真正的诗人,尽管他一生都没有写过一句诗。"[3] 在乔治·桑笔下,以热尔曼为代表的农夫守护着土地,默默耕耘,虽然没有写过一句诗,却凭借责任和道德过上"甜蜜、自由、诗意、勤劳和纯朴的生活",成为最幸福的人。

除了塑造理想的男性主人公之外,乔治·桑还讲述了乡村女孩玛丽的幸福选择。作家们青睐乡下女孩,赋予她们美好的想象。例如歌

---

[1] [法]乔治·桑:《魔沼》,郑克鲁译,商务印书馆2018年版,第177页。
[2] [法]乔治·桑:《魔沼》,郑克鲁译,商务印书馆2018年版,第180页。
[3] [法]乔治·桑:《魔沼》,郑克鲁译,商务印书馆2018年版,第123页。

德在《少年维特之烦恼》（1774）中以优美感伤、细腻真切的语言塑造乡下女孩绿蒂形象，她纯真活泼、心地善良、辛勤操劳、敢于担当，与处处逃避退缩、饮弹自尽的市民青年维特形成鲜明对比。乔治·桑笔下的玛丽与绿蒂一样，在艰难生活中不失勇气，始终质朴善良。她不仅让热尔曼觉得再也找不到比她更好的女人，也让热尔曼的孩子在临睡时说出激动的念头："如果要找另外一个妈妈，我愿意她是小玛丽。"① 可是玛丽认为自己过于贫穷，曾拒绝热尔曼的爱意表达。当爱情超越经济和年龄之后，玛丽收获了自己的幸福，"姑娘的眼睛是水汪汪的，闪耀着爱情的光辉；很明显她是一往情深"②。在小说的最后，乔治·桑以清幽、欢快的笔调详细描写农夫热尔曼与牧羊女玛丽的结婚仪式，以乡村的风俗美再次衬托主人公们的幸福。

　　乔治·桑所处的19世纪是文学创作富饶多产时期，雨果讲述巴黎圣母院的故事，描述被仁爱感化的加西莫多和冉阿让，巴尔扎克展现资本主义社会现实，大仲马叙述基督山伯爵的复仇传奇，作家们取材广泛，创作精彩纷呈。在城市文化强势入侵的时代里，大多数作家不约而同地描写城市中心，司汤达、萨克雷、狄更斯、勃朗特姐妹等有意识地以城市普通人及其现实生活为表现对象。但总有一些文学远离这种中心，例如乔治·桑从描述社会问题转向勾勒田园理想，因此"逃离了阴郁严酷的现实世界，遁身到美妙的梦境"③。当然，乔治·桑也曾关注工人、农民、童工的悲惨生活。她曾发表《木工小史》（1840）、《安吉堡的磨工》（1845）等反映社会问题的小说，并以同情劳工的人道主义立场憧憬建立一个没有奴役的社会。但1848年的法国革命打破了乔治·桑不切实际的幻想，对现实的失望情绪反而使她完全转移到牧歌式小说的创作上来，描绘优美乡间里提屠鲁吹奏清歌的图景。在她笔下，大自然安详充满生机，沼泽森林神秘而浪漫。即使乡村里存

---

① ［法］乔治·桑：《魔沼》，郑克鲁译，商务印书馆2018年版，第170页。
② ［法］乔治·桑：《魔沼》，郑克鲁译，商务印书馆2018年版，第221页。
③ ［丹麦］勃兰兑斯：《十九世纪文学主流·法国的浪漫派》，李宗杰译，人民文学出版社2017年版，第23页。

西方牧歌发展的历史钩沉

在丑恶现象，例如寡妇卡特琳自负虚假，农场主心怀不轨，但在诗情画意的农村风貌里，善始终是一种主导力量。乔治·桑描绘了多姿多彩的婚礼、舞会、守夜等乡村风俗，称赞疾恶如仇、善良质朴、乐观勤劳、身体健硕的底层农民，颂扬青年农民的纯真爱情，在简单的故事情节中描绘一幅幅理想主义画面。在工业化影响下，以英国作家哈代（Thomas Hardy，1840—1928）为代表的作家直面现实，唱响田园世界的挽歌，描述现代人无处还乡的悲剧。乔治·桑则从社会问题的"悲歌"转向乡村世俗中的"牧歌"，以热尔曼和玛丽的幸福为象征谱写了一曲关于爱的颂歌。

牧歌被用来泛指一切美化乡村生活的作品，作为一种抒情文学样式，牧歌显然缺乏纪实性。然而，在崇尚经验和写实的19世纪现实主义文学语境中，牧歌并没有因此走向消亡。尽管人们赞颂哈代对现实的揭露，批判乔治·桑牧歌作品中的理想化抒写，但这种理想之美自有其独特的魅力。乔治·桑认为艺术的使命在于表达情感与爱，《魔沼》语言朴素、情节简单，描绘庄稼汉和牧羊女在充满生机的乡村土地上垦劳作、爱恋情深，最后在全村人真诚的祝福中举行热闹的婚礼，以圆满的乡村故事和富有诗意的淳朴人情呈现了作家对艺术使命的追求。勃兰兑斯在评价乔治·桑早期小说时曾指出："这些作品中有一团火，直到今天还能发出光和热。"[①]《魔沼》有助于读者重塑传统牧歌关于底层世俗与乡村自然的印象，散发出朴素、清新、真挚的理想之美，而这种美像一团火，在今天喧嚣焦灼、人情冷漠的现实中依旧能散发出光和热。

第三节　现代文明间的和谐美

19世纪的工业化成就带来欧美城市文明的繁荣，机器和科技的运用为人类揭开崭新的远景，尤其是自19世纪60年代以来的信息技术、

---

① ［丹麦］勃兰兑斯：《十九世纪文学主流·法国的浪漫派》，李宗杰译，人民文学出版社2017年版，第148页。

人工智能、虚拟现实、量子通信等科学技术从根本上改变了人们的生活方式和生存环境。但工业化也震碎了千百年来的文化传统，使华兹华斯在乡村自然中塑造的人性美、乔治·桑基于宗法制社团、家庭、村庄伦理所赞颂的人情美遭到现实的挑战。

　　进入现代社会，作家们积极关注人的灵魂，抒写战争，探寻人类存在的价值，考问自我身份，审视成长的困境，反思情爱，纷纷以文学形式展示现代个体的特殊境遇，剖析自我危机的病症所在，努力为现代人探索一条拯救路径。例如罗曼·罗兰（1866—1944）塑造精神巨人，海明威（1899—1961）告诉我们"人不是生来被打败的"，莫里亚克（1885—1970）等作家寄希望于宗教。D. H. 劳伦斯（1885—1930）则认为工业文明的毒害使人类疏离自然和生命本体，而宇宙是一个统一体，人类只有顺应自然才能获取生生不息的活力，因此要摆脱扭曲和异化的现代婚恋危机，就需要恢复人与自然的和谐关系。海德格尔（1889—1976）提出"诗意地栖居"，尼采认为牧歌"是怀念原始因素和自然因素的产物"[1]，这些道出牧歌精神不会消亡的重要原因。对许多抒情诗人和读者而言，牧歌是一种美的极致。在维吉尔等传统诗人笔下，即使存在鹰隼和鸽子的对比，主人公也往往悠闲地放牧羊群，常常在榛树和榆柳等树荫下小坐，或吹笛歌唱或吟诵诗篇，看山间的藤蔓纷披着果实斑斓，宣泄着爱意，赞美着缪斯或林间仙女。这些主人公们在原始、纯朴、和谐的自然中诗意地生活着，尽情地享受美、自由、悠闲与和平。而在爱的荒漠、自然的疏离处境中，人们既不能一味抒发怀旧情绪，拒斥现代文明，也不能过于躁动不安、惶恐无助，过孤独、异化的生活。利奥·马克斯在分析《暴风雨》时曾指出："这部喜剧歌颂的既非自然，也非文明，而是二者之间的适度平衡。"[2] 这对牧歌精神的重建具有启迪意义，即在机械、工业、科技

---

[1] [德] 弗里德里希·尼采：《悲剧的诞生》，周国平译，生活·读书·新知三联书店2002年版，第29页。

[2] [美] 利奥·马克斯：《花园里的机器：美国的技术与田园理想》，马海良、雷月梅译，北京大学出版社2011年版，第47页。

西方牧歌发展的历史钩沉

高度发达的现代社会,牧歌文学旨在使现代人做快乐的牧羊人,实现自然与文明之间的适度平衡。

马克斯高度称赞美国思想家爱默生,认为在19世纪的美国,"还没有一位大作家像他这样如此精确地表述了人与自然之关系的流行观念"①。关于自然,爱默生认为,所有科学都有一个相同的目标,那就是找到一种关于自然的理论。在他的第一部重要作品《论自然》(*Nature*,1836)中,爱默生首先描绘星星带给人的美感,从天国传来的那些光线会使氛围变得圣洁而缥缈,以其璀璨动人使城里人在仰望之间产生崇敬之情。即使人内心有悲苦、恐惧,但是当人的心灵向鲜花、动物、山峦等所有自然物敞开,将与天地交流作为每日食粮,人就会从每个时辰、季节中发现独有的喜人之处,进而涤荡卑微的私心杂念,从静谧的田野里看到美好,在暴风雨中产生崇高的思绪,这些都是大自然的无限魅力。夏日早晨的壮丽景色、金秋时节美好的黄昏时光、黄蝴蝶成群结队地在花草丛中飞舞,或彩虹、山川、开花的果园、水中的倒影,这些大自然可见、可感的单纯景观都能给人带来独特的美感。但爱默生也看到人与自然之间的复杂性,提出自然美的完满充分取决于一种更高级的精神因素,甚至是一种智力的对象,"它出自人的心灵,或者出自心灵与自然的和谐之中"②。爱默生强调无论是在花香四溢、光彩迷人的美景中,还是在毫无生气、沉寂一片的地方,人的心灵决定产生欢愉的心情。他进一步描述:"世界之所以缺少完整性,之所以零乱破碎,正是因为人本身的残破。"③ 也基于对人的强调,爱默生并没有宣扬归隐于自然,反而在19世纪三四十年代对美国蒸汽机、铁路和工厂等前景作出热情反应。在《英国特色》(*English Traits*,1856)中,爱默生毫不掩饰他对英国巨大财富的称赞,夸赞

---

① [美]利奥·马克斯:《花园里的机器:美国的技术与田园理想》,马海良、雷月梅译,北京大学出版社2011年版,第169页。
② [美]拉尔夫·爱默生:《爱默生集》,赵一凡等译,生活·读书·新知三联书店1993年版,第10页。
③ [美]拉尔夫·爱默生:《爱默生集》,赵一凡等译,生活·读书·新知三联书店1993年版,第56页。

第六章　现代语境中的牧歌精神重建

"聪明、多艺、能提供一切的机器制造凿刀、道路、火车头、电报机"①，并认为"所有伟大与精致的东西，包括矿产、煤气、电波、热情、战争、贸易、政府等等，都是人的自然伴侣"②。这位"美国文明之父"认为纯洁的自然风景是人精神治疗的源泉，同时倡导在理性指引下运用科学技术创造巨大价值，最终整个国家就能像一个花园，而人们像高贵的农民，弃绝世俗欲望，在花园的凉亭里长大，过简单、静思的美好生活。爱默生拓展了牧歌发展的路径，正如席勒认为牧歌"必须有最高的统一，但是不因此就削弱多样化；心灵必须感到满足，但是不因此停止奋斗"③。因此，在阿卡迪亚幻境与现实的焦虑状态、理想与现实、花园与机器、希望与恐慌等多样化的矛盾冲突中，或者多种反作用力的刺激下，人类的心灵并不停止奋斗，而是运用精神、意志、智力、思想、行动等力量，重新领悟自然的美景，最终实现牧歌的愉悦功能，创造和谐之美。

如果说爱默生描绘了原始自然与工业文明组成的理想，那么爱默生的门徒梭罗（Henry Thoreau）则在具体实践中将这一理想变为现实。梭罗创作的《瓦尔登湖》（*Walden*，1854）被马克斯认为是"超验主义的田园理想的实验报告"④，以"我"这一可靠叙事视角讲述瓦尔登湖畔的风景与生活。瓦尔登湖的一边是康科德村，有火车对人类的侵扰以及给土地留下的创伤，另一边是未经人工修饰的自然界，湖边的木屋坐立在风景的中心。梭罗对火车的情感从惊奇、兴奋、期盼转为用"恶魔""肮脏"等词语表达出愤恨之情。然而梭罗试图通过冬去春来的时间模式弥合湖泊与火车这两种意象所代表的自然与文明

---

① ［美］拉尔夫·爱默生：《爱默生集》，赵一凡等译，生活·读书·新知三联书店1993年版，第941页。
② ［美］拉尔夫·爱默生：《爱默生集》，赵一凡等译，生活·读书·新知三联书店1993年版，第1103页。
③ ［美］拉尔夫·爱默生：《爱默生集》，赵一凡等译，生活·读书·新知三联书店1993年版，第276页。
④ ［美］利奥·马克斯：《花园里的机器：美国的技术与田园理想》，马海良、雷月梅译，北京大学出版社2011年版，第178页。

西方牧歌发展的历史钩沉

之间的鸿沟。最后一章以"春"为题名，描写温暖的风吹散雾和雨，更融化了湖岸上的积雪，飞来春天的第一只麻雀，湖的颜容充满快活和青春："春天的来临，很像混沌初开，宇宙创始，黄金时代的再现。"① 在愉快的春日早晨，梭罗像婴孩一样感受春天的影响，认为人类罪恶全部得到宽赦，由于自身恢复纯洁，也发现邻人的纯洁。在这个新日子，梭罗以诗篇形式赞美没有复仇、法律、刑名、恐惧、焦虑的黄金时代，高山上的松树没有被砍伐，水波可以流向异国，人人自动信守忠诚、正直，一切都平安，春光永不消逝，徐风吹拂，不需播种，大自然便能长出花朵。这是牧歌中和谐、富足、神奇的黄金时代，梭罗运用想象暗示这一理想在机器时代的春天来临时实现。梭罗成为19世纪的提屠鲁，既免遭城市和荒野可能带来的痛苦，也在直觉满足和心智陶冶中建立与自然的和谐关系，使瓦尔登湖成为自然与文明之间的"中间地带"，反映了现代人的理想追求。

爱默生重视人的心灵，梭罗强调个人体验，而作为爱默生和梭罗的门徒，美国现代诗人罗伯特·弗罗斯特试图进一步探索自然世界与现代文明之间的关系。弗罗斯特出生在美国新旧社会相交替的时代，经历了两次世界大战，见证了20世纪这个可以说是迄今为止政坛最汹涌复杂、人类最灾难深重、世界格局最富于变化的时代。在面对人类困境时，弗罗斯特旨在履行诗人在贫困时代里的使命。

首先，弗罗斯特同前辈诗人一样栖身乡村，在自然当中寻找理想之所。有研究者指出："牧歌（pastoral）与农事诗（georgic）传统在弗罗斯特的想象中融为一体。"② 也有评论家认为弗罗斯特就是生活在现代世界的维吉尔："如果弗罗斯特生活在古代的意大利或者希腊，他很可能在放牧羊群，并且很可能只有他的羊群能倾听他的诗歌。"③

---

① [美] 亨利·梭罗：《瓦尔登湖》，徐迟译，外文出版社2014年版，第291页。
② Robert Faggen ed., *The Cambridge Companion to Robert Frost*, Shanghai: Shanghai Foreign Language Education Press, 2004, p. 54.
③ Philip L. Gerber ed., *Critical Essays on Robert Frost*, Boston, Mass.: G. K. Hall & Co., 1982, p. 57.

第六章 现代语境中的牧歌精神重建

弗罗斯特也坦陈其诗歌创作受到牧歌影响，并宣称："在以后任何可能的情况下，我最情愿做的事情是与忒奥克里托斯共进晚餐。"① 他也曾明确地对友人说："你知道我偏好维吉尔的《牧歌》。"② 弗罗斯特曾说他最喜欢的工具是镰刀、斧头和笔，这三者代表了他的三种生活方式——用镰刀割草、用斧头伐木和用笔写作。例如在《割草》（"Mowing"）中，诗人描写叙述者在割草时手里的长柄镰刀发出咝咝的响声，仿佛是对着大地低吟："真实是劳动所知的最甜蜜的梦，/我的长镰低吟，留下垛垛干草。"③ 诗人融入真实的劳动，同时也响应维吉尔所提倡的"写细巧一些的诗歌"。弗罗斯特立足于新英格兰乡土世界，将乡村景物和农耕生活作为一种独特的审美对象，创造出简朴、平淡、自然的作品。例如诗人在《春日祈祷》（"A Prayer in Spring"）中写道：

> 啊，让我们欢愉在今日的花间；
> 别让我们的思绪飘得那么遥远，
> 别想未知的收获；让我们在此，
> 就在这一年中万物生长的春日。④

此处诗人不关注遥远的思绪，不想未知的收获，只想当下春日的花间，从果林、树丛、蜜蜂、鸟群、蜜蜂的嗡嗡声、划破长空犹如流星坠落的鸟群疾飞等自然景象中表达春日原野的欢愉之感，进而表达一种神圣之爱和对人类的自信和满足。弗罗斯特常常描写花草、繁星、

---

① David W. Tutein, *Robert Frost's Reading: An Annotated Bibliography*, Lewiston, N. Y.: Edwin Mellen Press, 1997, p. 228.
② David W. Tutein, *Robert Frost's Reading: An Annotated Bibliography*, Lewiston, N. Y.: Edwin Mellen Press, 1997, p. 240.
③ Robert Frost, *Complete Poems of Robert Frost*, New York: Holt, Rinehart and Winston, 1958, p. 25.
④ Robert Frost, *Complete Poems of Robert Frost*, New York: Holt, Rinehart and Winston, 1958, p. 17.

西方牧歌发展的历史钩沉

树木和牧场等自然事物，从蝴蝶翩翩飞舞想到永恒的快乐，从长镰对大地低吟的劳动中获得创作的动力和灵感源泉。在《轻松地迈出重要的一步》("A Serious Step Lightly Taken")中，诗人写道：

> 为我们的姓氏在此牧耕，
> 远离喧嚣但非绝离尘世，
> 使土壤肥沃，牛羊成群，
> 常修补篱笆，修葺屋顶。①

从耕种土地、放牧牛羊到修补篱笆、修葺屋顶，诗人以农民的身份抒写乡村真实的生活，又以诗人的视角体验乡村的一切，试图从自然当中寻找愉悦。

同时，弗罗斯特的诗歌中有人性异化和世事苍凉。例如《一个老人的冬夜》("An Old Man's Winter Night")以日常的语气和平静的笔调叙述一个老人独自在空屋里蹒跚踱步的情形：

> 他把屋顶的积雪和墙头的冰柱
> 托付给月亮保管，虽然那是一轮
> 升起得太晚而且残缺不全的月亮，
> 但说到保管积雪和冰柱，它
> 无论如何也比太阳更能胜任；
> 然后他睡了。火炉里的木柴挪动
> 了一下位置，惊得他也动了一动，
> 缓和了他沉重的呼吸，但他仍沉睡。
> 一个年迈的男人不能照料一所房子、
> 一座农场、一片乡村，即使他能，

---

① Robert Frost, *Complete Poems of Robert Frost*, New York: Holt, Rinehart and Winston, 1958, p. 508.

第六章　现代语境中的牧歌精神重建

也不过像他在一个冬夜那般所为。①

弗罗斯特用空屋、冰雪、月亮、冬夜来烘托一位孤独的老人。诗人也描写暴风、荒屋和黑夜等意象突出人在这个世上的孤寂和惊恐。例如《孤独》（"Bereft"）叙说一个躲在荒屋中的人，在暴风雪来临时因孤独而内心充满恐惧。随着时代变得复杂，自然不再是神圣的给人慰藉的对象，而是充满残酷生存斗争的战场，正如丁尼生所认为的自然是嗜血猛兽，"爪牙染满了血"。事实上，对自然中的暴力描写成为20世纪诗歌中的重要内容。例如英国桂冠诗人特德·休斯（Ted Hughes, 1930—1998）描写我们无法理解拥有强大力量的野性自然，认为风暴给人带来恐惧，即将来临的寒潮将锁住整个大地，野生的蓟草像举起的剑。即使他的后期诗歌回归现实，在《摩尔镇日记》（*Moortown Diary*, 1989）中细致入微地描写农场中发生的事件，但诗人同样颠覆了传统牧歌的浪漫化模式，而是不加掩饰地描述农场发生的血腥和暴力事件，呈现乡村的真相。例如休斯在《栖息着的鹰》（"Hawk Roosting"）中描绘一只鹰的双脚钉在粗粝的树皮上：

> 我高兴时就捕杀，因为一切都是我的。
> 我躯体里并无奥秘：
> 我的举止就是把别个的脑袋撕下来——
> 分配死亡。②

休斯擅长描写凶禽猛兽，并通过它们来表现威胁人类生存的"暴力"。在这首诗歌中，诗人写的是鹰的捕食技能，却通过描写它的残酷本性暗示第二次世界大战中表现出来的人类相互屠杀的行为，表明人有着鹰一样的残杀本能和支配欲。而在弗罗斯特的诗歌中，诗人同

---

① Robert Frost, *Complete Poems of Robert Frost*, New York: Holt, Rinehart and Winston, 1958, p. 527.
② 胡家峦编注：《英国名诗详注》，外语教学与研究出版社2017年版，第665页。

■ 西方牧歌发展的历史钩沉

样通过暴风雪等意象来突出自然对人的威胁，使黑夜里黑色的荒屋成为战争或者在大自然当中遭遇浩劫后的形象。对 20 世纪的人类而言，战争带来前所未有的灾难，人类的孤独、恐惧、无助的心态呈现在弗罗斯特笔下一个老人的冬夜中。这个老人不是华兹华斯笔下的迈克尔，每当风暴来临，迈克尔就会千万次独自一人身在迷雾的中心去照料羊群，这样精神矍铄、身体康强地活到八十岁。而弗罗斯特笔下的这位老人茫然困惑，即使自己的脚步声都能让自己害怕，火炉里的木柴挪动一下位置都惊得他一动不动，他在冬夜里如此孤独无助，更无法照料他的房子、农场和乡村，以此象征渺小脆弱的现代人类。

但是面对世间的恶，弗罗斯特依然相信善的力量，相信科学的进步和人类的未来，相信人们在并不完美的世界上依然保持着对生活和世界的爱。带着对社会的热爱和理想憧憬，弗罗斯特的牧歌呈现出对当前社会现实的关注及其对人类理想社会"黄金时代"的期待。维吉尔在牧歌中称颂贤明君王的统治，在这方面弗罗斯特堪称维吉尔的后世门徒，他同样在诗歌作品中热情洋溢地阐述他对"黄金时代"的预言。《迷路的信徒》（"The Lost Follower"）是诗人针对一些年轻人放弃诗歌而热衷于苏俄式社会改革而创作的。诗人在这首诗里提到，那些印在金色书页上洋溢着金色激情的诗行能为我们带来一个全新的阶段，诗人进一步阐明"我是说黄金时代"[①]。在《快到 2000 年》（"It is almost the Year Two Thousand"）这首诗中，诗人再次提到：

> 为开启这个古老的世界，
> 我们曾有过一个黄金时代。
> 其金并非挖自金矿的金，
> 于是某些人说有迹象

[①] Robert Frost, *Complete Poems of Robert Frost*, New York: Holt, Rinehart and Winston, 1958, p. 483.

第六章　现代语境中的牧歌精神重建

第二个黄金时代已来临。[①]

如果说维吉尔认为"黄金时代的新人"是屋大维，那么对弗罗斯特而言，这位黄金时代的新人则是肯尼迪总统。尽管白发苍苍的弗罗斯特在临终前终于意识到，那个他热切期待的黄金时代并没有来到美国社会，但弗罗斯特成为美国社会中的一个受人敬重的文化符号。利奥·马克斯曾指出："假如我要按时间顺序讲述所有牧歌理想的重要细节，我应该以美国思想进入欧洲思维的时刻开始，以现在即 1963 年罗伯特·弗罗斯特的去世结束。"[②] 弗罗斯特拒绝精英化的诗歌美学，试图把读者对战争、经济危机等的恐惧和战后潜在的欲望转化成社会可以接受的内容，并表达了牧歌理想，行之有效地实现了诗歌的社会功能。这种可贵的实践有别于其他现代派诗人以精英自诩的文学生涯，显示了弗罗斯特独特的睿智和执着的精神。

总体看来，自 18 世纪以来，牧羊人独白或对唱的牧歌形式已经消亡，但牧歌精神始终存在，牧歌中的自然仍然是人们的心灵港湾。梭罗曾指出大自然是他的"新娘"，吉尔伯特·怀特、玛丽·米特福德等作家远离都市，选择在乡村自然中独身隐居，以亲身经历描绘乡村风景与心灵感触。这种选择毕竟只属于少数人，绝大多数现代人仍然离不开世俗繁华，正如维吉尔笔下的伽鲁斯，渴望进入阿卡迪亚世界，但仍然期待在战争中求得功名。在渴望自然仍立足于都市的现代境遇中，作家们依旧把阿卡迪亚情结这种对诗意田园生活的向往作为创作的重要审美理想。例如华兹华斯、乔治·桑等作家选择田园生活中的题材和语言，重新提倡俗与真，赞颂宗法制社会中的人情伦理，这就在古希腊的牧歌审美体系中融入了新的时代内涵。爱默生、梭罗不使生活流于卑俗，强调通过个体的心灵体验去发现自然的纯真与力量，

[①] Robert Frost, *Complete Poems of Robert Frost*, New York: Holt, Rinehart and Winston, 1958, p. 488.

[②] Leo Marx, *The Machine in the Garden: Technology and the Pastoral Ideal in America*, New York: Oxford University Press, 1964, p. 4.

西方牧歌发展的历史钩沉

这为弥合矛盾、达到自然与文明间的和谐提供了一种言说方式。而在20世纪的文学史中，弗罗斯特等诗人描绘了阿卡迪亚式的乡村风景，但是在风起云涌、纷繁复杂的时代氛围中，诗人并没有在童年的纯真回忆中止步，而是带着成年的忧伤揭示自然和社会的复杂。诗人期待黄金时代理想的实现，充分发挥牧歌的愉悦功能，以诗性智慧引领众人超越现实的苦难，这有效地推动了西方牧歌走出乡村的有限空间，进入广阔深邃的世界。

席勒曾指出："牧歌要在文明的社会中，在最熙攘热闹的生活，最发达的思想，最优美的艺术，最高度的社会教养等等条件下，叙述牧夫野老的纯洁心情，总之，它要把再也不能回到阿卡迪亚世外桃源的人们带到厄琉斯洞天福地。"[①] 在物质文明飞速发展的现代社会里，人类面临种种并不和谐的混乱现实，如都市的虚伪、人类的愚昧、人间的丑恶，这些现状都不可避免。但是我们要看到世间的庄严，在繁华都市里仍然需要追求人生情感的朴素、观念的单纯、环境的阿卡迪亚特征以及对黄金时代的理想憧憬，如此才能增加人生的美丽。在牧歌作家们看来，和谐的自然、人性、人际关系是文学创作的重要主题，正如乔治·桑宣扬的"艺术不是对实际存在的现实的研究，而是对理想真实的追求"[②]。牧歌描述理想，这有益于身心，有助于引导人改恶从善。尤其在工业化时代的都市文明中，重建人性美、人情美、自然美与和谐美，这种美的理想有助于引领现代人以高贵的理智去享受更高层次的和谐与幸福。因此，调和种种矛盾，把再也不能回到阿卡迪亚世外桃源的人们带到厄琉斯洞天福地，这是重建牧歌的主旨，也是每个时代呈现出的牧歌价值。

[①] 章安祺编订：《缪灵珠美学译文集》第2卷，缪灵珠译，中国人民大学出版社1987年版，第275页。

[②] [法]乔治·桑：《魔沼》，郑克鲁译，商务印书馆2018年版，第119页。

结语　牧歌之思

布鲁姆指出："阅读、重读、描绘、评价、赏析：这就是文学批评艺术在当下应有的形态。"[①] 本著作基于创建牧歌文学史知识体系的追求，选择经过时间考验的牧歌作品，力求在阅读、重读、描绘、评价、赏析的过程中，从感性妙悟上升到理性认知的层次，深化对西方牧歌艺术特质与规律的认识。

在西方牧歌发展历史上，古希腊时期的忒奥克里托斯被公认为"牧歌之父"，他的《牧歌》奠定了牧歌的基本样式。首先，忒奥克里托斯立足于家乡西西里岛建立乐园图景。诗人从宏观上描绘开阔的田野、绿洲、山谷以及松林、清泉、榆柳、羊群等带来的感官印象，在微观上展开对牧人杯子等静物的细致刻画，描绘平凡优美的乡间环境。其次，忒奥克里托斯着意表现世俗人生，采用平易亲切的语言描写农夫、牧人等的耕作、放牧、交往、歌唱、节庆、辩论等日常生活。其中，爱情是牧歌所要表现的重要主题。热情的牧人在致其所爱时，往往在歌唱中夸赞心上人的美貌，渴望与爱人在宜人的乡间同住。当牧人无法得到所爱时，便向山林、羊群等宣泄忧伤和思念，其情感真切感人，连冰冷的石头都为之落泪。忒奥克里托斯描绘地理空间中的乐园，构建优美、健康、自然而又合乎人性的人生形式，在平凡俗世中

[①] ［美］哈罗德·布鲁姆：《影响的剖析：文学作为生活方式》，金雯译，译林出版社2016年版，第28页。

西方牧歌发展的历史钩沉

发现诗意的美,其作品本身具有魅力,更成为实实在在的人生构想,为古罗马诗人的乐园追寻提供了借鉴和模仿的范本。

在纵向继承中,古罗马诗人维吉尔追求创新,以其个性才情和文辞运用成就了牧歌新的生命力。维吉尔的牧歌首先呈现为文辞之美。由于忒奥克里托斯的作品多受民间口头文学的影响,多包含俚俗词句,人物形象多样,部分内容有失文雅,后世较少有人阅读。而维吉尔的作品基于城市文明立场,着意渲染田园诗意,呈现唯美品格和优雅情调,突出知识阶层趣味,具有永恒的魅力,使其《牧歌》成为后世牧歌的范本。在维吉尔笔下,平凡无美感的字融入个人感情,一经拿来运用便成绝妙的词句。例如第九首牧歌中有"时光带走一切和人的精力",第十首中有"爱征服万物",这些句子纯朴清新又蕴藏热情力量。诗人善用比喻,将神话、传说、历史等广博的知识自然而然地融入对现在与未来事物的描绘中,既继承前辈诗人的艺术特色,又在借鉴和模仿的基础上成就维吉尔独具特色的牧歌作品来。正如学者所认为的:"比之于前辈古朴的诗风,维吉尔的诗篇显然更具有'深美闳约'的意境,其想象之奇瑰,比喻之精妙,语言之凝练,韵律之严谨,使牧歌这一诗歌门类具有了成熟的形式,并为后世树立了完美的典范。"① 其次,这种美为风景之美。有学者认为:"维吉尔对风景艺术的影响一直是他最持久的遗产之一。"② 诗人具有高超的描写现实自然和幻想自然的能力,从最有力的角度审视自然,并把自然所有迷人之处都清晰地映现出来,建构神话与现实巧妙融合的象征性风景,从而塑造阿卡迪亚这个完美的地方。此外,《牧歌》中想象的田园世界、《农事诗》中的乡村生活以及《埃涅阿斯纪》中的意大利风景,这些成为后世文艺创作者的灵感来源。最后,这种美呈现为人性之美。维吉尔笔下的牧羊人既有自然本性又有诗性智慧,他们放牧羊群又能创作诗歌,即使身处困境也依然赞美自然、热爱生活、真挚友好、恬静

---

① [古罗马]维吉尔:《牧歌》,党晟译注,广西师范大学出版社2016年版,第23页。
② Martindale Charles ed., *The Cambridge Companion to Virgil*, New York: Cambridge University Press, 1997, p.99.

淡然。这些牧羊人以抱朴守拙的状态、中庸节制的情感创造用纤纤芦管吹奏的时光，成为一种符合自然人性的幸福形象。

维吉尔的牧歌也流露出一种爱。这种爱首先体现在维吉尔对凡俗生活的爱。在他的牧歌作品里，没有描绘英雄的丰功伟绩，或是追求不朽的苦难历程，而是写底层牧羊人在自然环境中放牧羊群、挤羊奶、喝羊奶、歌唱比赛、表达爱情以及黄昏时分赶着羊群回家等日常事务，一切就这样自然而然。这种对凡俗生活的诗意关怀是慈悲、豪情、勇气等一切更大更难达到的美德的基础。其次，牧歌里体现出维吉尔对土地的爱。土地是农人生存的依靠，农业是罗马经济的主要来源，为此，维吉尔在《牧歌》《农事诗》中描述土地之上的自然风光以及舒适惬意的乡村生活，以及人们失去土地的哀伤和对重返家园的向往，以此表达诗人对土地的深切感情。最后，维吉尔在牧歌中隐秘又强烈地表达了对国家的爱。他歌唱放牧，表现出对苦于连绵战乱、向往安宁生活的古罗马民众的关怀。他歌唱农耕，不遗余力地支持社会复兴农业，发展经济。他歌唱领袖，颂扬完美的统治者，描绘出黄金时代的宏伟蓝图。维吉尔以勤勉严谨的创作态度、死而后已的崇高精神表达其政治乌托邦思想，渴望实现屋大维统治下一统承平的罗马帝国，深切体现了杰出文人的使命感。

在维吉尔的第九首牧歌中，牧人莫埃达曾问诗歌对我们有什么用处？关于文学的用处，柏拉图从国家利益和人生角度出发考察文艺，要求国家和社会关心艺术作品的性质和功用，要求文艺表现真、善、美的东西并有益于国家和人生，同时禁止有害的文艺作品在社会上流传，以免腐蚀人心、败坏社会风气等，这些都是合理深刻的，至今发人深省。而维吉尔的牧歌作品与柏拉图的文艺观具有契合之处，即以美与爱来导人至善。

在维吉尔之后，牧歌逐渐成为各个时代文人们竞相采用的诗歌形式。中世纪时期的牧歌是一座连接的桥梁，为英国文艺复兴时期牧歌的兴盛奠定基础。文艺复兴时期的牧歌获得进一步发展，从法国、西班牙、意大利一直到英国，牧歌式梦想被作家们纳入抒情诗、戏剧、

西方牧歌发展的历史钩沉

小说、音乐、绘画等各种文学艺术形式中。这一时期的牧歌更多的具有贵族化倾向，主要表现王公贵族平静的内心和无忧的现实生活，歌颂并期盼贤明君主带来全新的黄金时代。在18世纪，亚历山大·蒲柏的《牧歌》成为最后一部表现牧歌高超技巧的典型范例。牧歌这一带有温情叙事倾向的文学类别永远处于变化中，但从未消亡。牧歌作者多来自城市文人，理想化地描绘底层农牧民所处的地理环境和人文生活，在简单与复杂、宁静与喧闹、乡村与城市、过去与现在等多重对比中，使乐园图景、牧人形象、黄金时代等要素成为一种意象原型。牧歌融入了纯真、简单、快乐、美德、返璞归真等内涵，成为诗歌、戏剧、小说、散文等多种文学体裁表现的重要对象，在浪漫主义、现实主义等文学思潮中生存下来，并在才情各异的作家那里获得崭新的生命力。

  长期稳定的农耕生活使人类与自然形成天然的亲密联系，这使各个时代的人们不禁产生出回归纯朴自然和纯真生活的渴望，牧歌即是对这种渴望的表达。自古希腊以来，由忒奥克里托斯、维吉尔开创的牧歌传统绵延数个世纪，在读者的接受过程中积累了丰富多彩的表述，逐渐成为人们借以思考各种复杂问题的途径。无论牧歌的意义怎样被扩展，作为西方文学历史上一种重要的文学样式，牧歌总体上呈现出一些较为固定的特征。

  首先，牧歌具有传统性。

  与其他文学类型相比，牧歌更加依赖传统。从忒奥克里托斯到维吉尔，再到英国的斯宾塞和现代美国的弗罗斯特，牧歌作者普遍在继承传统牧歌样式和主题的基础上，结合时代需要作出牧歌形式的恰当转型。特雷·伊格尔顿（Terry Eagleton）认为："一切诗都可以是文学，但只有某些诗是真正的文学，取决于传统是否恰好流过它。"[①] 哈罗德·布鲁姆也指出："一首诗、一部戏剧或一部小说无论多么急于

---

① ［英］特雷·伊格尔顿：《二十世纪西方文学理论》，伍晓明译，陕西师范大学出版社1987年版，第45页。

直接表现社会关怀，它都必然是由前人作品催生出来的。"① 阿兰·布鲁姆（Allan Bloom）则表明："诗歌要面对的对象，涉及整体的知识。"② 罗兰·巴特（Roland Barthes）也曾论述任何写作都无法走出文学传统的巨大投影："文本是由各种引证组成的编织物，它们来自文化的成千上万个源点。"③ 文学传统论在牧歌这种古老的文学类型中充分表现出来，不同时期的牧歌作家在田园题材、朴素语言、弥合矛盾、探索和谐等方面具有契合之处。因此，在"以诗辩诗"的西方文化语境中，牧歌发展历程建立了与中国儒家诗学相似的"以诗论诗"这种稳定性传统，甚至可以说，古希腊罗马牧歌规划了后世牧歌发展的基本框架。

牧歌作者坚持传统，借回归田园的怀旧方式来弘扬西方的传统文化，这就具有重新唤起民族记忆的功能。有学者在论及文化保守主义时指出："就价值取向而言，文化保守主义崇尚传统文化中优美的、人性的、具有人文主义精神的东西。"④ 文化保守主义者往往怀恋乡村自然、农业文明中自食其力的躬耕方式和纯朴宁静的生活环境，反对社会的虚伪污浊以及人性的冷漠异化。他们守护传统的道德文化，在寻求人生诗意和内在魅力的过程中流露出一种浓浓的回归意绪。文化守成主义是一种文化思潮，也是人的一种心态表达。而牧歌作者往往也是文化保守主义者，他们崇尚传统、眷恋乡村，大多避开乡村现实矛盾，极力展示牧歌中的景美、情美和人美，以表现对乡村生活方式与乡土文化意识的留恋。牧歌旨在用传统文明对抗现代文明的弊病，表达人们对温情、美好、宁静、和谐等理想生活的向往，这种与传统的联系及深蕴其中的文化品格必然越来越受读者的青睐。因此，牧歌研究首先需探讨发展之"源"，在此基础上才能更好地分析其"流"变。

---

① ［美］哈罗德·布鲁姆：《西方正典》，江宁康译，译林出版社2005年版，第8页。
② ［美］阿兰·布鲁姆：《巨人与侏儒》，秦露等译，华夏出版社2003年版，第53页。
③ ［法］罗兰·巴特：《罗兰·巴特随笔选》，怀宇译，百花文艺出版社2005年版，第299页。
④ 孟繁华：《九十年代文存》，中国社会科学出版社2001年版，第154页。

西方牧歌发展的历史钩沉

其次,牧歌具有乡土性。

在文明发展的繁荣和便利中,城市往往被认为是资本、外来、现代的象征,也是滋生罪恶、丑陋、黑暗的地方。人们在城市樊笼中生活,产生焦虑、躁动、漂泊、苦恼、无家可归等精神形态,便日益渴望一种坚硬、踏实、永久的精神居所,而带有虚幻色彩的阿卡迪亚乐园很自然成为人们怀旧的对象。牧歌作者运用写实与虚构的手法将阿卡迪亚理想化,该地并非原始荒野,也并非城市社会,而是处于荒野与城市之间的中间地带。这里既有城市生活的影子,又有简朴闲适的生活,牧人们品性单纯、从不狂妄,与溪谷丛林、山泉花草相伴,日日悠然放牧、纵情歌唱。牧歌作者将阿卡迪亚作为文学意象,表达了人们对朴素、健康等观念的追求,以及在荒野与城市、自然与社会等关系之间构建和谐的想象。

牧歌扎根大地,以作家所处的乡土地域为根基。海德格尔认为诗人的天职是还乡,还乡使故土成为亲近本源之处:"接近故乡就是接近万乐之源(接近极乐)。故乡最玄奥、最美丽之处恰恰在于这种对本源的接近,绝非其他。所以,惟有在故乡才可能亲近本源,这乃是命中注定的。"① 正如弗罗斯特在《指令》的开篇处提到的:"离开这所有繁复的一切,回到那失去了的简单的年代。"② 牧歌诗人们带着思乡、怀旧情绪,回到他获取生活乐趣以及创作诗歌灵感的乡土本源之处,以具体的地域作为精神依托和心灵归宿。这种地域是可供依赖的避难所,供人们礼赞、思慕和憧憬,即使这里随时面临鹰隼、寒风、权势等自然世界和文明世界的强力入侵,但这些反作用力在"运动"中终将被调和,使牧歌世界总体上成为一个优美、富足、安适、和谐的地方。

牧歌作者们带着勇气和信心去寻找生命存在的依据和根源,他们

---

① [德] 马丁·海德格尔:《人,诗意地安居:海德格尔语要》,郜元宝译,广西师范大学出版社2000年版,第69页。
② Robert Frost, *Complete Poems of Robert Frost*, New York: Holt, Rinehart and Winston, 1958, p. 520.

虽然并不刻意强调自己和乡土的联系，但仍然对乡土进行还原和净化，至少借助抒写追溯人类文化的原乡，在文学视野里塑造了一个过去与未来交织的被想象和期待的艺术之乡。在工业化时代，尽管城市和乡村生活的差异越来越小，但牧歌作者笔下的西西里、曼图阿、温莎、新英格兰等乡土地域融入作家的想象，使其中的风景、风情、风俗成为一种精神安抚，极大地满足了人们追求乐土的愿望。

再次，牧歌具有现实性。

牧歌并不逃避现实，在隐喻、对比等手法的运用中融入社会、文化、政治等方面的丰富内涵。读者阅读牧歌，也需探索清新故事背后蕴藏的热情，发现纯朴文字背后隐伏的悲痛。

南帆曾指出："乡村的纯洁与可亲仅仅存在于城市人的怀乡梦，这种怀乡梦实际是城市文化的一个附件，城市文化将未曾解决的难题推卸到乡村，从而求得了一个诗意的答复。"[1] 在不断变化的文化转型时期，知识分子的世界观和价值观会产生激烈的矛盾冲突，尤其是在强势的城市文明入侵相对弱势的乡土文明时，知识分子一方面在理性上接受现代城市文明的思想和价值观念，但另一方面又目睹现代文明的各种弊端。牧歌作者多是城市知识分子，他们美化乡土，将乡村理想化和浪漫化，使阿卡迪亚成为时间和空间之外的世外桃源，一个逃避烦恼的归隐之地，一种反映传统生活的精神幻象。但这种乡村幻象并不是牧歌所要表现的对象，而是牧歌作者阐述思想的背景和平台。正如维吉尔关注的焦点并不局限于牧人、风景与农事。从他的求学经历来看，"他最初学政治，但因天性害羞，不善讲话，改学哲学。在他诗里我们还可以看出伊壁鸠鲁学派的影响。后来开始写诗"[2]。诗人的知识积累会影响其文学创作，维吉尔历尽现实的苦难，又享受政权庇护带来的荣光，他关注罪恶肆虐的现实，更有对人类命运的沉思。他有政治、哲学等学科的知识素养，也有罗马历史传说的文化积淀，

---

[1] 南帆：《冲突的文学》，上海社会科学院出版社1992年版，第44页。
[2] ［古罗马］维吉尔：《牧歌》，杨宪益译，上海人民出版社2015年版，第3页。

西方牧歌发展的历史钩沉

这一切化作一种力量和美，融入他的诗歌创作中。可以发现，维吉尔牧歌中的美丽与哀愁与古罗马政权更迭、战乱连绵的时代社会有着紧密的联系，诗人试图描绘宁静祥和、温情清新的牧歌生活，以别具一格的视角再现大时代社会的流动和发展。

马克斯指出："我们的社会组织结构复杂，是个城市化、工业化、用核武器化的社会。一百多年来，我国最杰出的作家们一直在探讨乡村神话与技术事实之间的矛盾。"① 尤其在现代社会里，牧歌作家们旨在借这一文学样式抗议人类对大自然的破坏，反抗工业化、城市化发展所造成的种种精神困境。面对现实，虽然牧歌作家们并没有在创作中明确指出拯救现代文明的路径，但也没有陷入痛苦不可自拔，而是以冷峻的目光和坚毅的态度来对待生活中的不幸，并从苦难中抬起头憧憬一个更美好的世界，以诗性的想象引领读者产生关于黄金时代的怀念和对辉煌未来的期待。

可以说，牧歌基于现实真实而追求乐园希望，其思想因现实性和理想性而具有独特的光辉。现代读者有必要走进西方古老的牧歌世界，到村社田园、林下泉边感受自然之美，探索诗人的心智与精神，发现牧歌作品中的内在灵魂，这是解读牧歌作品的要义。

最后，牧歌具有大众性。

自忒奥克里托斯、维吉尔以来的西方牧歌描述的对象不是变幻莫测、超越凡尘的众神，也并非叱咤风云、功高盖世的英雄，而只是那些乡村世界里顺应自然、身心和谐的世俗民众。牧歌作品中同样没有宏大的时代画面或重大的历史事件，反而聚焦朴素的牧人世界和乡村风光，表现平凡卑微的底层大众在劳作、歌唱、对话等生活中呈现的欢乐，以及失恋、友人去世等带来的愁苦情绪。无论是青年牧人、底层庄稼汉、未成年的少女还是久经风霜的老人，他们质朴坚韧、不诉苦抱怨，仿佛洞悉生命的意义自然而然地生活，带给人朴素的感动。

---

① ［美］利奥·马克斯：《花园里的机器：美国的技术与田园理想》，马海良、雷月梅译，北京大学出版社 2011 年版，第 261 页。

结语 牧歌之思

同时，牧歌写作往往悖于文坛中的时尚潮流，没有华丽的辞藻、恢宏的想象或标新立异的艺术技巧。牧歌采用的语言并不属于深奥晦涩、渊博庞杂的精英话语体系，多是单纯真实、质朴清晰、凝练活泼的司空见惯的日常语言，描绘众生栖居其间的平淡画面。阿兰·布鲁姆曾指出："诗人需要知道怎样和他的观众打交道，也需要知道在只看到事物是什么样的情况下改变视角。观众是由不同层次的人组成的复杂的动物。人要对每个人说话，要吸引简单的心灵也要吸引敏感的心灵。因此，他的诗就像他的观众一样复杂而具有不同的层次。"① 牧歌面向不同观众，例如华兹华斯认为"诗人者，是一个对众人说话的人"②。弗罗斯特也立志面对成千上万的大众读者说话，扣动不同层次人士的心弦，他曾表示："我想成为一位雅俗共赏的诗人。"③ 华兹华斯、弗罗斯特等诗人在一定程度上取得了成功，善于用日常语言表现人性的古朴光辉以及深邃悠远的思想内涵。

现代哲学强调探讨个体生存的困境，例如存在主义哲学主要研究人的忧虑、悲伤、恐惧、绝望甚至死亡等人生"存在"的具体情态。海德格尔认为，只有关注"烦、畏、死"等问题，人才有存在的意义。萨特更是将人生的意义从集体历史转向个体生命的当下体悟。受这些哲学观念的影响，现代文学更关怀具体的、活生生的个人命运，将生命、思维、价值的选择还给每一个个体意义上的人，剪去社会与历史的枝蔓，剩下琐碎、无聊、孤独、不幸等人类极致状况的展示，揭开表面生活的面纱，给人一种震惊的效果。后现代文化也强调探讨个体生存的困境，其小说远离传统的宏大叙事，更多是日常的微型叙事，关注琐碎庸常的世俗生活。而与现代哲学、现代文学甚至后现代文化相契合的是，古老的牧歌关注个体生命的当下体悟和日常的微观

---

① ［美］阿兰·布鲁姆：《巨人与侏儒》，秦露等译，华夏出版社2003年版，第114页。
② 章安祺编订：《缪灵珠美学译文集》第3卷，缪灵珠译，中国人民大学出版社1990年版，第11页。
③ Richard Poirier and Mark Richardson eds., *Robert Frost: Collected Poems, Prose, and Plays*, New York: Library of America, 1995, p. 668.

西方牧歌发展的历史钩沉

生活，在内容和形式方面具有朴实动人的大众情怀。

牧歌具有传统性、乡土性、现实性和大众性等特征，形成与史诗悲剧不同的文学传统。牧歌不仅是分析古希腊以来西方文学的重要方式，也是透析社会变化与人类思想意识发展的有效途径，具有朴素而深刻的哲理意味。

首先，西方牧歌重视人与自然的关系，代表了人们对自然天道的敬畏。

无论是维吉尔笔下的牧羊人，还是乔治·桑笔下的庄稼汉，牧歌世界中的主人公与海洋文化中侧重冒险、经商、创新的人们有所不同，他们固定在一方地域上，根据春夏秋冬的时间流变年复一年劳作，很少迁徙变化。在生存上，他们更多依赖自然的馈赠。在情感上，无论是深情的牧人邀请爱人到乡间同住，失意的王公贵族离别宫廷来到阿卡迪亚世界，还是自然世界中的少女、老乞丐、老牧人，他们无不在自然中化解忧伤、享受愉悦、养成可爱高贵的品性。况且，无论是土生土长的乡村牧人利西达斯，还是外来的城市贵族普洛斯彼罗，他们置身于乡野或森林里，所见、所听、所感的是羊群、清泉、草木等自然状态下的事物，在自然的熏陶下恢复并保持质朴状态。可以说，牧歌中的人们与自然打交道，较少迁移漂泊，他们真诚地欣赏自然、赞美自然并热爱自然，在天道与人道、自然与人为的统一中也建立了人与自然的同构关系，呈现与自然和谐相处的状态。

人类活动始终与自然紧密相连，各种思想学说也努力阐述人与自然的关系。例如在中国哲学中，道家有自然之"道"，宋代理学有人格神性质的"天理"，表现出人应该遵循的宇宙统一观。中国是以自然经济为主的民族，农业收成的好坏依赖于天时、地利、人和等整体因素，农民对土地的信任感和亲切感衍生出以"和"为贵的人伦、社会及自然关系。中华传统文化追求自然宇宙与社会人生合一的境界，老子提出"人法地，地法天，天法道，道法自然"（《道德经》第二十五章），主张人善抱大道。大而玄妙、生成天地万物的"道"是至高无上的，连"道"都向自然学习，顺应并效法自然。这样在大宇宙中，人与自然相存相依，人与人互敬互爱，形成天人合一、以德比邻、安土重迁等观念。这些观念恰恰也是牧歌所呈现的内涵。忒奥克里托斯的西西里、维吉尔的阿卡迪亚、马维尔笔下的绿色世界、莎士比亚作品中充满魅力的森林、弗罗斯特立足的新英格兰等地域成为牧歌乐园，既是主人公所生活思考的空间，也超越时空代表人类所期盼的万物同源、和谐统一的理想图景。而这种图景也是现代人所渴望追求的。随着文学研究的环境转向，人们日益关注人类历来以怎样复杂的态度来对待自然。例如生态批评的先锋杰作利奥·马克斯的《花园里的机器》和雷蒙·威廉斯的《乡村与城市》关注与工业技术、城市化相对应的自然。两位学者将国家本质的象征认同为介于喧嚣城市与偏远荒野之间的乡村这一中间地带，在对乡村的虚设和美化中，反思现代化进程和工业资本主义带来的后果。随着理性的增强，现代人凭借巧智主宰万物，大肆屠杀牲畜、砍伐森林、破坏自然，这让批评家们越发重视对自然环境的关注。例如英国批评家吉福德提出"后牧歌"概念，认为诗歌在思想内容上应该敬畏自然，意识到环境正义与社会正义的关联。格伦·洛夫在《实用生态批评》中也指出："田园风情持续不断的吸引力与威尔逊的生物之爱极为相关，就是敬畏生命，就是对我们自身作为源于自然的生物的本能感受。"[1] 这些批评家都认识到牧歌在敬畏自然、建立和谐生态方面的重要意义。面对人与自然的矛盾，生态理论崇尚自然，将自然放在中心位置，强调"照大地、事物、生物及人本来的样子，顺应它们自己的发展，善意地关怀它们"[2]。人与自然的和谐统一是中国哲学思想和现代生态批评所强调的，西方古老的牧歌则在实践行动中建立起人与自然的关系。牧羊人未有破坏自然的行为，往往热爱自然中的花束、绿叶、常春藤等自然事物，收获放牧、吹笛、歌唱、聊天、爱恋等简朴的欢乐，将茅草屋顶上的炊烟作为幸福的象征。牧歌主人公敬畏自然、顺应自然，在桃花源式的理

---

[1] [美]格伦·洛夫：《实用生态批评：文学、生物及环境》，胡志红、王敬明、徐常勇译，北京大学出版社2010年版，第79页。
[2] 胡志红：《西方生态批评研究》，中国社会科学出版社2006年版，第56页。

西方牧歌发展的历史钩沉

想社会里生活得快活逍遥，无所为而无不所为。这启发现代人应该以自然理念修身，与天地合一，在丰富多彩、千姿百态的现实世界里消除人心险诈，学习大道包容万物的胸襟，从而实现人与自然的平等融洽。

其次，牧歌世界中的人温柔敦厚、本分善良，他们在固定的地方形成比较稳定的人际关系，这代表了人们对人情伦理的依赖。

在忒奥克里托斯笔下，乡村牧羊人利西达斯遇到陌生的城市诗人"我"，在友好的唱歌比赛之后，向"我"赠予野生橄榄牧杖作为礼物。在华兹华斯笔下，一位孤独衰弱的老乞丐维系着村民的善意，骑马而行的人、过路收费口的女人、赶车的车夫等表现出种种善举。牧人们用玫瑰、榆柳、炊烟等表现内心情感，用大自然的松林、清泉、流水这些事物来夸赞伙伴的笛声和歌声。他们失恋伤心时，连羊儿、月桂、柽柳都为之落泪，哀悼达芙尼之死时万物同悲，科林哀悼黛朵时连柔弱的羊群都在悲号。牧人们热情互助、友好歌唱、重义轻利、和睦相处，用人间温情冲淡乡村的贫穷和丑陋，甚至连身外的自然世界都充满了人情味。这种颇具情思性和审美感的牧歌世界是向读者敞开的，正如弗罗斯特在《牧场》（"The Pasture"）中呼唤："我不会去太久——你也来吧。"[①] 牛温顺可爱，母牛和小牛之间舐犊情深，而生活其中的人呼吸着新鲜空气，看着美丽的田园风光，于是道出"你也来吧"。诗人将个人的幸福推己及人，邀请家人、朋友甚至陌生人去享受人情伦理，走进温情祥和的牧歌世界。

在牧歌世界里，尤为明显的是，牧人们的爱情比生存劳作更为重要。在忒奥克里托斯笔下，青年农牧民害着单相思，向心爱之人唱情歌求爱，赞美爱人的美貌，邀请爱人同住。维吉尔笔下的柯瑞东对着山林宣泄深情，伽鲁斯因为单相思日渐忧愁消瘦，桑纳扎罗笔下的退隐朝臣辛瑟罗也无处躲避爱的忧伤。在乔治·桑的《魔沼》中，善良

---

① Robert Frost, *Complete Poems of Robert Frost*, New York: Holt, Rinehart and Winston, 1958, p. 1.

质朴、乐观勤劳、身体健硕的底层农民收获纯真完美的爱情。牧歌世界里的人热烈追求爱情，而现代文学中的人们则失去爱的感觉和能力。一些作家描写家庭生活的悲剧，或聚焦最具私密性的两性关系领域，都揭露出现代西方人普遍的生存困境。即使最亲密的人也以虚情假意维系爱情和婚姻，具有亲缘关系的人们也会为了利益而互相争斗，彼此漠视。在这片爱的荒漠中，人们越发期盼走进那虚幻的牧歌世界，倾听牧人们在树荫下表达爱情，正如维吉尔笔下的伽鲁斯，渴望在深林幽谷间寻找心灵的慰藉，与心爱之人相度华年。

牧歌成为文学艺术中理想化了的符号，旨在作为一种象征，以优美的田园景色、自由恬淡的生活方式、温情的人际关系引领人们从荒诞、孤独、异化等境况中走出来。南帆曾指出："由于城市怀乡梦的存在，由于一批作家对于这种怀乡梦的记录、加工，城市文化多少抑制了固有的堕落倾向，抑制了城市综合症的恶化，从而使城市更为合理，更为尊重人情与人的天性。"[①] 古老的牧歌在现代社会里依然焕发生机，因为作为一种城市怀乡梦，有助于抑制城市病症的恶化，促使人们尊重人性人情，饱含对和谐社会和美好人生的向往，努力达到精神的愉悦和自由的境界。

最后，牧歌主人公亲近自然、和睦友好，自然对内心的修养有所规范，他们远离功名利禄，生活简素、性情质朴，这也代表了人们对主静心性的追求。

老子曾说："涤除玄鉴，能无疵乎？"（《道经》第十章）"见素抱朴，少私寡欲。"（《道德经》第十九章）人在凡尘俗世中生活，难免有痛苦、懊悔、迷茫、失落、伤怀等情感体验。但是在老子看来，圣人和婴儿却能够超脱平凡琐事的困扰，因为婴儿不谙世事、头脑混沌，不知何为烦恼和痛苦，而圣人自甘寂寞、心性豁达、顺应自然，也能做到像婴儿一样无欲无为、心境明净无瑕疵，实现身心的高度和谐统一。在老子看来，人们不应该庸人自扰，无端生出许多烦恼和痛苦，

---

① 南帆：《冲突的文学》，上海社会科学院出版社1992年版，第45页。

西方牧歌发展的历史钩沉

主张人减少私欲杂念，不用巧智去猜疑人、伤害人，做到质朴淳厚、少私寡欲，就能像婴儿和圣人一样心境淡定、无忧无虑、逍遥自在，从而达到真正的至乐境界。庄子也认为人凭借巧智变得伪善欺骗、奸诈狡猾，导致天下大乱，因而认为"恬淡寂漠，虚无无为，此天地之本而道德之质也"（《庄子·外篇·刻意》）。人类依仗巧智，不仅对自然造成破坏，也出现物欲贪念、你争我夺、互相残杀等不良后果。为此，庄子认为虚静恬淡、纯朴无为才是万物之本、天性之美，是天地的准则和道德的本质。

与老庄思想的恬淡素朴相一致的是，牧羊人似乎遗世独立、忘情物外。例如提屠鲁面对梅利伯的流浪和整个乡村的混乱，他置身事中又超然物外，依旧在榉树的亭盖下吹奏山野的清歌。牧羊人似乎快乐无忧，底层牧人在山中放牧，虽然有爱而不得的愁绪，或者外部力量的侵扰，他们也能够依靠吹笛歌唱或自然环境来排解忧愁，从而保持外在生活与内在精神的和谐。被篡夺权位的公爵即使遭遇世道险恶和人情刻薄，在进入阿卡迪亚世界之后，也往往在山林之间淡忘功名利禄等尘世纷扰，不再怨恨仇人或慨叹失去的权势，反而在树木与流水之间过上了平凡、愉快、友爱的生活。牧羊人似乎没有过去或未来，只专注当下的存在意义，正因为如此，他们在短暂的人生中能够感受到生命的充实和完满。老子曾说："是以大丈夫处其厚，不居其薄；处其实，不居其华。"（《道德经》第三十八章）老子认为，在社会生产过程中，大丈夫不应务虚，而应当以返本归源为要务。宗白华在评论魏晋风度时也指出，晋人唯美的人生态度体现为把玩"现在"："在刹那的现量的生活里求极量的丰富和充实，不为着将来或过去而放弃现在价值的体味和创造。"[①] 宗白华认为美的价值是寄于过程本身，不在于外在的目的，所谓无所为而为的态度是晋人唯美生活的典型。而西方牧人也值得称赞，他们涤除纷扰、纯朴天真、少私寡欲、注重当下，直接领悟牧场、田地、羊群、庄稼等带来的感觉，在刹那的极简生活中

---

① 宗白华：《美学散步》，上海人民出版社1981年版，第221页。

表现出平静愉悦，这与汲汲功名利禄、人性异化的人们截然不同。

老子在总结得道之士的具体特征时曾指出："俨兮其若客；涣兮其若凌释；敦兮其若朴；旷兮其若谷"（《道德经》第十五章）。他拘谨严肃就像在做客一样，他融合可亲就像冰在消融，他醇厚质朴得像没有雕琢过的原木，他旷远豁达像空旷的山谷一样。这给俗世之人很多启示。首先，人和其他生物一样，都是大自然当中的普通客人，因此，人类应该以谦逊的客人心态对待大自然，而不应该做傲慢的主宰者，对大自然肆意妄为，以损害自然的代价来满足自己的私欲。其次，人应该恢复本性，就像冰封了一个冬季的河水，在春天来临时冰雪消融，焕发自然的勃勃生机。人的欲望、野心、贪念等像冰一样封住身心，而人应该有凌释的时候，冲破世俗的束缚完成自我解脱，像焕发生机的自然一样，悠然自得、逍遥自在。最后，人应该返璞归真，充满友善。得道之人返璞归真、敦厚实在、生活朴素，能够抵御外界的干扰和诱惑，包容万物，无所谓亲密或仇敌，进而能够处处充满友爱。结合老子的思想来看，西方的牧歌作者并不描绘英雄冒险、四方游历等主流文学主题，而是抒写牧人放牧、归隐山林等非主流生活，在理想化的描述中也让牧人具有了婴儿、圣人、得道之人的某些特质，如顺应自然、和谐友善、少私寡欲、简单质朴，这在西方文化语境中具有独特的意义。

正因为牧歌世界在人与自然、人与人、人与自我等方面呈现独特的哲理意蕴，牧歌作品具有了空明澄澈的审美特质和人生追求。西方牧歌兴起于古希腊，牧人们依赖自然、重视人情、温柔敦厚，是农业文化的反映。而在古希腊的商业文化里，面对不断迁徙冒险和海上的风云变幻，人们认为大自然存在某种神秘的力量在驾驭和玩弄自己，于是对大自然产生对抗情绪，进而要攻击自然、征服自然。同时，商业体系中的竞争机制使人们在经济或政治活动中习惯将自己的胜利建立在他人的失败之上，并尽情展示自己的个性与情绪。这种好争、率性、张扬、狂放的性格影响着文学的追求。例如《荷马史诗》描写城邦之间、人与人之间的掠夺战争，在血与火的斗争中描绘英雄的力量

西方牧歌发展的历史钩沉

和智谋。而牧歌作品却没有史诗中惊心动魄的人神共战，没有阿喀琉斯为好友复仇时剑拔弩张的视觉冲击，没有美狄亚与伊阿宋爱恨交织的悲惨故事，没有俄狄浦斯杀父娶母后那肝胆愈裂的痛苦。牧歌作品往往选取最为平常的生活情景，牧羊人或农夫过着田野生活，羊群或牛犊自由自在，这些世俗人情组成一幅安然的画面，呈现给读者的是朴实、平淡、从容的风格。宗白华在《美学散步》中指出："和谐与秩序是宇宙的美，也是人生美的基础。"① 牧歌世界简单和谐，主人公们对土地长出来的智慧坚信不疑，又懂得知足常乐的道理，使自己的生活不流于卑俗。例如华兹华斯笔下的老人迈克尔和捞水蛭者在孤寂之中带有一种伟大。他们饱经风霜、超然物外，不动声色地接受人类的苦难，陷入穷途绝境仍然肯定生命价值，其所表现出来的端庄与尊敬，代表了人类令人敬佩的高贵精神。尽管牧歌超越乡村真相，被认为是有闲阶层创作的可供逃避的精神空间，但这种美化代表了人类对纯真和快乐的渴望，在老人、少女、青年等乡村底层人物身上融入感情，以此作为与这个世界不妥协的美的象征。

勃兰兑斯在《十九世纪文学主流》中指出："文学史，就其最深刻的意义来说，是一种心理学，研究人的灵魂，是灵魂的历史。"② 本著作梳理牧歌的发展历史，旨在借助语言途径，将目光投向西方自古希腊以来的文学发展历程，进而探讨人的灵魂对纯真理想的憧憬。总体来看，宇宙自然、人类社会、内心世界是生生不息的统一体，而牧歌作品强调自然美、风俗美、人性美，这是对西方农耕文化及自然和谐观的艺术阐释，折射出深广的时空感。对忙碌的现代人而言，陶渊明建立了一座超脱现实的精神性的桃花源，以"归去来兮"四个字诉尽了生命本色与心灵归处。而以弗罗斯特为代表的西方牧歌诗人在"你也来吧"的呼唤中高举牧歌大旗，履行诗人在贫困时代里的使命，引领都市人群以高贵的理智去享受更高层次的和谐与幸福，这种朴实

---

① 宗白华：《美学散步》，上海人民出版社1981年版，第236页。
② ［丹麦］勃兰兑斯：《十九世纪文学主流·流亡文学》，张道真译，人民文学出版社2017年版，引言第2页。

而深邃的哲学思想在今天仍然具有重要意义。爱伦·坡曾撰写有《黄金国》("Eldorado")一诗，描写锦衣华饰、英武的骑士长途行走，到处寻找流有乳和蜜的黄金国，当两鬓渐斑的铮铮铁汉奄奄一息时，还向身边经过的游荡的黑影打听黄金国在哪里。这里的黄金国是西方传说中的理想国土，成了追求目的、义无反顾、锲而不舍、不问成败的精神象征。我们常会不自觉地回想起过去的美景，因为我们的心灵常会情不自禁地要从美好的记忆中汲取勇气和力量。经常不断地思考这类最单纯的自然印象，能够使人的灵魂保持纯洁，并且无拘无束地从单纯的尘世中去发现美、感受美。因此，当人们在现代都市里体验到孤独和疏离之后，转向传统与古典，踏上田园还乡之路以寻找心灵的栖息之地。人类对阿卡迪亚世界和黄金时代理想的追寻也需要像骑士寻找黄金国那般执着追求，如此返璞归真，以实现内心的富足和完满，怀着诗意栖居在充满喧嚣的现代世界上。

在现代城市化、工业化进程中，都市的霓虹灯火绚烂夺目，以城市题材为中心的小说已蔚为大观。然而从初民文化开始，作为农业社会的重要标记，田园依然是思想家、艺术家关注的焦点。尽管当下整个世界逐渐从农业时代转向工业时代，人类的思维随之发生革命性变化，但对田园的抒写并没有在文学史中断裂。相反，在农业文明向工业文明的转换过程中，两种文明的现代性冲突使整个工业文明、城市文明成为人们获得反观传统农业文明的新视野，使静态的农业文明、昔日的田园生活重新获得价值。当下的牧歌研究已呈欣欣向荣之势，人们运用生态批评等理论武器，关注环境现实的跨学科研究，构建田园理想，其研究成果已蔚为壮观。除此之外，中西田园比较将是牧歌研究的未来趋势。杨周翰先生曾在《维吉尔与中国诗歌的传统》一文中指出维吉尔的《牧歌》"成了罗马文学的第一部中译作品，这倒是颇有意味的"[①]。维吉尔牧歌描绘简陋农舍和屋顶冒出的炊烟，而陶渊

---

① 杨周翰：《维吉尔与中国诗歌的传统》，《北京大学学报》（哲学社会科学版）1988 年第 5 期。

西方牧歌发展的历史钩沉

明也写下暧暧远人村、依依墟里烟这一著名诗行,中西诗人共同表现人类对宁静简朴生活的眷恋和向往。

西方牧歌发展具有较为清晰的脉络,事实上,恬美和谐、温情诗意的田园生活一直是中国作家们关注的对象。在中国古典文学中,描绘农村自然景色与农民自给自足的生活,以闲情隐逸为基本特征的田园诗是重要组成部分。甚至整个农业时代的古典文学都似乎带着田园的印记。陶渊明、孟浩然、王维、陆游等作家们大量描绘优美的田园山水,抒发闲情逸致,往往于田野风情的描写中流露一种自得其乐的喜悦之情,或表现作者远离浊世的清高和宁静。例如陶渊明在《归去来兮辞》中表达归田园意向,把"丘山"和"尘网"作为对立的两极列举,表示自己本性爱恋丘山。这种归乡意识在数千年的文化中不断流传。在现代文学中,作家们在新旧思想交锋的时代里致力于揭露各种枷锁对人生的戕害,表现出无所畏惧的战斗精神,然而林庚、汪曾祺、刘绍棠、孙犁等作为乡土的寻梦者和都市人生的批判者,精心营造理想宫殿,以牧歌情趣吸引人们的注意。例如废名在《竹林的故事》中描绘与时代气氛不相协调的乡村乐园图景,竹林边的三姑娘总是散发着少女特有的生命活力,外在的朴素与内在的透明完美地融合在一起。桃园里的阿毛、小河边的浣衣母、柳荫下的陈老爹等乡村人物身上也有难得的娴雅天真、纯朴宁静的人性美。废名借人物渲染一种美的意境与氛围,使其《菱荡》《桥》等成为一曲曲现代牧歌,留下广阔的想象天地。芦焚的《山中牧歌》里有青青的山岭、静静的溪流、明朗的天、淡白的云、芬芳的空气,人们日出而作日入而息,自由地过活。沈从文的《边城》展示了古朴的民风、和谐的人际关系和纯净的人性,将牧歌这种乡土抒情方式推向高峰。在当代文学中,以张承志为代表的作家并没有加入现代主义、先锋派的热潮,而是在草原、歌谣、骏马、劳作等生活图景的抒情性叙事中讲述作者的人生经历和索米娅对"我"的真挚爱情,创作出《黑骏马》等作品为现代都市人群提供牧歌式想象。受西方生态文化的影响,一些当代作品对工业化时代的人类处境尤其是人与自然的关系作出思考。例如迟子建的

《额尔古纳河右岸》寄寓文明的反思,关注行将被现代文明吞噬的古老部落,阿来的《空山》将乡村生活作为自然观、生命观的代表,贾平凹的《秦腔》、张炜的《九月寓言》为行将崩溃的农业文明唱起挽歌,传达对现代文明的批判。中国小说家笔下的田园视景、牧歌情调与陶渊明笔下的桃源情结一脉相承,表达对乡土的诗意诠释,以桃源寻梦、梦断桃源、桃园重构展现出百年来中国作家的精神历程。

西方牧歌的精神旨趣与美感特征与中国田园诗篇极具相似性。尽管西方牧歌多描写牧民生活,以爱情为主题,受宗教意识的影响,中国田园侧重农民生活,往往涉及政治,有参佛求仙的思想,但返璞归真、向往自然是中西诗人所共有的。西方牧歌与乐园、失乐园、复乐园这一精神相并行,呈现出牧歌、反牧歌、后牧歌的发展历程。马克斯指出,古老的梦想仍然能够激起人们的想象,原先的调和性象征已经过时,"为了改变局面,我们需要新的可能性的象征;创造这样的象征应该是艺术家们的责任,更应该是全社会的责任"[①]。因此,在中西比较中,寻找新的调和性象征,遏制现实生活当中的混乱,把沉溺于世俗痛苦中的众人引向良善灵魂的安息之所,这是重构桃源与重建牧歌需要拓展的要义。

如果说伊甸园是一个非世俗的彼岸世界,阿卡迪亚则扎根于大地,在优美、闲适中构建理想的人生形式,弥合断裂,抚摸创痛,满足人们对自然、乡土、家园甚至民族身份的追寻与诗意想象。牧歌作品持续时间漫长,经历了由盛及衰、复归平淡的阶段,这主要归因于不同社会历史阶段对于文学艺术的不同诉求。牧歌是常谈常新的主题,尽管今天我们已经进入高科技信息时代,但人们内心深处不曾忘怀人与自然、人与人、人与自我和谐相处的牧歌理想,仍旧奋斗、寻觅、探寻那诗意的人生,渴望远离世俗邪恶,走进超脱于世事变迁之上的本源处,去过简单温暖的幸福生活。有缘于此,本著作旨在重读经典,

---

① [美]利奥·马克斯:《花园里的机器:美国的技术与田园理想》,马海良、雷月梅译,北京大学出版社2011年版,第270页。

西方牧歌发展的历史钩沉

以具体作品的鉴赏形式梳理牧歌悠久的发展演变史，概括阐发牧歌的艺术成就与审美特质，在中西文化氛围中感受作家对人生美感和精神自由的不懈追求，通过比较研究阐释牧歌在当代语境下的意义价值。牧歌犹如一棵常青树，与大地联系在一起，它层林叠翠、生机勃勃，不断增添新的枝叶，自由发展，永无止息。牧歌研究也将如此，它包容大度、关怀众生、富有魅力，这一领域有广阔的探索空间，还需要有志于此的研究者做出持续不断的努力。

参考文献

一　中文资料

曹波、姜承希：《阿卡迪亚与牧歌起源》，《河南师范大学学报》（哲学社会科学版）2019年第46期。

陈红：《古老牧歌中的绿色新声：约翰·克莱尔〈牧羊人月历〉的生态解读》，《外国文学研究》2018年第40期。

陈红、张珊珊、鲁顺：《田园诗》，外语教学与研究出版社2019年版。

范存忠：《英国文学史纲》，译林出版社2015年版。

胡家峦：《历史的星空：文艺复兴时期英国诗歌与西方传统宇宙论》，北京大学出版社2018年版。

胡家峦：《文艺复兴时期英国诗歌与园林传统》，北京大学出版社2008年版。

胡家峦编注：《英国名诗详注》，外语教学与研究出版社2017年版。

胡志红：《西方生态批评研究》，中国社会科学出版社2006年版。

姜士昌：《田园诗的本土化——18世纪英国诗歌中的乡村书写》，《河南师范大学学报》（哲学社会科学版）2014年第41期。

姜士昌：《英国田园诗歌发展史》，中国社会科学出版社2016年版。

蓝棣之：《现代诗歌理论：渊源与走势》，清华大学出版社2002年版。

林焕文、徐景学主编：《世界名人辞典》，黑龙江朝鲜民族出版社1987年版。

刘洪涛：《〈边城〉：牧歌与中国形象》，广西教育出版社2003年版。

西方牧歌发展的历史钩沉

吕健忠、李奭学编译:《西方文学史》,浙江大学出版社2013年版。
罗晓颖:《牧歌中的"鸿蒙初辟"之歌——维吉尔〈牧歌〉第六首31—40行的哲学意蕴分析》,《求是学刊》2010年第37期。
茅于美:《中西诗歌比较研究》(第2版),中国人民大学出版社2012年版。
孟繁华:《九十年代文存》,中国社会科学出版社2001年版。
南帆:《冲突的文学》,上海社会科学院出版社1992年版。
钱仲联等编:《中国文学大辞典》,上海辞书出版社1997年版。
涂险锋、张箭飞主编:《外国文学》,北京大学出版社2014年版。
汪翠萍:《现代牧歌:罗伯特·弗罗斯特诗歌研究》,中国社会科学出版社2017年版。
王焕生:《古罗马文学史》,人民文学出版社2006年版。
王佐良:《王佐良全集》,外语教学与研究出版社2015年版。
王佐良、何其莘:《英国文艺复兴时期文学史》,外语教学与研究出版社2018年版。
伍蠡甫、胡经之主编:《西方文艺理论名著选编》,北京大学出版社1985年版。
夏征农主编:《辞海》(1999年版缩印本),上海辞书出版社2000年版。
夏志清:《中国现代小说史》,刘绍铭等译,浙江人民出版社2016年版。
项晓敏主编:《外国文学史教程》,北京大学出版社2015年版。
萧驰:《两种田园情调:塞奥克莱托斯和王维的文类世界》,《文艺研究》1999年第1期。
许自强、孙坤荣主编:《世界名诗鉴赏大辞典》,商务印书馆国际有限公司2018年版。
杨义:《中国现代小说史》,人民文学出版社1993年版。
杨周翰:《十七世纪英国文学》,北京大学出版社1996年版。
杨周翰:《维吉尔与中国诗歌的传统》,《北京大学学报》(哲学社会科学版)1988年第5期。
张剑:《西方文论关键词:田园诗》,《外国文学》2017年第2期。

张丽军编：《写实与抒情——中国乡土文学思潮文献史料辑》，人民出版社 2014 年版。

章安祺编订：《缪灵珠美学译文集》，缪灵珠译，中国人民大学出版社 1987 年版。

赵一凡等主编：《西方文论关键词》，外语教学与研究出版社 2006 年版。

郑克鲁主编：《外国文学史》（上），高等教育出版社 2006 年版。

钟叔河编：《周作人文类编·希腊之余光》，湖南文艺出版社 1998 年版。

周式中、孙宏编：《世界诗学百科全书》，陕西人民出版社 1999 年版。

周作人：《欧洲文学史》，钟叔河编订，岳麓书社 2019 年版。

朱维之等主编：《外国文学史》（欧美卷），南开大学出版社 2014 年版。

宗白华：《美学散步》，上海人民出版社 1981 年版。

［丹麦］勃兰兑斯：《十九世纪文学主流》，张道真等译，人民文学出版社 2017 年版。

［德］恩斯特·卡西尔：《人论》，上海译文出版社 1985 年版。

［德］弗里德里希·尼采：《悲剧的诞生》，周国平译，生活·读书·新知三联书店 2002 年版。

［德］格罗塞：《艺术的起源》，蔡慕晖译，商务印书馆 1984 年版。

［德］马丁·海德格尔：《人，诗意地安居：海德格尔语要》，郜元宝译，广西师范大学出版社 2000 年版。

［德］沃尔夫冈·伊瑟尔：《虚构与想像：文学人类学疆界》，陈定家、汪正龙等译，吉林人民出版社 2003 年版。

［法］德尼·狄德罗：《狄德罗文集》，王雨、陈基发编译，中国社会科学出版社 1997 年版。

［法］蒂费纳·萨莫瓦约：《互文性研究》，邵炜译，天津人民出版社 2002 年版。

［法］伏尔泰：《老实人》，傅雷译，译林出版社 2018 年版。

［法］罗兰·巴特：《罗兰·巴特随笔选》，怀宇译，百花文艺出版社 2005 年版。

［法］乔治·桑：《魔沼》，郑克鲁译，商务印书馆 2018 年版。

［古罗马］苏埃托尼乌斯：《罗马十二帝王传》，张竹明等译，商务印书馆 2000 年版。

［古罗马］维吉尔：《牧歌》，党晟译注，广西师范大学出版社 2016 年版。

［古罗马］维吉尔：《牧歌》，杨宪益译，上海人民出版社 2015 年版。

［古希腊］柏拉图：《柏拉图全集》，王晓朝译，人民文学出版社 2003 年版。

［古希腊］荷马：《荷马史诗·奥德赛》，王焕生译，人民文学出版社 2003 年版。

［古希腊］赫西俄德：《工作与时日·神谱》，蒋平、张竹明译，商务印书馆 1991 年版。

［古希腊］忒奥克里托斯等：《财神·希腊拟曲》，周作人译，中国对外翻译出版公司 1998 年版。

［加］朱利安·帕特里克主编：《501 位文学大师》，杨帆译，中央编译出版社 2015 年版。

［美］阿德勒：《维吉尔的帝国——〈埃涅阿斯纪〉中的政治思想》，王承教、朱战炜译，华夏出版社 2012 年版。

［美］阿兰·布鲁姆：《巨人与侏儒》，秦露等译，华夏出版社 2003 年版。

［美］埃德蒙·威尔逊：《阿克瑟尔的城堡：1870 年至 1930 年的想象文学研究》，黄念欣译，江苏教育出版社 2006 年版。

［美］格伦·洛夫：《实用生态批评：文学、生物及环境》，胡志红、王敬明、徐常勇译，北京大学出版社 2010 年版。

［美］哈罗德·布鲁姆：《诗人与诗歌》，张屏瑾译，译林出版社 2020 年版。

［美］哈罗德·布鲁姆：《误读图示》，朱立元、陈克明译，天津人民出版社 2008 年版。

［美］哈罗德·布鲁姆：《西方正典》，江宁康译，译林出版社 2005 年版。

［美］哈罗德·布鲁姆：《影响的剖析：文学作为生活方式》，金雯译，译林出版社 2016 年版。

［美］亨利·梭罗：《瓦尔登湖》，徐迟译，外文出版社 2014 年版。

［美］吉尔伯特·海厄特：《古典传统：希腊—罗马对西方文学的影响》，王晨译，北京联合出版公司 2015 年版。

［美］克拉伦斯·格拉肯：《罗得岛海岸的痕迹：从古代到十八世纪末西方思想中的自然与文化》，梅小侃译，商务印书馆 2017 年版。

［美］拉尔夫·爱默生：《爱默生集》，赵一凡等译，生活·读书·新知三联书店 1993 年版。

［美］劳伦斯·布伊尔：《环境批评的未来：环境危机与文学想象》，刘蓓译，北京大学出版社 2010 年版。

［美］利奥·马克斯：《花园里的机器：美国的技术与田园理想》，马海良、雷月梅译，北京大学出版社 2011 年版。

［美］M. 艾布拉姆斯：《镜与灯：浪漫主义文论及批评传统》，郦稚牛等译，北京大学出版社 2015 年版。

［美］M. 艾布拉姆斯：《文学术语词典》，吴松江等编译，北京大学出版社 2009 年版。

［美］莫里斯·狄克斯坦：《伊甸园之门·前言》，方晓平译，上海外语教育出版社 1986 年版。

［美］斯科特·斯洛维克：《走出去思考：入世、出世及生态批评的职责》，韦清琦译，北京大学出版社 2010 年版。

［美］梯利著，伍德增补：《西方哲学史》，葛力译，商务印书馆 1995 年版。

［美］约翰·梅西：《西方文学史：文学的故事》，孙青玥译，红旗出版社 2014 年版。

［西］塞万提斯：《堂吉诃德》，杨绛译，人民文学出版社 1987 年版。

［意］但丁：《神曲·炼狱篇》，田德望译，人民文学出版社 2018 年版。

［意］欧金尼奥·加林：《中世纪与文艺复兴》，李玉成、李进译，商务印书馆 2016 年版。

［英］安德鲁·桑德斯：《牛津简明英国文学史》，人民文学出版社 2000 年版。

［英］E. 贡布里希：《艺术的故事》，范景中译，广西美术出版社 2015

年版。

[英] E. 贡布里希：《艺术发展史》，范景中译，天津人民美术出版社 1988 年版。

[英] 吉尔伯特·默雷：《古希腊文学史》，孙席珍等译，上海译文出版社 2007 年版。

[英] 雷蒙·威廉斯：《乡村与城市》，韩子满等译，商务印书馆 2013 年版。

[英] 路德维希·维特根斯坦：《哲学研究》，李步楼译，商务印书馆 2004 年版。

[英] 莎士比亚：《莎士比亚悲剧喜剧全集》，朱生豪译，浙江文艺出版社 2017 年版。

[英] T. S. 艾略特：《艾略特诗学文集》，王恩衷编译，国际文化出版公司 1989 年版。

[英] 特雷·伊格尔顿：《二十世纪西方文学理论》，伍晓明译，陕西师范大学出版社 1987 年版。

[英] 威廉·华兹华斯：《华兹华斯诗选：英汉对照》，杨德豫译，外语教学与研究出版社 2016 年版。

[英] 威廉·华兹华斯：《华兹华斯叙事诗选》，秦立彦译，人民文学出版社 2017 年版。

[英] 威廉·华兹华斯：《序曲或一位诗人心灵的成长》，丁宏为译，中国对外翻译出版公司 1997 年版。

[英] 西蒙·沙玛：《英国史》，彭灵译，中信出版社 2018 年版。

二 英文资料

Alex Preminger and T. Brogan eds., *The New Princeton Encyclopedia of Poetry and Poetics*, Princeton: Princeton University Press, 1993.

Andrew V. Ettin, *Literature and the Pastoral*, New Haven: Yale University Press, 1984.

Annabel Patterson, *Pastoral and Ideology: Virgil to Valery*, Berkeley: University of California Press, 1987.

A. R. Waller ed. , *The Poems of Abraham Cowley*, Cambridge: Cambridge University Press, 1905.

Ben Jonson, *The Works of Ben Jonson*, Boston: Phillips, Sampson, and Co. , 1853.

Bryan Loughrey ed. , *The Pastoral Mode: A Casebook*, London: Macmillan, 1984.

Christopher Childers, "From the Idylls of Theocritus", *The Hopkins Review*, Vol. 9, No. 4, 2016.

Cleanth Brooks and Robert Warren, *Understanding Poetry*, Beijing: Foreign Language Teaching and Research Press, 2004.

David W. Tutein, *Robert Frost's Reading: An Annotated Bibliography*, Lewiston, New York: Edwin Mellen Press, 1997.

Deirdre Fagan, *Critical Companion to Robert Frost: A Literary Reference to His Life and Work*, New York: Facts on File, 2007.

Edmund Spenser, *The Shepheardes Calender*, http://www.luminarium.org/renascence-editions/shepheard.html.

Elizabeth Harrison, *Female Pastoral*, Knoxville: The University of Tennessee Press, 1991.

E. Audra and Aubrey Williams, *Pastoral Poetry and an Essay on Criticism*, London: Methuen & Co. Ltd. , 1961.

Gary Waller, *Edmund Spenser: A Literary Life*, London: Macmillan, 1994.

Gilbert White, *The Natural History of Selborne*, Hertfordshire: Wordsworth Editions, 1996.

Greg Garrard, *Ecocriticism*, New York: Routledge, 2004.

Helen Cooper, *Pastoral: Medieval into Renaissance*, Ipswich: D. S. Brewer, 1977.

Helena Shire, *A Preface to Spenser*, London and New York: Longman, 1978.

John Barrell and John Bull eds. , *The Penguin Book of English Pastoral Verse*,

London: Allen Lane, 1974.

John Hollander and Frank Kermode eds., *The Literature of Renaissance England*, New York: Oxford University Press, 1973.

John Lynen, *The Pastoral Art of Robert Frost*, New Haven: Yale University Press, 1960.

Jonathan Bate, *Romantic Ecology: Wordsworth and the Environmental Tradition*, New York: Routledge, 1991.

Judith Haber, *Pastoral and the Poetics of Self-contradiction: Theocritus to Marvell*, New York: Cambridge University Press, 1994.

Lawrence Buell, *The Environmental Imagination: Thoreau, Nature Writing and the Formation of American Culture*, Cambridge: Harvard University Press, 1995.

Leo Marx, *The Machine in the Garden: Technology and the Pastoral Ideal in America*, New York: Oxford University Press, 1964.

Martindale Charles ed., *The Cambridge Companion to Virgil*, New York: Cambridge University Press, 1997.

Mary R. Mitford, *Our Village*, London: Macmillan, 1893.

Nancy Lindheim, *The Virgilian Pastoral Tradition: From the Renaissance to the Modern Era*, Pittsburgh: Duquesne University Press, 2005.

Paul Alpers, *What Is Pastoral?* Chicago: University of Chicago Press, 1996.

Peter V. Marinelli, *Pastoral*, London: Methuen, 1971.

Philip Gerber ed., *Critical Essays on Robert Frost*, BM: G. K. Hall, 1982.

Philip L. Gerber ed., *Critical Essays on Robert Frost*, Boston, Mass.: G. K. Hall & Co., 1982.

Philip Sidney, *The Prose Works of Sir Philip Sidney*, Cambridge: Cambridge University Press, 1970.

Raymond Williams, *The Country and the City*, New York: Oxford University Press, 1973.

Renato Poggioli, *The Oaten Flute: Essays on Pastoral Poetry and the Pasto-

ral Ideal, Cambridge: Harvard University Press, 1975.

Richard F. Hardin ed., *Survivals of Pastoral*, Lawrence: University of Kansas Publications, 1979.

Richard Thornton ed., *Recognition of Robert Frost*, New York: Henry Holt, 1937.

Robert Faggen ed., *The Cambridge Companion to Robert Frost*, Shanghai: Shanghai Foreign Language Education Press, 2004.

Robert Frost, *Complete Poems of Robert Frost*, New York: Holt, Rinehart and Winston, 1958.

Robert Frost, *Robert Frost Collected Poems, Prose and Plays*, ed. Richard Poirier and Mark Richardson, New York: Library of America, 1995.

R. M. Cummings ed., *Edmond Spenser: The Critical Heritage*, New York: Routledge, 1995.

Sukanta Chaudhuri ed., *Pastoral Poetry of the English Renaissance: An Anthology*, Manchester: Manchester University Press, 2016.

Terry Gifford, *Pastoral*, London: Routledge, 1999.

Theocritus, *Idylls*, Trans. Anthony Verity, Oxford: Oxford University Press, 2002.

Thomas G. Rosenmeyer, *The Green Cabinet: Theocritus and the European Pastoral Lyric*, Los Angeles: University of California Press, 1969.

Virgil, *The Georgics*, Trans. C. Day Lewis, Oxford: Oxford University Press, 1947.

William Empson, *Some Versions of Pastoral*, London: Chatto & Windus, 1950.

William Lawson Grant, *Neo-Latin Literature and the Pastoral*, London: Oxford University Press, 1965.

后　　记

　　自出版专著《现代牧歌：罗伯特·弗罗斯特诗歌研究》之后，"牧歌"便已成为我庸碌生活中的心灵慰藉。

　　牧歌关注现实的苍凉，也涌现对未来的期盼，更令人动容的是，牧歌描述平凡人物在俗世里的生活方式。文章千古事，得失寸心知，多少士人把对生命的感悟赋予文字，或宣扬崇高，或微言大义。在文学的王国里，西方英雄纷纷在群体生存、张扬个性、道德济世、世俗名利、存在意义或超越极限等方面创造功绩，以远高于普通人的英雄事迹启发人们的心智、鼓舞人们的斗志。而在牧歌世界里，主人公们天性纯良，喜欢山野晨光中的空气，热爱满篮的百合花、淡紫的泽兰、芬芳的茴香花和金黄的野菊。他们在身心和谐、心口相应中克服私欲，注重友谊，追求爱情。他们拥有适度的欢乐，表达对世界的一些理解，其生命意义在于从卑微俗世中获得平静安定的幸福，这同样能为社会群体提供需要的激励。

　　华兹华斯曾指出："万物的和谐与怡悦/以其深厚的力量，赋予我们/安详静穆的眼光，凭此，才得以/洞察物象的生命。"吉尔伯特·海厄特在提及牧歌时也指出："它们的读者是青年，或者那些希望保持年轻的人。"于我而言，随着年龄渐长，我越发觉得牧歌具有深切动人的力量，有助于使如磐重压的尘世趋于轻缓，为我带来安恬心境和爱意温情。缘于对牧歌的亲切感觉，我撰写了此书，力求在梳理牧歌流变、分析其思想内涵方面作出尝试。

后　记

　　本书能够完成，首先感谢谭君强教授和孙宏教授。两位恩师儒雅睿智、生活幸福、勤于治学、成果丰硕，一直是我人生的榜样。可我却是愚钝之人，科研之路走得缓慢艰难，工作上也了无成绩，在撰写此书的过程中，我甚至多有颓唐，曾想放弃。然而每每与恩师联系，总被问及近况，在羞愧难安之时又从这份关怀中汲取力量，鼓舞起再次执笔的勇气。两位老师日常非常忙碌，自己本有很多写作任务，可是在我求助之时，总是欣然帮忙，不厌其烦地阅读书稿，一一详尽指出存在的问题。我已毕业多年，两位恩师一如既往地关心我、帮助我，纯粹想想，怎能不泪流满面、感动不已。

　　我尚有余力撰写几行文字，这要感谢我的妈妈。开始构思本书时，大宝正牙牙学语，完成本书之际，二宝已在阳光下快乐奔跑。这几年来，是妈妈为我操劳家务，为我照料一双年幼儿女，为我扛起所有琐碎辛劳，也因此常常累得腰酸背痛、彻夜失眠。她很想休息十天半月，可是看着我焦灼，总是对我说："我来做，你去忙你的事吧。"想想这些年来，我又忙出什么事呢，却让最爱我的妈妈一直因我而吃苦受累。妈妈给我生命，又始终护我安好，心疼我，照顾我，从不计我的风雨成败。爸爸在病重时曾让我牢记三件事：第一，孝敬妈妈；第二，姊妹要团结；第三，亲情不能淡漠。而这三件事我都做得远远不够，尤其愧对妈妈，看着她近年白发频生，这种愧疚之情又何以能够言尽。

　　我生而平凡，幸有亲情环绕左右，得遇许多良善之人，在夜阑人静之时尚能走近牧歌世界，兴之所至，敲打文字，成就此书，想来便已觉得幸福而知足。

　　感恩所有，语已多，情未了，回首犹重道：铭记恩情，向着未来，努力前行。

汪翠萍
2021 年 10 月 28 日于西安